# La vie extraordinaire de Mohammed Larbi

**Frédéric Lemaître**

# La vie extraordinaire de Mohammed Larbi

*Roman*

LE LYS BLEU
ÉDITIONS

ISBN : 979-10-377-8932-7

Un rêve qui pourrait se réaliser
Si les hommes étaient raisonnables
Et si l'État islamique n'avait pas existé

# Prologue

Cela faisait au moins dix ans que la famille Larbi s'était installée à Clichy-sous-Bois. Elle vivait dans une de ces innombrables barres de HLM sans âme, qui avaient été construites dans les années soixante. Ils côtoyaient des familles d'immigrés dont les parents étaient venus à une époque où l'industrie française manquait de bras pour faire tourner ses usines.

Les Larbi s'étaient non sans mal acclimatés à cette nouvelle vie avec l'idée de mettre suffisamment d'argent de côté pour revenir s'installer définitivement en Algérie.

Farida et Omar Larbi étaient nés en Algérie, à Annaba. Ils s'étaient connus très jeunes et s'étaient mariés avec la bénédiction de leurs parents. Un mariage arrangé comme cela se faisait à l'époque.

La France et, plus largement, l'Europe connaissaient un boom économique qui nécessitait une main-d'œuvre abondante, ce qui n'était pas le cas de l'Algérie malgré la manne du pétrole qui coulait à flots.

Dans leur entourage, tout le monde parlait de l'Eldorado français et des salaires mirobolants comparés à ceux payés en Algérie quand on avait de la chance d'avoir un travail.

C'est pourquoi ils décidèrent de tenter leur chance en France et revenir avec un capital qui leur permettrait de s'installer confortablement et définitivement en Algérie.

Avec l'aide de leurs familles, ils prirent des billets pour Marseille où ils comptaient de là monter à Paris.

C'est Farida qui avait été le moteur de cette fuite vers un monde qu'ils ne connaissaient pas. Son enthousiasme et sa détermination avaient su convaincre Omar. C'est donc plein d'ardeur, d'envies, d'ambitions et la certitude de trouver du travail rapidement, qu'ils s'embarquèrent dans cette aventure.

La réalité fut toute autre.

Même si la France avait besoin de cette main-d'œuvre peu exigeante, ils eurent du mal à dégoter du travail et un logement décent pour les accueillir.

Ils travaillèrent tous les deux très dur pour s'en sortir et donner corps à leur ambition.

Farida faisait des ménages pour le compte d'une petite entreprise de nettoyage et Omar avait trouvé un poste d'ouvrier dans une usine de fabrication de chaudières murales.

Ils gravirent petit à petit les échelons. Omar, après avoir suivi une formation, devint vite ouvrier spécialisé et Farida, responsable d'une petite équipe de femmes de ménage.

Malheureusement, la société où travaillait Farida fit faillite. Elle était déjà enceinte de leur premier enfant et décida donc d'arrêter de travailler, avec l'accord de son mari, pour préparer la naissance et s'occuper de leur premier rejeton qui s'appellerait Rachid. Omar commençait à gagner correctement sa vie et Farida touchait des indemnités chômage.

Puis vinrent Mouloud et Mohammed qui furent accueillis avec la plus grande joie.

La vie suivait son cours. Les enfants grandirent entourés de l'amour de leurs parents, mais la société française évoluait à grands pas. L'immigration prenait de l'ampleur, les gouvernements successifs repoussaient sans cesse la recherche de solutions que ce mouvement créait.

Puis vint l'émergence d'un islamisme dur et intransigeant. Toutes les banlieues où s'était massée cette immigration non contrôlée commençaient à en subir les conséquences.

Le trafic de drogue prospérait, la délinquance devenait plus violente et emportait les esprits faibles ou frustres vers des horizons jusqu'à maintenant inexplorés.

Dans ce bouleversement sans précédent de la société française et des banlieues, la famille Larbi s'adaptait tant bien que mal à ces changements.

Le socle de cette famille était sans conteste Farida. C'était une femme intelligente, courageuse avec la tête sur les épaules. Elle soutenait Omar dont la force de caractère n'était pas sa qualité première. C'était pourtant un homme sérieux et honnête mais cela ne les avait pas beaucoup aidés dans leur vie qu'ils jugeaient médiocre. La dignité qu'ils imaginaient, ils ne l'avaient pas trouvée. Ils jugeaient qu'ils n'avaient jamais eu la reconnaissance qu'ils méritaient de leur pays d'adoption.

Et pourtant, ils n'avaient jamais cessé de chercher à s'intégrer dans ce pays qui les avait fait tant rêver. Dans leur cité de Clichy-sous-Bois, ils avaient quelques voisins français, polis et discrets avec qui, pourtant, il était difficile de nouer des relations d'amitié bien qu'entretenant des relations de bon voisinage.

Ils restaient donc confinés dans leur communauté d'immigrés algériens.

Des trois enfants, Rachid, Mouloud et Mohammed, c'était ce dernier qui était le petit préféré de sa mère. Il est vrai que c'était un garçon intelligent, vif et sympathique. Il portait tous les espoirs de sa mère. Ses frères étaient exactement le contraire. De fortes têtes, paresseux et un peu voyous.

J'ai décidé d'écrire un livre sur la vie de Mohammed. Vous en avez tous entendu parler, j'en suis sûr. Beaucoup d'entre vous ont suivi son itinéraire chaotique mais digne d'un aventurier des temps modernes, d'un héros exemplaire digne de respect même si certains de ses actes ont pu vous paraître répréhensibles. Mais, avouez tout de même que ce jeune garçon devenu une célébrité mondiale a mené une vie extraordinaire qui mérite d'être contée à tous ceux qui doutent de l'humanité dans ce qu'elle a de meilleur.

C'est une histoire si extraordinaire que je n'ai même pas cherché à cacher les zones d'ombre qui ont pu entacher quelques moments regrettables de son existence.

Tout cela a commencé à l'automne 2006, dans une cité de Clichy-sous-Bois.

# Partie I

# Chapitre 1

Le jeune Mohammed poursuivait ses études sans problème particulier au contraire de ses frères qui séchaient régulièrement les cours et se faisaient renvoyer régulièrement de leurs écoles. Farida et Omar s'étaient faits à l'idée qu'ils puissent abandonner leurs études et commencer à travailler. Tous les espoirs reposaient désormais sur Mohammed.

Farida suivait les résultats de son fils cadet avec une certaine angoisse car il ne demandait jamais à être aidé. Ses professeurs ne se manifestaient pas particulièrement auprès d'elle pour la tenir au courant de l'évolution de ses études.

Mais un jour, Farida reçut une lettre de son école. Il avait alors 16 ans.

— Mohammed, j'ai reçu ce matin une lettre de ton école. Ton professeur principal demande à me rencontrer. As-tu une idée de ce qu'il peut bien vouloir me dire ?

— Non, maman. J'ai eu de bonnes notes, ces derniers temps, et pas de problème de conduite. Je ne vois vraiment pas pourquoi il veut te voir. Quand y vas-tu ?

— Il me propose lundi prochain après les cours à 5 heures.

— C'est bizarre, quand même. Pourquoi ne m'en a-t-il pas parlé à l'école ?

— Bon, on verra bien. Cela ne doit pas être très important d'après ce que tu me dis. Je ne dis rien à ton père, pour le moment, sinon cela va le rendre encore un peu plus nerveux.

— Je termine ma révision d'histoire sur Louis XI. C'est une période intéressante mais j'ai vraiment du mal à me passionner pour ces rois français qui, à l'époque, étaient loin des préoccupations de la population d'Afrique du Nord. J'aimerais bien savoir ce qu'il s'est passé à ce moment-là en Algérie. Les livres d'histoire devraient aborder ce sujet car nous, les Maghrébins, nous sommes quasiment majoritaires dans nombre d'écoles de nos banlieues.

— Tu devrais demander à ton professeur, il pourra te communiquer des informations utiles. En fait, cela ne me manque pas réellement. On a presque plus de famille en Algérie. Nous n'y sommes pas retournés depuis longtemps. Tu aimerais y aller, toi ?

— Oui, c'est sûr, mais où ça, à Alger, à Annaba ? Je ne sais pas d'où nous venons exactement. Tu ne me l'as jamais dit. C'est dommage que l'on perde nos repères sur nos racines.

— Oui, c'est vrai ! Mais c'est bien que tu connaisses l'histoire de France, tu sais. C'est ton pays maintenant, tu es français et tu devrais être fier de l'être. La France est un grand pays. Regarde, même si notre cœur est algérien, nous sommes intégrés maintenant dans la société française même si notre souhait profond est de revenir nous installer en Algérie pour prendre notre retraite bien méritée.

— Plus tard, tes enfants seront eux aussi français et ils se sentiront encore plus français que toi. Tu es bien le seul de la famille à te poser ce genre de questions. Tes frères, ils n'ont rien fait à l'école et ils ne comprennent rien à tout ça. Cela ne les a jamais intéressés. Quand je vois le résultat, c'est vraiment malheureux. Je suis si contente que tu sois comme ça. Tes frères me désolent et me déçoivent depuis bien longtemps maintenant. Avec tous les sacrifices que nous avons faits pour eux. Moi, quand nous sommes arrivés en France, j'ai été suivre des cours de français à la Mairie, le soir, alors que je travaillais toute la journée et pendant que ton père travaillait à l'usine. On aurait dû être un exemple pour eux. Mais rien, en retour. Je me demande ce qu'ils vont devenir.

— Ne t'inquiète pas pour eux, maman. Ils vont s'en sortir, même si tu en doutes. Bon maintenant je vais travailler.

Cela faisait longtemps que Mohammed se retrouvait seul à la maison avec sa mère pendant que son père travaillait à l'usine en tant que contremaître, et que ses frères gaspillaient leur vie, désœuvrés et sans but.

Dès l'âge de 18 ans, ils avaient quitté l'école pour chercher du travail, mollement et sans succès. Ils ne savaient rien faire et n'avaient pas jugé bon de se donner du mal pour apprendre un métier.

Ils se retrouvaient avec toute leur bande de copains à traîner dans les rues et les terrains vagues. Parfois, ils se regroupaient dans les caves de leur immeuble pour préparer une expédition dans la cité voisine pour punir un des membres d'une bande rivale qui avaient manqué de respect à l'un des leurs ou à une des filles de leur cité.

Pendant ce temps, Mohammed, qui venait d'avoir 17 ans, allait à l'école tous les jours, participait activement aux cours, apprenait ses leçons, avait de bonnes notes et rentrait sagement en fin d'après-midi à la maison, pour faire ses devoirs et réviser ses leçons.

Il avait quelques copains, comme lui, pas très nombreux, qui tenaient le haut du pavé en classe. Farida les connaissait peu car Mohammed ne les invitait jamais à la maison. Lorsqu'il quittait l'école, il avait souvent des angoisses de se retrouver nez à nez avec une bande violente qui lui tomberait dessus et déchirerait ses cahiers. Heureusement, ses frères avaient une réputation de durs et cela le protégeait de ceux qui les connaissaient.

Ainsi passait la vie à Clichy-sous-Bois, ville morne, grise et sans horizon. Une bonne partie de la population française vivait dans la terreur des bandes organisées qui sévissaient, dès le soir venu.

En fait, la cité des Larbi était un lieu de non-droit. La police ne venait jamais dans le périmètre de vie, de peur des « caillassages » et autres embuscades dont les pompiers étaient souvent les victimes.

C'est pourquoi la ville se dégradait lentement. Les immeubles devenaient chaque jour plus gris, les trottoirs plus sales et défoncés, les jardins publics des coupe-gorges. Les cinémas avaient disparu et les quelques magasins qui subsistaient tant bien que mal disparaissaient petit à petit les uns après les autres.

Dans cet univers morose, les mères de famille tentaient mais le plus souvent sans succès de ressouder leur famille, d'inciter au travail leurs enfants et de leur inculquer des principes moraux tirés, la plupart du temps, de l'Islam.

Les pères, quand ils étaient au chômage, se retrouvaient dans un des seuls bistrots encore ouverts à critiquer les Français de souche qui les avaient rejetés ou à écouter des imams qui tentaient de les enrôler dans un Islam pur et dur.

Quant à ceux qui avaient un travail, ils rentraient chez eux après un petit tour au bistrot, pour se planter devant leur télévision et regarder des émissions provenant de la télévision algérienne, marocaine ou tunisienne, en attendant le dîner.

Seuls quelques-uns s'intéressaient aux études de leurs enfants, mais comme ils étaient pour la plupart incapables de le faire, ils ne pouvaient pas les aider en cas de difficultés.

Omar faisait partie de ceux qui avaient abandonné toute idée de surveiller leurs enfants, par lassitude et crainte de leurs réactions violentes. La religion ne l'intéressait pas non plus. La télévision était son refuge.

Cela faisait longtemps qu'il avait abdiqué et s'était résigné à vivre cette vie sans l'espoir d'un quelconque réconfort qui pourrait égayer leur vie. Fruste, il avait parfois des accès de colère soudaine en réaction à des contrariétés sans importance. Il pouvait être tyrannique avec sa femme et violent avec ses enfants. En réfléchissant, Farida pensait que leur mariage s'était passé très vite, peut-être trop vite, pour un homme qui ne savait pas encore précisément ce qu'il voulait faire de sa vie. Était-il amoureux de Farida, il ne le savait pas trop mais ce qui comptait c'était que ses parents avaient voulu ce mariage. Farida lui plaisait bien car elle était mignonne, mais il la trouvait un peu trop intelligente à son goût et cela ne pouvait que poser des problèmes pour la suite. En fait, c'est elle qui l'avait poussé à prendre toutes les décisions importantes de leur vie et il en avait ressenti une certaine frustration même s'il savait qu'elle avait eu raison la plupart du temps.

Souvent, il lui arrivait de penser à ses parents et à sa maison à Annaba, malgré les maigres souvenirs qu'elle en avait. La question lancinante revenait souvent : pourquoi étaient-ils partis en France ? Pour ça ! Pour une vie misérable, rejetés, voire méprisés par les Français qui, pourtant, les avaient fait venir, et parqués dans une cité dortoir sans âme. Un ghetto et rien d'autre, en fait ! Voilà dans quoi ils vivaient. Et ils restaient malgré tout. Quel courage ou quelle abnégation ! Ils avaient voulu un meilleur avenir pour eux et leurs enfants. Le présent avait du mal à les conforter dans cet espoir.

Voulaient-ils vraiment rentrer en Algérie, car ils étaient aussi français puisqu'ils avaient demandé la nationalité française et qu'ils n'avaient quasiment plus de famille en Algérie ?

Ils ne savaient même pas quoi dire à leurs enfants quand ils l'interrogeaient sur l'Algérie, leur enfance, leurs souvenirs, leur famille, leur terre, leurs racines.

Farida comprenait, bien sûr, pourquoi Omar avait évolué comme cela. Elle avait deviné son désespoir, sa résignation et son aigreur. Ne ressentait-elle pas, elle-même, ces sentiments ? Cela pouvait expliquer son attitude parfois violente. Mais elle avait refusé de se résigner. Tout son être était porté vers Mohammed en qui elle avait une confiance absolue grâce à toutes les qualités qu'elle lui trouvait et qui allaient être reconnues par ses professeurs. Il était tout ce qu'elle avait rêvé, ce qu'Omar aurait dû être.

Elle aimait encore Omar, malgré tout. Il était son mari même si elle ne l'avait pas choisi expressément. Ses deux autres fils qu'elle ne connaissait en fait que très peu lui étaient totalement étrangers.

Leur vie n'était pas facile mais ils l'avaient choisie et il leur fallait l'assumer. La France était encore quelque chose de virtuel puisqu'ils n'étaient pas intégrés. Ils n'avaient pas d'amis français. Les seules amies de Farida étaient comme elle : des déracinées des différents pays du Maghreb. Elles avaient les mêmes vies, des maris un peu déboussolés et des enfants souvent à la dérive. Pourquoi la vie était-elle si difficile ? se disait-elle. Pourquoi étaient-ils rassemblés dans des cités si inhumaines ? Un sentiment de désespoir, parfois, les étreignait, mais il était très vite refoulé. À quoi bon ? se disaient-ils. Nous devons nous battre et gagner notre place dans ce pays qui est aussi le nôtre. C'était ce qu'elle inculquait à Mohammed. Et, c'était comme cela que Mohammed devait concevoir son avenir. Il aurait sa place en France, parmi les meilleurs. Il en serait capable et le prouverait. Il serait leur fierté.

Le lundi arriva vite et Farida se rendit à l'école pour rencontrer le professeur principal de Mohammed. Elle était anxieuse et impatiente de savoir pourquoi il lui demandait de venir.

Qu'avait-il pu faire ? S'il avait fait quelque chose de mal, Mohammed le lui aurait dit, c'est sûr.

Le professeur la reçut avec beaucoup d'égards. Elle en fut surprise et flattée. Il lui demanda combien Mohammed avait de frères, comment était leur logement, si Mohammed avait une chambre pour lui, si quelqu'un, à la maison, l'aidait à faire ses devoirs et ce que faisaient ses frères.

Elle se demandait où il voulait en venir.

— Écoutez, madame, lui dit-il, Mohammed est un garçon très intelligent, il est curieux de tout et, en plus, il a une très bonne mémoire. Il a aussi un ascendant sur ses copains, c'est indéniable. C'est un vrai plaisir de discuter avec lui. Ses questions sont toujours pertinentes et tous les professeurs l'apprécient. En quelques mots, je vous ai résumé ce que pensent ses professeurs de lui. Il serait dommage de ne pas le pousser dans ses études. Vous savez qu'il y a des établissements d'enseignement supérieur qui prennent un certain nombre d'élèves provenant de certaines zones (les ZEP) comme Sciences Po ou l'ESSEC, par exemple. Je verrai très bien Mohammed suivre cette filière. Qu'en pensez-vous ?

— Ce que vous me dites là me fait vraiment très plaisir, monsieur le professeur, mais je ne sais pas quoi faire. Je ne connais pas ces écoles dont vous me parlez et tout cela est si soudain. Je savais bien que Mohammed était un garçon sérieux, le plus sérieux de toute la famille. Mais à ce point-là, non. C'est son père qui va être content. Que nous conseillez-vous de faire ?

— Voilà ce que je vous propose : certains professeurs ont proposé de lui donner, bénévolement, des cours supplémentaires, ainsi qu'à trois autres élèves qui sont dans le même cas que lui, tous les jours en fin d'après-midi. Nous avons besoin de votre autorisation pour cela. Comme cela va le fatiguer, il aura besoin de votre soutien physique et moral pendant toute cette période jusqu'à la fin de l'année scolaire.

— Bon, je vais lui en parler ainsi qu'à son père. C'est vraiment bien ce que vous faites pour nous, non plutôt pour lui, et je vous en remercie de tout cœur.

— Voilà, madame, ce que je voulais vous dire. Vous avez de la chance d'avoir un fils comme Mohammed. Je suis sûr qu'il sera un bon exemple pour ses frères et pour ses camarades de classe. Je vous dis au revoir, madame, et j'attends de vos nouvelles pour savoir si vous êtes d'accord pour qu'il suive ce programme supplémentaire.

— Merci, monsieur le professeur, et à très bientôt.

En rentrant chez elle, elle était encore sous le choc de cette conversation si prometteuse pour son fils Mohammed. Comme c'était merveilleux d'avoir un fils comme lui. Elle était si fière de lui. Oui, il serait bientôt quelqu'un de reconnu et respecté, un Monsieur.

Sur le chemin du retour, elle avait croisé une des bandes de la cité. Elle se disait qu'ils avaient bien de la chance que Mohammed ne soit pas comme eux et s'en réjouissait dans son for intérieur. Du coup, elle en avait presque oublié l'existence de Mouloud et de Rachid, ses bons à rien de fils.

La gaieté épanouissait son visage. Elle le ressentait. Elle était radieuse, presque rosissant de plaisir. Qu'allait dire Omar ?

Quand elle pénétra dans l'appartement, Mohammed l'attendait impatiemment, essayant de deviner ce que son professeur avait bien pu lui dire. Lorsqu'il vit son visage rayonnant, il savait que c'était bon signe. Oui, mais qu'elle était cette bonne nouvelle, l'interrogeait-il du regard.

— Alors maman, qu'est-ce qu'il t'a dit, mon professeur ? Qu'est-ce qu'il voulait ?

— Mohammed, je voudrais attendre ton père avant d'en parler. Est-ce que tes frères sont là ?

— Non, maman !

— J'aimerais bien qu'ils soient là aussi. Rassure-toi, c'est une très bonne nouvelle et elle se dirigea vers lui pour l'embrasser, lui frotter les joues de joie et ébouriffer ses cheveux. Je te propose d'attendre qu'ils reviennent pour en parler avec toi.

— Mais pourquoi attendre, maman ?

— Pour que nous savourions, tous ensemble, cette bonne nouvelle. En attendant, tu peux continuer tes devoirs, comme cela tu seras tranquille pour le dîner et tu pourras aller te coucher, la conscience tranquille.

Elle avait vraiment du mal à ne pas lui raconter l'entretien. Mais elle tint bon.

Ils attendirent jusqu'à sept heures le retour d'Omar. Mais Rachid et Mouloud n'étaient toujours pas là.

Comme elle ne put attendre plus longtemps, elle leur raconta toute la conversation qu'elle avait eue avec le professeur principal de Mohammed. Au fur et à mesure qu'elle avançait dans son récit, le visage de Mohammed laissait apparaître une joie intense mêlée de fierté tandis que celui d'Omar se fermait, complètement abasourdi par cette nouvelle à laquelle il ne s'attendait pas. Fier, il l'était, mais malheureux, il l'était aussi de ne pouvoir lui offrir ce qu'il méritait en cette circonstance.

Farida se mit à parler de l'avenir de son fils, de son futur travail, de ses responsabilités à venir, et de l'exemple qu'il donnerait à ses frères et à sa communauté.

Omar, quant à lui, imaginait déjà son fils, riche et puissant, à la tête d'une grande société internationale. Finis les ennuis d'argent pour toute la famille. C'est Mohammed qui pourvoirait aux besoins de tous.

Elle sentait que Mohammed était envahi d'un sentiment de fierté. Il était reconnu par un professeur français. Ses efforts et son travail étaient récompensés. Sa famille pouvait être fière de lui.

Alors qu'ils étaient en train de parler et de s'enthousiasmer, le téléphone retentit.

Farida se précipita pour aller répondre car elle eut, sans savoir pourquoi, un mauvais pressentiment. Elle écouta son interlocuteur en silence et son visage dut refléter l'état dans lequel, tout à coup, elle était plongée. Ses jambes vacillaient et elle s'assit précipitamment pour ne pas tomber. Omar et Mohammed la regardaient en se demandant ce qui pouvait bien se passer.

Plus les secondes passaient, plus leur angoisse montait et plus Farida se sentait mal. Son visage était décomposé. Elle se mit à pleurer tout à coup et ses sanglots devinrent insupportables à Omar et Mohammed. Leurs regards anxieux l'interrogeaient. Elle put, enfin, parler au téléphone :

— Mais que s'est-il passé ?... Comment cela est-il arrivé ?... C'est horrible... Oui... nous devons venir au commissariat... mais pourquoi... Où est-il... et son frère... Bien, nous arrivons.

Elle raccrocha, resta silencieuse quelques secondes, les regarda, les yeux rougis, ses pauvres mains tremblantes cherchant un objet à toucher.

— Tu vas nous dire ce qui se passe, Farida ? demanda Omar, la bouche sèche.

— Rachid est mort... il a eu un accident... la police veut nous voir... et Mouloud est blessé.

Elle se mit à éclater en sanglots tandis qu'Omar et Mohammed restaient hébétés sans dire un mot. Ce fut Omar qui parla le premier.

— Qu'est-ce qu'ils t'ont dit ?... Où est Mouloud ?... C'est quel commissariat ?... Qu'est-ce qu'on fait ?... On y va tout de suite ?

— Maman...

Mohammed ne savait pas trop quoi dire. Il se précipita dans les bras de sa mère pour la réconforter et y trouver, lui-même, le réconfort dont il avait besoin. Il connaissait assez mal ses frères mais cette nouvelle l'avait littéralement secoué. Rachid était l'aîné. Il avait peu joué avec Mohammed car ils avaient 5 ans d'écart. Mais Rachid, c'était le grand frère qu'il vénérait car il était fort et le protégeait contre les mauvais coups des bandes adverses des autres cités. Il n'était pas souvent là car il traînait dans la rue, la plupart du temps, à courir les filles ou à chaparder tout ce qu'il pouvait trouver dans les seuls magasins encore présents dans la cité. Il faisait aussi du commerce de portables volés et plein d'autres petits trafics, sans avoir jamais été inquiété par la police. Mohammed savait tout cela par ses copains qui avaient beaucoup d'admiration pour son grand frère. Malgré tout ce qu'on pouvait dire sur lui, il lui gardait son amour fraternel, espérant qu'il reprendrait le droit chemin, tôt ou tard. Mais c'était sans compter sur la malchance.

Ce soir, Rachid et Mouloud étaient tombés sur une patrouille de police qui les avait surpris en train de voler un scooter. Ils avaient pris la fuite, tous les deux sur le scooter. La poursuite avait duré une demi-heure avant qu'elle ne finisse tragiquement dans un virage. Le scooter s'était déporté, avait dérapé et ils avaient été éjectés. Ils n'avaient pas de casque.

Quand les policiers constatèrent l'accident, Rachid était déjà mort. Sa tête avait heurté le trottoir, violemment. Mouloud avait eu plus de chance. Il n'avait qu'une jambe cassée. Il fut transporté à l'hôpital tandis que le corps de Rachid, après une enquête rapide de la police sur le lieu de l'accident et un constat de décès établi par un médecin légiste, fut transporté à la morgue.

La police craignait maintenant que les bandes de la cité ne se révoltent et se mettent à brûler des voitures, en représailles.

C'est pourquoi la police avait appelé leurs parents, très rapidement. Heureusement, Mouloud était encore en état de parler. Il avait pu donner leur numéro de téléphone de ses parents.

Pour la police, il fallait aller vite pour tenter d'éviter l'embrasement de la cité et les réactions violentes de ses bandes incontrôlables.

La police s'efforça de leur expliquer, avec moult détails, les circonstances de la poursuite, de l'accident, et de sa mort. Il fallait les convaincre qu'ils n'y étaient pour rien et qu'ils n'avaient fait que leur travail, rien que leur travail, en poursuivant des voleurs de scooter.

Le commissaire de police les reçut avec beaucoup d'égards. Il les invita à s'asseoir dans son bureau. Il relata les faits tout en examinant cette famille endeuillée, qui semblait, pour l'instant, calme malgré la tristesse de la situation.

Aussi, rassuré devant ce qu'il jugeait comme une attitude responsable, il les invita à venir avec lui à la morgue pour reconnaître leur fils Rachid.

Ils prirent un véhicule de police et, pendant le trajet, le commissaire s'intéressa à Mohammed qu'il avait trouvé étrangement absent avec, toutefois, un regard hostile à son égard. Il lui demanda ce qu'il faisait, comment se passaient ses études, quels étaient ses passe-temps favoris.

Mohammed répondait avec difficultés et parfois se murait dans un silence lourd de sous-entendus. Son hostilité vis-à-vis de cet homme grandissait tandis qu'ils approchaient du lieu fatidique.

Il avait voulu venir avec ses parents, même si le commissaire le lui avait déconseillé. Mais il voulait voir son frère une dernière fois avant son enterrement qui devrait avoir lieu le plus rapidement possible après son autopsie, comme la religion l'exigeait, et selon les conseils de la police.

Ils furent accueillis à la morgue par un employé peu aimable, voire franchement hostile. Cela ne fit qu'aggraver le sentiment d'injustice qui commençait à poindre dans leurs esprits. Ce n'était pas juste qu'une nouvelle si terrible puisse survenir après ce que nous venions d'apprendre sur Mohammed. Comment la fêter, normalement, en famille maintenant ?

Il était dommage que cette bonne nouvelle concernant Mohammed ne soit pas venue plus tôt. Cela aurait permis à Rachid et à Mouloud de comprendre que leur avenir ne se limitait pas à la seule cité, au chômage et à l'exclusion s'ils se donnaient les moyens de s'en sortir.

Omar, lui, voyait les choses différemment.

Outre la colère qui émergeait dans tout son être, c'était un sentiment de lassitude face aux difficultés de la vie qui l'abattit. Il se sentait fautif de ne pas avoir pu apporter à ses enfants tout le confort et le soutien d'un père attentif et aimant. Il se disait que tout cela était de sa faute. Quel malheur ! Comment pourrait-il se racheter… n'était-il pas déjà trop tard… qu'allait-il faire maintenant… comment pouvait-il se réhabiliter vis-à-vis de Farida, sa femme, et de son fils, Mohammed ?

Il commençait à trembler et à regarder le commissaire bizarrement. Ses lèvres étaient devenues toutes bleues, comme si tout le sang avait disparu de son visage. Farida le regarda avec effroi, sentant qu'il allait se passer quelque chose. Mohammed qui avait ressenti la même chose se rapprocha de son père et lui prit la main, tendrement. Mohammed détourna son regard lorsque l'employé ouvrit le tiroir. Farida s'était mise à côté de son mari, en lui tenant l'autre main, sans bouger.

Omar se raidit, esquissa un geste vers le commissaire, mais la main de Mohammed se fit plus ferme. Mohammed regarda son père et lui dit une phrase dont il se souviendra longtemps.

— Papa, reste calme, ne montre pas à ces gens-là que tu es faible, que nous sommes faibles. Ils seraient trop contents. Moi, je veux que mon père reste digne devant la mort de son fils. C'est comme ça que je veux te voir.

Omar se ressaisit et regarda son fils et Farida avec des yeux graves. Il sécha ses larmes de colère. Tout son être se redressa.

Debout devant ce corps sans vie, il se mit à pleurer et à prier. Il les invita à faire de même.

Le commissaire resta derrière eux, encore surpris de la réaction de Mohammed. Comment était-ce possible qu'un garçon de son âge puisse réagir de la sorte, devait-il se dire ?

Le commissaire était impressionné par leur attitude si digne alors qu'ils étaient frappés par un si grand malheur. Il leur demanda s'ils voulaient rester seuls avec leur fils Rachid.

Omar le remercia de sa proposition.

Ils s'installèrent de chaque côté du corps et fondirent en larmes. La colère avait disparu pour un chagrin immense, difficile à réprimer.

Mais Omar était presque heureux, dans le fond, car il sentait que sa femme et son fils cadet avaient besoin de lui, en cette circonstance.

Ils restèrent là, sans se dire un mot, un bon quart d'heure. Puis ils sortirent pour rejoindre le commissaire.

Il les ramena au commissariat et leur expliqua, plus précisément encore, comment ce drame était arrivé.

Ils écoutèrent, avec attention, ses explications. Plus il parlait, plus sa gêne grandissait. Il savait la partie délicate et le manque de réaction immédiate de cette famille le dérangeait. Il observait Mohammed du coin de l'œil, tout en parlant. Il semblait persuadé que tout reposait sur lui. S'il réagissait bien, il calmerait ses parents, et cela aurait une incidence positive sur les réactions futures dans la cité. Sinon, c'était de nouvelles émeutes à venir, organisées par toutes ces bandes si promptes à réagir violemment, dès que ce type de tragédie arrivait.

Arrivés au commissariat, ils sentaient les regards lourds des policiers fixés sur eux. Ils montèrent les marches pour se rendre dans le bureau du commissaire. Il leur proposa du café et leur dit qu'avant de se rendre au chevet de leur second fils, Mouloud, blessé, mais pas gravement, celui-ci devait être interrogé par la police.

En effet, une charge pour complicité de vol planait sur lui. C'était la procédure à suivre. Il était conscient que cela était très dur pour eux, mais il n'y pouvait rien.

Il leur posa quelques questions sur Rachid et Mouloud et arrêta ses investigations, très vite, car l'atmosphère devenait lourde. Il préféra remettre à plus tard cet interrogatoire, si cela s'avérait nécessaire.

Ils rentrèrent directement à la maison. Ce fut Mohammed qui prit la parole le premier, dans la voiture.

— Maman, papa, on ne va pas laisser passer ça, sans réagir. C'est de leur faute si Rachid et Mouloud ont eu leur accident et que Rachid est mort. Regardez le commissaire, il était gêné de nous parler. On voyait bien qu'il se sentait coupable. De toute façon, Mouloud nous le confirmera à l'hôpital.

— Non, Mohammed, tu te trompes ! Il était gêné par notre chagrin. Je trouve, au contraire, qu'il a respecté notre tristesse. Il s'est bien comporté avec nous, pour un policier français. Tu n'as pas le droit de le juger si durement. Même si je pleure mon fils et que je suis complètement anéantie, je ne veux pas crier vengeance sans savoir.

— Eh bien, moi, je trouve que c'est Mohammed qui a raison, dit son mari. Si Rachid est mort, c'est de leur faute à tous ces salauds de policiers. Il faut voir comment ils s'en prennent à nous, dès qu'il y a un problème. Je suis sûr qu'ils ont tout fait pour que Rachid ait son accident dans sa fuite. Il faut le faire savoir à tous, tu comprends, c'était notre fils aîné et il ne faut pas que cela arrive à d'autres.

— Oui, papa, tu as raison. Je vais en parler à mes copains et vous, vous devriez en faire de même avec vos amis et nos voisins. C'est la seule façon pour que cette chasse aux Arabes s'arrête. On en a marre de tout ça.

— Mohammed, n'oublie pas que tu as été classé par ton professeur comme un élève particulièrement doué et qu'il est prêt à t'aider avec ses collègues. Est-ce cela la chasse aux Arabes ?

— Cela n'a rien à voir. C'est la police qui est en cause dans cette affaire, pas mon ou mes profs !

— Ne dites et ne faites pas de bêtises tous les deux. Réfléchissez avant d'affirmer quoi que ce soit. Cela n'ôtera pas notre chagrin ni ne rendra la vie à notre pauvre Rachid.

— De toute façon, maintenant, j'aimerais bien qu'on aille voir Mouloud à l'hôpital le plus vite possible. Lui, il nous racontera tout et je suis sûr qu'il confirmera nos doutes, dit Mohammed, en guise de conclusion.

Ils se rendirent à l'hôpital après que le commissaire leur eut donné son aval, par un coup de fil rapide. Au passage, il s'enquit de l'état moral de Mohammed.

Ils prirent la voiture et pendant le chemin la discussion allait bon train sur l'attitude de la police vis-à-vis d'eux, les arabes.

Omar et Mohammed se montaient la tête mutuellement tandis que Farida tentait, désespérément, de les calmer. Ils en avaient presque oublié la tragédie qui les avait frappés.

L'arrivée à l'hôpital les replongea dans la réalité de la situation. Une situation de désespérance totale. Ils avaient perdu un fils et son frère était à l'hôpital, gardé par la police, dans l'attente d'une procédure de mise en examen pour vol.

Farida essayait de se consoler en pensant à Mohammed, mais elle avait vraiment du mal. Elle les sentait de plus en plus nerveux. Qu'allaient-ils faire après les explications données par Mouloud ?

Pour elle, les choses étaient simples, il fallait les calmer sinon c'est Mouloud qui allait en pâtir. Elle était sûre que, si des émeutes, liées à la mort de Rachid, avaient lieu, la police et la justice se retourneraient contre Mouloud. Elle devait essayer de détourner leur attention en les impliquant dans l'organisation de l'enterrement de Rachid. L'aide d'un imam responsable, qui les remettrait dans le droit chemin de la raison et leur ferait oublier leur colère, était indispensable.

Il fallait aller vite. Mais elle voulait, d'abord, être rassurée sur l'état de santé de Mouloud. Après, il faudrait voir comment lui faire éviter la prison. C'était ça la priorité et rien d'autre. Elle en parlerait à ses deux hommes.

Mouloud était installé au 5e étage de l'hôpital. Devant sa porte, il y avait un policier en faction. Il les autorisa à entrer dans la chambre après vérification de leurs pièces d'identité. Lorsqu'ils entrèrent, ils ressentirent tout de suite la gêne de Mouloud. Ils le regardèrent, curieusement et silencieusement. Puis après quelques secondes de silence, lourd et pesant, ils allèrent à son chevet et lui demandèrent comment il allait.

Farida lui avait apporté une pâtisserie orientale qu'il adorait. Il s'ensuivit une longue discussion sur les circonstances du drame. Il avait été mis au courant de la mort de Rachid et il était complètement bouleversé. Il avait du mal à en parler.

Tout se bousculait dans sa tête, le vol du scooter, la fuite, la poursuite par la police, l'accident, la perte de connaissance, le réveil à l'hôpital avec un policier à ses côtés, et la mort de son frère racontée sans ménagement par un policier. Toutefois, il avait du mal à se souvenir des circonstances exactes de leur accident.

Maintenant, il était devant eux, blessé, et passible d'une condamnation pour vol. Il se demandait comment allaient réagir ses parents, son frère et tous ses copains.

Il ne doutait pas que ses copains allaient le considérer comme un héros.

Par contre, sa famille le regarderait comme un vulgaire petit voleur, un voyou par qui la honte s'abattait sur elle. Et cela, il avait du mal à l'assumer. Il aurait voulu disparaître lorsqu'il les vit entrer dans sa chambre.

Malheureusement, le mal était fait et il fallait qu'il se rachète à leurs yeux, mais comment ?

En voyant son fils sain et sauf, malgré une jambe dans le plâtre, Farida se mit à pleurer et à l'embrasser affectueusement.

C'était la première fois que Mouloud ressentait cette affection à son égard et cela lui fit beaucoup de bien. Il était donc aimé par sa mère. C'était réconfortant. Cela lui fit oublier, un instant, la mort de son frère. Entouré de sa famille, il se sentait mieux.

Leur conversation était totalement décousue. Ils parlaient du passé, des bons moments vécus avec Rachid, de leurs voisins, de Mohammed et de ce que le professeur principal avait dit de lui, de l'avenir, de la vie en somme. De tout, en fait, mais pas du vol. Pas de reproche, c'était incroyable. Dans cette circonstance, sa famille se ressoudait autour de lui, le complice de son frère, le voleur.

En fait, ils étaient heureux d'être ensemble, réunis autour de Mouloud. Il allait avoir un grand besoin d'eux.

Pour Farida, l'urgent était de tout faire pour lui éviter la prison. Pour Omar et Mohammed, c'était de mobiliser leur communauté pour lancer un mouvement de protestation contre les agissements de la police.

Pour Mouloud, c'était de montrer à ses parents qu'il était autre chose qu'un petit délinquant sans intérêt et il fallait aussi faire oublier le mauvais passé de Rachid. La meilleure façon de le faire était d'organiser une grande manifestation silencieuse, après ses obsèques.

Il rejoignait ainsi, dans sa réflexion, ce que pensaient son père et son frère, mais pas pour les mêmes raisons.

Ils en parlèrent. Farida restait silencieuse sur ce sujet, puis exaspérée par leur attitude, elle intervint pour leur expliquer pourquoi il ne fallait pas entrer dans ce scénario.

Ils se persuadaient mutuellement que c'était une bonne solution, mais elle tenait bon et tentait de les en dissuader. Malheureusement, elle n'eut pas le dernier mot.

Omar commençait à sortir de sa torpeur. Il accompagnait chacune de ses phrases de gestes saccadés et violents. Mohammed était le plus virulent des deux, à son grand désespoir. Tout était bon pour casser du policier, même s'il reconnaissait en fin de compte que le commissaire avait eu une attitude correcte, à leur égard.

Elle conseillait à Mohammed de ne pas s'occuper de cette manifestation mais plutôt de réfléchir à la suite à donner à la proposition de son professeur principal.

Mais rien n'y faisait. Les trois hommes avaient la même idée sur la question. Au fond d'elle-même, elle était contente de les voir ainsi réunis, parlant sans gêne et sans retenue, prêts à agir ensemble, même si ce n'était pas dans le sens de ce qu'elle désirait.

Elle se demandait comment faire pour aider Mouloud et les freiner dans leur élan.

Au bout d'un moment, un policier entra, et leur demanda de laisser Mouloud, seul dans sa chambre, car un inspecteur allait venir l'interroger, à nouveau.

Ils rentrèrent, rassurés sur l'état de Mouloud.

Tandis que Farida préparait le dîner, Omar et Mohammed discutaient toujours ensemble. Il fallait préparer les obsèques de Rachid et organiser cette grande manifestation dans la cité. Déjà, de nombreux copains de Rachid avaient été mis au courant de sa mort. Certains voisins étaient venus frapper à leur porte, mais ils n'avaient pas encore répondu à leur sollicitation.

Le dîner se passa calmement et tristement. Aucun d'eux n'avait d'appétit. Le calme était revenu dans la famille. L'ombre de Rachid planait autour d'eux.

Demain, elle préviendrait l'imam de la mort de Rachid afin de voir avec lui les préparatifs de la cérémonie religieuse tandis qu'Omar irait aux pompes funèbres. Quant à Mohammed, il irait en classe et se chargerait de tenir au courant ton professeur principal des évènements et de leur projet. Farida prenait volontairement les choses en main pour tenter de maîtriser la situation.

Après le dîner, ils allèrent se coucher, éreintés, vidés, mais soudés dans leur malheur.

La journée avait été épuisante nerveusement. Il leur fallait reprendre des forces car les prochaines journées seraient rudes.

# Chapitre 2

Le lendemain matin, ils se réveillèrent avec « la gueule de bois ». Chacun se pinçait pour vérifier qu'il n'avait pas fait un cauchemar.

Omar téléphona à son employeur pour lui dire qu'il ne viendrait pas travailler. Il expliqua les raisons de son absence mais les rumeurs avaient déjà circulé sur le sujet. Mohammed n'avait pas le cœur à aller à l'école, ce matin, comme les prochains matins d'ailleurs. Sa vie venait d'être bouleversée. Il n'y pouvait rien, tout comme ses parents. Il ne pensait même plus aux commentaires et à la proposition de son professeur principal. Tout cela n'avait plus aucune importance, comparé à la mort de son frère. Il fallait débusquer et punir les responsables de la mort de Rachid. Il devait ameuter tous ses amis, les voisins, et tous ceux qui en avaient assez d'être les victimes des contrôles permanents, musclés et sans discernement, de la police. Son père se devait d'être le moteur de ce mouvement.

Après son petit déjeuner, Farida téléphona au professeur principal de Mohammed.

Elle lui relata les évènements tragiques qui s'étaient passés et lui demanda de suivre plus particulièrement son fils pendant cette période difficile et d'être indulgent envers lui, ce qu'il accepta de bon cœur tout de suite après lui avoir transmis ses condoléances.

Mohammed était, en effet, déstabilisé et, naturellement, peu enclin à travailler, ce qui devrait être jugé normal par son professeur. Il allait tout faire pour que cet état de fait soit passager et ne nuise pas à ses résultats scolaires.

Mohammed se rendit quand même à l'école mais en traînant les pieds. Il allait revoir ses professeurs qui lui manifesteraient leur sympathie, une sympathie réelle mais qui ne le touchait pas sur le moment. Ils seraient peut-être surpris que son frère eût pu être un voleur. Par contre, il en était certain, tous ses copains de l'école le considèreraient comme un héros d'avoir eu un frère « tué » par la police. Il fallait qu'il en profite pour les mobiliser et organiser cette grande manifestation à laquelle il rêvait.

Il fut accueilli par son professeur principal qui lui présenta ses condoléances et le prit tout de suite en main pour tenter de lui remonter le moral.

Ce signe de sympathie de la part de son professeur lui était maintenant agréable et lui réchauffait le cœur.

— Pourquoi, la police est-elle si dure avec nous, lui demanda-t-il ?

— Non, Mohammed, tu n'as pas le droit de généraliser le comportement de quelques individus, indignes de leur métier. Tous les flics ne sont pas comme ça, je te l'assure.

— Oui, mais s'il n'y avait pas tous ces contrôles, cette haine et ce mépris à notre égard, cela ne serait jamais arrivé !

Son professeur ne voulait pas aller plus loin car cette conversation, dans l'état dans lequel était Mohammed, risquait de tourner au vinaigre. Mohammed avait la haine et son analyse était orientée par un désir de vengeance. Il fallait lui laisser du temps pour effacer les séquelles de cette mort et le rendre à la raison.

Il le raccompagna jusqu'à la porte de sa salle de classe et le laissa entrer seul. Dès qu'il ouvrit la porte, tous les élèves se levèrent et se précipitèrent vers lui pour le saluer et lui dire qu'ils étaient avec lui, dans cette épreuve. Le professeur de français ne fit rien pour que les élèves reviennent à leur place. Il sentait qu'il y avait de l'électricité dans l'air et qu'il ne fallait pas provoquer une étincelle. Après dix bonnes minutes, chacun revint à sa place, et le cours reprit normalement.

La sonnerie retentit et tous les élèves sortirent en criant et hurlant des slogans hostiles à la police. Bientôt, ce fut toute l'école qui s'embrasa sans que rien ne puisse arrêter ce mouvement.

Au-dehors, les deux policiers, en civil, qui avaient été postés là, par le commissaire, pour surveiller tout mouvement suspect qui pourrait se transformer en émeute, étaient sur leur garde. Tout devait être fait pour prévenir tout ce qui pourrait embraser la ville. Les consignes étaient claires. Il fallait étouffer dans l'œuf tout mouvement en cours de préparation.

Les cris et le désordre qui venaient de l'école alertèrent aussitôt les deux fonctionnaires postés, qui s'empressèrent de prévenir le commissaire de la tournure des évènements et attendre ses ordres.

Le commissaire écouta attentivement ce qu'ils lui racontaient. Il décida de téléphoner à Farida pour connaître son attitude face à des mouvements possibles. Dans son esprit, elle était sa meilleure alliée. Il fallait qu'il la convainque de calmer son fils et son mari, et le plus vite possible.

Comment allait-il s'y prendre ? La partie était délicate. Farida venait de perdre un de ses fils dans des circonstances suspectes pouvant incriminer un comportement répréhensible de la police. Il était sûr que Mohammed et Omar se laisseraient porter par tout mouvement à venir s'ils n'en étaient pas, eux-mêmes, les instigateurs. Et ce mouvement, à n'en pas douter, était en marche.

Cela se passait à chaque fois qu'il y avait un drame avec mort d'homme, même si la police n'y était pour rien.

Mais le commissaire se demandait comment faire entendre raison à des gens qui réagissaient au quart de tour dans ces circonstances, trop contents d'aller casser du flic et se révolter contre un pays qui avait mal géré leur intégration.

Le commissaire entama la conversation en lui demandant des nouvelles de Mohammed afin de savoir comment s'était passée leur première nuit après le drame.

Il lui donna des nouvelles de la santé de Mouloud et lui promit qu'il essaierait de faire tout son possible pour qu'il ne soit pas poursuivi pour complicité de vol, et qu'il ne soit pas maintenu en garde à vue à l'hôpital.

Mais cela ne pourrait être envisageable qu'à partir du moment où il n'y aurait pas de mouvements de rue qui mettraient immanquablement en péril l'action qu'il comptait mener.

Elle comprit parfaitement bien où le commissaire voulait en venir. Il comptait impérativement sur elle pour apaiser son mari et son fils. De son attitude vis-à-vis de leurs voisins et amis dépendrait la suite des évènements. Il ne demandait qu'à s'en persuader.

Lorsque Farida raccrocha, elle réfléchit à la manière dont elle allait s'y prendre pour éviter tout débordement qui pourrait avoir une incidence sur le sort de Mouloud. Voilà quelle était la mission qu'elle devait mener. Bien sûr, cela n'allait pas être facile, car Mohammed et Omar voulaient en découdre, quelles qu'en soient les conséquences. Ah, les hommes ! Heureusement que les femmes réfléchissent avant d'agir, se dit-elle pour se rassurer.

Pendant ce temps, Mohammed était porté par ce mouvement de foule qui se dessinait à l'intérieur de l'école et qui ne manquerait pas de s'étendre à toute la cité.

C'était son espoir. Il allait s'y employer.

Omar était allé aux pompes funèbres. Il fut surpris de la réaction de l'employé, déjà au courant de la mort tragique de son fils. Il avait eu un comportement hostile à son égard et lui parla sèchement de l'organisation des obsèques et de leur coût. La somme annoncée lui sembla énorme. Il se demanda comment ils allaient faire pour la payer. Ils avaient déjà des crédits qui couraient sur la voiture et sur quelques meubles achetés récemment et n'étaient pas en fonds en ce moment.

Pendant ce temps, Mohammed se demandait comment contrôler le mouvement qui se dessinait. L'organisation devait être irréprochable pour assurer le plus grand retentissement.

Il quitta l'école très tôt, et alla voir l'imam à la mosquée. Par chance, il était là. Ce dernier lui dit qu'il attendait sa mère qui avait pris un rendez-vous. Ils avaient un peu de temps devant eux avant son arrivée.

Ils discutèrent longtemps ensemble. L'imam prenait du plaisir à discuter avec lui.

C'était étonnant qu'un gamin de cet âge puisse avoir autant de pouvoir d'attraction sur les autres. La discussion commença sur l'hypothèse que l'accident de Rachid avait dû être provoqué intentionnellement par la police, sinon pourquoi le commissaire aurait-il été si prévenant avec eux ? Mohammed insinua ainsi le doute dans l'esprit de l'imam. C'est vrai que cette explication était plausible. Il fallait en voir le cœur net. Mais comment s'y prendre ? L'imam lui demanda de ne rien faire pour le moment, de ne pas bouger avant d'en savoir un peu plus.

Mohammed le mit alors dans la confidence. S'il s'avérait que cette hypothèse était exacte, Il organiserait, avec les chefs de bandes de la cité, une grande manifestation pour marquer le coup afin que les coupables soient démasqués et punis.

La police avait aussi une police des polices. Eh bien, il fallait l'aider à trouver la vérité et que celle-ci éclate au grand jour, même si cela n'ôtait pas la culpabilité de Rachid pour le vol du scooter.

Mohammed eut une idée. On devait savoir à qui appartenait le scooter volé par Rachid. Là, résidait peut être la clé de l'énigme. En imaginant que le scooter ait appartenu à l'un des policiers, ou à un proche de l'un des policiers, qui l'avait laissé garé sans précaution ni antivol, on tenait une explication. Le policier en question aurait provoqué l'accident pour en finir avec un petit salaud de voleur.

L'imam, au début dubitatif, lui promit de vérifier ce point, le plus vite possible, en espérant avoir des nouvelles, dès le lendemain.

La tâche que s'était fixée Mohammed étant terminée, il prit congé de l'imam avant l'arrivée de sa mère.

La visite à l'Imam de Farida s'était passée un peu bizarrement. L'imam lui avait demandé avant toute chose des explications sur les circonstances de l'accident. Elle ne put que répéter ce que le commissaire lui avait raconté et les brefs détails que lui avait indiqués Mouloud.

Il lui expliqua comment les obsèques religieuses seraient organisées. Elle lui fit part de sa volonté d'éviter qu'il y ait des manifestations de soutien à sa famille, pour ne pas porter préjudice à Mouloud. Mais il lui dit qu'il serait important pour la suite de connaître plus précisément les circonstances du drame.

L'imam lui rappela que le vol était puni dans le coran mais que la police portait peut-être une responsabilité dans cet accident. Il fallait s'en assurer. Cela pouvait expliquer les propos du commissaire de police qui voulait éviter toute détérioration de la situation qui amènerait à la mise en place d'une enquête par la police des polices dont les conséquences pourraient être dévastatrices.

Il fallait donc connaître tous les détails de l'accident qui avait coûté la vie à Rachid. Il allait s'en occuper. Il demanda des nouvelles d'Omar mais pas de Mohammed. C'est cela qui lui sembla bizarre, car il aimait bien Mohammed et normalement aurait dû lui demander de ses nouvelles. Elle partit en le remerciant mais avec une petite idée derrière la tête.

Sur le chemin du retour, Mohammed rencontra une des bandes de la cité. Son chef, Djamel, l'apostropha pour lui demander s'il avait besoin d'eux. Ils étaient prêts à se mobiliser pour une manifestation de soutien et tout casser.

— Je suis sûr que ce sont les flics qui sont responsables de la mort de ton frère. Il faut faire quelque chose de grand pour qu'on soit écoutés et que ces salauds soient punis.

— Ouais, je pense que t'as raison mais je veux le vérifier avant de faire quoi que ce soit.

— Ah bon, comment tu vas t'y prendre, p'tit frère ?

— J'ai mon idée là-dessus. J'te le dirai dès que j'aurai des nouvelles.

Mohammed était content. Il sentait qu'il lui serait facile d'obtenir le soutien de tous. C'était vraiment dingue. Maintenant, il lui restait à convaincre sa mère du bon droit de sa quête de la vérité. Il était convaincu qu'il n'y aurait aucun effet sur le sort de Mouloud qui serait de toute façon mis en examen et certainement condamné pour complicité de vol. Il fallait qu'elle en soit, aussi, convaincue.

Quand il fut chez lui, il n'avait plus aucune envie de travailler ni de faire ses devoirs. De toute façon, ses pensées étaient ailleurs. Ce qui comptait, c'était la vérité sur la mort de Rachid.

Lorsque Omar rentra, il était impatient de savoir comment s'était passée la journée de Mohammed. Ce dernier ne lui dit rien au sujet de sa visite chez l'imam. Il aurait bien le temps d'en parler plus tard.

Il lui raconta donc sa journée à l'école et la réaction des élèves et de son professeur principal. Il lui fit part de ses soupçons, et sur la façon de prouver la responsabilité de la police. C'était plus qu'il n'en fallait pour qu'il ne tienne plus en place et s'autoconvainque de la justesse de cette hypothèse. Il n'y avait pas de doute, c'était ça la vérité, et rien d'autre. Ils n'avaient qu'à bien se tenir ces salauds de policiers et ce commissaire trop gentil pour être honnête.

Il faut le dire à tout le monde, se répétait-il. Tout cela était une injustice terrible. Mais Mohammed le calmait. Il lui dit d'attendre un peu et qu'il en saurait certainement plus, le lendemain.

Tout cela devait rester secret pour ne pas mettre en péril la suite des évènements. Farida devait rester en dehors de tout ça.

Ils l'attendirent donc et préparèrent le dîner. La discussion allait bon train entre eux. La tristesse avait laissé la place à l'excitation et à l'évocation des évènements à venir.

Lorsque Farida revint, vers 20 heures, la table était mise et le repas préparé. Elle fut surprise de voir que ses hommes participaient sans rien dire aux tâches de la maison. C'était nouveau.

Elle les regarda attentivement et sentit qu'il se passait quelque chose. Omar était nerveux, et Mohammed, un peu en retrait. Que complotaient-ils, ces deux-là ?

— Je viens d'aller voir notre imam, il m'a parlé de l'organisation des obsèques qui doivent avoir lieu le plus vite possible, dès que la police l'autorisera. Il faut, j'imagine, aller au cimetière, dès demain, pour savoir où Rachid sera enterré. Je m'en occuperai. Et vous deux, qu'avez-vous fait ?

Tout en racontant sa journée, Mohammed essayait de la tester sur sa façon d'envisager la suite des évènements. Elle n'était pas dupe et se doutait bien qu'Omar et Mohammed avaient une idée bien ancrée derrière la tête.

Elle leur dit que la priorité était l'organisation des obsèques religieuses. Ensuite, il fallait tout faire pour que Mouloud évite la prison, c'est-à-dire éviter un débordement incontrôlé de la situation si un cortège se formait.

Sa consigne était donc d'éviter tout mouvement de foule inconsidéré. Elle espérait qu'ils avaient la même analyse de la situation qu'elle, sinon ils devraient s'en expliquer calmement.

Quant à Mohammed, il devait retourner à l'école voir son professeur principal, et lui dire qu'ils étaient d'accord pour qu'il suive des cours supplémentaires le soir.

Ils devaient aussi se rendre à l'hôpital pour voir Mouloud.

Elle appellerait le commissaire de police pour savoir quand Mouloud pourrait rentrer chez lui, en attendant sa comparution au tribunal, si c'est cela qui l'attendait.

Elle voulait les pousser dans leur retranchement, en redoutant que Mohammed et Omar avec la complicité de l'imam se lancent dans une manœuvre qui se retournerait contre son fils Mouloud.

— Mohammed, comment s'est passée ta journée à l'école ? lui demanda-t-elle.

Mohammed lui raconta sa journée en omettant de mentionner sa visite à l'imam puis il se leva de table pour aller se coucher car il se sentait très fatigué. En fait, il voulait éviter de trop parler avec elle, car elle pourrait réussir à atténuer sa volonté d'aller jusqu'au bout de sa résolution. Il comptait sur son père, sur l'imam, et sur toute la cité.

Le lendemain, sur le chemin de l'école, il décida d'aller revoir l'imam à la mosquée. Aurait-il la réponse ou faudrait-il encore attendre ? Il n'en pouvait plus. Il se sentait un autre homme, celui qui rendrait son honneur à sa famille et à son frère.

Il attendit une bonne demi-heure devant la porte du bureau de l'imam avant qu'il n'apparaisse et lui dise de rentrer. Mohammed scruta son visage pour tenter de deviner ce qu'il attendait : la confirmation de ses soupçons.

L'imam lui dit qu'il avait les renseignements sur le propriétaire du scooter. En fait, il appartenait bien au frère de l'un des policiers qui avaient pris en chasse Rachid. Bien entendu, essayer de savoir ce qui s'était passé lors de la poursuite tenait du miracle. Mais déjà, ils tenaient une piste sérieuse qui pouvait mener jusqu'à une bavure inexcusable de la police. Une bavure qui avait entraîné la mort de son frère.

Mais comment aller plus loin dans cette recherche ? C'était la question que se posait l'imam.

Pour Mohammed, il n'était pas nécessaire d'aller plus loin. Ils avaient une preuve suffisante pouvant impliquer la police dans la mort de Rachid. Il sortit en courant du bureau tandis que l'imam tentait de le rattraper et de le retenir. Mais c'était déjà trop tard. Il était dans la rue et hors de portée.

Maintenant, la riposte devait se préparer vite. Il courut à l'école et arriva avec une heure de retard mais personne ne lui dit rien. Pendant le cours, il se tournait vers tous les autres élèves et leur faisait comprendre qu'il voulait les voir à la récréation. Les murmures se faisaient de plus en plus insistants dans la salle. L'atmosphère devenait électrique. Le professeur d'histoire s'en rendit compte et demanda ce qui se passait. La seule réponse fut un brouhaha. La fin du cours sonna et tous les élèves sortirent en hurlant des invectives contre la police.

En fait, Mohammed avait fait passer un mot dans toute la classe pour dire qu'il avait la preuve que son frère avait bien été « poussé » à l'accident par la police.

Une fois dans la cour de l'école, les élèves de la classe de Mohammed tentèrent d'enrôler les autres élèves qui arrivaient et qui se demandaient ce qui se passait. Bientôt, ce fut bientôt toute l'école qui était en effervescence.

Les professeurs se réunirent dans le bureau du directeur, un homme sans grand caractère. Il redoutait tout acte de rébellion à l'intérieur de l'école. Il était incapable de réagir avec courage et détermination face à des fauteurs de trouble.

Le directeur de l'école téléphona au commissaire de police pour lui relater les derniers évènements et lui faire part de son inquiétude quant à la suite.

Cela lui rappelait ce qui s'était passé, il y a deux ans. Il y avait eu des émeutes avec plus de cent voitures brûlées et des dizaines de blessés parmi les pompiers et les policiers, après la mort, dans à peu près les mêmes circonstances que celle de Rachid Larbi, d'un jeune voleur de voiture.

Il lui demanda ce qu'il comptait faire pour protéger son école et les professeurs tout en l'assurant de sa collaboration pour le tenir au courant de la suite des évènements dans l'enceinte de l'école. Le commissaire le rassura sur ce sujet.

Les élèves sortaient de l'école en se regroupant par bloc d'immeubles et par bande. Mohammed se dit que tout se passait exactement comme il le souhaitait. Son père serait content. Sa mère ne pourrait rien dire car ils avaient eu la preuve de l'implication de la police dans la mort de Rachid.

Toutefois, il fallait encadrer la foule pendant les obsèques et rester vigilant pour la suite. Il ne voulait pas que cela puisse dégénérer en émeutes, car les principales victimes seraient les habitants de la cité avec leurs voitures brûlées et les écoles incendiées. Omar et l'imam pourraient mettre en place un service d'ordre efficace pour éviter tout débordement. Les chefs de bandes de la cité devraient être canalisés, sinon ce serait la catastrophe assurée.

Le commissaire examina la situation avec attention. Il lui fallait agir vite, et habilement.

« Pourvu qu'ils ne fassent pas de lien avec le propriétaire du scooter volé qui était dans la voiture de police lors de la course poursuite. S'ils découvrent que l'accident a pu être provoqué par mes gars, et que j'ai couvert cette connerie, mon compte est bon », se disait-il.

Il faut que ce mouvement soit étouffé dans l'œuf. Un point c'est tout.

Il téléphona à Farida pour prendre le pouls de la situation. Il lui répéta qu'il ferait tout pour éviter de la prison à Mouloud si le calme régnait dans la cité. Il lui donna sa parole.

Comment allait Mohammed, comment allait son mari, il lui posait la même question, à chaque fois. Il voulait se montrer prévenant et sympathique. Si les obsèques, qui devaient avoir lieu dans deux jours, se passaient bien, c'était gagné. Mais rien n'était sûr, pour l'instant.

Si ses gars n'avaient pas fait cette connerie, il serait plus tranquille, à n'en pas douter.

Mais là, il suffisait qu'un de ces petits cons découvre le pot aux roses et tout pouvait péter. Les télévisions seront là, et ces connards de journalistes avec leurs questions à la mords-moi-le-nœud.

Tout y passait dans sa tête. Sa hiérarchie qui serait trop contente de lâcher un fusible à donner aux chiens. Eh bien, non, il ne se laisserait pas faire. Parole de Duchamp, tiens !

Elle lui répondit avec compréhension, elle lui faisait confiance. Pour une fois qu'un policier était aimable, et ne lui parlait pas comme à un chien. Oui, elle comprenait tout ce qu'il lui disait. Oui, elle ferait tout son possible pour que tout se passe pour le mieux. Oui et oui. Mais elle commençait sérieusement à en avoir assez de cette discussion. Pourquoi ce commissaire l'appelait-il si souvent ? Avait-il quelque chose à se reprocher ? Elle était fatiguée et avait encore plein de choses à faire.

Quand Omar apprit de Mohammed comment la police pouvait être responsable de la mort de son fils, ce fut comme un vrai soulagement. Du coup, il oubliait que Mouloud était poursuivi pour vol, un vulgaire vol de scooter. Il n'avait à l'esprit que la faute certaine des policiers. Les coupables, c'étaient eux et non son fils !

Il dit à Mohammed qu'il allait s'occuper de trouver des gros bras pour surveiller la foule lors des obsèques. Il était conscient qu'il fallait être vigilant sur ce point. Et l'imam l'aiderait.

Devant ce que Farida ressentait comme une détermination sans limite de la part de son fils et de son mari, elle commençait à baisser les bras. Et puis, ils avaient peut-être raison.

Lorsqu'ils se retrouvèrent tous les trois à la maison, Mohammed dit qu'il avait la preuve que la police était responsable de la mort de Rachid et raconta ce que l'imam avait obtenu comme renseignements. Ce n'était pas une preuve formelle mais cela y ressemblait fort.

Malgré ce petit doute, Farida éclata en sanglots. Sa peine était immense mais elle ne tenait pas le même raisonnement qu'Omar. Il en avait oublié l'acte de vol de Rachid. Toute son attention était tournée vers la police. Pour lui, l'honneur était sauf. Son fils n'était pas mort en voleur mais en victime.

Farida se redressa et décida de ne pas s'interposer à leur initiative. Leur famille était unie dans le malheur. Ils étaient presque heureux de partager leur peine, avec la ferme intention de demander justice. Et justice serait rendue, ils voulaient en être persuadés.

Mohammed était rassuré. Tout allait bien se passer. Sa mère pouvait être fière de lui. Il allait défendre la mémoire de son frère. Ils pouvaient désormais, de nouveau, marcher la tête haute.

Le lendemain matin, la cité bruissait de rumeurs diverses sur la responsabilité de la police dans la mort de Rachid.

L'atmosphère devenait de plus en plus électrique à l'approche des funérailles.

La mobilisation de tous s'organisait tant bien que mal. L'inconnu était l'attitude des bandes des cités voisines qui pouvaient devenir redoutables, et de la police qui ne laisserait pas ce mouvement s'étendre.

Les imams redoutaient que cela ne tourne à l'émeute avec l'apparition des casseurs de toutes les cités environnantes, avec son cortège d'exactions en tout genre qui exaspérait les populations locales. C'était le rôle de tous les hommes de bonne volonté de les surveiller, et à ne pas hésiter à les rejeter du cortège, et à les canaliser, si nécessaire. Parmi les habitants qui soutenaient ce mouvement, beaucoup d'entre eux se feraient porter malades dans leur entreprise, ou n'iraient pas à l'école, pour participer à cette grande marche à travers la ville qui les conduirait au cimetière musulman.

Les commerçants s'étaient déjà concertés pour savoir s'il fallait fermer les rideaux de leurs boutiques. Ils avaient demandé au commissariat quelles mesures allaient être prises pour étouffer les éventuels débordements. Le commissaire avait répondu qu'ils suivaient, d'heure en heure, la situation et qu'ils avaient un plan de quadrillage de la manifestation. De plus, s'il le fallait, des renforts de la préfecture de police et de la gendarmerie seraient appelés très rapidement et se déploieraient le long du cortège, en évitant tout ce qui pourrait être considéré comme une provocation.

Mohammed ne s'était, bien entendu, pas rendu à l'école ce matin, comme bon nombre de ses camarades.

La foule grossissait d'heure en heure. C'était impressionnant à voir. La foule convergeait calmement vers la place de la Mairie.

Pour l'instant, le calme régnait mais on sentait une certaine lourdeur dans l'atmosphère. Il y avait quelques voitures de police qui surveillaient la manifestation.

Le commissaire était resté au commissariat prêt à demander du renfort, au cas où. Alors qu'il discutait avec quelques inspecteurs, le téléphone retentit.

Oui, monsieur le ministre, bien sûr, monsieur le ministre, je suis cette question très précisément, comptez sur moi. Oui, je suis déjà en relation avec la gendarmerie et les CRS. Je vous informerai immédiatement de tout incident. Au revoir monsieur le ministre.

— Bon, les gars, cela doit être très important pour le gouvernement et le ministre de l'Intérieur pour qu'il m'appelle sans passer par la hiérarchie. Vous avez compris, une connerie, ça suffit, je n'en veux pas une autre. Allez, au boulot ! Je ne veux pas d'emmerdes. On est tous dans le même bain. Ne parlez à aucun journaliste sans mon autorisation. Il semblerait que la famille Larbi ait été mise au courant que le scooter appartenait au frère de Lanternier, et que ce dernier était dans la voiture de police qui avait pris en chasse leurs fils. Cela va vite se répandre. Il faut que l'on trouve une explication plausible si on nous interroge là-dessus. De toute façon, personne ne peut savoir ce qui s'est passé au moment de l'accident, à part ceux qui étaient dans la voiture. Vous m'entendez bien. Personne, et spécialement ceux qui étaient dans la voiture, ne doit parler à qui que ce soit, encore moins aux journalistes. Compris ?

— Oui, patron ! répondirent, en chœur, les inspecteurs et policiers.

Chacun d'eux avait un ordre de mission bien précis. Ils devaient être postés à des endroits stratégiques pour surveiller le cortège et rester en contact permanent avec lui. Tout manquement aux consignes qu'il avait données serait sanctionné durement.

Omar avait rameuté une escouade de gros bras volontaires pour canaliser la foule pendant la marche, et refouler les éventuels casseurs.

Les imams se tiendraient en tête du cortège avec la famille, les amis et voisins de la famille.

Mohammed ne voulait pas qu'il y ait des slogans hostiles à la police pendant la manifestation. Celle-ci devait être silencieuse. Aussi son père et les imams firent-ils passer le message. Il ne fallait pas que le sort de Mouloud puisse en pâtir.

Mohammed, ses parents, ainsi que tous leurs proches, se rendirent à la mosquée pour entourer le cercueil de Rachid et prendre la direction du cimetière.

Une fois rassemblée en fin de matinée sur la place de la mairie, la foule s'ébranla pour se diriger vers la mosquée et rejoindre la famille et les imams.

Une fois arrivés à la mosquée, des cris se firent entendre. Des bandes de jeunes, cagoulés, tentaient de s'infiltrer dans le cortège. Ils furent refoulés énergiquement. Une vigilance accrue s'imposait à tous. Il y avait quelques voitures de police, qui se tenaient volontairement à distance et scrutaient la foule.

— Rebonjour commissaire, je viens d'apprendre que vous m'aviez caché quelque chose au sujet de ce malheureux accident. Je veux savoir tout ce qui s'est passé ce soir-là. Je veux la vérité, vous comprenez. On ne peut pas se permettre qu'il y ait des incidents, voire plus, en ce moment, dans les banlieues.

— Oui, je comprends bien, monsieur le ministre, mais moi-même, je ne l'ai su que très tardivement. Je ne le savais pas lors de votre premier appel, c'est pourquoi je ne vous en ai pas fait mention… Cela sentait le roussi pour lui ! Il se voyait déjà muté dans le fin fond d'un bled paumé, si ce n'est pas viré pour faute lourde. Que pouvait-il faire maintenant ? Demander une enquête de l'inspection générale de la police. Et, auparavant, en parler à la famille Larbi au plus vite en espérant, ainsi, calmer immédiatement les esprits. Il relata les faits tels qu'on le lui avait dit.

Voilà ce que je propose, monsieur le ministre : tout d'abord, j'informe la famille en lui faisant part de ce que la police sait à présent. Je leur dis qu'une enquête sur le sujet sera diligentée aussitôt. Qu'en pensez-vous, monsieur le ministre ?

— Il faut se rendre maître de la situation. Il faut tout faire pour ne pas attiser le feu qui couve. Donc pas de provocation. Je pense qu'il faut que vous donniez, vous-même, une explication à la famille et leur parler de l'enquête qui va être menée. Il faut qu'ils soient rassurés et confiants de notre volonté de leur apporter la vérité… vous m'entendez… Bien. J'espère, pour vous, que l'enquête ne dévoilera pas une énorme connerie de l'un de vos fonctionnaires. Maintenant au travail et bonne chance. S'il le faut, je recevrai la famille pour calmer le jeu.

Le long cortège avait déjà bien avancé, les apprentis casseurs étaient écartés sans ménagement, et la police restait à bonne distance.

La manifestation semblait sous contrôle, à la grande satisfaction du commissaire. Pourvu que tout cela tienne jusqu'à ce soir, se disait-il. Après, j'appellerai la mère de Rachid pour avoir un rendez-vous avec toute la famille et leur faire part de cette enquête. Putain ! Ça ne va pas être facile, mais c'est comme ça qu'il faut faire et c'est la seule façon de m'en tirer.

Ils arrivèrent au cimetière et se dirigèrent vers la partie musulmane du cimetière. Il n'y avait pas de place pour tout le monde, tant la foule était immense. L'imam fit un discours dur stigmatisant les attraits de la civilisation occidentale qui pouvaient entraîner des frustrations de nature à leur faire faire des actes que le Coran condamnait. Il demandait à tous ceux qui étaient présents de ne pas succomber au mirage de la « consommation reine » et de s'inscrire résolument dans une vie tournée vers le bien et les commandements du Coran. Il restait prudent car il se doutait bien que la police avait posté quelques espions dans la foule.

Ensuite, il s'en prit aux forces du mal qui s'insinuent sournoisement dans les esprits faibles pour les amener à faire des actes répréhensibles contre leurs semblables, alors qu'ils ont autorité sur eux.

C'était une allusion, à peine cachée, aux évènements présents.

Presque toute la communauté musulmane de la ville était là, par solidarité. La rumeur comme quoi la police pourrait être responsable de l'accident, et donc de la mort de Rachid, s'était répandue à une vitesse incroyable. De la même façon avait circulé la consigne de calme pour cette manifestation, malgré la colère rentrée de beaucoup d'entre eux.

Au cimetière, les gens se pressaient autour de la famille pour lui dire un petit mot de soutien.

Mohammed avait demandé qu'un film de cette marche silencieuse en l'honneur de son frère soit pris, pour le montrer, ensuite, à Mouloud car il n'était pas en état de venir, malgré l'autorisation que lui avait donnée le commissaire, contre l'avis des médecins.

En fin d'après-midi, la foule se dispersa dans le calme. On était en novembre, il faisait froid et humide et la nuit tombait tôt.

La police était rassurée, le commissaire pourrait dormir tranquille cette nuit-là

Mohammed et ses parents rentrèrent chez eux avec le sentiment du devoir accompli. Leur initiative se terminait bien, Mouloud n'en pâtirait pas.

Le téléphone sonna. Farida prit l'appareil. C'était le commissaire qui voulait les voir dans la semaine. Il avait d'importantes choses à leur dire. Farida lui proposa de venir chez eux mercredi soir prochain, vers 17 heures.

Le commissaire pensa que c'était mieux d'aller chez eux pour ce qu'il avait à leur dire, malgré le risque d'être pris à partie par quelques voyous en goguette.

Après avoir raccroché, il appela les fonctionnaires qui étaient présents dans la voiture lors de l'accident de Rachid.

Il leur annonça ce qu'ils savaient déjà. Une rumeur qui les mettait en cause, ainsi que le frère de lanternier, courait dans la cité. Il ne pouvait plus couvrir cette connerie après l'appel du ministre. Il allait annoncer à la famille qu'une enquête allait être menée par la police des polices.

Il leur demanda de bien réfléchir à la manière de répondre aux questions qui leur seraient posées. Ils allaient tous devoir donner la même version des faits. De toute façon, il était sûr qu'ils n'avaient commis aucune faute répréhensible, leur dit-il. Mais, au fond de lui-même, il redoutait qu'ils aient provoqué, sciemment, l'accident en poussant Rachid à la faute. Tout ça à cause de ce connard de frère de Lanternier. Qu'est-ce que ça pouvait bien lui faire de se faire voler son scooter ? Il était assuré, merde ! Pourquoi se sont-ils comportés comme des cow-boys, ce n'est pas croyable ! S'ils n'étaient pas aussi cons, il serait tranquille, en ce moment, sans avoir à trouiller en pensant aux conséquences possibles d'une probable bavure. Il sentait que tout cela n'était pas encore fini. Tous les petits voyous du coin n'attendaient qu'une chose : foutre la merde, casser du flic, brûler des bagnoles, à la moindre occasion. Et cette occasion, la police leur apportait sur un plateau.

Avec en plus, un ministre prêt à le balancer, s'il le fallait, pour sauver une situation qui pouvait se dégrader à tout instant. Il avait son fusible.

Il demanda des nouvelles des patrouilles qui se déplaçaient dans la ville. Il n'y avait rien de grave à signaler. Bizarre cette situation. Je ne peux pas croire que rien ne va se passer, même cette nuit, ou alors je ne comprends plus rien.

Je vais aller dîner tranquille à la maison et me coucher tôt, les jours qui viennent s'annoncent chauds !

Putain ! Qu'est-ce que je peux en avoir marre de bosser comme cela, dans une ville qui est un vrai coupe-gorge la nuit, et un trou vraiment sinistre et déprimant, le jour ! Vivement la retraite.

# Chapitre 3

Tout semblait calme. Il régnait un étrange silence qui dénotait par rapport aux turbulences de la journée. Était-ce possible que tout rentre dans l'ordre, comme ça, sans fausse note ?

Il faisait sombre, cette nuit, le vrai froid ne s'était pas encore installé, en ce mois de novembre.

Les cités étaient encore plus lugubres, entourées de halos de brouillards.

Quelques voitures passaient, sans s'attarder, dans les rues Pablo Neruda, Lénine, Marx ou encore Maurice Thorez. Rares étaient les médecins qui osaient s'aventurer la nuit pour aller soigner un malade. Cela faisait longtemps que les patrouilles de police ne s'y aventuraient plus. Elles s'arrêtaient soigneusement à l'entrée des cités, sinon c'était le caillassage assuré de leurs voitures. Les pompiers ne venaient plus qu'escortés de cars de police, surtout la nuit. Tout le monde avait la peur au ventre et vivait dans la hantise de se retrouver nez à nez avec une bande en goguette.

Les habitants qui avaient la chance d'avoir des garages fermés dormaient un peu plus tranquillement que ceux qui laissaient leurs voitures dans la rue ou dans les parkings extérieurs des immeubles.

Ceux qui rentraient tard de leur travail se faisaient déposer en groupe par les quelques taxis courageux qui acceptaient de les prendre en charge.

Çà et là, quelques passants s'aventuraient, mais leurs marches étaient très rapides, et les regards apeurés scrutaient le moindre indicateur de danger.

Tout le monde vivait comme cela depuis des années avec l'espoir, un jour, que cela s'arrangerait au détour d'un gain au loto ou d'un retour au pays, ou encore d'une promotion qui permettrait de déménager et de s'installer dans une ville plus sûre et plus agréable.

Vers deux heures du matin, des silhouettes commencèrent à se regrouper sur un des terrains vagues qui étaient le lieu de rendez-vous habituel des bandes des cités avoisinantes. Ils s'y retrouvaient pour régler un problème entre deux bandes rivales ou pour revendre les portables et autres objets qui étaient « tombés du camion ».

Une centaine de jeunes étaient maintenant sur le terrain. Ils tenaient tous une cagoule à la main et souvent une batte de base-ball ou un morceau de bois dans l'autre. Ils semblaient nerveux et déterminés à taper fort cette nuit avec un mot d'ordre : « Allez, on y va tous, dans chacun de nos quartiers, comme convenu, et si la police devient trop menaçante on se retrouve tous à la "cité des quatre mille." »

Aussitôt dit, aussitôt fait, tous les petits groupes s'éparpillèrent dans la nature, prêts à en découdre.

Déterminés et très mobiles, ils se croyaient insaisissables. La police n'avait qu'à bien se tenir, cette nuit.

La nuit fut terrible.

Les voitures brûlèrent par centaine. On n'avait jamais vu cela. Les pompiers étaient appelés de toute part par des habitants exaspérés et affolés devant l'ampleur des exactions.

La police était débordée. Les feux venaient de partout à la fois. Des groupes de jeunes, aperçus quelque part, disparaissaient aussi sec pour réapparaître un peu plus loin.

Le commissaire fut réveillé en pleine nuit par un des inspecteurs de garde.

— Commissaire, ça y est, ça pète de partout, le bled est en ébullition…

— Quoi… qu'est-ce que tu me dis… Ce n'est pas possible… tout allait bien hier soir… merde alors… j'arrive.

— En attendant qu'est-ce qu'on fait, commissaire ?

— Vous m'attendez… je réfléchis entre-temps.

Le commissaire se demandait quelle était l'urgence. Appeler le ministre, organiser le déploiement des CRS et des gendarmes en faction… quel foutu métier se disait-il… pourquoi n'ai-je pas été envoyé dans une petite ville de province tranquille… je serai peinard et pas d'emmerdes… la retraite assurée quoi !

Mais au lieu de cela, réveil à 3 heures du matin, le risque de se faire rétrograder ou muter dans un trou paumé s'il n'arrivait pas à redresser la situation… tout ça à cause d'une connerie d'un de ses hommes… une connerie qu'il avait couverte, sans trop le savoir en plus…

Tout au long du parcours, de chez lui au commissariat, il voyait des feux un peu partout et des ombres qui se faufilaient le long des rues. Qu'est-ce que foutaient ses hommes, bordel de merde !

Dès son arrivée au commissariat, il convoqua les inspecteurs de garde et téléphona au central pour savoir sur combien d'hommes il pouvait compter tout de suite, et quelle était la réserve d'hommes disponibles à déployer sur le terrain.

Il se fit relater les évènements du début de la nuit et tenta d'évaluer l'étendue des problèmes et la meilleure façon d'organiser une riposte efficace.

Avec ses hommes, il mit au point une stratégie de harcèlement des groupes localisés par ses hommes postés sur le terrain.

Il fallait les poursuivre sans relâche et les pousser à se regrouper vers le centre-ville où ils seraient pris en tenaille par les forces de police engagées dans une manœuvre d'encerclement.

Pour cela, des petites unités de police seraient déployées dans toute la ville, près de chacune des cités connues pour être difficiles. Leur mobilité et la sécurité des liaisons télécoms entre elles et avec le commissariat central étaient essentielles pour la réussite des opérations.

Mobilité et réactivité étaient les maîtres mots. Il se voyait déjà en stratège génial, non mais !

Il était quatre heures du matin quand il se décida d'appeler le directeur de cabinet du ministre de l'Intérieur. Ce fut le branle-bas immédiat au cabinet. Le ministre fut réveillé aussitôt avec le résumé de la situation décrit par son directeur de cabinet.

— Mais qu'est-ce que fout le commissaire Duchamp, nom de Dieu !

— On s'en occupe, monsieur le ministre. J'ai envoyé deux de nos hommes qui se mettront en contact avec les RG. J'ai constitué une cellule de crise et me suis mis en rapport avec le cabinet du Premier ministre. Le secrétariat de la présidence est au courant. Il faut maintenant préparer les relations avec la presse. Jean-Marc s'en occupe et vous tient au courant. La mobilisation est totale. Ce mouvement sera étouffé dans l'œuf, je vous l'assure.

— J'y compte bien. Appelez-moi le commissaire Duchamp, je voudrais lui parler.

Et voilà que les emmerdements recommençaient.

— Bonjour commissaire, alors nous voilà dans de beaux draps. La révolte gronde. J'espère que vous avez pris de bonnes décisions pour arrêter tout cela car je commence à en avoir marre de toutes ces conneries. Avez-vous contacté la famille Larbi pour l'avertir qu'une commission d'enquête allait être missionnée sur cette affaire ?

— Bonjour, monsieur le ministre, oui, je l'ai contactée. J'ai rendez-vous avec eux demain mercredi, à 17 heures.

— Écoutez, je préférerais que ce soit demain matin. Il faut aller au plus vite et ne pas lambiner.

— Bien, monsieur le ministre, je les contacte immédiatement pour les convoquer le plus tôt possible et vous tiens au courant aussitôt après.

— Il faut que tout cela s'arrête vite, vous comprenez l'enjeu commissaire ?

— Oui, bien sûr, monsieur le ministre, tout est mis en place pour cela. Vous pouvez compter sur moi.

Une fois la conversation terminée, le commissaire rappela ses hommes pour leur dire que le gouvernement avait tous les regards tournés vers eux. Il était hors de question qu'il y ait le moindre problème à l'avenir. Ils réétudièrent le plan de riposte, s'assurèrent que tout se mettait en place correctement, que les communications étaient bonnes entre toutes les unités et que les renforts éventuels étaient prêts à entrer en lice, si nécessaire.

Ils allaient voir ce qu'ils allaient voir tous ces petits cons de voyous !

Contrairement à ce qu'ils pensaient tous, la nuit connut une accalmie vers cinq heures du matin. Les patrouilles de police s'étaient postées aux points stratégiques définis dans le plan de riposte.

C'est tout juste si, dans le commissariat, tout le monde ne criait pas victoire. Il n'en fallait pas plus pour que tout le dispositif mis en place soit démantelé rapidement.

Le commissaire, le ministre et tous les autres protagonistes respiraient. C'était une bouffée d'oxygène bienvenue.

Il y eut, quand même, quelque 150 voitures brûlées, une paille par rapport aux précédents incidents d'il y a trois ans.

Toutefois, le dispositif fut maintenu et les hommes maintenus en alerte maximum.

Farida, Omar et Mohammed se réveillèrent tôt. Il leur semblait qu'ils avaient entendu des explosions ou des bruits inhabituels dans leur sommeil. Ils furent mis au courant des évènements de la nuit par la radio.

Mais pourquoi cette explosion de colère ? se demandaient-ils. Pour l'instant, nous n'avons pas de preuves formelles de la culpabilité de la police et Mouloud n'a pas encore repris tous ses esprits pour nous les confirmer. Ils espéraient qu'il se souviendrait, enfin, de la manière dont l'accident s'était passé, et qu'il mettrait en cause le comportement des policiers. Ce serait seulement après que la riposte devrait avoir lieu.

Ce que redoutaient le plus les policiers de la patrouille en cause dans l'accident, c'est qu'ils n'avaient pas tout dit au commissaire. Ils devraient faire comprendre à Mouloud que son intérêt était de ne pas les impliquer dans l'accident qui avait causé la mort de son frère.

Ils avaient été rassurés lors du premier interrogatoire de Mouloud à l'hôpital. Sa mémoire lui avait fait défaut, ce jour-là.

Ils espéraient que le choc qu'il avait reçu à la tête ne lui permette pas de se souvenir des circonstances de l'accident.

Le téléphone sonna et Farida répondit.

— Oui, monsieur le commissaire, vous pouvez passer ce matin, je serai là mais mon mari part travailler tôt et Mohammed va à l'école. Oui, j'ai entendu parler des évènements de cette nuit mais je n'en sais pas plus que ce que racontent les radios... Oui, Mohammed va bien, il était à la maison cette nuit, bien sûr... Il y a une urgence pour que vous veniez plus tôt, aujourd'hui... Oui, je comprends... À tout à l'heure donc.

Farida leur dit que le commissaire voulait passer ce matin parce qu'il avait d'importantes choses à leur dire. Elle ne savait pas trop quoi.

Omar et Mohammed sortirent ensemble. Omar vers son usine et Mohammed vers l'inconnu car il n'avait pas du tout envie d'aller à l'école tant que la question de la responsabilité de la police ne serait pas réglée.

Mohammed traîna dans la rue et alla retrouver la bande de sa cité. Il voulait savoir s'ils avaient participé aux évènements de la nuit, et dans ce cas pourquoi.

Il les connaissait mal. Mohammed allait à l'école et ne traînait jamais trop avec ces individus. Eux, c'étaient des paumés qui avaient décidé de vivre en marge de la société. Mohammed, au contraire, avait décidé de s'en sortir. Pour ce faire, il vivait en marge des bandes. Il les observait avec curiosité mais sans mépris. Il se demandait tout simplement pourquoi ils étaient comme ça. Il pensait que c'était dommage pour eux.

Le premier contact fut chaleureux. Ils l'accueillirent avec respect. Il était le frère d'un « héros martyr », victime de la brutalité policière. Pour eux il n'y avait aucun doute là-dessus.

Mohammed était grand et fort pour son âge. Il sentait qu'il avait un ascendant sur eux, et cela lui faisait plaisir, le rassurait sur ses capacités à évoluer positivement. Non seulement il les dominait intellectuellement mais son physique les impressionnait aussi.

Il leur demanda s'ils avaient participé aux évènements de la nuit. Certains dirent que oui, mais Mohammed en doutait car ils étaient encore jeunes et sans doute toujours sous la surveillance de leurs parents.

Ils se justifièrent en parlant de vengeance. Mais Mohammed se doutait bien qu'ils étaient manipulés par des bandes de garçons plus âgés, qui voulaient profiter des désordres pour développer leurs petits trafics de drogue ou de revente d'objets volés.

Il resta toute la journée avec eux, traînant dans la cité. Ses doutes furent corroborés lorsqu'une des bandes d'une cité voisine composée de garçons plus âgés, entre 18 et 20 ans, leur demanda de se mobiliser pour soutenir ceux qui allaient en découdre avec la police, ce soir même. Manifestement, ils n'en avaient rien à faire de la mort de Rachid. Ce qui comptait pour eux, c'était de mettre à feu et à sang la ville. Le reste, c'était leur affaire.

Ce fut Mohammed qui posa les questions. Que devaient-ils faire, y avait-il des directives à suivre ? En fait, tout était bien programmé. Le plan, leur plan, se mettait en place petit à petit. La veille, ils avaient pu évaluer les mesures de riposte de la police. Ils avaient pu observer où les patrouilles de police s'étaient postées et la manière dont elles se déplaçaient face aux émeutiers.

Ils leur donnèrent donc des instructions afin qu'ils attirer l'attention de la police sur eux pendant qu'ils en profiteraient pour agir le plus efficacement et faire le plus de dégâts possibles. Tout cela devait rester secret, compris !

Farida reçut le commissaire avec froideur. Qu'allait-il lui dire pour être si pressé de la revoir ?

— Bonjour, madame Larbi, comment allez-vous ce matin… bien ? Et votre fils Mohammed, a-t-il repris l'école normalement… vous savez que nous sommes très préoccupés par les évènements de cette nuit. Je suis en relation permanente et directe avec le ministre de l'Intérieur… Même si cela s'est calmé, nous restons vigilants… il ne faudrait pas que cela s'envenime… vous comprenez pourquoi, n'est-ce pas ?

— Bien, monsieur le commissaire, pouvez-vous me dire ce que vous avez à me dire… cela doit être important, j'imagine…

— Eh bien, voilà… Nous allons ouvrir une enquête sur la mort de votre fils… nous voulons être sûrs que les choses se sont passées normalement, et ainsi pouvoir répondre aux rumeurs qui courent çà et là sur la prétendue responsabilité de la patrouille de police dans l'accident.

— Une enquête… mais comment allez-vous faire… il faut interroger mon fils Mouloud, il doit en savoir plus… oui, je sais, il ne s'en souvient plus… mais cela pourrait lui revenir, n'est-ce pas ?

— Nous allons tout mettre en œuvre pour que la transparence soit assurée dans cette enquête… ce serait bien que vous en parliez à votre entourage… nous allons aller vite et interroger tous les protagonistes avec toute la fermeté nécessaire. Nous savons qu'il existe des zones d'ombres et nous voulons les éclairer pour que ne subsiste plus aucun doute, dans un sens ou dans l'autre… j'espère qu'en attendant les résultats de cette enquête, tout le monde sera raisonnable dans l'intérêt de tous, et notamment de votre fils Mouloud… il serait regrettable que les troubles que nous avons connus continuent… vous comprenez, n'est-ce pas ?

La menace était à peine voilée, mais il l'avait dit. Le sort de Mouloud pouvait en dépendre. Elle voulait y croire, à cette enquête. Il fallait que ses hommes y croient aussi, et surtout Mohammed, son petit Mohammed, qu'elle ne voulait pas voir mêlé à tout ça.

On devait en finir le plus vite possible avec ces rumeurs. La vérité devait éclater, une fois pour toutes.

Après lui avoir expliqué dans le détail les différentes étapes de l'enquête, le commissaire prit congé d'elle et s'en retourna au commissariat.

Même si le calme régnait, il y avait comme une étrange sensation dans l'air. Il n'avait pas vu de bandes en réunion et cela lui semblait louche.

Il va falloir être prêt pour cette nuit, j'en suis sûr. Ils ne m'auront pas cette fois-ci, foi de Duchamp !

Mohammed, même s'il n'approuvait pas les manifestations violentes, se prit au jeu et s'imposa naturellement au commandement de sa petite bande sans que personne n'y trouve à redire.

Dans le fond, cela commençait à l'amuser.

Le professeur principal téléphona chez les Larbi. Il n'avait pas vu Mohammed et s'en inquiétait. Il espérait que ce n'était qu'une absence pour cause de maladie ou de « spleen », tout à fait excusable dans cette circonstance. Il voulait en avoir le cœur net. Mais personne ne répondit. Peut-être étaient-ils partis à l'hôpital pour voir son frère. Il rappellerait plus tard.

Omar était allé à l'usine la mort dans l'âme. Il serait bien resté avec sa femme pour lui remonter le moral, recevoir ce commissaire, et savoir ce qu'il avait à leur dire. En arrivant le matin, ses camarades le saluèrent avec un peu plus de chaleur que d'habitude.

Ils parlèrent des émeutes de la nuit. La plupart les condamnaient, car c'étaient leurs voitures qui, dans la grande majorité des cas, brûlaient. Ils semblaient pourtant déterminés à connaître la vérité sur l'accident qui avait causé la mort du fils de leur ami. Ce sentiment était largement répandu dans la population arabe de la ville. La cause de la poursuite, c'est-à-dire le vol du scooter, avait été oubliée. C'était déjà un premier réconfort pour Omar.

Mohammed avait déjà réparti les rôles de chacun pour le début des « festivités ». Il leur recommanda de ne pas s'attaquer aux voitures et aux écoles, car en faisant cela, c'était la population qui était d'abord touchée. Leur cible devait être la police, les policiers, leurs voitures et rien d'autre.

L'après-midi se passa presque tranquillement. Dès que la nuit s'annonça, les petites bandes de quartier se réunirent avec des plans bien définis.

Quant aux commanditaires, ceux qui grâce à ces émeutes pouvaient développer tranquillement leur trafic, ils s'arrangeaient pour mettre un peu d'huile sur le feu afin d'échauffer les esprits. Tous les ingrédients étaient là pour que le mouvement reprenne avec force, cette nuit.

Farida rentra à la maison tard, trop tard pour avoir pu parler avec le professeur principal de Mohammed. Elle avait rencontré quelques-unes de ses voisines qui l'avaient invitée chez elles, les unes après les autres. Leur réaction était plutôt modérée comparée à celles des hommes et surtout des jeunes.

Elle attendit ses deux hommes. Pendant ce temps, elle appela Mouloud à l'hôpital et fut rassurée quant à son état de santé et sur son moral.

Elle avait hâte de leur expliquer le but de la visite du commissaire et l'enquête qui allait être instruite pour vérifier les éléments relatifs à la mort de Rachid. Cela permettrait sans doute de les calmer un peu et d'apaiser la rue, en conséquence.

Lorsqu'ils furent réunis, Farida leur fit le récit complet des propos du commissaire. Ils n'y croyaient pas. Comment la police pourrait-elle faire une enquête transparente, honnête et juste, qui pourrait mettre en cause l'un des leurs, si c'était le cas. Ce n'est pas possible, n'arrêtait pas de se dire Mohammed. Omar accueillit cette nouvelle avec un peu plus de recul que son fils.

Farida essayait de raisonner Mohammed. Il devait leur faire confiance. Il n'y avait pas de raison que ce type d'enquête soit truquée. Et puis, il ne devait pas oublier Mouloud et ne rien faire qui puisse lui nuire.

Chacun fit le récit de sa journée.

Mohammed mentit en disant qu'il était allé à l'école et que tout s'était bien passé. L'annonce de cette enquête n'avait pas calmé ses ardeurs. De toute façon, c'était déjà trop tard. Le mouvement était en cours. D'accord, il profitait aux trafiquants et autres casseurs, mais était-ce si grave pour la cause qu'il s'était assigné à défendre ? Et puis son frère méritait bien cela. Il dit qu'il était invité à dîner chez un copain pour travailler, et qu'il resterait peut-être dormir chez lui s'il y avait de nouveaux troubles cette nuit. Il n'y avait pas cours demain matin car leur professeur était malade. Omar accepta, bien que Farida tiqua un peu sur le moment.

Il sortit et rejoignit ses copains. Ils s'organisèrent pour la nuit, comme c'était prévu, et examinèrent les endroits où ils pourraient harceler les policiers sans prendre trop de risque, et où les possibilités de fuite étaient faciles. Chaque bande avait eu connaissance du rôle qu'elle devait jouer face aux forces de l'ordre. C'était un vrai plan de bataille.

Les premières échauffourées commencèrent tôt. Les quelques policiers qui patrouillaient en voiture furent surpris de la violence des premiers contacts avec les émeutiers.

Des cocktails Molotov volaient, et touchaient de temps en temps, leurs cibles.

Les voitures brûlaient, et les policiers qui s'enfuyaient étaient sous le feu des cailloux et autres projectiles lancés par les casseurs. Mohammed assistait à ces combats de rue avec nervosité. Personnellement, il était contre toute violence, mais dans le feu de l'action, il y prenait du plaisir. Dans le feu de l'action, il se révéla un meneur d'hommes hors pair. Sa bande avait une mobilité exemplaire ; il donnait les ordres pour avancer vers les forces de l'ordre et les attirer vers les endroits où les casseurs se trouvaient pour les accueillir avec leurs projectiles. Mohammed se prenait au jeu, il était surexcité tout en gardant la tête froide. C'était la première fois qu'il participait à une émeute.

Le commissaire fut à moitié surpris de cette flambée de violence ; il avait fait son devoir en lançant une enquête sur la mort de Rachid et avait prévenu la famille Larbi, en espérant que cela permettrait de calmer le feu qui couvait. Maintenant, l'explosion était là et il fallait l'arrêter le plus vite possible, par la force, cette fois-ci. Le dispositif de riposte était en place et prêt à se mettre en marche rapidement. Il téléphona au cabinet du ministre de l'Intérieur pour les mettre au courant et leur demander de débloquer les renforts qu'on lui avait promis. Tous ses hommes avaient leur ordre de mission en main. Les véhicules étaient prêts à partir et tout le matériel de communication fonctionnait normalement.

Ils allaient voir ce qu'ils allaient voir tous ces petits salopards. Il les aurait tous jusqu'au trognon, nom de Dieu !

La nuit allait être longue. Il annula le dîner qu'il avait avec ses parents et commanda une pizza. Il avait faim mais il ne prendrait pas de vin pour garder l'esprit alerte. De toute façon, il avait grossi et une petite diète de vin ne lui ferait pas de mal.

Et voilà, je vais être au centre d'une tempête médiatique.

Déjà, des journalistes avaient essayé de le joindre au téléphone. Il savait qu'il devait faire attention à ce qu'il disait. Il avait interdit à ses hommes de parler avec le moindre petit trou du cul de journaliste, non mais ! C'était son affaire et celle du ministère de l'Intérieur. Le ministre devait être mis en avant et c'est lui, le petit commissaire, fusible et souffre-douleur du ministre, qui devait prendre tous les mauvais coups, s'il y en avait à prendre.

La vie était comme ça et il n'y avait rien à dire. Il fallait fermer sa gueule, courber l'échine dans l'espoir d'être récompensé si les choses tournaient bien.

Il se prenait pour un général en campagne, donnait ses ordres, demandant à être mis au courant de tout ce qui pouvait se passer et qui pouvait avoir une incidence sur la suite des évènements.

Il mangea sa pizza avec délectation. C'est vrai qu'elles étaient bonnes, ces putains de pizza !

Le téléphone sonnait de partout. Les premiers rescapés des jets de pierre rentraient l'air hagard, mais, par bonheur, indemnes. Ce ne fut pas le cas pour le jeune brigadier Tricoud qui s'était pris un cocktail Molotov sur sa voiture. Celle-ci avait pris feu et il s'était brûlé méchamment la jambe gauche en sortant. Il était arrivé en boitant au commissariat, après qu'une voiture en patrouille ait pu le récupérer. On l'envoya à l'hôpital aussitôt.

Comment a-t-on pu en arriver là ? se demandait le commissaire. Pourquoi cette violence ? Qu'est-ce qu'on leur a fait, bordel ? On n'est pas des monstres. Ils n'ont qu'à essayer de s'intégrer un peu mieux. Pendant qu'il divaguait sur ces considérations hautement philosophiques, il reçut de nouveau un coup de téléphone du ministre.

— Oui, monsieur le ministre… je sais… notre stratégie est bien au point… nos hommes sont bien déployés sur le terrain… et les consignes sont claires.

— Commissaire, il faut me mater ce mouvement au plus vite et sans bavures… compris. Bon, vous me tenez au courant d'heure en heure. Je viendrai à votre commissariat dans la journée et s'il le faut je resterai la nuit aux côtés de vos hommes, sur le terrain. Mon directeur de cabinet vous appellera pour vous donner les instructions à ce sujet.

Il comprenait parfaitement bien. Tous les emmerdes pour lui et les honneurs pour eux, là-haut. Il commençait sérieusement à l'emmerder ce ministre. Pourquoi il ne donnait pas sa démission ? Ouais, pourquoi ? Parce qu'il était trop con, tiens ! Et lâche en plus. Il fallait qu'il bouffe et il n'avait pas un rond de côté, au cas où. Il était dans la merde et il fallait qu'il s'en sorte honorablement. C'était la seule issue possible pour lui.

Il se décida à partir sur le terrain pour inspecter le dispositif mis en place et tâter le moral de ses hommes. Il faut dire qu'ils étaient fatigués d'être sur le qui-vive en permanence, en temps normal. Maintenant, on leur demandait de travailler la nuit avec le risque de se prendre des pierres et des cocktails Molotov sur le coin de la gueule, avec pour seule récompense une poignée de main du ministre, dans le meilleur des cas, et une médaille si la mort était au bout du chemin.

Mais, dans le fond, cela l'amusait. Cela le changeait de la routine. Il devait faire mille choses à la fois, s'enquérir de l'avancée de l'enquête, tenir au courant le cabinet du ministre, surveiller, admonester et remonter le moral de ses hommes. Heureusement qu'il n'était pas marié et qu'il n'avait pas d'enfant.

Alors qu'il roulait doucement et précautionneusement avenue Maxime Gorki, il pouvait admirer avec quelle dextérité les petites bandes se déjouaient de ses hommes. Il les voyait de loin, courir dans tous les sens, dès qu'ils étaient repérés, attirant les forces de l'ordre lancées à leur poursuite, désormais à découvert, vers d'autres bandes, mieux armées, prêtes à les arroser de projectiles en tout genre, dont des cocktails Molotov.

Ah, les petits cons ! ils s'étaient bien organisés.

Au détour d'une rue, il vit un petit groupe se faufiler entre deux immeubles, s'arrêter après avoir repéré sa voiture, et l'un des membres de la bande s'approcher de son véhicule pour lui jeter un pavé dans le pare-brise.

Le commissaire observa bien le mouvement de l'émeutier qui s'était approché de sa voiture. Quelle ne fut pas sa surprise lorsqu'il le reconnut.

Dans son geste de lancer du projectile, celui-ci avait fait tomber le foulard qui lui cachait le visage. Nom de Dieu ! Mais c'est le jeune Mohammed que je vois là ! Ce n'est pas possible. Lui ! Même un gosse comme lui s'y mettait, mais où va-t-on ?

Il demanda à son chauffeur de bien regarder le visage de ce jeune et de s'en souvenir, il avait ainsi son témoin. Voilà qui lui servirait au cas où l'enquête s'avèrerait mauvaise pour lui et ses hommes. Son identification et sa garde à vue pouvaient avoir aussi une incidence positive sur les évènements. Il fallait qu'il réfléchisse vite à la manière de profiter de cette aubaine.

Il rentra très vite au commissariat. Il informa le cabinet du ministre qu'il allait mettre en garde à vue le jeune Mohammed, frère du garçon mort lors de la poursuite qui s'était terminée tragiquement.

Il téléphona chez les Larbi. Il était trois heures du matin. La ville s'embrasait de partout.

Le commissaire avait préparé son scénario.

C'est Omar qui répondit.

— Bonjour, monsieur Larbi, c'est le commissaire Duchamp à l'appareil… voilà ce qui m'amène… Nous avons vu votre fils Mohammed, que j'ai reconnu personnellement et formellement ainsi qu'un témoin, jeter un projectile, un pavé en l'occurrence, sur ma voiture, alors que j'effectuais une patrouille au coin de la rue Maxime Gorki et la rue Pablo Neruda. Vous êtes au courant que cette nuit, les émeutes ont repris avec encore plus d'intensité que la nuit dernière.

L'organisation semble parfaite du côté des jeunes casseurs. Les forces de police ont été agressées avec une rare violence.

J'imagine que Mohammed n'est pas chez vous.

Omar, encore endormi, réveilla sa femme en catastrophe. Il ne savait pas quoi répondre au commissaire. Il lui dit rapidement que Mohammed avait des problèmes avec la police.

— Bonjour, monsieur le commissaire, Mohammed n'est pas à la maison car il est allé travailler chez un ami et il a dû rester chez lui pour dormir à cause des émeutes dont vous parlez… Je suis étonné de ce que vous me dites. Ce n'est pas le genre de Mohammed de faire ça… Vous êtes sûr que c'était bien lui ?

Le commissaire entendait, derrière, Farida qui tentait de glisser quelques mots à son mari. C'était elle qui portait la culotte, c'était sûr.

— Oui, bien sûr que c'était lui, nous avons un témoin assermenté, en plus de moi. Dès qu'il rentre, que ce soit cette nuit ou demain matin, il doit se rendre au commissariat sinon on lancera un avis de recherche immédiatement… vous comprenez… Et si les émeutes continuent, ce ne sera pas bon pour vos deux fils. Il faut que vous compreniez bien que nous avons diligenté une enquête sur la mort de votre fils Rachid, et que cela n'est pas habituel. Vous devez nous faire confiance et tenter d'expliquer cela à tous vos voisins pour qu'ils calment les ardeurs de leurs enfants impliqués dans ce mouvement. Si ce n'est pas le cas, Mohammed risque d'aller en prison comme votre autre fils Mouloud.

— Monsieur le commissaire, c'est madame Larbi au téléphone, ce que vous me dites est horrible. Après la mort de mon fils Rachid, mes deux autres fils iraient en prison. Ce n'est pas possible ! Comment voulez-vous que je puisse faire quelque chose pour arrêter les émeutes ? C'est impossible !

— Il faut essayer, madame Larbi. Je ne peux rien vous dire de plus. Tenez-moi au courant et n'oubliez pas de demander à Mohammed de se rendre au commissariat le plus vite possible, sinon c'est nous qui irons à sa recherche.

Il raccrocha, satisfait. Il y avait peut-être une petite chance de voir le mouvement se calmer.

Pourtant, pour l'instant, le mouvement s'étendait et de nombreuses voitures brûlaient un peu partout. Les pompiers intervenaient, mais avec précaution et ne s'aventuraient pas au sein même des cités. Les policiers, CRS et gendarmes étaient nombreux sur le terrain mais débordés par le harcèlement permanent et bien organisé des bandes locales.

Mohammed se rendit compte qu'il avait pu être reconnu quand il avait lancé le pavé vers cette voiture de police. Il remit vite son foulard sur son visage et repartit, un peu inquiet, sur le front. En voyant les voitures brûler, il était furieux. Ils ne comprenaient rien à ces abrutis de casseurs. Et maintenant, c'était une école qui était en feu. Quels imbéciles ! se disait-il. Il demanda aux membres de sa bande de se tenir éloigné des casseurs qui leur portaient préjudice. Pourquoi font-ils cela ? Ils n'ont qu'à s'en prendre à la police, un point c'est tout.

Cela ne l'empêchait pas de mener sa petite troupe au combat avec talent et efficacité. Il se déjouait habilement des pièges tendus par les gendarmes et la police, tout en évitant de se retrouver mêlé aux casseurs qui étaient en train de faire des dégâts considérables.

Il apercevait des journalistes avec des cameramen filmant les voitures en train de brûler. Il faut dire que le spectacle était impressionnant et presque beau à voir. Il espérait que la voiture de ses parents avait été épargnée.

Il était cinq heures du matin et sa petite troupe commençait à être fatiguée. Il leur proposa de se retirer pour qu'ils rentrent chez eux et se reposent, en faisant attention de ne pas se faire embarquer par la police. Il leur donna rendez-vous le soir même à l'endroit de ralliement habituel.

En rentrant chez lui, il trouva son père et sa mère réveillés, les lumières ouvertes. Ils avaient l'air effondrés. Que se passait-il, la blessure de Mouloud avait-elle connu des complications ?

— Mohammed, nous avons eu un coup de téléphone du commissaire. Tu sais ce qu'il nous a dit… il t'a vu jeter un pavé sur sa voiture… où étais-tu cette nuit ?… chez qui… dis-nous la vérité… tu te rends compte, si tu es poursuivi, de ce que va dire ton professeur principal... sa proposition va tomber à l'eau et tu vas te faire renvoyer de l'école... ton bulletin scolaire en fera mention... c'est une catastrophe... nous qui comptions tellement sur toi.

— Oui, c'est vrai, j'ai passé la nuit dehors et j'ai participé aux émeutes. C'est ma manière à moi de tenter d'oublier la mort de Rachid et de le venger. Mais je vous jure que je n'ai pas incendié de voitures ni d'écoles. Avec mes copains, on a simplement envoyé des pierres sur les voitures de police et rien d'autre. Mais sur la voiture du commissaire je ne m'en souviens pas... ah oui, ce doit être lorsque mon foulard est tombé... il a dû voir mon visage... c'est trop bête !

— Est-ce que tu te rends compte que tu risques d'aller en prison ? Tu crois que ça ne suffit pas avec ton frère ?

— La prison, mais pourquoi ?

— Parce que c'est la loi, et qu'ils l'appliqueront, si les émeutes continuent... tu comprends... maintenant, il faut que tu ailles au commissariat voir le commissaire et te mettre à sa disposition, c'est ce qu'il nous a demandé. Si tu n'y vas pas, il y aura un mandat d'amener, lancé contre toi... nous pensons que tu dois y aller dès ce matin... et demain nous appellerons l'école pour les prévenir de ton absence... prie Allah pour que tu ne sois pas poursuivi et que tu n'ailles pas en prison.

— Bien, mais je n'irai pas ce matin. Je n'irai qu'après avoir prévenu mes copains.

Le bilan de la nuit d'émeute fut lourd. Plus de 400 voitures brûlées, 10 policiers blessés dont 2 grièvement, 25 jeunes casseurs arrêtés et une école à moitié détruite par le feu.

Les journaux télévisés en parlaient longuement, avec photos et films à l'appui.

Les télévisions étrangères en faisaient des gorges chaudes. La France, si prompte à donner des leçons au monde entier, était victime d'une révolte de ses exclus, ses immigrés rejetés par la société, et ses chômeurs désespérés de ne jamais pouvoir trouver un travail. Pour le gouvernement, c'était un désastre total. Plus que jamais, il fallait arrêter ce mouvement, sinon il allait s'étendre un peu partout en

France avec des conséquences incalculables pour l'économie et l'image de la France dans le monde.

Le ministre de l'Intérieur cherchait partout le commissaire. Il était venu cette nuit vers 4 heures du matin, au moment où le commissaire Duchamp était allé prendre un peu de repos.

Il réussit enfin à le joindre au téléphone et l'engueuler copieusement sur le résultat brillant d'un mouvement qu'il était censé stopper net, grâce à une stratégie des plus brillantes. Je t'en foutrais, moi, de stratégie efficace de riposte. C'était encore pire que la nuit dernière. Je vais lui botter le cul, moi, à ce commissaire. En tout cas, il va entendre parler de moi !

Tout le monde était sur les dents, la Présidence, Matignon, la place Beauvau et le petit commissariat de Clichy-sous-Bois.

Le gouvernement, par la voix du Premier ministre et du ministre de l'Intérieur, faisait feu de tout bois. Le Président recevait des condoléances d'un peu partout. Mais celles qui lui faisaient le plus mal venaient des gouvernements américain et anglais. Il avait l'air fin, c'est sûr ! Et sa politique pro- arabe était mal en point. En résumé, il perdait sur toute la ligne.

# Chapitre 4

Le lendemain matin, Mohammed se rendit sur le lieu de rendez-vous et prévint ses copains qu'il devait se rendre au commissariat car il avait été vu la nuit dernière par le commissaire, en personne, jeter un pavé sur sa voiture. Ils n'en revenaient pas. Mohammed allait se rendre à la police, sans se battre. Ils se dirent qu'il en était hors de question. Ils allaient le cacher pendant quelque temps en attendant de voir la suite des évènements. Mohammed se défendait mollement car, pour lui, les émeutes devaient s'arrêter vite sinon son frère et lui iraient immanquablement en prison. Ils devaient tous faire passer ce mot d'ordre, en sachant qu'ils n'auraient aucune prise sur les casseurs, c'était sûr !

Ils décidèrent de l'empêcher de se soumettre à la police et de l'emmener dans la cave d'un immeuble de la cité voisine, là où aucun policier ne viendrait le chercher. Mohammed se laissa faire.

Ils partirent vers cette cité mais en cours de chemin ils croisèrent une patrouille de police qui les interpella. Ils s'enfuirent en courant dans tous les sens et s'égayèrent dans la nature. Mais fatigués par une nuit sans sommeil, ils furent vite rattrapés et emmenés au commissariat.

On appela aussitôt le commissaire Duchamp pour lui présenter cette belle prise.

— Ils ont fui en nous voyant, commissaire. Ils doivent certainement avoir des choses à se reprocher et surtout à nous raconter.

Le commissaire aperçut immédiatement Mohammed, dans le petit groupe. Il lui demanda de le suivre dans son bureau, pendant qu'il appelait l'un des inspecteurs de garde pour qu'il s'occupe des autres.

— Alors Mohammed, tu participes à ce mouvement. Tu sais que je t'ai vu hier jeter un pavé sur ma voiture. Mon chauffeur en a été témoin aussi. Sais-tu que cela est passible de prison ? J'en ai parlé avec tes parents et leur ai dit qu'il fallait m'aider car une enquête était en cours et que rien ne pouvait justifier de tels agissements. Il fallait, avant toute chose, laisser l'enquête se dérouler dans la plus grande sérénité. De plus, tu n'es pas sans savoir que Mouloud, ton frère, est aussi passible d'une peine de prison. Cela fait beaucoup pour ta mère et ton père, non ?

— Comment voulez-vous que l'on puisse vous faire confiance... cette enquête a été lancée sous la pression de la rue... vous avez eu peur, lors de l'enterrement de Rachid, que la vérité sur sa mort éclate au grand jour. Si ces manifestations ont eu lieu c'est uniquement de votre faute... ni moi, ni mes parents ne sommes fautifs... je ne vois pas comment on aurait pu arrêter ce mouvement... et moi, je suis persuadé que ce sont vos hommes qui ont provoqué l'accident qui a tué mon frère

— Comment peux-tu dire cela ? Mes hommes m'ont assuré qu'ils n'y étaient pour rien et je ne vois aucune raison de ne pas les croire. De plus, tu le vois bien, ce sont tous les petits trafiquants en tout genre qui organisent ces émeutes et profitent de la situation. Cela n'a rien à voir avec les causes de la mort de ton frère. Ils s'en foutent comme de l'an 40. Voilà la réalité ! Et toi, dans tout ça, tu es leur complice, comme tous ces petits casseurs à la con, quoique tu en dises et quoique tu en penses.

— Vous vous trompez car il n'y a pas de manipulateurs et de manipulés, on est tous dans le même bain et nous sommes tous des victimes du rejet de la société française. Vous n'avez rien fait pour nous aider à nous intégrer, c'est la seule explication à tout cela. Avec notre nom, vous croyez qu'il est facile de trouver du travail ? La solution pour s'en sortir, c'est quoi alors ? Le trafic en tout genre comme vous dites, voilà la vérité !

La discussion s'envenimait, mais les arguments simples et posés de Mohammed touchaient le commissaire. Cette discussion était intéressante. Il n'en revenait pas, Mohammed avait 17 ans et il parlait bien, avec un vocabulaire riche et des arguments difficilement réfutables. Mais il avait commis un délit, c'était indéniable. Il ne pouvait pas le soustraire à la Justice sans que ses hommes en soient choqués, après les durs moments qu'ils venaient tous de passer lors de ces dernières quarante-huit heures. De plus, s'il laissait partir Mohammed, le ministre le saurait certainement tôt ou tard. Il se rassura en se disant que, de toute façon, cela lui ferait du bien de passer devant un juge et d'être condamné à une peine mineure, c'est du moins ce qu'il espérait.

Le commissaire arrêta la conversation et ramena Mohammed dans la salle où étaient gardés ses copains.

Après deux heures d'attente, ils relâchèrent les copains de Mohammed sauf Mohammed qui fut mis en garde à vue avant d'être présenté à un juge pour comparution immédiate.

Ce fut un vrai coup de massue pour Mohammed. Sa situation s'empirait. Il allait être exclu de l'école et ses parents seraient plongés dans un profond désespoir.

Le tableau était complet !

Dès que les copains de Mohammed sortirent du commissariat, ils allèrent répandre la nouvelle de l'arrestation de Mohammed auprès des différentes bandes de la ville. Le commissaire avait appelé ses parents pour l'avertir de son maintien en détention en attendant de passer devant le juge.

Farida s'effondra en larmes, à cette annonce. Tout s'écroulait autour d'elle. Même son fils chéri, Mohammed, devenait un paria. Elle ne savait plus que faire. Omar était parti à l'usine et ne reviendrait qu'en fin d'après-midi. Il fallait qu'elle tienne jusque-là.

Elle rappela le commissaire pour savoir si elle pouvait venir voir son fils Mohammed. Mais il lui dit que c'était impossible avant son audition. Elle décida d'aller à l'hôpital pour voir Mouloud. C'était le seul réconfort qu'elle pouvait trouver pour l'instant.

Sur le chemin de l'hôpital, elle put voir des restes de carcasses de voitures calcinées en train d'être enlevées. Tout était gris, le temps, la couleur des immeubles, son teint, et l'air de la ville, à travers les fenêtres du bus.

Ses yeux rougis étaient dans le vague, ses pensées se focalisaient sur leur avenir, qu'elle entrevoyait très sombre. Ils avaient vécu jusqu'à maintenant, difficilement. Les jours à venir s'annonçaient encore plus durs.

Il n'y avait aucun espoir d'amélioration. Elle allait rester seule avec Omar pendant, peut-être, quelques mois en attendant le retour de prison de Mohammed et de Mouloud. Et Omar, comment réagirait-il ? Il était faible et fragile, sujet à de profondes dépressions.

Elle descendit du bus et se dirigea vers l'hôpital. Quand elle rentra dans la chambre de Mouloud, elle vit à l'expression de son visage qu'il connaissait déjà la nouvelle pour Mohammed.

En effet, Mouloud était dans une partie surveillée de l'hôpital, celle qui recevait de temps en temps des détenus, malades, accidentés, ou des prévenus en attente de jugement.

Un policier était venu le lui dire. Mouloud semblait désespéré.

Ils s'embrassèrent longuement. Mouloud pleurait. Tout cela à cause de Rachid et de moi, se lamentait-il.

Il essaya, tout de même, de remonter le moral de sa mère en lui disant qu'il allait bien mieux et qu'il pourrait bientôt se déplacer normalement.

Ils parlaient de Rachid, se remémoraient les meilleurs moments passés ensemble, de la naissance de Mohammed et des colères d'Omar. Tout y passait, la discussion partait dans tous les sens et cela leur faisait du bien, énormément de bien, surtout à Farida.

Elle s'éternisait, non seulement pour rester avec Mouloud mais pour ne pas rentrer chez elle et se retrouver seule. Cela devenait trop lourd à supporter.

Mouloud faisait tout son possible pour avoir l'air joyeux et parler positivement de leur avenir pendant que Farida l'écoutait les yeux dans le vague en pensant aux tête-à-tête à venir avec son mari qui deviendrait, peut-être, de plus en plus irritable.

Elle sentait que les choses lui échappaient, elle qui avait l'habitude de gérer les évènements avec efficacité et détermination.

Ils se partagèrent, sans appétit, le repas de Mouloud.

En début d'après-midi, elle se décida à partir. Une fois chez elle, elle rappela le commissaire pour avoir l'autorisation de voir Mohammed, autorisation qui lui fut, de nouveau, refusée. Elle demanda où en était l'enquête mais n'eut pas de réponse précise parce que le commissaire ne savait pas, non plus, où elle en était. Il savait, tout juste, que les hommes qui avaient poursuivi Rachid en voiture avaient été interrogés. Mais il ne savait pas ce qu'ils avaient dit. Il en saurait plus le lendemain car ils lui feraient un compte rendu détaillé de leur audition. Il promit de rappeler Farida, à ce sujet, le plus tôt possible et raccrocha.

Il aimait bien Farida. C'était une femme de caractère, se disait-il, ce qui n'était pas le cas de son mari, un caractériel à n'en pas douter. En plus, elle avait dû être pas mal jeune. Aujourd'hui, elle était un peu grosse et toujours mal fagotée.

Puis il reprit ses pensées. Ce n'était pas de sa faute si tous ces gamins de banlieues étaient tous des petits cons sans cervelle. Ah ça pour le faire chier, ils le faisaient superbement chier. Et pas seulement lui.

Il serait peut-être envoyé à Pétaouchnok à cause de toutes ces conneries. Je leur botterai le cul, si je pouvais, à tous ces petits cons, pensait-il en se redressant sur sa chaise.

Il y avait, maintenant, dans son commissariat des types des RG. Il était espionné, c'était le comble. On n'avait plus confiance en lui. Comment bien travailler dans ces conditions ? Tous ces mecs devaient élaborer, dans leur coin, des actions à mener, dans le plus grand secret, sans qu'il soit au courant de quoi que ce soit. Tu parles d'efficacité, dans ces conditions, tiens !

Il réfléchissait à la meilleure stratégie possible pour mettre au point un plan de riposte vraiment efficace, si des émeutes se reproduisaient encore cette nuit.

Il devait trouver une stratégie imparable pour éviter de nouveaux débordements. Pour ce faire, il appela ces plus fidèles sbires. Ils l'aimaient, ses hommes, leur commissaire. Il avait mauvais caractère, pouvait être vraiment pénible quand il était de mauvaise humeur, mais savait être juste quand il le fallait et se battait régulièrement pour défendre les promotions et les primes des membres de son équipe qu'il proposait à sa hiérarchie. C'est pourquoi, tout en râlant régulièrement contre lui, lorsqu'il leur demandait de faire des heures supplémentaires, ils les faisaient toujours.

Ils restèrent en réunion plus de deux heures sans qu'un plan vraiment nouveau ne vienne à leur esprit. Ils connaissaient bien pourtant les lieux et la mentalité de tous ces jeunes désœuvrés. Mais ils étaient sans réponse.

Il fit venir le chef présumé des hommes des RG et lui demanda s'ils avaient un plan. Il s'aperçut qu'ils avaient une vision plus « politique que terrain » des problèmes.

En fait, ils étaient là sur ordre du ministre et leur but était de rendre compte au ministre, plus que de prêter main forte aux pauvres policiers qui n'en pouvaient plus de bosser sans fin et d'être « de quart » une nuit sur deux.

Il fallait qu'il se démerde tout seul. Voilà qu'elle était la conclusion.

Farida fut appelée chez elle par une journaliste de Paris Match qui lui demanda si elle pouvait venir faire une interview d'elle, rapidement. Elle sauta sur l'occasion, car c'était, peut-être, une bonne solution pour faire avancer l'enquête et trouver l'idée qui ferait sortir Mohammed de la situation dans laquelle il se trouvait.

Le rendez-vous fut pris pour le lendemain après-midi, chez elle. La journaliste viendrait, accompagnée d'un photographe, mais ils seraient seuls, sans escorte policière.

Farida était tout excitée à l'idée de recevoir cette journaliste. Elle avait une voix chaleureuse au téléphone et avait l'air de s'intéresser vraiment à son cas. Les questions qu'elle avait posées étaient sincères dans le ton et dans leur formulation.

Elle devait préparer cet interview du mieux possible pour qu'il ait le plus de retentissement possible afin de toucher le grand public et d'amadouer, si possible, les autorités judiciaires.

Elle descendit pour aller acheter le dernier Paris Match et lire le dernier article de cette journaliste. Elle en parlerait à Omar et, ce soir, ils chercheraient comment orienter les questions de cette journaliste, pour que l'article soit un élément positif dans la défense de leurs fils.

Fallait-il être virulent vis-à-vis du comportement de la police ou, au contraire, conciliant pour éviter de froisser les autorités ? La vraie question était là, pour Farida et la réponse, pas évidente.

Elle en oubliait tous ses malheurs. Elle se disait qu'elle était bien seule face à toutes ces adversités. Elle avait peu d'instruction parce que ses parents l'avaient retiré de l'école très tôt, trop tôt pour qu'elle en retienne quelque chose. Elle aurait bien voulu continuer ses études, elle s'en sentait capable, mais ce n'était pas dans leur coutume, voilà tout.

Elle ne discuta pas le choix de ses parents, ni lorsqu'ils arrangèrent le mariage avec Omar.

Omar, lui, ce n'était pas un intellectuel. Il avait été un bon mari, au début, puis cela avait tourné à la routine comme la plupart des mariages, alors qu'elle était encore belle et désirable, se disait-elle.

Elle s'était occupée du mieux possible de l'éducation de leurs enfants avec les maigres moyens qu'ils avaient.

Elle aurait bien aimé être avocate. Elle en aurait été tout à fait capable. Elle regardait régulièrement les émissions et les séries à la télévision qui mettaient en scène les avocats.

Maintenant, elle avait l'occasion de montrer, effectivement, qu'elle aurait pu être une bonne avocate en mettant sur pied une bonne stratégie pour défendre ses enfants et l'honneur de la famille.

Quand Omar revint de l'usine, elle lui raconta sa journée, sa matinée à l'hôpital avec Mouloud qui allait beaucoup mieux, sa conversation avec le commissaire, le coup de téléphone de la journaliste de Paris Match et la préparation du rendez-vous qui aurait lieu, demain à 11 heures du matin.

Omar voyait d'un œil inquiet et jaloux sa femme prendre les devants dans tous ces évènements, le reléguant presque à un simple spectateur incapable de réagir ou de trouver des solutions à leurs problèmes. Il réagit avec vigueur et lui dit que c'était de la folie de voir cette journaliste. Cela allait leur retomber dessus.

De toute façon, ils étaient des Arabes sans défense face aux autorités françaises. Ils avaient tout juste le droit de se taire. Regarde nos enfants, ils ne peuvent même pas trouver de travail. La société les tient à l'écart parce qu'ils s'appellent Mohammed, Mouloud ou Rachid.

Cela ne sert à rien de vouloir aller à l'encontre de tout cela. C'est pourquoi tous ces jeunes avaient raison de se révolter.

Farida se tut, puis elle intervint pour lui dire qu'il n'avait pas le droit de parler comme cela. Il y avait une place pour nous tous dans la société, à partir du moment où on le voulait. Oui, il fallait s'en donner les moyens et travailler dur. Regarde le professeur principal de Mohammed, il était prêt à lui donner des cours particuliers gratuits pour l'aider à aller plus vite et plus haut, lui répondit-elle. Et pourtant, il s'appelle Mohammed !

Il faut que l'on prenne notre place dans cette société, ne serait-ce que pour défendre efficacement nos valeurs. Plus il y aura des ingénieurs, des chercheurs, des avocats d'origine arabe, plus nous serons écoutés et respectés, c'est comme cela que l'on doit comprendre notre avenir.

Il était déconcerté car il savait que sa femme avait raison, mais il voulait tant avoir le dernier mot.

— Et la religion dans tout cela, qu'est-ce que tu en fais, Farida ?

— La religion, le Coran, cela fait partie de nos valeurs, bien sûr Omar, mais cela n'empêche pas de nous donner les moyens de nous imposer dans cette société, dans ce monde où, pour l'instant, nous ne faisons que de la figuration. Notre religion, c'est notre atout, car nous y croyons, c'est le ciment de notre peuple à la différence des Occidentaux qui ne vivent plus que dans un monde matériel où le spirituel a pratiquement disparu. En attendant, nous avons besoin d'espoir concret de réalisations dont nous serons fiers, et qui aidera notre jeunesse à s'en sortir et à être l'étendard de notre fierté retrouvée.

Omar n'avait jamais entendu sa femme parler de cette manière, il en fut surpris et décontenancé. Elle avait bien parlé. Il préféra abandonner la discussion. Il aurait pu hausser le ton et dire que ce type de réflexions était l'apanage des hommes, surtout des imams, et que ce n'était pas à une femme de tenir ce discours. Il se rendait compte que Farida était plus intelligente que lui, et il se sentit désespéré de ne pas lui avoir apporté la vie qu'elle méritait. Il l'aimait toujours mais, malheureusement, il ne savait comment le lui montrer.

Il n'était pas faible mais tout simplement incapable de soutenir un débat de ce type par manque d'instruction et par lassitude d'une vie qu'il jugeait sans intérêt et sans espoir.

Dans le fond, c'était mieux que son épouse reçoive la journaliste. Elle s'en sortirait mieux que lui.

Il regardait Farida et se disait qu'il avait eu de la chance de l'épouser. Il était conscient que ce n'était pas son cas à elle.

Ils dînèrent silencieusement et regardèrent la télévision. Ils en avaient oublié les émeutes qui se répétaient maintenant chaque nuit et qui s'étendaient à d'autres banlieues et d'autres villes, comme le relataient les journalistes de la télévision.

En effet, le désordre s'installait dans toute la France. Les médias français et étrangers s'en donnaient à cœur joie, certains pour donner du sensationnel à leurs lecteurs, auditeurs et téléspectateurs, et d'autres pour fustiger les résultats de la politique d'intégration poursuivie en France depuis trente ans avec ce lamentable résultat.

Les plus virulents étaient les médias anglo-saxons trop contents de « tirer sur l'ambulance France ».

Le Président de la République se taisait, pour l'instant, tandis que le gouvernement essayait de contenir ce mouvement. Il s'engageait, comme d'habitude, à apporter une solution, avec des promesses qui, bien entendu, ne seraient pas honorées par manque de moyens et de volonté. Personne ne savait si c'était une révolte orchestrée ou une accumulation de mouvements spontanés qui s'autoalimentaient. C'était aux RG d'apporter une réponse qui se faisait attendre.

Le parlement discutait de l'utilité de voter l'état d'urgence, une polémique de plus entre la gauche et la droite.

Pendant ce temps-là, les commissariats d'un peu partout faisaient de leur mieux pour tenter de stopper le mouvement avec les moyens du bord, ce qui était le cas du commissaire Duchamp.

Il n'avait pas obtenu tous les renforts promis parce qu'ils avaient été déployés dans d'autres villes.

Il avait l'habitude de ce type de promesses non tenues et s'en accommodait avec résignation.

Pour autant, il dormait de moins en moins, comme ses hommes. La fatigue éprouvante accentuée par la pression du pouvoir politique le stressait au point de ne plus avoir le temps de réfléchir. Il fallait qu'il suive l'enquête en cours, qu'il aille sur le terrain pour tenir au courant le cabinet du ministre de l'état de la situation, qu'il remonte le moral, déjà très bas, de ses hommes, et qu'il gère le quotidien d'un commissariat de banlieue. Plus il travaillait plus il avait de l'énergie qu'il puisait, malgré la fatigue physique, au plus profond de lui. C'était à chaque fois la même chose. Mais une fois tout rentré dans l'ordre, il s'effondrait de fatigue et s'absentait quelques heures pour dormir et se ressourcer.

Quel fichu métier, quand même ! se disait-il. Tout en étant fier et heureux d'être aux premières loges en tant qu'acteur incontournable de ce type d'évènements. Le ministre l'appelait, son nom était connu par les plus hautes autorités de l'État.

Mohammed se morfondait dans sa cellule. On vint le chercher pour l'amener au tribunal, dans le cadre d'une procédure de comparution immédiate. Les évènements de la rue avaient précipité les choses. Le pouvoir politique voulait des exemples à jeter aux médias et à leurs électeurs. Mohammed en serait une des premières victimes. Le juge d'instruction commença son interrogatoire avec dureté. Puis, au cours du dialogue qui s'instaurait petit à petit, il conduisit l'instruction avec un intérêt grandissant. Il était étonné d'avoir en face de lui un jeune beur qui développait une argumentation construite et cohérente pour expliquer sa présence devant lui. Ce n'était pas l'image du casseur lambda qu'il avait devant lui.

La discussion devint très vite un dialogue sur la situation qui s'était répandue dans les banlieues et autres villes françaises.

Mohammed parlait calmement. Il cherchait à le convaincre de son bon droit tout en condamnant la violence gratuite et les exactions commises par les bandes de casseurs.

— Mais alors, pourquoi avoir jeté une pierre sur une voiture de police, en l'occurrence celle du commissaire Duchamp, qui vous connaît de surcroît ?

— Cela n'a rien à voir. C'était juste après l'enterrement de mon frère et après avoir eu connaissance de l'enquête sur les circonstances de l'accident qui a causé sa mort. J'étais en colère contre la police et uniquement contre la police. C'est elle qui est, j'en suis sûr, responsable de son décès en ayant provoqué délibérément l'accident qui a causé sa mort. C'était une manière de me venger. Je ne suis pas un vulgaire casseur prêt à tout casser pour le plaisir. Je condamne les violences motivées par un désir de vengeance.

— Bien, mais alors pourquoi avoir participé activement au mouvement aux côtés des casseurs ? Vous auriez très bien pu agir personnellement, et autrement. Vous vous êtes mis hors-la-loi en participant, en bande organisée, aux émeutes. Il se dit que vous étiez le chef de votre petite bande et que vous organisiez leurs missions et déplacements. Est-ce vrai ?

— Oui, c'est vrai, mais je leur demandais de ne rien faire qui puisse causer des dommages aux voitures et aux écoles. C'est vrai que seule, la police était visée dans nos manœuvres nocturnes. Je ne voulais pas que l'on puisse nous comparer aux casseurs.

— Je peux, à la rigueur, comprendre, mais vous vous êtes comporté comme eux avec, en plus, un foulard pour dissimuler votre visage. Admettez que cet acte était violent et aurait pu tuer un policier, même si ce n'était pas votre objectif. Est-ce que vous vous en rendez compte ?

— Oui et je le regrette !

— Crois-tu, pardon, croyez-vous que ce soit ce type d'actions qui va changer quelque chose à votre situation, faire comprendre vos difficultés et favoriser une meilleure intégration des immigrés ?

— Oui, j'en suis sûr, même si, comme je vous l'ai dit c'est plus pour des raisons personnelles que je me suis impliqué dans ce mouvement.

— Ah bon et pourquoi ?

— C'est simple, vous allez voir que les hommes politiques français vont commencer, dès demain et comme d'habitude après chaque mouvement de ce type, à s'intéresser à nous et nous sortir des mesures pour tenter de calmer les émeutiers. C'est donc qu'ils pensent qu'il faut faire quelque chose, mais qu'ils ne bougent que lorsqu'on les y oblige.

— D'accord, mais il y a peut-être d'autres moyens pour y arriver que de jeter des pierres sur les policiers.

— De toute façon, ils en ont rien à faire de nous. Il y a déjà tellement de chômage et l'économie ne va pas bien, alors pourquoi s'intéresser à nous. Ils préfèrent s'adresser en priorité à leurs électeurs puisque nous ne votons pas.

— Voter, justement, est-ce que ce ne serait pas une bonne manière de montrer que vous voulez vous intégrer dans la société, non ?

— Il y a deux manières de s'intégrer, monsieur le juge. La première est de trouver un boulot. Vous savez que c'est absolument impossible, aujourd'hui, pour un arabe non qualifié. Pourquoi nos parents ont-ils pu en trouver ? Parce que l'économie française de l'époque était en plein boom, comme l'économie des principaux pays développés. Aujourd'hui, ce n'est plus le cas, alors que l'économie mondiale est en pleine croissance. Il n'y a pas plus de travail, pour nous, en France qu'en Algérie, au Maroc ou en Tunisie. L'autre manière, c'est d'être soutenus et défendus par des représentants de notre communauté dans les hautes instances politiques et économiques de la France. Et là, vous en conviendrez qu'on en est loin.

Tout ça, c'est la faute aux hommes politiques français qui sont incapables de se remettre en cause, et proposer des solutions nouvelles pour favoriser la croissance, et intégrer toutes les communautés dans un projet commun qui les mobilise.

— Au fait, que faites-vous comme étude ?

— Je prépare le bac ES.

Le juge n'en croyait pas ses oreilles. Un jeune « beur », un casseur, lui tenait un discours des plus sensés et bien argumenté, avec une conscience politique particulièrement développée.

Il se dit qu'il rappellerait le commissaire à la suite de cette audience, pour en parler avec lui.

— Justement, vous faites des études d'économie et vous semblez intéressé par votre environnement sociopolitique, vous auriez dû condamner toutes ces violences en n'y participant pas, et en demandant à vos copains de ne pas y participer. Le combat pour la reconnaissance des valeurs de votre communauté passe par le dialogue, la compréhension mutuelle et le vote, n'est-ce pas ?

Pour que les jeunes se mettent à voter, il faut qu'ils se sentent concernés, et ils ne le sont pas. Ils préfèrent s'adonner à leurs petits trafics en tout genre. Cela leur permet de survivre pour beaucoup et même de vivre très bien.

La discussion aurait pu durer encore quelque temps mais le juge n'avait pas le temps. Il donna congé à Mohammed qui retourna dans sa cellule et téléphona au commissaire Duchamp pour avoir une discussion plus approfondie avec lui au sujet de Mohammed.

— Bonjour commissaire, ici le juge Leroi. Je voulais vous avoir au téléphone pour parler du jeune Mohammed que vous m'avez envoyé. J'avoue que l'entretien que je viens d'avoir avec lui m'a laissé perplexe. C'est un garçon qui me semble particulièrement intelligent et digne d'intérêt. Qu'en pensez-vous ?

— Bonjour, monsieur le juge, c'est vrai que ce jeune homme mérite le détour. Mais il a fait une grosse bêtise, une bêtise impardonnable justement, à cause de ce que vous venez de me dire. Il aurait pu me tuer. Et puis dans le contexte actuel, on ne peut pas s'intéresser à un individu en particulier. On n'a pas le temps. Il a fait une connerie, j'y peux rien. Mes hommes ne comprendraient pas que l'on fasse une exception pour lui.

— Bien sûr, monsieur le commissaire, mais avouez que cela serait dommage que ce garçon aille en prison, même pour quelques semaines, non ?

— Je pense qu'une telle punition lui ferait du bien. Et, si c'est vraiment un garçon bien, il aura l'occasion de parler avec ses copains et de se rendre compte qu'il a fait une grosse bêtise, comme ceux qui seront avec lui dans sa cellule. Le tout, c'est qu'il devra être mis dans une cellule spéciale, loin des caïds et autres malfrats.

— Bon commissaire, vous maintenez votre position. Donc, je ne peux rien faire de plus. Il ira faire sa peine, en prison. Je pense qu'il écopera de 2 à 3 mois. Permettez-moi de réitérer que ce n'est pas la meilleure solution pour lui et que cela n'aura aucun effet positif sur son comportement à venir, ce sera même le contraire. Mais puisqu'il faut des exemples…

— Au revoir, monsieur le juge, excusez-moi, mais j'ai plein de choses en retard à faire.

Il avait conscience d'avoir été un peu sec avec le juge et que ce jeune Mohammed valait mieux qu'une vulgaire condamnation qui le mènerait quelques semaines en prison. Mais tant pis, il était fatigué et le mal avait été fait. Qu'est-ce qu'on aurait dit au commissariat s'il avait abandonné sa plainte et si le ministre l'avait su ? Il avait eu raison de ne pas plier.

Mais si l'enquête donnait raison aux soupçons de Mohammed, bien qu'il en doutât, il serait dans la merde, nom de Dieu ! se dit-il avec lucidité. Il ne fallait pas que cette enquête puisse aboutir à la culpabilité de ses hommes. Il convoqua l'inspecteur qui était dans la voiture de police le soir du drame.

L'inspecteur Boudut lui confirma ce qu'ils avaient dit aux enquêteurs. C'est-à-dire qu'ils avaient été alertés du vol d'un scooter par le frère de Lanternier dans la nuit du 7 novembre à 2 heures du matin. Lanternier et son frère étaient montés dans une voiture de police pour effectuer une patrouille de reconnaissance dans les rues de Clichy.

Au détour d'une rue, ils aperçurent le scooter avec deux jeunes dessus. Ils le prirent en chasse. Alors qu'ils le poursuivaient à bonne vitesse, le scooter dérapa dans un virage et le conducteur glissa sur la chaussée pour aller percuter le bord du trottoir avec sa tête. Il n'avait pas de casque. Le spectacle était horrible. La tête avait éclaté. Le jeune était mort sur le coup.

Quant au passager, il avait eu de la chance, il ne s'était cassé que la jambe, assez gravement, certes, mais il était sauf. À son avis, il ne pouvait pas se souvenir des circonstances immédiates de l'accident, vu la violence du choc.

Tous avaient donné la même version des faits. Il ne voyait vraiment pas comment les conclusions de cette enquête pourraient être différentes de leur version des faits, d'autant plus qu'aucun témoin ne s'était manifesté. De toutes les façons, les rues étaient désertes à cette heure, et il n'y a pas d'habitation sur le lieu de l'accident.

Le commissaire était rassuré. Il n'avait plus qu'à attendre les résultats officiels de l'enquête, tranquillement. De ce côté-là, il était peinard. Le seul problème pouvait venir du passager, il ne se souvenait plus de son prénom, qui pourrait donner une autre version des faits et impliquer ses hommes. Mais cela lui semblait impossible, tant il voulait croire à leur version des faits, contre toute tentative de déstabilisation.

Ils ont, peut-être, fait une connerie en collant le scooter un peu trop, lors de sa poursuite, le poussant à augmenter sa vitesse inconsidérément. Mais était-ce une faute, alors, dans l'état d'exaspération dans lequel ils étaient ? Assurément non, pour lui.

Ce n'était pas tout, il fallait maintenant préparer les mesures pour cette nuit.

Les RG ne lui étaient d'aucun secours. Il allait encore se démerder tout seul avec ses hommes qui commençaient sérieusement à en avoir marre. Il n'avait pas encore eu de coup de téléphone du cabinet du ministre.

C'est vrai qu'il n'y avait plus que Clichy-sous-Bois dans la panade. Il fallait faire feu de tout bois et coordonner les actions des forces de l'ordre pour qu'elles soient disponibles aux endroits qui en avaient le plus besoin.

Après avoir établi les ordres de mission de ses hommes, il partit dîner. Il leur donna rendez-vous pour 20 heures.

La nuit allait être encore difficile, il fallait prendre des forces.

Farida téléphona au commissariat pour avoir des nouvelles de Mohammed, mais elle ne put en avoir car le commissaire était absent. Elle devait le rappeler plus tard.

Farida et Omar se retrouvèrent une nouvelle fois, seuls, pour dîner. Leur moral n'était pas au plus haut, mais ils tenaient bon, quand même. Elle réessaya de téléphoner au commissaire, juste après le dîner. Elle l'obtint, mais il ne fut pas très prolixe. Il lui dit qu'il avait eu le juge au téléphone mais ne mentionna pas la teneur de ses propos qui condamnait, de fait, Mohammed à faire quelques semaines ou mois de prison. Il lui laissa quelques espoirs en lui disant que le juge pourrait être clément mais que cela ne dépendait plus de lui.

Quand Farida raccrocha devant le regard interrogateur de son mari, elle était décontenancée. Elle était pessimiste sur le sort de Mohammed. Elle était sûre que le commissaire, d'après le ton neutre de sa voix, n'avait rien fait pour arranger la situation.

Le sort de son fils était scellé, il ferait de la prison, surtout dans le contexte de violence actuel. Mais pourquoi avait-il fait cela ? se disait-elle. S'il avait écouté son professeur principal, il serait tranquillement en train de faire ses devoirs, à cette heure, à la maison. Son avenir se présenterait bien. Il serait la fierté de la famille. Celui qui réussit ses études. Mais aujourd'hui, tout s'effondrait. C'était un retour à la dure réalité de la vie d'une famille arabe dans une banlieue triste et sale, sans espoir de jours meilleurs. Un vrai désespoir l'envahit, tout à coup.

Elle regarda, avec tristesse, son mari. Elle n'aurait plus de joie en perspective. Mohammed ne pourrait pas continuer ses études et ne pourrait pas trouver de travail. Quant à Mouloud, c'était un bon à rien qui n'arriverait jamais à rien.

Elle alluma mécaniquement la télévision, s'installa à la table de la cuisine et déversa toute sa tristesse sur Omar qui ne savait quoi dire ou penser ; tant son esprit était ailleurs.

À la télévision, les journalistes reprenaient les évènements de la veille et se préparaient à couvrir ceux de cette nuit. La routine, en quelque sorte, sauf que son Mohammed était toujours dans sa cellule au milieu de voyous de haut vol qui ne pourraient lui faire que du mal.

Ils entendirent à nouveau, dehors, les bruits habituels des émeutes, cris, petites explosions de voitures en feu, sirènes de police et de pompiers. Elle n'en pouvait plus.

Elle avait hâte de s'endormir et de se retrouver, demain matin, prête à recevoir cette journaliste de Paris Match.

Le commissaire s'apprêtait à passer une nouvelle nuit blanche à sillonner son périmètre de responsabilité avec ses hommes, à inspecter leurs positions et à tenter d'anticiper les mouvements des émeutiers entre les différentes cités. Il restait en contact permanent avec les forces présentes sur le terrain. Finalement, il aimait ça, il se voyait en grand stratège.

La nuit fut mouvementée comme il l'avait prévu et toujours pas de nouvelle du cabinet du ministre. Il en aurait certainement dès qu'ils auraient connaissance des résultats de l'enquête.

Les médias étaient de plus en plus présents sur le terrain. Les cameramen filmaient les voitures en feu le long des rues, théâtres des combats entre émeutiers et forces de l'ordre. Il faut dire que la nuit, le spectacle était impressionnant, voire beau. Il y avait beaucoup de journalistes étrangers parmi eux. Les plus virulents dans leurs commentaires étaient les Américains de la chaîne CNN et les Anglais de BBC World. Le commissaire les regardait de temps en temps et rigolait franchement devant leurs commentaires volontairement alarmistes. C'était comme si la France entière était à feu et à sang.

Ridicules, se disait-il, ils sont ridicules. Tout ça est un tissu de conneries, aussi con que les commentaires qui avaient été faits par les journalistes français sur les conséquences des cyclones qui venaient d'avoir lieu au sud des États-Unis.

De temps en temps, ils se rendaient dans le commissariat pour tenter d'interroger les policiers ou le commissaire. Mais les consignes étaient strictes : pas d'interviews, ni une quelconque prise de parole.

Il y eut l'incendie d'un gigantesque entrepôt de textiles. Plus de 50 pompiers furent appelés en renfort, sous la protection de la police. Cela devenait infernal.

Le cabinet du ministre appela dès que la nouvelle de cet incendie fut connue. Les consignes étaient de protéger les quelques sociétés ou usines présentes dans la ville, même si cela devait dégarnir les effectifs déployés sur le terrain.

Ces évènements étaient devenus un enjeu politique sur lequel le gouvernement comptait bien en tirer les marrons du feu. En affichant une fermeté sans faille dans la condamnation et la répression du mouvement, il se conciliait la grande majorité de l'opinion. Finalement, pour certains, tout cela était finalement bien venu, même si l'image de la France risquait d'en avoir pris un coup, sur le moment, à l'étranger.

Du coup, la pression sur le commissaire avait légèrement diminué. Les hommes des RG avaient disparu un beau matin, plus de nouvelles. Il pouvait respirer et agir à sa façon.

Pour l'instant, il avait l'impression d'avoir géré au mieux une situation qui se présentait très mal pour lui.

Le commissariat était assailli de coups de téléphone d'habitants, vociférant contre l'incapacité de la police de protéger leurs biens et spécialement leurs voitures contre ces bandes de petits voyous qui ne méritaient qu'une chose : un coup de pied au cul et un séjour en prison pour leur apprendre à vivre ! C'était la même litanie tous les jours depuis le début des émeutes. La queue des plaignants venant porter plainte afin d'avoir le papier à présenter à leur compagnie d'assurances pour être remboursés. Le commissaire était franchement désolé quand il voyait la tête de ces pauvres bougres dont le seul bien qu'ils pouvaient avoir avait disparu en fumée, avec le maigre espoir de se faire rembourser des queues de cerises par leur assurance. Quelle misère et quelle injustice pour ces pauvres gens ! se disait-il. Ils n'ont vraiment pas de bol. Ils vivent dans des cités de merde, ont une vie de merde, et tout le monde s'en fout, comme les petits marquis dans les ministères qui n'en ont rien à battre.

Mohammed avait passé une mauvaise nuit dans sa cellule. Il devait passer en jugement ce matin et se doutait bien que son sort était scellé. Il allait servir d'exemple.

Il était malheureux pour ses parents mais surtout pour sa mère qui méritait mieux que tout ce qui lui arrivait en ce moment. Mais dans le fond, il ne regrettait pas son acte.

Il restait sûr que son frère était mort par la faute de la police, même si l'enquête révélait le contraire.

Seul Mouloud pouvait lui confirmer ses soupçons mais il doutait qu'il en soit ainsi, car la police mettrait une pression d'enfer à son frère, s'il lui arrivait de se souvenir d'éléments compromettant pour elle.

Il voyait son avenir avec pessimisme. Il se retrouvait dans la même situation, lorsqu'ils étaient arrêtés, que tous ces casseurs ou caïds dont il condamnait les actes. Il aurait un casier judiciaire qui le suivrait éternellement et il aurait un mal fou à trouver du travail. Il ne serait plus le bon élève, celui que l'on montre en exemple, le fils que toutes les mères enviaient à Farida. Il ne serait plus la fierté de ses parents. Pour l'instant, il devait se résigner à son sort, certain qu'il s'en sortirait coûte que coûte !

# Chapitre 5

Mohammed fut condamné à 1 an de prison, dont 3 mois ferme. 10 autres jeunes, dont Mouloud, absent pour cause d'incapacité à se déplacer, furent condamnés à des peines équivalentes. Le couperet était tombé, froid, implacable et sans nuance. Tous étaient dans le même sac. La pitance avait été donnée au bon peuple.

Sa mère ne l'apprit qu'après son entretien avec la journaliste de Paris Match.

Farida s'était réveillée avec un mauvais pressentiment. Ce serait un mauvais jour pour Mohammed. Elle écouta les nouvelles. C'étaient encore les émeutes qui prenaient le plus de place, sur les antennes. On parlait de plusieurs dizaines d'émeutiers qui avaient été arrêtés et qui passaient en comparution immédiate devant les juges. Des consignes de fermeté avaient été données pour servir d'exemples, et calmer les ardeurs des aspirants casseurs. Des bruits de complots circulaient. Certains affirmaient que tout ce mouvement était manipulé par des organisateurs de l'ombre. On citait un collectif d'imams fondamentalistes, d'autres des djihadistes revenus de Bosnie et d'Irak ou encore des salafistes d'Algérie. Il est vrai que les émeutes se renforçaient chaque nuit et devenaient de plus en plus violentes et destructrices. Les plus alarmistes disaient que les fondements de la République laïque vacillaient.

La vitesse de propagation du mouvement commençait à inquiéter sérieusement le gouvernement. Il fallait agir vite et fermement avec une main de fer pour écraser cette insurrection. C'était vraiment du miel pour les médias. Mais c'était une alerte pour Farida. Tout ce matraquage était annonciateur de décisions de justice dures, disproportionnées, et sans discernement par rapport aux faits jugés.

Omar partit pour l'usine, non sans avoir donné quelques consignes à Farida pour se mettre la journaliste dans la poche. Des conseils que Farida trouvait ridicules. Elle allait se débrouiller très bien toute seule.

Jocelyne Tremplin arriva à 11 heures tapantes, accompagnée de son photographe. C'était une jeune femme d'une trentaine d'années, sérieuse et souriante qui donnait l'impression d'être très attentive aux autres. Elle se présenta à Farida avec gentillesse, lui présenta Joël, son photographe, tout en attendant que Farida lui propose de venir s'asseoir dans le salon et qu'elle puisse commencer son interview.

Joël fut discret et prit, après que Farida lui eut donné son accord, des photos de son appartement et de la vue sur la cité, depuis son balcon.

— Bonjour, madame Larbi… merci d'avoir accepté de me recevoir avec Joël, mon photographe… comme je vous l'ai dit au téléphone, je suis journaliste chez Paris Match depuis 3 ans et couvre la rubrique des « faits de société »… nous avons appris le malheur qui vous a frappé et voudrions, sans que cela ne provoque de tristesse supplémentaire pour vous, analyser la situation actuelle à travers votre prisme, celui d'une mère touchée au plus profond d'elle-même par la mort d'un de ses fils. Mais, si à un moment quelconque, vous ne vouliez pas aller plus loin dans cette interview, nous respecterons votre souhait et nous en resterons là, d'accord ?

— Oui, bien sûr, répondit immédiatement, Farida, surprise de la délicatesse de l'approche de cette journaliste.

— Bien, madame Larbi. Pouvez-vous nous raconter, succinctement, depuis combien de temps vous vivez dans cette cité, quel est le métier de votre mari, le vôtre, si vous travaillez… ? Nous éclairer sur la vie quotidienne d'une famille dans une cité où vivent une majorité de familles d'immigrés… et pour les enfants, leur vie à l'école et en dehors de l'école… vos loisirs, vos rapports à la religion… ?

— Cela fait beaucoup déjà et je ne sais pas si je pourrais tout vous dire en si peu de temps, mais je vais essayer.

L'interview commença et Farida se mit à parler sans frein et rapidement, ne voulant rien laisser échapper de cette vie passée. De nombreux souvenirs qui avaient disparu remontaient à sa mémoire et se bousculaient dans sa tête au moment d'en parler.

Elle dévidait des années de galère et de tristesse entrecoupées de quelques trop rares moments de joies et de bonheur.

Tout ce qu'elle racontait était empreint de mélancolie et de gravité dans la description minutieuse des évènements ou des simples faits anodins. Jocelyne l'écoutait avec bonheur.

Elle avait à faire à une femme sensible, respirant la bonté. La lucidité de son récit la rendait de temps en temps pathétique, mais l'éclat de ses yeux la rendait belle. Elle ne se lassait pas de l'écouter. Le flot de paroles était ininterrompu, mais c'était tant mieux.

Quelle femme extraordinaire elle avait en face d'elle, se disait Jocelyne !

Tant de dignité et de fierté, face à une vie dédiée à son mari et à ses enfants, et durant laquelle aucune difficulté ne lui avait été épargnée, méritait le respect, voire l'admiration.

Puis vint le moment où elle commença à parler des derniers évènements. La tension montait, Joël la prenait de temps en temps en photo, le plus discrètement possible. Le débit se fit plus saccadé et le ton plus dur et triste à la fois.

Jocelyne qui enregistrait tout ce que disait Farida était prête à arrêter le magnétophone au moindre signe de détresse de Farida. On sentait que l'intensité de la douleur était difficilement supportable pour elle. Mais sa volonté d'aller plus loin et de faire tout pour défendre la mémoire de Rachid, l'honneur de la famille, et par-dessus tout apporter la solution au risque de voir son fils Mohammed envoyé en prison, était plus forte.

Jocelyne savait qu'elle tenait là une interview de grande qualité. C'est la rédaction qui allait être contente et si les photos étaient bonnes, le reportage serait superbe.

Farida aborda la question sur les circonstances de la mort de Rachid, sans acrimonie et sans détours. On sentait qu'elle était déterminée à connaître la vérité, toute la vérité sur cette affaire, le plus tôt possible. Elle demandait que la transparence la plus totale soit assurée, et que les enquêteurs aillent jusqu'au bout de leur investigation. La stratégie que s'était fixée Farida reposait sur cet angle d'attaque. Il fallait qu'elle enfonce le clou et qu'elle puisse mettre le doute dans l'esprit de la journaliste, et donc des futurs lecteurs. Il fallait expliquer le geste de Mohammed comme une juste réplique au doute sur une action policière condamnable.

L'attention de la journaliste se fit plus grande. Elle tenait un thème fort qui allait donner du poids à son article et à cette interview. Plus Farida parlait plus elle commençait à prendre fait et cause pour cette femme et cette famille qui n'avait rien à voir avec ce que l'on racontait généralement, sur les familles d'immigrés. Désormais, elle était persuadée qu'elle devait aider cette femme. Elle avait une cause à défendre. Elle imaginait déjà le titre de la couverture du prochain numéro avec une photo montrant toute la détresse de cette femme isolée et meurtrie. Isolée, car personne ne l'aidait dans cette épreuve, et triplement meurtrie par le décès de son fils aîné, les blessures de son second fils qui, de plus, risquait la prison, ainsi que son plus jeune fils qui, dans un acte de rébellion désespéré, s'était retrouvé en garde à vue, allait être jugé sans discernement et envoyé en prison pour quelques mois.

Au moins, la justice aurait pu attendre les résultats de l'enquête avant de frapper.

Farida en profita pour raconter la vie de Mohammed, les remarques et propositions de son professeur principal, son intelligence, son caractère et finalement tous ses côtés positifs.

Pour Jocelyne, il n'y avait plus de doute sur les circonstances du drame. Comment expliquer la présence d'un civil dans la voiture qui poursuivait le voleur de scooter ? Et qui plus est, ce civil étant le propriétaire du scooter et le frère d'un des policiers embarqués dans cette voiture de patrouille. Tout cela ne pouvait qu'aller dans le sens des explications de Farida.

Le doute était évident même si la certitude n'était pas démontrée. Mais cela expliquait, logiquement, le geste de Mohammed.

Elle se dit que si Mohammed était déclaré coupable, sans circonstances atténuantes, avant les résultats définitifs de l'enquête, et envoyé en prison, elle prendrait fait et cause pour cette famille. Cette femme le méritait.

L'entretien arrivait à sa fin.

Farida avait tout dit et se sentait mieux car elle avait le sentiment que cette journaliste l'avait comprise et qu'elle serait son alliée dans les moments difficiles à venir. Son plaidoyer avait été efficace, elle pouvait être contente d'elle. Elle avait défendu avec brio son point de vue et donc sa famille.

Jocelyne Tremplin, quant à elle, était aux anges. Elle tenait une interview qui allait passionner ses lecteurs et une cause, une juste cause à défendre qui allait certainement mobiliser la rédaction et les lecteurs. Elle devait, avant tout, se renseigner très vite sur l'enquête en cours et sur l'éventuelle condamnation des fils de cette femme remarquable.

Elle demanda à son photographe si les photos étaient bonnes. Joël lui confirma que le visage de cette femme était beau, encore plus sous la douleur. Les photos seraient un bon support à son article, il en était sûr.

La journaliste et le photographe prirent congé de Farida et la remercièrent pour son hospitalité. Au sortir de l'immeuble, ils n'étaient pas très rassurés car des bandes de jeunes traînaient çà et là, leurs regards insistants vers ces étrangers venus sans escorte. Pourquoi étaient-ils ici et qui étaient-ils venus voir ?

Elle se dirigea vers sa voiture qui, heureusement, était parfaitement dans le ton de la cité, une vieille Twingo rouge qui n'attirait pas l'œil. Son photographe n'en menait pas large, mais il marchait tranquillement aux côtés de Jocelyne sans montrer la moindre peur, ce qui aurait, certainement, éveillé des soupçons sur ces jeunes désœuvrés, prompts à la bagarre.

— Eh bien, dis donc, ce n'est pas très rassurant de se promener par ici sans protection, dit Joël avec une petite angoisse. Il en menait pas large et avait hâte de quitter cette cité qui lui semblait hostile.

— Oui, c'est sûr, j'ai une trouille d'enfer, lui répondit-elle tout en essayant de garder son calme.

— Comment peut-on vivre dans ces conditions, la trouille au ventre en permanence… tu t'imagines rentrer, seule, le soir à travers les rues désertes, croisant ce type de bandes… moi, pas en tout cas.

— Voilà, on est sortis de l'auberge. Prenons vite la direction du périphérique et regagnons nos pénates. Comment as-tu trouvé cette femme, Joël ?

— Une femme magnifique et forte avec ça. C'est elle qui porte tous les malheurs de sa famille, c'est elle qui se bat et c'est elle qui va gagner, tu vas voir.

— J'ai trouvé que cette femme était remarquable par son intelligence et sa finesse d'analyse des évènements actuels. C'est une femme qui mérite notre respect. Tu imagines si elle avait suivi des études, elle serait prof ou médecin ou avocate, tiens. On tient quelque chose d'intéressant. Il va falloir que j'appelle le commissaire Duchamp. On m'a dit que c'était un type bien. Je pense qu'il pourra me raconter comment se déroule l'enquête et si les résultats sont pour bientôt. J'appellerai aussi le professeur principal du jeune Mohammed pour en savoir un peu plus sur sa personnalité. Il faut aussi se renseigner auprès du tribunal correctionnel pour savoir quand Mohammed, et son autre frère Mouloud, je crois, vont passer en jugement si ce n'est pas déjà fait. Bon, j'ai plein de trucs à faire, mais ça me plaît. Je tiens quelque chose de bien.

Elle avait hâte de se mettre à l'œuvre et parler de tout cela au rédacteur en chef. Il ne fallait pas tarder et agir vite.

Quand ils arrivèrent au journal, elle se précipita dans le bureau de son rédacteur en chef et lui raconta tout l'interview ainsi que la manière dont elle voyait l'article dans le journal et les actions qu'elle comptait mener pour aider cette femme.

Elle n'allait pas chômer, mais c'était pour la bonne cause.

Mohammed fut emmené au dépôt après que sa famille eut été prévenue de la condamnation de ses deux fils. Le tour de Mouloud viendrait dès qu'il pourrait se déplacer seul avec des béquilles.

C'est Farida qui reçut le coup de fil, quelques instants après le départ de la journaliste. Elle ressentit comme un coup de poignard dans le ventre et faillit défaillir. Cela aurait été tellement mieux si cette journaliste avait été encore là pour lui remonter le moral. Entre femmes, ce sont des sentiments que l'on sait partager. Sa détresse n'en fut que renforcée. Elle se précipita, aussitôt le coup de fil terminé, dans la rue pour voir si elle était encore là avec le photographe.

Elle aurait pu lui dire toute l'injustice qu'elle ressentait après une condamnation faite à la va-vite, avant même de connaître les résultats d'une enquête que la famille était en droit de connaître. Cela aurait pu atténuer la décision de justice, s'il s'avérait que les résultats lui étaient favorables.

N'ayant vu personne au bas de l'immeuble, elle remonta péniblement chez elle. Elle devait appeler le commissaire, téléphoner au juge, alerter la journaliste et obtenir des informations sur le sort de Mouloud.

Mohammed était complètement abattu, incapable de réagir. Ce qui n'était encore hier que virtuel devenait, aujourd'hui, réel. Il était en plein délire de persécution. Les débats avaient été bâclés sans tenir compte des circonstances atténuantes.

On l'avait mis dans le même sac que ces petits voyous, trafiquants occasionnels de drogue, et casseurs à leurs heures.

Trois mois à tirer aux côtés de caïds et voyous en tout genre. Comment allait-il faire pour le supporter ? Qu'allaient dire ses parents et surtout sa mère ? Quel malheur qu'elle ne soit pas là à ses côtés ! Et son frère Mouloud, quand allait-il le rejoindre ? Peut-être seraient-ils détenus ensemble, ce serait bien. Il paniquait. Ses pensées, incohérentes, allaient dans tous les sens. Il fallait, à tout prix, qu'il se calme et reprenne ses esprits. Trois mois, après tout ce n'était rien et puis il connaîtrait bientôt les résultats de l'enquête. Ce qui l'inquiétait le plus c'était de laisser sa mère seule avec son père. Il voulait la voir vite et lui demander pardon pour le mal qu'il lui faisait.

Pendant ce temps, Farida n'arrêtait pas de téléphoner. Elle eut beaucoup de peine à contacter le commissaire qui lui confirma qu'il ne pouvait plus rien pour lui, mais qu'il serait certainement libéré avant les 3 mois. Non, elle ne pourrait pas avoir le juge. Il ne la prendrait pas au téléphone, c'est la règle. Ce n'était pas la peine d'essayer. Toutefois, elle pourrait rendre visite à Mohammed très bientôt. Elle en serait informée par courrier. Elle essaya quand même de joindre le juge au téléphone, mais sans succès. De ce côté, plus rien à espérer non plus. Mohammed passerait sa première nuit en prison.

Elle chercha la carte de visite que lui avait donnée la journaliste et l'appela au journal. Par bonheur, Jocelyne Tremplin était là. Elle prit le téléphone et écouta Farida avec attention et commisération devant le ton désespéré de sa voix.

Elle prit note de tout, lui promit de s'enquérir auprès du juge et du commissaire à la fois sur les conditions d'incarcération, l'état psychologique de Mohammed et les résultats de l'enquête.

Jocelyne avait beaucoup de sympathie pour Farida. Elle allait se démener pour elle, c'était promis.

Farida s'affaissa dans le canapé du salon, épuisée nerveusement, et attendit impatiemment le retour d'Omar. Il ne fut pas long à rentrer. Lui aussi avait hâte d'en savoir plus sur la journée de sa femme, sa rencontre avec la journaliste et ce qu'ils pouvaient en attendre.

À la vue de la mine de Farida, Omar se dit que les nouvelles n'étaient pas bonnes du tout. Il attendit que Farida se ressaisisse pour entamer la conversation et lui poser des questions.

Elle lui fit un compte rendu complet de sa journée, lentement et d'une voix lasse. Elle commença par la mauvaise nouvelle concernant Mohammed et Mouloud. Omar eut quelques tics de contrariété avant de se mettre à gémir sur leur sort et à injurier tout ce qui représentait la justice, la police et les médias. Du commissaire au juge, tout le monde y passait. Ils étaient tous pourris. Ils avaient tué Rachid et maintenant ils jetaient Mouloud et Mohammed en prison, parce qu'ils étaient arabes. Farida l'écoutait mais ne dit rien avant qu'il n'ait fini ses diatribes.

Une fois Omar calmé, elle revint sur sa rencontre avec la journaliste. Elle lui expliqua comment s'était passé l'interview, la relation qu'elle avait créée avec elle, et l'espoir qu'elle entretenait de ce contact. Elle était persuadée qu'elle l'aiderait de son mieux, non seulement par sympathie mais aussi parce qu'elle avait pris fait et cause pour elle. Cette idée adoucissait la dureté de la situation actuelle et cela lui faisait du bien d'en parler.

Toute la stratégie devait se concentrer sur les résultats de l'enquête en espérant qu'ils lui seraient favorables.

Jocelyne Tremplin appela comme elle l'avait promis le commissaire et le tribunal correctionnel pour tenter de joindre le juge. Elle eut le commissaire mais pas le juge car il était injoignable et, de toute façon, comme lui dit une secrétaire, il ne répondrait pas aux questions d'une journaliste. Aucune nouvelle sur cette enquête. De toute façon, elle ne dévoilerait rien de plus que ce que l'on connaissait déjà d'après lui. Il était garant de la sincérité de ses hommes. Elle téléphona au ministère de l'Intérieur, où elle avait ses entrées, mais sans plus de succès. Elle en informa Farida immédiatement et lui promit de la rappeler dès qu'elle aurait du nouveau. Elle lui dit aussi qu'elle aimerait bien aller voir Mohammed en prison avec elle. Farida était d'accord, dès qu'elle aurait obtenu un droit de visite, ce qui devrait être possible la semaine prochaine.

La journaliste raccrocha et rechercha les coordonnées de l'école de Mohammed pour avoir son professeur principal, et le questionner sur la personnalité de son protégé.

Absent sur le moment, il la rappela à la sortie des cours. L'entretien fut long et dense. Pour commencer, Jocelyne le mit au courant de sa condamnation. Il en fut choqué et ne comprit pas la sévérité du jugement. Ce jeune professeur appréciait beaucoup Mohammed et avait porté beaucoup d'espoir en lui. C'était le meilleur élève qu'il a jamais eu l'occasion de rencontrer, avec une intelligence vive, une curiosité sans limite, et une maturité étonnante pour son âge. Non, il n'avait pas de conscience religieuse particulièrement développée, et il ne devait pas être très pratiquant, d'après lui. Non, il n'était pas violent. Oui, il savait écouter les autres et savait argumenter, dans n'importe quelle discussion, pour défendre ses idées. Oui, c'était un garçon qui avait la capacité de poursuivre de très brillantes études. C'était un devoir de le pousser, de l'aider et de le guider pour qu'il puisse trouver sa voie. Il était sincèrement, désolé de ce qui lui arrivait.

Comment pouvait-il expliquer son geste qui l'avait amené en prison, il ne le savait pas, surtout dans le cas de Mohammed. La seule explication possible était sa réaction après la mort de son frère Rachid et les soupçons relatifs aux circonstances de sa mort.

Comme Mohammed était un garçon sensible, plus sensible que la moyenne, il avait dû surréagir à ce choc et chercher un coupable. Pour lui, c'était sans aucun doute la police, il fallait donc punir la police, ce qu'il fit en jetant une pierre sur une patrouille nocturne. Manque de chance, c'était la voiture du commissaire et ce dernier l'avait reconnu.

Jamais il n'aurait été plus loin dans une action violente, il en était certain.

Il n'aurait jamais dû être condamné. C'était une erreur grave qui risquait de le perturber à jamais. Mais comment un juge n'a-t-il pas pu prendre en compte les circonstances de son acte ? C'était incompréhensible, voire criminel.

Le commissaire aurait dû retirer sa plainte. La journaliste continua cette précieuse conversation et se promit d'essayer de rencontrer ce professeur qui avait une voix si agréable et une attention aux autres si développée. Elle le rappellerait plus tard. Pour finir, elle lui demanda s'il connaissait quelqu'un d'autre qui pourrait lui parler de Mohammed, mais d'une autre manière et sur d'autres sujets. Non, il ne lui connaissait pas de petite amie. Ce n'était pas son truc. Si, peut-être, il se souvenait d'un imam dont lui parlait, de temps en temps, Mohammed. Quel était son nom déjà, Ibrahim voilà, Ibrahim El Koufi. Il suivait les jeunes musulmans un peu perdus des cités voisines et ceux qui s'intéressaient à la religion. Cet imam était quelqu'un de très ouvert, sympathique, marié et père de 5 enfants. Il connaissait bien la psychologie des enfants. Il était proche de ses ouailles et celles-ci lui rendaient bien la sollicitude qu'il leur prodiguait.

Elle rechercha son numéro de téléphone et l'appela à la mosquée. Il était là et la prit au téléphone, immédiatement. Elle lui expliqua l'objet de son appel. Elle avait rencontré la mère de Mohammed et voulait faire paraître un article, à la fois général, sur la vie d'une famille d'origine immigrée, apparemment intégrée dans la société française, et en particulier sur le développement d'un enfant, a priori non révolté, dans une cité d'une banlieue réputée difficile. Elle lui raconta son entretien avec Farida et le mit au courant de la condamnation de Mohammed et de son frère.

L'imam était sur ses gardes car il se méfiait des journalistes.

Mais Jocelyne lui parlait sans détour et avec une conviction forte dans sa voix. Elle voulait que cet article permette à ses lecteurs de mieux comprendre les difficultés de vivre dans ces cités, les difficultés d'intégration des jeunes, que ce soit de leur fait ou non, et donner un exemple d'intégration réussie par l'école.

L'imam fut tout d'abord attristé par les nouvelles concernant Mohammed. Il ne comprenait pas qu'il ait été jugé comme un vulgaire casseur, ce qu'il n'était pas. Bien au contraire, Mohammed était un garçon exemplaire pour ces camarades, peut-être un peu trop sensible, mais un exemple d'honnêteté, de respect de ses parents et des valeurs de sa religion, même s'il n'était pas pratiquant, comme ses parents d'ailleurs.

Il aimait beaucoup discuter avec lui des problèmes actuels de la société française et s'intéressait plus particulièrement à l'économie et aux liens qu'il pouvait y avoir entre l'économie et les principes religieux. Il n'était pas matérialiste, son esprit étant plus tourné vers la réflexion et la recherche de l'absolu. Il n'était pas nihiliste mais plutôt positiviste dans son approche et terriblement mûr pour son âge. Quel malheur qu'il ait été condamné ! répétait-il régulièrement.

Pour l'imam, cela ne faisait aucun doute, Mohammed irait loin, très loin. C'était un garçon extraordinaire dans l'acception du terme. Pas un exemple, proprement dit, pour l'islam, mais un exemple de comportement humain et d'approche des problèmes de nos sociétés.

Comment des juges n'avaient-ils pas pu s'en apercevoir ? C'était de l'aveuglement, voire de l'acharnement contre une catégorie de la population et rien d'autre.

Il allait voir ce qu'il pourrait faire pour que ces gens ouvrent les yeux et comprennent l'erreur qu'il venait de commettre.

Il devait aussi de son côté se renseigner sur l'enquête en cours. Il fallait essayer de trouver des témoins du drame, s'il y en avait et vérifier que les policiers, ainsi que le civil qui les accompagnait, présents dans la voiture qui poursuivait Rachid, n'avaient pas déjà eu des antécédents en matière de violence contre des jeunes de banlieues. Il y avait là, peut-être, une piste à creuser.

Jocelyne le remercia et raccrocha, satisfaite et heureuse, car elle pénétrait un monde qu'elle ne connaissait pas et qui n'avait rien à voir, pour ce qu'elle en avait entrevu, avec les clichés communément répandus sur les banlieues difficiles et leurs habitants. Bien sûr, il y avait ces voyous, casseurs et trafiquants en tout genre, qui entachaient une population travailleuse qui cherchait à s'en sortir et voulait un avenir pour ses enfants. Des gens bien, comme on dit ailleurs. Et ça, il y en avait beaucoup, mais ils étaient silencieux, et ne savaient pas se faire entendre ou l'on ne voulait pas les écouter.

Eh bien, elle, Jocelyne voulait les écouter et leur rendre la place qu'ils méritaient au sein de la société française. Ce serait sa contribution à une meilleure compréhension entre les différentes communautés peuplant la France. Voilà quelle était son idée. Elle se promettait de la mener le plus loin possible, sans complaisance ni commisération excessive.

Et puis, même si l'enquête n'apportait rien de nouveau, rien ne justifiait une telle sévérité vis-à-vis de Mohammed qu'elle ne connaissait pas mais qui, d'emblée, avait gagné sa sympathie et son soutien.

Les témoignages de deux personnes dignes de confiance corroboraient bien ce qu'avait dit Farida sur son fils Mohammed.

La prochaine étape était de rencontrer ce garçon à la prison et de parler avec lui. Essayer de comprendre ce que cette condamnation pourrait avoir de conséquences sur lui et sur sa relation avec la société.

Elle reçut un coup de fil de son contact au ministère de l'Intérieur. Il lui confirma que l'on prenait très au sérieux cette enquête, car elle pourrait être un nouveau détonateur dans la crise actuelle. Il semblerait, d'après les premiers résultats, qu'il n'y ait rien de retenu contre les policiers et le civil présents dans le véhicule. Tous leurs témoignages concordaient et il n'y avait pas eu de témoin. En tout cas, personne ne s'était présenté spontanément pour venir témoigner. Enfin, le jeune Mouloud, frère de la victime, ne se souvenait de rien. Il était incapable de se souvenir du type de scooter qu'ils avaient volé et le chemin qu'ils avaient suivi pour tenter d'échapper à leurs poursuivants. En conséquence, il lui serait difficile de soutenir que la police aurait pu provoquer l'accident fatal, sans susciter une légitime suspicion parmi les enquêteurs.

C'était le petit grain de sable qui se faufilait dans la mécanique. Cela aurait été tellement plus simple si les résultats avaient été différents. Mais cela aurait pu provoquer, peut-être, encore plus de dégâts en justifiant les émeutes. Donc pas de regrets, mais de toute façon, la certitude qu'il fallait aider ce jeune garçon avant qu'il ne tombe, malgré lui et par la faute d'une justice un peu trop expéditive, dans la délinquance.

Elle reçut les photos qu'avait prises Joël et fut satisfaite du résultat. Le visage de Farida rendait bien et reflétait parfaitement les sentiments que Jocelyne voulait faire passer dans l'interview et ses commentaires.

Elle appela Farida et lui fit part de ce que lui avait dit son contact. Il semblerait que les résultats de l'enquête ne soient pas ceux espérés par Mohammed. Toutefois, l'imam, qu'elle avait eu au téléphone, lui avait dit qu'il allait tout faire pour vérifier s'il n'y avait pas eu des témoins qui pourraient donner une autre version des faits. La voix de

Farida se fit plus sombre. Il n'y avait plus d'espoir de faire sortir plus tôt de prison Mohammed, et de l'éviter à Mouloud.

Jocelyne lui proposa deux dates possibles pour aller voir Mohammed à la maison d'arrêt avec elle et, si possible, Mouloud, toujours hospitalisé.

Pendant ce temps, les émeutes gagnaient en intensité et certains pays européens commençaient à redouter une éventuelle contagion, chez eux.

Le commissaire eut la primeur des résultats de l'enquête qui confirmaient le fait que rien ne pouvait être reproché aux policiers, lors de cette poursuite fatale. Il fut rassuré, et appela Farida pour le lui dire. Il essaya d'être neutre dans le ton de sa voix pour ne pas accabler encore plus cette femme. De ce côté-là, il pouvait, maintenant, dormir tranquille. Par contre sur le terrain c'était autre chose, c'était la chienlit.

L'imam revint aussi bredouille, ce qui n'arrangeait pas les affaires de la famille Larbi. Il avait fait tout ce qu'il était possible de faire dans de telles circonstances et promit d'aller rendre visite à Mohammed qui en aurait bien besoin.

Mohammed reçut la visite de sa mère accompagnée d'une journaliste de Paris Match. Il en fut même pas étonné tellement il était dans un état second.

Il leur raconta ses premiers jours dans la maison d'arrêt et les premiers contacts avec les gardiens et les autres détenus. Il apprit, sans réagir, les résultats de l'enquête. De toute façon, c'était trop tard, et il s'en doutait depuis le début. Cela ne disculpait pas la police de sa responsabilité, point final !

L'entretien dura plus d'une heure au cours duquel Jocelyne put apprécier les qualités de ce garçon que lui avaient décrites ses interlocuteurs. C'était vrai que ce garçon méritait le détour.

Jocelyne avait désormais tous les ingrédients pour réaliser un article qui ferait du bruit.

# Chapitre 6

Mouloud se morfondait à l'hôpital. Il savait son sort scellé, avec la prison à la clé. Son état s'était bien amélioré et il pourrait dans quelques jours marcher avec l'aide de ses béquilles. Il irait rejoindre son frère Mohammed à la maison d'arrêt. Il avait écopé de la même peine que lui et l'avocat commis d'office, le même que celui de son frère, n'avait rien pu faire pour leur éviter la prison. Il comprenait qu'il ait été condamné pour complicité de vol mais avait du mal à comprendre la peine de son frère, qu'il trouvait profondément injuste.

Sa tête lui faisait toujours mal mais on lui avait dit que c'était normal et que cela disparaîtrait dans quelques semaines. C'était bizarre, cette perte de mémoire. Là aussi, on lui avait dit que cela arrivait souvent après un grave choc à la tête.

Il aurait pu, il y avait réfléchi, raconter aux enquêteurs que le scooter avait été heurté par la voiture de police qui les poursuivait après le vol. Mais on l'avait prévenu qu'une fausse déclaration pouvait lui valoir une condamnation alourdie. En effet, il serait facile de prouver une fausse déclaration s'il ne se souvenait pas des autres éléments, la marque du scooter volé, l'itinéraire suivi durant la fuite et le lieu exact où ils étaient tombés. Il ne pouvait être donc d'une quelconque utilité dans le cadre de cette enquête. Il en était meurtri pour son frère et abandonna cette idée.

L'article de Jocelyne Tremplin parut, alors que le mouvement commençait à s'essouffler. Les mesures radicales prises par le gouvernement, comme l'instauration du couvre-feu dans certaines villes, avaient calmé les ardeurs des casseurs et autres petits voyous.

Le commissaire reprenait une vie normale, les renforts qu'il avait reçus étaient repartis.

Par contre en prison c'était toujours le sujet de conversation préféré de tous les détenus. Ils s'imaginaient que c'était une véritable insurrection et que celle-ci pourrait les libérer bientôt. Les esprits s'autoéchauffaient sous une surveillance accrue des matons.

Mohammed partageait sa cellule avec deux autres jeunes dont l'un avait suivi un imam fondamentaliste dans sa quête d'un islam pur et dur. Il avait participé aux émeutes et s'était fait prendre en train de lancer un cocktail Molotov sur des CRS.

Il lisait, en permanence, le coran et conseillait à ses codétenus d'en faire autant. Il avait réuni autour de lui une dizaine de « disciples », anciens casseurs ou trafiquants en mal de rédemption. Il parlait bien et sa fougue plaisait à ces malheureux. Encore novice dans la pratique de sa religion malgré sa lecture assidue du Coran, il réussissait à donner le change et à attirer chaque jour plus de « fidèles ».

Mohammed l'écoutait attentivement et commençait à s'intéresser à sa religion que, finalement, il ne connaissait pas très bien. Il se plongea dans le Coran. Dans le désœuvrement dans lequel il était plongé, il consacra une grande partie de son temps à discuter avec ce garçon et commenter les sourates qu'il étudiait au fur et à mesure de sa lecture. Bientôt, ils passaient le plus clair de leur temps ensemble. Mohammed trouvait son compagnon de cellule bien plus intéressant qu'il ne lui était apparu de prime abord. D'apparence fruste, il avait finalement une finesse intellectuelle qui l'attirait, bien qu'il lui manquait une bonne dose de culture générale. Il n'avait pas fait de bonnes études jusque-là et préférait traîner dans la rue avant de s'intéresser à la religion.

La seule chose qui le gênait en lui était son manque de recul vis-à-vis des questions de société, qu'il avait découvertes sur le tard.

Mais, petit à petit, il rentra dans son jeu et devint plus fermé, laissant de côté sa liberté de penser, pour s'adonner à des pratiques religieuses plus contraignantes mais qui lui faisaient du bien et lui permettait d'oublier sa condition et d'éviter de réfléchir à son avenir à la sortie de prison.

Son frère Mouloud le rejoignit après qu'il eut passé deux semaines dans cette prison. Il fut content de le revoir et de constater qu'il allait bien malgré sa difficulté pour marcher.

Après les premiers contacts fraternels, les premières questions qu'il lui posa concernaient les circonstances de l'accident. Il le pressait de retrouver ses souvenirs mais en vain. Mohammed ne comprenait pas l'apathie de son frère quant à cette question, pourtant fondamentale, non seulement pour lui mais aussi pour toute la famille.

La seule explication possible, outre sa perte de mémoire non contrôlée, était sa faiblesse de caractère, sa peur d'une condamnation plus forte et, sans doute, sa volonté d'oublier ce malheureux épisode de sa vie, qui avait plongé toute sa famille dans la peine et la tourmente.

Il trouvait son frère complètement diminué intellectuellement, physiquement et psychiquement. Il n'y avait rien à en tirer. Il se murait dans un silence et un isolement difficile à pénétrer. Il tenta de lui parler de religion, mais cela restait sans effet. Il n'avait plus d'intérêt à rien.

Quand leur mère vînt leur faire une visite, elle avait un numéro du Paris Match avec elle. Elle leur montra et leur fit la lecture de l'interview. La journaliste, c'était évident, avait pris fait et cause pour cette famille frappée par le malheur et pour leur plus jeune fils Mohammed qui représentait ce qu'il y avait de mieux dans cette communauté d'immigré fraîchement installée en France, et cherchant le meilleur chemin pour s'intégrer dans une société qui n'avait pas les mêmes valeurs.

Mohammed lisait l'article sans réagir. Il sentait que sa vie avait changé car il ne fut pas intéressé par son contenu et, de toute façon, rien ne pouvait changer son sort.

Cet article était comme tous les articles de magazines, destinés à attirer des lecteurs, et être oubliés très vite, en fonction des impératifs de l'actualité. Ce n'était pas ce qu'avait voulu cette journaliste, il en était certain d'après le ton de l'article, mais c'était la réalité. Il fallait en être conscient. Cet article ne changerait rien à leur vie et à la condition de leur communauté. Il était sûr maintenant que sa vie était ailleurs. Il ne savait pas encore où, mais le cheminement se préparait doucement et commençait à se préciser. Il ne ferait rien pour en modifier la direction.

Farida le trouva profondément changé, ce qui l'alarma sur sa capacité à surmonter cette épreuve.

Elle trouva, tout d'abord, une excuse pour expliquer l'absence de leur père depuis le début de leur incarcération. En fait, Omar ne voulait pas venir et il ne viendrait pas dans les prochaines semaines. Il en voulait à ses enfants pour tout ce qui leur arrivait. Il demandait des nouvelles d'eux à chaque fois que Farida revenait de la prison mais refusait de l'accompagner malgré les suppliques de sa femme.

Mouloud était devenu un vrai « légume ». C'était horrible.

Mohammed, quant à lui, était devenu méconnaissable. Plus fermé, plus stricte dans sa façon d'être, il était totalement désintéressé par ce qui l'entourait et par ce que lui disait sa mère.

Il commençait à lui parler de religion, ce qu'il n'avait jamais fait jusqu'à ce jour.

Quand elle abordait les questions concernant son avenir, il évitait la discussion et parlait de sa condition de prisonnier et de la misère qui pouvait régner parmi ses codétenus. Il voulait leur venir en aide et leur faire découvrir d'autres façons de vivre.

Mohammed n'avait pas encore basculé dans une vision religieuse de la vie, mais son comportement laissait entrevoir une telle évolution.

Sa mère s'en rendit compte après sa troisième visite et s'en inquiéta. Elle lui parla de l'imam Ibrahim. L'avait-il vu récemment et avait-il eu une discussion avec lui sur son avenir ? Elle devait lui en parler rapidement avant que son fils ne soit pris dans les griffes d'imams fondamentalistes qui le briseraient. Elle avait entendu parler de ces imams, « fous de Dieu » comme on les appelait, qui agissaient insidieusement auprès des prisonniers, dans les prisons. Leurs prêches discrets et violents avaient une vraie écoute auprès d'eux.

D'ailleurs, les surveillants avaient des consignes les concernant. Ils devaient les débusquer et les dénoncer à l'administration qui se chargeait alors d'une surveillance plus étroite.

Lorsqu'elle revint chez elle, Farida téléphona à l'imam Ibrahim et demanda à le rencontrer rapidement. Un rendez-vous fut pris pour le lendemain matin à 10 heures.

Au retour d'Omar de l'usine, elle lui fit part de ses inquiétudes concernant Mohammed. Il était urgent qu'il aille le voir à la prison, ce qui était normal, et de son devoir de père. Il devait, à tout prix, le mettre en garde contre le fondamentalisme et une lecture trop radicale du Coran.

Omar, qui était soumis à l'usine, aux heures de pause, à des pressions de plus en plus fortes de la part d'imams radicaux pour appliquer strictement les principes du Coran, avait du mal à acquiescer.

Si nous en sommes là, si notre fils aîné est mort et Mohammed et Mouloud en prison, c'est peut-être parce que nous ne sommes pas suffisamment attentifs à la religion, dit-il.

Ils discutèrent tard dans la soirée et, finalement, Omar accepta d'aller voir ses deux fils le plus tôt possible.

Le lendemain matin, alors que le mouvement des émeutes touchait à sa fin après avoir occasionné des dégâts considérables dans toute la France, Farida se rendit chez l'imam Ibrahim

Il la reçut très amicalement, demanda des nouvelles de Mohammed et de Mouloud et l'écouta attentivement. Il comprenait parfaitement bien ce que ressentait Farida et l'approuvait dans sa démarche. Mohammed était un garçon très intelligent mais aussi très sensible et donc fragile. Un imam radical pouvait profiter de cette fragilité pour annihiler sa personnalité. Il lui promit d'aller lui faire une visite dans les jours qui viennent.

L'imam Ibrahim El Koufi était l'un des rares imams modérés de la ville. C'est pourquoi il était la cible de la majorité des imams qui tentaient par leurs prêches de créer des cellules religieuses appliquant strictement et discrètement les principes de la charia contre la loi républicaine. Certains autres étaient les relais des djihadistes pour l'Irak.

Les RG le savaient et les surveillaient de plus en plus attentivement, attendant patiemment la faute qui les ferait tomber.

L'imam Ibrahim était au courant de ce qui se passait en prison. Des recruteurs du Djihad opéraient sous couvert d'imams radicaux tandis que des caïds braqueurs étaient chargés de financer le terrorisme international.

Il se demandait comment des garçons comme Mohammed pouvait se tirer de ce mauvais pas, sans des cicatrices profondes au mieux, et une personnalité détruite au pire, avec, dans certains cas, un billet aller simple pour l'Irak ou la Syrie et la mort au bout du chemin. Et tout ça pour quoi, pour quel Dieu ? Mais pourquoi les hommes étaient-ils comme ça ? C'était incompréhensible.

Farida était étonnée que l'article paru dans Paris Match ait eu aussi peu de résonance. Finalement, les gens zappaient d'une actualité à une autre. Celle des émeutes de banlieues s'était éteinte et l'article était paru un peu trop tard. Mis à part les réactions de sympathie de leurs voisins, amis et collègues d'Omar, rien qui puisse influer sur la situation actuelle de leurs fils. C'était désespérant.

Elle regrettait presque cette interview qui l'avait mise à nu sans contrepartie. Elle téléphona à Jocelyne Tremplin pour être rassurée sur les finalités de ce type d'article.

La journaliste lui dit qu'il ne fallait pas s'en émouvoir. La société française était ainsi faite que les choses ne bougeaient que par doses homéopathiques mais que ce qui comptait c'était de participer aux mouvements des idées et que cet article en était un des maillons. Peut-être ne voyait-elle pas l'impact immédiat, mais le fond du message était passé chez la majorité des lecteurs. Cet article avait donné une autre image du monde des banlieues et des immigrés auprès d'une large frange de la population, même si la télévision ne s'en était pas mêlée pour en élargir l'audience. C'était la dictature de l'actualité et l'on n'y pouvait rien. On ne pouvait pas critiquer le fait que ce mouvement soit terminé et qu'il avait fait prendre conscience aux politiques qu'il fallait faire quelque chose de concret pour les banlieues face à l'échec de toutes les politiques qui avaient pu être entreprises jusque-là.

Non, finalement, Farida ne devait pas être déçue. Elle avait participé, à sa mesure, à la découverte d'une banlieue que beaucoup de gens ne soupçonnaient pas, et c'était tant mieux.

Quand Farida raccrocha, elle était rassérénée. Tout cela n'avait pas été inutile, même si rien ne changeait pour Mohammed et Mouloud, dans l'immédiat.

L'imam Ibrahim se rendit à la prison et put rencontrer longuement Mohammed. Au début indifférent, Mohammed devint vite cassant, détournant les questions et les réponses qu'il pouvait faire à l'imam. Il fut surpris de la métamorphose de ce garçon qu'il avait connu calme et attentif aux autres. Le dialogue devenait difficile, voire impossible. D'un côté, un jeune homme bloqué par des considérations idéologiques et religieuses, et de l'autre un homme qui avait choisi d'aider les autres en leur consacrant une partie de sa vie à leur faire découvrir une religion d'amour tournée vers le bien et le respect de la vie, de l'homme et de la femme.

Ce n'était pas ce qu'il lui semblait entendre de la bouche de Mohammed. En effet, il ne parlait que d'interdits, il n'avait donc pas confiance dans l'homme, de punitions, oubliant qu'Allah est miséricordieux, de la condition inférieure de la femme, au contraire de la volonté d'Allah d'avoir fait de la femme l'égale de l'homme.

Mohammed ne supportait plus les répliques d'Ibrahim et le lui fit comprendre en le remerciant d'être venu mais qu'il devait se consacrer maintenant à la lecture des écritures sacrées et à la prière. Le blocage était manifeste. Mohammed glissait sur une pente dangereuse. Il ne voyait pas comment, dans l'immédiat, le remettre dans le droit chemin d'une religion d'amour et non de haine.

Il se dit que, dès sa sortie de prison, il essaierait avec l'aide de ses parents, et surtout de sa mère Farida, de l'encourager à développer l'éveil de sa conscience religieuse en lui démontrant l'erreur de sa démarche vers un Islam radical qui n'a rien de commun avec un Islam d'amour.

À son retour, il téléphona à Farida et lui fit part de l'entretien qu'il avait eu avec Mohammed.

Elle n'en fut pas surprise et accepta la proposition de l'Imam.

Mohammed se plongeait chaque jour davantage dans la lecture du Coran et participait activement aux prières collectives. Il s'imposait, naturellement, en leader.

Son jeune compagnon de cellule avait bien fait son travail. Il serait félicité par ses commanditaires. Il fallait maintenant le préparer au Djihad et à son envoi vers l'Irak, dès sa peine accomplie. Il n'eut pas trop de mal dans cette initiative. Mohammed était non seulement devenu le meilleur élève de cette nouvelle « madrasa de prison », mais il devenait un recruteur zélé du Djihad. Il basculait, avec une rapidité incroyable, dans l'Islam le plus radical.

Son destin était tout tracé, désormais. Il partirait le plus tôt possible en Irak. Il quitterait sa famille et se consacrerait à la quête de l'absolu religieux. Il était prêt à combattre les infidèles. Mais il sentait qu'il était différent de ceux qui, comme lui, prêchaient pour un Islam pur et dur.

Il n'avait pas une haine fruste et incontrôlée de l'infidèle. Ce qu'il combattait était ce qu'il ressentait comme l'humiliation permanente du monde arabo-musulman. Il était fier de ce qu'il avait appris à l'école et par ses lectures personnelles du passé du monde arabo-musulman. Comment un passé si riche pouvait-il aboutir à un présent si pauvre ? Il y avait là une question de fond à laquelle il voulait répondre et apporter sa solution. La réponse ne résidait pas pour lui dans le repli sur soi et le rejet de l'autre, mais bien dans une démarche positive visant à redonner confiance à ces populations humiliées, pauvres, et sans espoir de jours meilleurs sans une rupture qui intégrerait réformes économiques modernes et fidélité aux principes religieux de l'Islam. C'était la seule réflexion possible pour sortir du sous-développement économique qui plaçait ces pays en situation de dépendance totale vis-à-vis des pays développés, pour la plupart, d'obédience chrétienne. En dehors de cela, point de salut, il en était persuadé.

Si Mohammed partait se battre, c'était pour défendre des idées d'ouverture sur le monde, sans renier ses racines et sa religion, et non pour aider à instaurer des régimes guidés par une vision obscurantiste de l'Islam. Sa lecture du Coran n'était pas la même que celle de ses compagnons de cellule. Il n'entamait pas de discussions sur ses réflexions personnelles. Elles n'étaient pas encore abouties et méritaient une démarche stricte et accessible aux communs des mortels musulmans. Aborder ces questions dans la période actuelle était voué à l'échec, le recours à un processus de réflexion serein.

Mohammed avait gagné, durant son séjour en prison, une nouvelle maturité qui l'étonnait. Avoir découvert sa religion par une démarche personnelle, construit les bases d'une réflexion solide sur la religion et le développement économique, tout en refusant le fanatisme le rendait heureux. Son esprit avait atteint cette plénitude qu'il recherchait tant depuis des mois.

Le calme était revenu en France à l'approche des fêtes de fin d'année. Omar se rendait à l'usine sans enthousiasme, Farida vaquait à ses occupations habituelles tout en rendant régulièrement visite à ses deux fils. Le commissaire devait gérer l'après-crise avec un surcroît de travail pour ses hommes, réduits à enregistrer les plaintes des habitants qui avaient subi des dégradations sur leurs véhicules ou leurs maisons. La journaliste de Paris Match travaillait sur un nouveau sujet relatif à l'instauration du passeport biométrique et ses conséquences sur le marché du voyage. L'imam essayait de repérer ses brebis égarées afin de leur apporter la bonne parole. Les policiers qui avaient poursuivi Rachid voulaient oublier les circonstances du drame qu'ils avaient vécu, et le ministre de l'Intérieur reprenait sa marche vers les sommets des sondages.

En fait, les jours passés en prison passaient vite pour Mohammed. Son esprit bouillonnait. Il était plus que prêt pour de nouvelles aventures. Il se sentait investi d'une mission si importante que sa volonté en était décuplée. Sa mission n'était pas d'anéantir un ennemi haï, mais de participer à la construction d'une société moderne et religieuse à la fois, dans les pays arabo-musulmans, pour qu'ils retrouvent leur place de grands pays capables d'apporter une solution alternative au matérialisme des sociétés occidentales.

C'est pourquoi il ne craignait pas de partir et de quitter sa famille et ses amis. Son avenir était là-bas. Maintenant, il en était sûr et rien ne pourrait le faire dévier, même pas ce bon imam Ibrahim qu'il appréciait tant auparavant, ou sa mère, pour qui son amour était incommensurable.

La vie, à l'intérieur de la prison, était rythmée par les repas, les promenades sous la surveillance des matons, les prières et les heures de lecture. Personne n'osait, même les caïds qui faisaient régner la terreur, chercher querelle à ceux qu'on appelait les « fous de Dieu ». Ils étaient intouchables. Cette particularité plaisait bien à Mohammed car, du coup, il était tranquille et pouvait s'adonner, en toute liberté, à la préparation des différentes missions qu'il s'était fixées. Il pouvait circuler et discuter avec n'importe qui, sans appréhension.

Les semaines passèrent et il fut libéré avec son frère plus tôt que prévu. Ils avaient bénéficié d'une remise de peine pour bonne conduite. En fait, l'administration pénitentiaire avait eu vent de tentatives de recrutement de futurs djihadistes à l'intérieur de la prison et avait prévenu les RG. Ceux-ci voulaient remonter la filière au plus vite pour la démanteler et, pour ce faire, avaient demandé la libération anticipée d'un certain nombre de détenus soupçonnés de participer activement à ces activités. Mohammed en faisait partie. Les RG avaient mené une enquête discrète sur les antécédents de Mohammed et n'avaient rien trouvé d'intéressant, à part sa participation aux évènements récents, son incarcération, ses nouvelles relations et son assiduité nouvelle à des pratiques religieuses pures et dures.

Ses parents vinrent les chercher. Omar était là, curieux de retrouver ses deux fils. Mohammed avait changé. Il avait perdu de son entrain et arborait une mine plus sombre que d'habitude, en permanence. En fait, il jouait cette comédie d'attitude pour ne pas succomber à une tentative de récupération organisée par ses parents. Il avait décidé de garder ses distances vis-à-vis d'eux, et cette attitude froide et quasiment hostile devait le protéger de toute manipulation.

Farida leur avait préparé un repas comme ils l'aimaient. Mais Mohammed n'y toucha presque pas. Ils parlèrent de la prison et de leurs codétenus et demandaient des nouvelles de leurs voisins et amis. Le plus bavard était Mouloud bien qu'il avait maintenant des difficultés pour s'exprimer. Sa jambe allait bien. On lui avait retiré le plâtre et il pouvait, désormais, marcher sans ses béquilles.

Mohammed leur annonça qu'il voulait arrêter ses études et qu'il désirait travailler.

Il allait chercher du travail. Sa mère lui demanda de bien réfléchir à cette idée car elle avait eu le professeur principal qui maintenait sa proposition initiale de l'aider dans ses études car il pensait qu'il avait un réel potentiel et qu'il serait dommage de ne pas le valoriser. Elle lui dit aussi que l'imam Ibrahim aurait bien aimé le voir.

Mohammed ne réagit pas immédiatement à ce que lui disait sa mère. On verra cela plus tard quand j'aurai digéré cette période difficile et de plus, c'est surtout Mouloud qui va avoir besoin de votre aide et du soutien de l'imam. Mouloud acquiesçait de la tête mais sans conviction.

L'assurance nouvelle qu'affichait Mohammed impressionna ses parents. Ils avaient en face d'eux un adulte qui prenait son destin en main et s'éloignait d'eux, inexorablement. Quel malheur ! Elle était en train de perdre son fils, elle en était sûre, maintenant.

Qu'allait devenir Mohammed, un musulman fondamentaliste ? Un instant, elle fut prise de panique. Et s'il partait pour le Djihad en Irak ?

Toute son énergie allait être utilisée pour « désintoxiquer » son fils.

Elle n'en eut ni le temps ni la possibilité.

Les premiers jours de son retour, il restait la plupart du temps à la maison et lisait le Coran, refusant de voir l'imam Ibrahim ou de parler de religion avec sa mère ou son père. Son comportement n'était pas trop ouvertement hostile mais plutôt celui d'un étranger qui ne veut pas être dérangé.

Les semaines suivantes, Mohammed partait le matin et revenait tard le soir.

De plus en plus souvent, il ne dormait plus chez lui. En fait, il rejoignait, dans la plus grande discrétion, tous les matins, un groupe de volontaires pour l'Irak qui suivaient une instruction religieuse intensive.

Il avait reçu des consignes strictes d'être extrêmement discret dans ses allées et venues et vérifier qu'il n'était pas suivi avant de rejoindre l'appartement qui servait de « madrasa » et de gîte pour la nuit.

Les RG avaient une liste de suspects qu'ils devaient surveiller.

Mohammed en faisait partie comme un certain nombre d'autres détenus libérés récemment. Il avait été prévenu par un des imams qu'il pouvait être filé par la police, étant donné leurs soupçons sur ce qui se passait dans cette prison. Les consignes alors étaient simples : dans les premiers jours de sa liberté retrouvée il devait se comporter comme un citoyen ordinaire, ne pas rencontrer les imams recruteurs, ses compagnons de cellule volontaires comme lui et rester en famille. Ce qu'il fit à la lettre.

Petit à petit, il fut plus libre de ses mouvements. La surveillance supposée dont il devait faire l'objet avait dû se relâcher. Les précautions qu'il avait prises devaient le faire disparaître de la liste des suspects. C'est, du moins, ce qu'il croyait.

Les RG avaient mis en place un dispositif très serré destiné à surveiller les déplacements de ces jeunes suspectés d'être tombés dans les filets de « sergents recruteurs » du Djihad. Voitures banalisées, filatures par des policiers d'origine maghrébine et caméras disposées à des endroits de surveillance stratégique faisaient partie de ce dispositif qu'ils voulaient infaillible.

Mohammed était bien suivi et cette surveillance ne s'était pas relâchée d'un pouce depuis sa sortie de prison. Les précautions qu'ils prenaient pour rejoindre l'appartement avaient suscité la curiosité des inspecteurs chargés de sa filature.

L'appartement était maintenant repéré et mis sous surveillance maximum.

Le problème pour les RG était de remonter la filière afin de mettre la main sur les organisateurs et les empêcher de nuire. Ils ne devaient en aucun cas intervenir ou se faire repérer. De chaque côté, la partie était serrée.

Ce que les RG ne savaient pas c'est qu'ils avaient été repérés et que les organisateurs commençaient à mettre en place un plan « B » comme c'était la consigne dans ce cas.

Ce plan « B » prévoyait de ne surtout pas prévenir les volontaires du danger qui se profilait, ce qui aurait pu les paniquer et mettre en péril toute la filière, mais de transférer petit à petit le lieu de réunion vers une autre ville de banlieue afin de désorganiser le plus possible le dispositif mis en place avec les autorités locales, et envoyer en Irak, le plus vite possible, les volontaires formés et prêts à partir.

Un imam leur demanda, un beau matin, de se préparer pour le grand jour car celui-ci approchait mais ils ne le sauraient qu'au dernier moment.

Ce moment arriva très vite. Mohammed eut tout juste le temps de dire à sa mère qu'il serait absent jusqu'à la fin de la semaine car il avait peut-être trouvé un travail en province.

Farida fit mine d'être contente de cette nouvelle mais, dans le fond, elle n'y croyait pas. Elle se demandait pourquoi Mohammed lui annonçait cette nouvelle alors qu'ils ne se parlaient presque plus depuis son retour.

Ils étaient 6 volontaires à partir. On les prévint que le périple serait long avec de nombreuses étapes car il fallait brouiller les pistes. Ils devaient prendre le Thalys vers Bruxelles où ils devaient embarquer pour Beyrouth au Liban. De là, ils iraient en Syrie et ensuite en Irak.

La rébellion était surtout concentrée dans le centre de l'Irak, à l'ouest de Bagdad. Leur première destination étant alors Falloudja.

Le plongeon dans la guerre sainte n'était plus virtuel mais devenait bien réel. Mohammed n'avait pas peur. Son départ n'était pas une fuite en avant due à des difficultés ou échecs personnels comme c'était le cas pour la plupart des volontaires qu'il avait rencontrés. C'est ce qu'il avait ressenti en parlant avec eux. Non, son départ était le début d'une mission qu'il s'était confiée. Il avait un rôle à jouer, son heure était venue et Allah veillerait sur lui et sa famille.

D'une réflexion personnelle, il passait à l'action. Même si les imams et autres volontaires avec lesquels il avait partagé sa vie ces dernières semaines étaient frustes dans leurs pensées, il considérait que c'était de son devoir de mener cette mission avec eux car c'est ensemble qu'ils étaient forts et non séparément.

Il aurait tout son temps, par la suite, de défendre sa vision personnelle de la pratique de l'Islam, un Islam au service des femmes et des hommes humiliés depuis des générations par un sous-développement économique chronique et sans espoir d'amélioration. Mais pour le moment, il devait s'imposer par un courage physique et moral de fer face à un ennemi beaucoup plus puissant qu'eux, du point de vue militaire, mais aussi beaucoup plus faible spirituellement. C'est pourquoi il était sûr qu'ils allaient gagner.

# Partie II

# Chapitre 7

Leur départ fut d'une discrétion absolue. Chacun partit de son côté, sans éveiller le moindre soupçon de la part de ceux qui étaient chargés de leur surveillance.

Le voyage fut long et difficile.

Il fallait faire attention à chaque instant afin de ne pas éveiller le moindre soupçon de la part de douaniers, de policiers ou de civils suspicieux. Ils avaient obtenu de faux papiers d'identité. Les polices frontalières étaient particulièrement vigilantes sur les départs vers le moyen orient. Ils avaient des papiers libanais et, officiellement, ils revenaient vers leur pays, ce qui ne devait pas éveiller de soupçons particuliers.

Heureusement pour eux, les passeports biométriques n'étaient pas encore obligatoires. C'est une fois au Liban que les difficultés arrivèrent. Il y avait eu des troubles à la suite d'attentats perpétrés contre des hommes politiques hostiles à la Syrie. Les contrôles de police étaient devenus très fréquents, et la frontière avec la Syrie particulièrement surveillée.

De Beyrouth, ils allèrent à Ba'abda puis à Baalbek en autocar. Là, un passeur les attendait pour les emmener à Nabk puis Qaryatayr, Tadmor, As-Sukhnah, Deir ez-Zor et enfin Suwâr proche de la frontière irakienne.

Ce périple, bien que truffé de dangers potentiels, passionnait au plus haut point Mohammed.

C'était la première fois qu'il quittait son pays pour se retrouver à des milliers de kilomètres de la France, loin de tout ce qu'il connaissait. Mais, pour lui, c'était un peu sa terre. Il était en terre arabe.

Tout lui semblait beau, les paysages, les villes, les villages, les femmes qu'il rencontrait, l'architecture des maisons, tout, vraiment tout. Il allait être bien, dans cette région, sa nouvelle terre d'adoption. Sa nouvelle vie commençait sous de bons auspices. Il lui restait à parcourir ces derniers kilomètres avant le but final. Cela n'allait pas être une partie de plaisir, mais le jeu en valait la chandelle.

Il voyait sa mission comme un appel d'Allah, il était un Élu. Il la remplirait avec courage et détermination. Il en était convaincu.

Il savait sa mission périlleuse. Les forces américaines étaient technologiquement les plus fortes, et les États-Unis dirigés par un homme aux convictions religieuses chrétiennes bien ancrées. C'était un combat de religion et ils s'en sortiraient vainqueurs, eux les gueux et va-nu-pieds. Allah est du côté des justes, il en était intimement persuadé, car Dieu existe et Dieu est Allah.

Ses pensées attristées allaient vers les victimes innocentes des terroristes, notamment d'Al-Qaïda et ses sbires qui osaient tuer leurs frères chiites comme ils tuaient les envahisseurs américains et leurs alliés.

Il avait du mal à comprendre ces déviances perpétrées sous couvert de convictions religieuses et politiques mal digérées. Que voulaient-ils, ces terroristes ? La création du grand Khalifat, oui, mais pour quoi et pour qui ? L'important n'était-il pas de recréer les conditions d'un développement harmonieux dans tous ces pays ? Un développement qui leur permettrait de s'affranchir de l'état de dépendance vis-à-vis des puissances occidentales dans lequel ils étaient tombés du fait de leur sous-développement économique et technologique.

Il leur fallait gagner le droit de parler d'égal à égal avec les puissances démocratiques et laïques occidentales ou asiatiques. Alors, tout serait possible pour assurer le développement pacifique de leur religion à travers le monde. Tout le contraire des buts d'Al-Qaïda qui voulait assurer sa main mise sur les peuples musulmans en leur imposant une idéologie religieuse guerrière contraire aux principes de l'Islam.

Toutes ces idées s'entrechoquaient dans sa tête tandis qu'il approchait du but. En effet, la frontière irakienne était désormais toute proche. Il vivait cet évènement avec calme et sérénité tandis que ses futurs frères d'armes devenaient de plus en plus nerveux.

L'armée libanaise et les forces de police syriennes étaient omniprésentes. Il sentait qu'au fur et à mesure qu'ils s'approchaient de la frontière irakienne, il y avait, un peu partout, une effervescence inhabituelle, comparé à ce qu'ils avaient vécu ces derniers jours. C'était incroyable, il vivait des moments uniques et palpitants. Cela faisait seulement quelques jours qu'il avait quitté la France et une vie paisible. Maintenant, il était au cœur de l'Histoire de son peuple, avec un grand H. Il allait en être un acteur et participer à la victoire du peuple arabe. Il pouvait être fier de lui.

Il se promettait d'apporter sa pierre à la construction d'une nouvelle ère qui verrait le triomphe de l'Islam, un Islam de paix et de concorde tel que leur enseignait le Coran.

— Voilà, nous sommes arrivés au point de rassemblement avant de traverser la frontière. Nous allons vous débarquer ici et vous attendrez que l'on vienne vous chercher. Restez groupés et surtout ne vous éloignez pas de cette base. Ici, vous êtes sous couvert des arbres qui nous entourent. Vous ne pourrez pas être décelés par les satellites et drones qui surveillent la frontière, leur dit le chauffeur dans un mauvais français.

Son cœur palpitait à cent à l'heure. Enfin, ils allaient bientôt être plongés dans cette guerre avec, pour seule force, leur détermination à la gagner, et leur conviction qu'Allah les protégerait de tous les dangers.

Il pensait à ses parents et à son frère. Que faisaient-ils en ce moment dans leur banlieue qui lui paraissait si lointaine maintenant de ses préoccupations ? Allaient-ils être inquiétés lorsque les autorités françaises auront découvert qu'il avait fui certainement vers l'Irak pour le Djihad ?

Que penserait sa mère de sa décision, allait-elle le comprendre et lui pardonner ?

Tant de questions qui le hantaient en permanence.

— Bon alors, Mohammed, qu'est-ce que tu fais ? Toujours dans tes pensées ? Pourquoi ne parles-tu pas avec nous, l'intellectuel ?

— Pas de problème, les gars, je rêve tout simplement à notre future victoire sur les infidèles. Pour l'instant, je n'ai pas envie de parler. Non pas avec vous, mais parce que je veux profiter de tous ces évènements pour réfléchir et me rapprocher d'Allah.

— Ouais, on va les massacrer tous ces mécréants d'Américains et leurs alliés. J'ai hâte d'arriver et d'aller au combat, dit Djamel avec forfanterie.

— Attends que tu aies reçu des cours de maniement des armes, avant de te lancer à corps perdu dans cette guerre, où nous sommes très inférieurs en nombre et en technologie, rajouta Philippe, un jeune Français qui s'était converti à l'Islam et avait rejoint récemment cette cohorte de jeunes djihadistes.

— Le maniement des armes, mais je connais ça. J'ai fait mes preuves à Clichy avec d'autres copains en utilisant un pistolet mitrailleur lorsque l'on braquait les banques et grandes surfaces, pour rapporter de l'argent à notre noble cause, reprit Djamel, un jeune arabe qui donnait l'impression d'une tête brûlée.

— D'accord, mais il n'y a pas que ça, il y a aussi le maniement des explosifs, la guérilla urbaine et les lance-roquettes, et ça, on n'y connaît rien, c'est sûr, reprit Philippe.

— Bon, toi le français, tu ne vas pas commencer à nous faire chier. Je te dis que je connais tout ça et que je peux aller me battre demain sans problème. Peut-être que Mohammed ne connaît rien à tout ça, mais nous autres on est des pros des armes et rien ne nous fait peur, hein, les copains ? dit-il en se retournant vers la petite troupe dont certains commençaient à avoir la peur au ventre au moindre bruit suspect. D'autres observaient cette discussion, paralysés à l'idée de devoir aller au combat dans les semaines à venir.

La discussion s'arrêta net lorsqu'ils entendirent le bruit d'un avion à réaction qui passait au-dessus d'eux. Le bruit était effrayant car il volait très bas. Rien à voir avec un avion civil. Il y avait une menace implicite qui leur faisait froid dans le dos. Ils ne savaient pas si c'était un avion américain ou syrien, mais cela ne changeait rien à la sensation qu'ils avaient vécue tout à coup.

— Non, c'est rien, c'est un avion syrien qui vient de passer au-dessus de nous. Pas d'affolement, les gars, leur dit un des guides qui était avec eux et qui parlait, lui aussi, un français approximatif.

Ils n'osaient pas trop parler avec leurs guides. Tout d'abord, c'étaient les guides qui étaient silencieux et peu enclins à entamer la conversation. Ils avaient dû avoir des consignes de ne pas parler avec ces jeunes recrues, de peur, s'ils étaient arrêtés à la frontière par les Américains ou les troupes irakiennes régulières, qu'ils ne dévoilent, lors de leurs interrogatoires, des renseignements utiles et susceptibles de porter atteinte à la Résistance.

Ils attendirent une journée avant de repartir de nuit vers la frontière irakienne. Ils étaient à pied et avaient pour consigne stricte de ne pas parler ni allumer de cigarettes.

La nuit était noire et au moindre bruit suspect, la colonne s'arrêtait, les hommes s'accroupissaient dans un silence de mort. Les visages se fermaient, les yeux scrutaient le chemin et ses alentours.

Le chemin lui parut long, il était fatigué et ses chaussures lui faisaient mal aux pieds. Plus ils avançaient, plus le rythme s'accélérait pour ne pas être surpris par le jour.

Ils arrivèrent au petit matin dans un refuge sommaire qui allait les abriter jusqu'à la prochaine tombée de la nuit. L'idée de passer encore une journée confinés dans un espace réduit comme celui-là leur devenait pénible.

Leur nourriture était réduite à la portion congrue, des dates et un peu de pain qui lui semblait être charançonné, mais mangeable tout de même. L'eau était stockée dans des outres en peau de chèvre qui sentaient très fort, et qui lui donnaient un goût vraiment désagréable.

Il n'y avait rien pour soigner les ampoules aux pieds qui se mettaient à saigner au moindre nouveau frottement. Mais il fallait donner le change vis-à-vis des passeurs : ne pas se plaindre de ces petits maux sans importance face à l'enjeu de leur mission. Ils étaient les nouveaux héros désignés par Allah et rien ne pourrait les faire dévier de leur chemin.

L'environnement était aride bien qu'arboré et peu hospitalier, mais ils savaient que ce n'était rien comparé à ce qui les attendait.

Vivement qu'ils atteignent leur destination, le plus vite possible, et qu'ils rejoignent leurs frères d'armes, se disaient-ils, pour faire leurs preuves et montrer au monde qui ils étaient.

En fait, il y avait de tout dans cette petite troupe disparate de vingt futurs djihadistes. Certains étaient là parce qu'ils étaient complètement perdus et non intégrables dans la société française. D'autres étaient des petits voyous, sans envergure, des têtes brûlées, des durs à cuire sans foi ni loi. Il y avait enfin les convaincus comme Mohammed. Parmi ceux-là, il y avait des intellectuels qui avaient découvert la religion sur le tard, subjugués par des prêches qui les avaient transformés.

L'hétérogénéité de cette troupe n'empêchait pas une bonne entente générale entre ces futurs compagnons de combat. Ils avaient un même but, vaincre un ennemi abhorré, l'occident et son porte-drapeau, les États-Unis. Cela ne les empêchait pas de porter des tee-shirts et des jeans américains mais, pour eux, cela n'avait rien à voir. De toute façon, ils allaient les abandonner pour des tenues de combattants simples et anonymes.

Parfois, les discussions s'enflammaient lorsqu'ils abordaient la manière de combattre cet ennemi si puissant. Certains soutenaient les actions terroristes même s'ils avaient pour conséquences de tuer de trop nombreux civils, surtout dans la population chiite. C'est là que les discussions sur la religion reprenaient de plus belle. Ils se considéraient comme les défenseurs des sunnites, gardiens de l'Islam pur, et rejetaient le chiisme pour des raisons obscures qu'ils étaient souvent incapables d'expliquer. Le terrorisme était pour eux une voie normale et efficace de combattre les impies. La confusion régnait en permanence. Mohammed n'intervenait que très rarement car il jugeait qu'il était inutile de discuter stérilement sur ces sujets. Sa découverte de la religion était encore trop récente pour bien comprendre et expliquer les raisons du schisme qui avait donné naissance au chiisme.

Ses réflexions allaient ailleurs, pour l'instant. Il voulait discuter avec des imams cultivés de ces sujets avant de prendre parti. Mais fallait-il prendre parti ?

Telle était, pour l'instant, la question fondamentale qu'il se posait. Dans son for intérieur, il condamnait avec force le terrorisme tel que le pratiquait Al-Qaïda sous la direction du sunnite Ben Laden. Il était un combattant, un moudjahidine, aux côtés des résistants et non un complice des terroristes qui commettaient des actes odieux et impardonnables selon le Coran. Les combattants étaient respectables, non les terroristes. Les Arabes méritaient mieux que d'être associés à ces assassins.

Ils passèrent la journée à imaginer leur destinée, alors que leurs passeurs dormaient la plupart du temps. Ils avaient faim et soif mais ne se plaignaient pas.

Le soir venu, les guides donnèrent le signal de lever le camp. Ils étaient plus nerveux et communiquaient par geste pour ne pas faire de bruit.

Ils étaient tous sales et les barbes naissantes noircissaient leurs visages juvéniles. Les odeurs de transpiration commençaient à être désagréables lorsqu'ils s'arrêtaient et s'abritaient dans une cache fermée.

La frontière ne devait plus être très loin, ce qui expliquait la nervosité ambiante.

En réalité, ils venaient de la passer, sans encombre. Maintenant, ils devaient éviter les troupes régulières irakiennes et les estafettes américaines.

La surveillance de cette partie de la frontière était difficile malgré l'appui de l'aviation, des images satellites et des drones qui survolaient en permanence la région.

Au moindre mouvement suspect, les ordres de bombardements étaient donnés et le pilonnage commençait dans un fracas assourdissant. Les troupes terrestres arrivaient ensuite pour nettoyer le terrain et, si possible, retrouver les survivants pour les interroger et démanteler les filières de passeurs.

Le mois précédent, plusieurs colonnes, comme celle-ci, mais dont les membres venaient d'Espagne, avaient été prises sous le feu de l'aviation américaine et les pertes avaient été terribles.

La nervosité était de mise chez les passeurs, à chaque mission, spécialement dans cette région, la plus propice pour traverser la frontière le plus discrètement possible.

Pendant ce temps-là, à Paris, l'inquiétude grandissait dans la famille Larbi. Personne n'avait plus eu de nouvelles de Mohammed depuis, au moins, dix jours. Que se passait-il, se demandaient avec anxiété, Farida et Omar. Ils avaient entendu parler des filières de recrutement de jeunes arabes pour aller combattre en Irak, mais ne pouvaient imaginer que Mohammed avait suivi cette voie. Rien ne laissait présager une telle décision, même si sa conversion récente avait modifié son comportement.

S'il avait décidé de partir, il aurait certainement prévenu ses parents et son frère Mouloud. Partir, sans crier gare, Mohammed ne l'aurait jamais fait.

Farida, morte d'inquiétude, se demandait s'il ne fallait pas prévenir l'imam et demander au commissaire d'enquêter sur sa disparition. Mais Omar l'en dissuada, se doutant que sa disparition devait avoir un lien direct avec les filières de recrutement de jeunes djihadistes. C'était la seule explication logique à son silence. Ils auraient de ses nouvelles, certainement dans un avenir proche par un envoyé spécial.

Quant aux RG, qui étaient sur le point de mettre la main sur un réseau de recruteurs, ils avaient laissé filer, comme des novices, ses principaux responsables.

Mais, dans ce cas-là, comme d'habitude, un autre réseau allait prendre le relais tandis que celui qui était surveillé irait s'installer sous des cieux plus hospitaliers.

La traque se faisait de plus en plus efficace. Après les attentats de Madrid, les pays européens avaient mis en commun leurs bases de données relatives aux suspects de la mouvance islamique.

Régulièrement, des filières étaient démantelées. Mais, souvent, elles disparaissaient, comme par enchantement, dès que l'étau se resserrait sur elles. Il devait y avoir des fuites. Il y avait donc des complices dans les services de renseignement de certains pays. La pieuvre islamique fondamentaliste étendait son réseau inexorablement dans les démocraties occidentales. Les recrutements prenaient de l'ampleur. Les polices étaient sur le qui-vive.

Quand l'imam fut appelé par Farida, pour lui, il ne faisait aucun doute que Mohammed avait été recruté par des fondamentalistes et était parti pour l'Irak.

Farida sentit le sol se dérober sous ses pieds. Elle avait perdu Rachid et, maintenant, c'était au tour de Mohammed de disparaître, sans grand espoir de le revoir vivant. Elle se rappelait les documentaires qu'elle avait vus sur ces combattants français qui étaient partis en Afghanistan. Ils n'étaient jamais revenus, ayant été tués dans leur fuite dans les montagnes frontalières du Pakistan lors de la chute du régime des talibans.

Elle était effondrée et ne savait comment obtenir des nouvelles de son fils. Il fallait qu'elle trouve le moyen d'approcher des recruteurs. Déterminée, elle allait tout faire pour y arriver.

Mohammed était tout content de fouler le sol irakien. *Nous voilà près du but et du théâtre des opérations*, sc dit-il avcc satisfaction. Son cœur battait vite comme celui de ses camarades de route. Ils allaient enfin pouvoir se rendre utiles, se battre et mourir pour une cette cause.

Il leur restait encore une bonne centaine de kilomètres pour rejoindre Rawah, puis encore deux cents kilomètres pour arriver à Sanyah sur les bords de l'Euphrate. Là, ils pourraient se reposer avant de repartir pour Ramadi, non loin de Falloudja et de Bagdad, où ils retrouveraient d'autres groupes de combattants, et où ils seraient formés au maniement des armes et explosifs, tout en suivant une éducation religieuse dans une madrasa.

Mais la partie était loin d'être gagnée car les forces alliées intensifiaient les opérations de nettoyage, avec succès. Il allait y avoir encore de nombreux obstacles de taille avant de rejoindre la destination finale. S'ils étaient repérés, c'était la mort assurée. À la moindre alerte, ils avaient ordre de s'éparpiller dans la nature et de ne se regrouper sous aucun prétexte. Ils devaient essayer de se fondre dans la population et prier pour retrouver le chemin du camp d'instruction, dont ils ne connaissaient, bien évidemment, pas le lieu mais il se trouvait dans la région de Ramadi.

Le choc avec la réalité du terrain devenait rude. Finie la rigolade. Là, ça devenait sérieux, très sérieux même.

Les paysages étaient désertiques et beaux pour des jeunes venant de leur triste et lugubre banlieue parisienne. Ils n'avaient pas encore pris la vraie mesure du danger. C'était la curiosité qui primait. On les habilla avec des vêtements locaux qu'un des hommes venait d'apporter. Les passeurs leur parlaient, la plupart du temps, en arabe irakien. Ils parlaient lentement avec des gestes pour leur faire comprendre les mots qu'ils utilisaient. C'étaient des mots simples et ils leur demandaient de les répéter après eux en imitant leur accent.

Leur barbe avait poussé. Ils étaient méconnaissables comparés à ce qu'ils étaient au début de leur périple. Ils avaient maigri, leurs visages étaient burinés et ornés d'une barbe noire plus ou moins fournie selon la pilosité de chacun.

Ils avaient vieilli de quelques années en quelques jours. Cette métamorphose leur plaisait, et leur semblait plus en phase avec la mission qu'ils s'étaient assignée et qu'on allait leur donner.

Ils étaient jeunes, presque encore des adolescents. Ils rêvaient, désormais, d'en découdre avec les troupes d'occupation, et le plus tôt possible.

Ils avançaient à pas comptés. Des passeurs plus aguerris avaient pris le relais des Syriens. Parmi eux, il y avait un imam. Il commença à les prendre en main, à leur parler de religion, de l'histoire du peuple arabe et de ses conquêtes. Il parlait parfaitement bien le français et connaissait également les conditions dans lesquelles vivaient ces jeunes Français, dans les cités des banlieues de Paris. Il avait certainement dû vivre de nombreuses années en France.

En fait, il était d'origine marocaine et avait vécu en France toute sa jeunesse. Ses parents étaient des immigrés qui s'étaient installés à Bobigny et, à force de travail et d'abnégations, pour bien élever leurs quatre enfants, avait réussi à monter un petit commerce qui leur permettait de relativement bien vivre. Ils étaient peu religieux mais avaient une profondeur morale exemplaire que leurs enfants admiraient. Parmi eux, les trois aînés firent de bonnes études et travaillaient maintenant dans des sociétés françaises qui avaient des liens étroits avec le Maroc. Du coup, ils voyageaient beaucoup dans les pays du Maghreb et s'étaient parfaitement intégrés dans la société française. Quant au dernier, Khaled, il avait aussi fait de bonnes études mais s'était orienté vers une autre direction. Il avait côtoyé des imams radicaux qui sévissaient dans les prisons, avait suivi des cours de religion qui l'avaient amené à vouloir faire de l'humanitaire pour le compte du croissant vert, en Bosnie. Ce qu'il fit avec passion mais il s'en détourna très vite pour rejoindre la mouvance islamique dure qui essaimait en Tchétchénie et autres pays où combattaient des moudjahidines.

Il avait quitté sa famille et, finalement, avait été envoyé en Irak pour accueillir les jeunes recrues françaises et commencer et approfondir leur culture arabe et religieuse.

Il s'intégra très vite au groupe dont il était en charge. De prime abord, il avait une attitude dure qui semblait intraitable. Mais, au fur et à mesure de leur vie clandestine commune, le rayonnement qui émanait de sa personne lui fit gagner la sympathie de tous.

Ses propos étaient souvent intransigeants mais il les disait avec douceur, ce qui donnait encore plus de force à sa détermination d'en faire des combattants de Dieu, forts dans leur conviction religieuse et leur volonté de gagner la guerre contre les mécréants.

Il remarqua rapidement Mohammed et se lia d'amitié avec lui. Il avait senti un garçon intelligent, sensible et surtout quelqu'un qui était venu, non pas par désœuvrement, mais par sa volonté propre d'accomplir une mission importante, au service de l'Islam.

Mohammed lui raconta sa vie et les déboires qu'il avait connus en France, notamment son incarcération, et les raisons qui l'avaient amené à ce court séjour en prison. Il revînt sur sa découverte personnelle de l'Islam et sa quête de le servir du mieux possible.

Khaled et Mohammed avaient suivi, en quelque sorte, le même chemin pour arriver au même but. Mais Khaled, qui voulait se consacrer uniquement à sa tâche, ne voulait pas porter les armes car il jugeait que c'était incompatible avec sa propre mission, ce que personne ne lui reprochait. Mohammed était content de retrouver quelqu'un avec qui il pourrait discuter et échanger des idées simplement sans arrière-pensées. Cela le changeait des discussions qu'il avait avec ses compagnons. Mohammed les jugeait frustes, mais respectait leur courage d'avoir choisi cette voie et accompli ce voyage jusqu'au bout, même si parfois c'était plus par désœuvrement et goût de l'aventure que par conviction personnelle profonde.

Les étapes étaient de plus en plus courtes et se faisaient dans des petits bus bondés dans lesquels les occupants, quels qu'ils soient, ne disaient mot tant ils étaient transis de peur.

Peur d'attentats, peur de subir les tirs des insurgés ou des armées régulières irakiennes ou de l'armée américaine. Tous les jours, il y avait des morts tragiques. Mais rien n'y faisait, il fallait bien vivre et donc circuler pour aller travailler et aller acheter ou vendre un produit. Les occupants ne posaient pas de questions lorsqu'ils voyaient des jeunes, en petits groupes, assis à côté d'eux. Qui pouvaient-ils bien être ? La réponse, en elle-même, posait un problème qu'ils ne voulaient pas soulever.

Les guides ou l'imam intervenaient de temps en temps pour les rassurer, s'ils sentaient un début d'hostilité ou une curiosité un peu trop appuyée. Ils donnaient des explications plus ou moins convaincantes. La plupart du temps, ils disaient qu'ils étaient des travailleurs frontaliers syriens, ou libanais ou encore jordaniens.

Il faut dire que des récompenses importantes étaient offertes aux habitants pour dénonciation de terroristes ou autres insurgés. En conséquence de quoi, de nombreuses dénonciations étaient parvenues à la police qui ne pouvait pas toujours vérifier leur bien-fondé. Parfois, des arrestations avaient lieu. Elles étaient parfois suivies de représailles contre les dénonciateurs. Tant et si bien que cette pratique se tarit d'elle-même. Tout le monde se tenait coi. Seuls quelques inconscients ou des policiers zélés étaient prêts à braver ces représailles mortelles pour toucher une récompense.

À chaque ville, ils changeaient de bus. À chaque village, ils étaient arrêtés par les autorités locales qui fouillaient les bagages et jetaient un œil sur les papiers que leur montrait l'imam Khaled. Pendant ce temps, la petite troupe faisait semblant de dormir dans le bus.

Lorsqu'il y avait des alertes de sécurité à l'entrée de villages, ils avançaient de nuit en quittant la route principale et suivaient les chemins parallèles à dos d'âne ou de cheval.

Ce problème était moins sensible à l'arrivée des grandes villes où ils se noyaient très facilement dans la masse de la foule en mouvement.

Ils arrivèrent finalement, sans encombre, mais après beaucoup de frayeurs, à la destination finale. À l'entrée de Ramadi, un barrage établi par l'armée américaine avait arrêté tous les véhicules automobiles. Un attentat venait d'avoir lieu dans la matinée, au centre-ville, et toutes les issues de la ville étaient bouclées. Heureusement pour la petite troupe, un véhicule suspect sortant de la ville avait attiré l'attention des Américains qui, de loin, avaient demandé à son occupant de sortir les mains levées, à force de gestes d'explication, et lui avait demandé de se rapprocher d'eux tout en maintenant les bras levés, tandis que trois hommes inspectaient le véhicule. L'homme, tout à coup, se mit à courir dans la direction opposée en espérant leur échapper. Après trois sommations, l'un des militaires tira sur l'homme et le tua sur le coup.

La foule se fit menaçante et s'approchait des soldats. Les soldats américains reculèrent et firent signe aux véhicules en attente d'inspection de repartir. Les futurs moudjahidines purent respirer à nouveau et se remettre de leur frayeur.

Ayant rejoint Ramadi, ils pouvaient prendre le chemin du camp d'entraînement, après les précautions d'usage.

Mohammed était surpris de constater à quel point il était aisé de pouvoir se déplacer, sans trop de difficultés, dans un pays soumis aux contrôles permanents des armées et de la police.

Comment avaient-ils pu traverser une bonne partie de l'Irak, le long de l'Euphrate, région la plus surveillée du pays, sans avoir eu d'alertes graves ou des menaces lourdes d'être repérés ? C'était un mystère ou un miracle. La bienveillance d'Allah et la chance leur avaient souri. Et puis l'Irak était un pays très peuplé, dont la population était concentrée dans quelques grandes villes où il était facile de se fondre dans la foule, sans être repéré.

Ils étaient conscients d'être des privilégiés en comparaison de ceux qui étaient morts lors des précédents passages.

La qualité des passeurs était importante. Il apprit plus tard que la guérilla commettait des opérations contre les armées au moment du passage de troupes de moudjahidines pour détourner leur attention. Et cela marchait à presque tous les coups.

C'est pourquoi le flux de nouvelles recrues venant de tous les pays ne tarissait pas et, bien au contraire, grossissait régulièrement.

# Chapitre 8

Pour atteindre le camp d'entraînement, ils partirent de nuit après avoir pris un modeste repas dans une maison délabrée située dans un village à quelques kilomètres de la sortie de la ville.

Les estomacs étaient un peu noués. La fatigue accumulée du voyage et la saleté qui devenait vraiment désagréable avaient eu raison de la bonne humeur du début.

Ils firent encore une bonne cinquantaine de kilomètres vers le sud avant de se retrouver dans une région hostile qui permettait de se cacher aisément et de pouvoir avancer sans trop de risque de se faire repérer aussi bien par des troupes ennemies terrestres que par des patrouilles aériennes.

Le camion qui les avait pris en charge s'arrêta soudain devant trois hommes en armes et cagoulés qui firent descendre ses occupants. Ils leur firent comprendre qu'ils devaient rester groupés et les suivre.

L'un dcs hommcs parlait un mauvais français, tandis qu'un autrc leur parlait dans un anglais impeccable.

Il faisait une nuit noire, il n'y avait pas de lune, et ils avaient du mal à se repérer en marchant. Ils trébuchaient sur des pierres qui jonchaient le sol. Ils longeaient des murs de maisons qui, pour la plupart, étaient effondrées. Il semblait que cela avait dû être anciennement un village aujourd'hui déserté et en partie détruit. La petite troupe marchait en file indienne, sans un bruit, vers ce qui était encore il y a quelques années le centre d'un village animé.

Ils s'arrêtèrent en chemin pour entrer dans une maison qui avait encore une partie du toit. Une fois à l'intérieur, l'un des trois hommes ouvrit une trappe et commença à descendre par le petit escalier qui avait été creusé dans le sol.

Le tunnel qu'ils prirent était allumé. Ils passaient à côté de portes qui devaient donner sur des chambres et/ou sur des salles de travail. Une des portes était ouverte et laissait entrevoir du matériel technologique moderne sur lequel quelques hommes travaillaient.

Le tunnel leur semblait très long et très bien aménagé, presque confortable.

Ils s'arrêtèrent devant une porte fermée d'où provenaient des bruits assez soutenus de discussions en arabe.

L'homme qui avait guidé la troupe à travers le village frappa à la porte qui s'ouvrit presque immédiatement. Un homme d'une taille imposante apparut, vêtu d'une djellaba blanc immaculé. Il portait une barbe bien taillée. Il regarda les nouveaux arrivants, les fit entrer dans la pièce qui semblait immense et où deux autres hommes étaient assis autour d'une table. Ils se levèrent et commencèrent à dévisager les jeunes recrues. Les regards étaient perçants, inquisiteurs et surtout dérangeants pour ces jeunes. Un certain malaise s'installa quelques instants, d'autant plus que le silence devenait assourdissant.

Mais, heureusement, celui qui semblait être le chef prit la parole en français avec un accent anglais prononcé. Il leur souhaita la bienvenue et leur demanda si le voyage s'était bien passé.

Après leur avoir proposé du thé et des biscuits, il commença une longue tirade sur le sort des Irakiens sous le joug des forces ennemies, le retour de la pauvreté, les services publics totalement désorganisés et l'ampleur du mouvement de résistance qui inquiétait sérieusement les Américains. Il parlait plus comme un chef de guerre, un général policé, que comme un résistant fruste et borné.

Il y avait de l'élégance dans son attitude et dans les tournures de phrases qu'il employait. Ses hommes l'écoutaient religieusement, avec un grand respect. Le petit groupe ne s'attendait pas à dépendre d'un homme comme lui. Il y avait un tel contraste entre la situation du pays, les lieux où ils étaient regroupés et où ils allaient recevoir leur entraînement militaire et l'attitude de cet homme élégant qu'ils en étaient encore plus déboussolés.

Très rapidement, il leur fit un exposé de la situation dans la région, puis dans le pays. Il leur expliqua ce que ses hommes attendaient d'eux et quelle serait leur vie dans ce camp. Il les mit en garde contre le mode de vie à l'européenne qu'ils allaient abandonner pour toujours. Cela voulait dire qu'ils devaient impérativement se défaire de leurs habitudes et autres principes qui avaient guidé leur vie jusqu'à maintenant.

De toute façon, pensait Mohammed, je ne vois pas comment on pourrait faire autrement ici. Ils n'ont rien, ou presque rien, à manger. Leur vie se résume à l'apprentissage et la pratique de la guerre contre un ennemi beaucoup plus puissant qu'eux. Puis il se reprit pour dire un ennemi beaucoup plus puissant que nous. Il fallait intégrer, dorénavant, cette donnée. Ce n'était plus eux mais nous. Nous étions comme eux, nous allons vivre et penser et nous battre comme eux. Nous allons nous glisser rapidement dans notre nouvelle peau de moudjahidine. Il n'y avait pas d'autres issues et c'était le choix que nous avions fait !

Il aborda la question de l'instruction religieuse en les prévenant que celle-ci serait très présente dans leur nouvelle vie.

Dans le fond, ils redoutaient, dans leur for intérieur, cette discipline religieuse qui allait s'imposer à eux et modeler, dorénavant, tous leurs gestes et toutes leurs pensées. Ils allaient être formés avec une discipline de fer. Ils ne pouvaient plus reculer.

Déjà, certains commençaient secrètement à se demander ce qu'ils étaient venus faire dans cette galère. Il n'y aurait pas, et pour un bon bout de temps, de billet de retour. Pas de petites amies que l'on pourrait retrouver le soir après une journée de trafics en tout genre. Le vague à l'âme viendrait certainement s'installer sournoisement dans certains esprits faibles. L'homme qui les accueillait savait ce qu'ils ressentaient en ce moment précis. Il avait l'habitude et connaissait les réactions que certains de ces jeunes pouvaient avoir en arrivant dans leur camp d'entraînement. Lui aussi avait vécu à Londres, comme trader, avec un train de vie et un mode de vie impensable pour un imam ou un pauvre fellagha irakien. Lui aussi avait connu ces moments de désespoir et de déprime après quelques jours passés dans son premier camp d'entraînement. Mais cela faisait déjà 8 ans. Depuis, il était passé par la Bosnie, puis la Tchétchénie et enfin l'Irak où il avait été appelé pour former et motiver les jeunes recrues qui venaient d'Europe de l'Ouest.

Il avait mené sa tâche avec passion et sans complaisance pour ceux qui ne voulaient pas se plier à la discipline qu'il entendait imposer à ses hommes et à ses nouvelles recrues.

La métamorphose de cet homme avait surpris ceux qui l'avaient recruté huit ans auparavant. Il était connu et respecté dans cette nébuleuse islamique qui ne voulait pas se mêler aux terroristes, ni de près ni de loin, mais qui avait déclaré la guerre totale aux puissances occidentales qui s'attaquaient aux pays arabo-musulmans. Il s'appelait Ali Boubakr. Il était d'origine égyptienne. Ses parents l'avaient envoyé en Angleterre dans un collège huppé de Cambridge où son charme et son intelligence avaient fait merveille auprès de la bonne société locale et londonienne.

Il avait fait de brillantes études qui avaient ravi son père, riche industriel proche de la famille royale et qui était également l'intermédiaire agréé de nombreux trafiquants d'armes du Moyen-Orient.

Il voulait que son fils Ali reprenne les affaires qu'il avait créées car aucun de ses trois autres fils n'en aurait été capable.

Ali menait une vie de rêve qui attirait les jeunes filles de la haute société londonienne. Les mères en oubliaient qu'il était arabe tant son charme jouait sur elles, comme sur leurs filles. Il parlait l'anglais quasiment sans accent et, bien évidemment, le français.

Il ne connaissait pas encore toutes les turpitudes de son père mais se doutait qu'il n'avait pas monté son empire sans faire quelques entorses à la loi et aux lois internationales. Mais Ali, pour l'heure, ne s'en souciait guère, tant il était concentré sur sa vie de play-boy gâté par la nature et par l'argent de son père.

Son père fut découvert, un beau jour, mort à Beyrouth, au Liban. Il avait été assassiné sans que l'on retrouve son assassin ou son commanditaire. Il avait sauté avec sa voiture qui avait été piégée. Un crime fréquent dans ce pays. De nombreux articles sur son père étaient parus dans les journaux du monde entier. Certains avaient remué la fange qui était collée à ses pieds. Il en apprit plus sur son père en quelques jours qu'en vingt-cinq ans de vie passés en Égypte avec lui et à Londres, lorsqu'ils se retrouvaient, de temps en temps, pour aller dîner dans un des restaurants chics de Sheppard Market où lui et son père avaient chacun un appartement.

Depuis ce jour, sa vie avait basculé. Surpris et surtout déçu d'avoir appris tout ce déballage sur son père, les trafics d'armes, la vie dissolue qu'il menait avec ses maîtresses, des call-girls qu'ils payaient, la corruption qui était le moteur de sa réussite, tout cela le dégoûta à jamais de la vie qu'il avait menée jusque-là.

Il abandonna ses études, refusant toutes les propositions de sortie de ses copains pour se plonger dans l'étude de l'Islam, la religion de ses ancêtres. Il voulait, en fait, expier les péchés de son père. C'est alors qu'il rencontra un imam fondamentaliste et radical qui le transforma en un homme pur dévoué à l'Islam et au renouveau du peuple arabe. Il quitta Londres pour s'en retourner en Égypte où il n'arriva pas à s'adapter. Il revint à Londres, fréquenta les mosquées où les prêches étaient particulièrement violentes contre l'occident et ce mode de vie qui avilissait l'homme et le rendait esclave des biens matériels.

Il voulut aller plus loin dans sa quête de l'absolu et décida de partir combattre les Serbes catholiques orthodoxes qui martyrisaient, selon certains, le peuple bosniaque, musulman. C'est là qu'il apprit le maniement des armes et qu'il enrichit sa culture religieuse. Il fut reconnu et apprécié de ses congénères. De son long passage à Londres, il garda cette élégance et sa distinction très britannique. Cela faisait sourire les imams et autres moudjahidines qui le respectaient pour son courage et sa capacité à entraîner ses hommes dans les combats les plus difficiles. Sa connaissance de la culture occidentale était un atout appréciable pour comprendre et anticiper la réaction de leurs ennemis face aux actions qu'ils menaient.

Il avait les qualités physiques et psychologiques d'un chef de guerre. Il le savait et il savait aussi que son physique lui donnait une autorité naturelle dont il savait se servir pour demander l'impossible à ses hommes. Ouvert sur les autres, il était aussi impitoyable pour ceux qui le décevaient. Il était dur pour lui, il s'imposait une discipline de fer mais il ne supportait pas l'avachissement et le laisser aller qui étaient pour lui les symptômes de la décadence de l'occident. Tout musulman devait montrer l'exemple du courage, de l'abnégation, du renoncement aux facilités de ce monde. Le corps devait être l'image de l'âme intérieure, pure et dure. L'homme se devait d'être un soldat de l'Islam à tout moment et ne jamais baisser la garde, c'était son leitmotiv. Il allait s'occuper de ces jeunes pour qu'ils deviennent les fers de lance d'un Islam conquérant. Il l'avait fait pour des centaines, voire des milliers d'autres, qui les avaient précédés dans cette mission, qu'il voulait divine.

Tandis qu'il continuait de parler avec une voix forte, il examinait ses recrues et essayait de percer le mystère de chacun. Il s'attachait beaucoup à l'apparence physique, reflet de la personnalité de chacun. En fait, il cherchait à les fasciner pour qu'ils soient impressionnés et se donnent corps et âme aux instructions qu'il allait leur donner. Il fallait frapper un grand coup, dès le début de la prise en main. Il ne fallait surtout pas qu'ils puissent réfléchir et douter de la mission qui allait leur incomber. Ils devaient devenir ivres de courage et de spiritualité, rentrer dans le jeu, et en finir avec leur passé. Celui-ci était désormais révolu. Ils allaient devenir les enfants chéris de l'Islam, des exemples pour les jeunes générations qui se devaient de continuer le combat jusqu'à la victoire finale. Tout cela transparaissait dans son discours. Tant et si bien que la petite troupe se mit à l'écouter avec de plus en plus d'attention et avec, bientôt, une admiration qui les ferait se dévouer complètement à leur chef. Cela se passait à chaque fois comme cela. C'était sa mission et sa volonté et il s'en acquittait fort bien, ce qui lui valait le soutien des chefs de la Résistance malgré ses manières un peu trop occidentalisées.

Il leur expliqua que la vie à l'intérieur du camp était très spartiate, non seulement pour des raisons de sécurité mais aussi de discipline et pour éviter les désagréments d'une vie en communauté, confinés dans un souterrain dont la surface vitale était, par essence, réduite. La nourriture était rationnée ainsi que l'eau. Les sorties étaient strictement surveillées pour ne pas éveiller de soupçons. Les périodes d'entraînement militaires étaient entrecoupées par la prière. Leur vie allait se réduire à cela pour de nombreux mois… si Allah leur prêtait vie.

Ils devaient oublier leur passé, leurs parents, leurs amis et même leurs noms. Ils devenaient des combattants d'Allah. Leur vie lui était dévolue à 100 %, quoi qu'il arrivât.

Tout en l'écoutant, ils se redressaient et ceux qui avaient eu un instant de vague à l'âme, reprenaient confiance, et soudain se prenaient à être fiers de leur choix et de la mission à laquelle ils étaient prêts à donner jusqu'à leur vie.

Leurs regards étaient différents, comparés à ce qu'ils étaient en arrivant une heure auparavant. Ali, qui les observait avec attention depuis leur arrivée dans la pièce, s'en rendait compte. Cela le réjouissait de voir à quel point il savait galvaniser les jeunes recrues. Il n'avait pas perdu la main et, au contraire, il s'améliorait au fil des ans.

Mohammed l'observait aussi de son côté et devinait les pensées de leur mentor. En effet, son visage reflétait la satisfaction d'être écouté avec attention, respect et admiration. En fait, cet homme avait, certainement, une très haute estime de lui. C'était là sa faiblesse.

Leurs regards se croisèrent un instant et ce fut Ali qui le détourna le premier. *Étonnant, ce garçon !* se dit-il. Il semble différent des autres. Il sentait ce quelque chose de plus qui fait toute la différence. Il allait s'employer à le découvrir et cela le réjouissait d'avance. Il y avait, comme ça, des mystères et ces mystères, il s'ingéniait à les découvrir. L'homme, créature d'Allah, n'était donc pas indéchiffrable. C'est ce qui rendait leurs puissants ennemis vulnérables, et qui les conduirait, inexorablement, eux les gueux, à la victoire.

Maintenant, il était temps pour eux de se rendre à la prière. Après, ils pourraient aller se reposer. Un soldat allait leur montrer où ils allaient être cantonnés, après les ablutions et la prière. Ils sortirent de la pièce sans avoir posé de questions. Ils en auraient, certainement, plus tard. Pour l'instant, ils étaient enivrés des paroles de cet homme qui les avaient impressionnés au plus haut point. Ils se voyaient, déjà, en héros de l'Islam et, éventuellement, en martyrs morts pour la bonne cause. Les portes du paradis leur étaient ouvertes.

Mohammed fut ébranlé. Il quittait une vie médiocre et sans intérêt pour une vie exaltante.

Une fierté d'exister le traversa et l'emplit de joie. Il ne réfléchit même pas aux contraintes qui allaient peser sur son existence de tous les jours. Cela n'avait plus la moindre importance. Le confort bourgeois à l'Occidental n'était plus et ne sera plus de mise pour lui. Seule comptait cette vie entièrement dévouée à Allah.

Ils s'en allèrent vers la mosquée qui était située dans une pièce du souterrain après avoir procédé aux ablutions nécessaires. Certains d'entre eux n'étaient pas encore habitués à ce rituel et cela se voyait. Les soldats qui les observaient s'en rendirent compte et n'en furent pas surpris, car c'était comme cela à chaque nouvelle arrivée de jeunes recrues.

Ils n'étaient même plus curieux de savoir d'où ils venaient. Pour eux, c'étaient encore de jeunes impies. Ils allaient les remettre dans le droit chemin et devaient venir grossir les troupes d'Allah pour assurer la victoire sur leurs ennemis.

Ils étaient maladroits dans leur façon de prier. Ils observaient les soldats et tentaient de les imiter.

Mohammed n'avait pas de problème de ce type. Il s'amusait de la maladresse de la plupart de ses congénères.

Reclus dans leur repère souterrain, ils allaient être complètement déconnectés du monde. La vie réserve des surprises et il s'en rendit compte lorsqu'il sortit de la mosquée et rencontra dans le couloir un visage qu'il reconnut comme étant celui d'Abdallah, un ami de son frère Rachid. Il le regarda droit dans les yeux et ce dernier s'arrêta, l'air intrigué par ce geste jusqu'au moment où il reconnut Mohammed, le petit frère de son copain Rachid. Ils se parlèrent juste quelques secondes car Mohammed dut suivre son groupe qui se rendait dans son cantonnement. Ils se promirent de se voir dès que possible. Mohammed avait beaucoup de choses à lui raconter. Abdallah de même.

En guise de cantonnement, il s'agissait d'une chambrée de 15 lits serrés les uns contre les autres et donc difficiles d'accès. Il était tard et l'un des soldats qui les accompagnaient leur dit qu'il y avait un couvre-feu à 10 heures du soir. Ils pouvaient lire, on leur donna à chacun un Coran écrit en français, mais ils ne pouvaient discuter ensemble. C'était une épreuve de mise en condition de la discipline qui allait désormais régler leur vie.

Cette caserne souterraine intriguait Mohammed. Avait-elle été construite depuis longtemps et comment pouvait-elle rester secrète et ne pas avoir été découverte par les armées alliées ? Comment les entraînements pouvaient-ils avoir lieu sans attirer l'attention ?

D'après ce qu'il avait vu sur la route, ils étaient loin de tout, la région semblait particulièrement hostile, non habitée, ce qui éloignait les risques de passages réguliers de patrouilles ennemies aux alentours de leur cache.

Le souci majeur était, d'après lui, de ne pas se faire repérer par les passages de satellites ou de drones au-dessus d'eux, lorsqu'ils seraient à l'entraînement. Mais leurs chefs avaient dû certainement prendre en compte ces hypothèses pour les faire sortir uniquement lorsque le ciel était couvert, ou la nuit, ou, peut-être, connaissaient-ils les heures de passage de ces aéronefs-espions. Il se dit qu'il devait y avoir des radars pour les prévenir de l'arrivée de drones. De plus, lorsqu'ils sortaient, ils devaient être habillés aux couleurs de la terre et des roches qui les entouraient, ce qui les rendait encore moins visibles de haut. Ils devaient partir en mission la nuit et en revenir la nuit également. En tout cas, leur méthode devait être infaillible.

Une chose l'angoissait. Ils seraient cantonnés ici tout le temps, sans possibilités de sortir, sauf pour exécuter les missions qui leur seraient confiées. Ils ne pouvaient pas courir le risque de se faire repérer par l'insouciance d'un des leurs lors d'une sortie inopinée. Ils n'auraient donc pas la possibilité de communiquer avec le monde extérieur jusqu'à la victoire, s'ils en réchappaient.

Il s'installa sur son lit de camp, comme ses camarades, et s'endormit rapidement.

Dans son rêve, il vit sa mère qui lui demandait pourquoi il était parti en lui reprochant le chagrin qu'il lui avait fait. Elle lui demandait de revenir car son frère avait besoin de lui pour s'en sortir. Mais, Ali veillait et s'interposa entre lui et sa mère. Il dit à sa mère que Mohammed allait être un héros et qu'il leur reviendrait tout auréolé de gloire. Ils seraient fiers de leur fils et frère, et pourraient alors le fêter et lui prodiguer tout l'amour qu'ils avaient pour lui.

En se réveillant, il se souvint de son rêve et ne put s'empêcher de s'en vouloir de cet orgueil qui l'avait imaginé en héros. Ce n'était pas pour cela qu'il était venu ici, mais bien pour se battre au péril de sa vie, au détriment d'une vie confortable à laquelle il aurait pu aspirer.

Il se promit d'évacuer très vite ce rêve de son esprit. En revanche, il allait penser à sa famille le plus souvent possible pour ne pas les oublier afin de tout faire pour les retrouver sains et saufs.

En fait, il s'était réveillé en pleine nuit alors que tous ses camarades dormaient encore et qu'il régnait un grand silence. C'est alors qu'il prit conscience de la situation dans laquelle il était. Il analysa la situation comme un garçon de son âge. Un instant, pris de panique, il se mit à transpirer très fort dans son lit et tout ce qu'il venait de vivre s'entrechoqua dans sa tête. Il fallait qu'il reprenne le contrôle de ses esprits et surtout qu'il se calme. Il entrait dans une nouvelle existence, voilà quelle était la réalité, voilà ce à quoi il devait se consacrer désormais. Il se rendormit.

# Chapitre 9

On les réveilla à 6 heures du matin. Ce fut dur, surtout que cela allait être la norme tous les jours et, parfois même, plus tôt lorsqu'ils partiraient en mission.

On leur fit visiter le campement souterrain, il y avait une cuisine, une infirmerie, une salle à manger, cinq chambrées, une salle qui contenait tout le matériel informatique et un radar qui devait servir à les prévenir de l'approche de camions militaires ennemis ou de drones de surveillance et une salle de réunion, celle où ils avaient été reçus à leur arrivée. Il lui semblait que c'était énorme, un petit village souterrain. Cela avait dû être un travail énorme de le creuser et l'aménager.

Ali les accueillit dans la salle à manger pour prendre le petit déjeuner avec eux. Il y avait à gauche en rentrant des cartes sur les murs et, accrochés à un grand tableau noir, un résumé sur la situation du pays avec les dernières opérations réussies de la Résistance, les derniers attentats perpétrés par les hommes d'Abou Moussab Al Zarkaoui ainsi que les mouvements de troupes de l'armée américaine dans la région.

Le rituel voulait, dès qu'un soldat rentrait dans la salle à manger, qu'il aille consulter le tableau où il y avait toutes ces informations. Ensuite, les hommes commentaient les derniers évènements et attendaient le commentaire final d'Ali qui en profitait pour leur donner le programme de la journée et des jours à venir. Il fallait qu'il les maintienne en éveil et prêts à se battre. Une de leur tâche prioritaire qui leur était assignée était d'assurer aux nouveaux arrivants l'entraînement au maniement des armes et des explosifs, dans un laps de temps très court, pour qu'ils deviennent opérationnels, seulement, en quelques jours, après leur arrivée au camp. Seuls les plus habiles pouvaient suivre les cours sur la fabrication et l'utilisation des explosifs.

L'entraînement pratique, combat au corps à corps et tirs au fusil mitrailleur, avait lieu dans une grange qui avait encore un toit, permettant ainsi d'amortir le bruit et de les dissimuler des drones et autres avions ou satellites. Les exercices de combat en ville se faisaient dans le village désaffecté. Après chaque exercice, ils devaient remettre dans l'état ce village pour que personne ne puisse soupçonner que des hommes pouvaient y avoir vécu ou s'y être reposés. Les cours théoriques et les cours d'instruction religieuse se faisaient dans le souterrain.

Ali leur expliqua tout ça et leur proposa de déjeuner avec eux après qu'ils eurent suivi leur premier cours d'instruction religieuse.

Il voulait les tester et voir si l'un ou plusieurs d'entre eux sortaient du lot et méritait un traitement spécial. Il avait déjà remarqué Mohammed, il pourrait ainsi confirmer ou infirmer sa première impression sur ce garçon.

Un Imam les prit en main dès qu'ils eurent fini un petit déjeuner frugal (dates et un peu de pain accompagné de lait de chèvre). Ils se dirigèrent vers une grande pièce couverte de tapis qui servait de mosquée à l'heure de la prière.

L'Imam parlait le français et leur souhaita la bienvenue en français et en arabe. Il leur dit que, petit à petit, il leur parlerait en arabe et qu'à court terme ils devraient savoir lire le Coran en arabe dans le texte et savoir se débrouiller dans une discussion de base. Certains d'entre eux connaissaient déjà l'arabe même s'ils le pratiquaient peu. Mohammed avait pris des cours d'arabe en prison, il le parlait avec quelques-uns de ses congénères, et dans sa période d'attente de départ pour l'Irak.

Sur le petit groupe, peu avaient suivi des cours d'instruction religieuse. Certains étaient des petits voyous que la religion et le Coran n'intéressaient pas ou très peu jusqu'à maintenant. Ils se voulaient être des aventuriers ou des guerriers qui cherchaient à gagner le respect de leurs copains en revenant, ainsi, en France tout auréolés de la gloire du combattant, comme cela avait été le cas pour ceux qui étaient revenus de Bosnie. Ceux-là étaient devenus des caïds respectés, ils étaient un exemple pour eux.

Mohammed le ressentait bien ainsi dans les quelques discussions qu'il avait pu avoir avec certains d'entre eux. C'était aussi un sujet de préoccupations de la part des chefs de la Résistance. En fait, les recrues venant de pays arabo-musulmans étaient des recrues sincères. Le djihad représentait un engagement fort qui leur ouvrait les portes du paradis s'ils étaient tués. Ce n'est pas pour cela qu'ils étaient de meilleurs combattants, mais leur engagement était plus respectable car il reposait sur de profondes convictions.

On ne peut pas dire que c'était le cas pour la plupart des recrues venant des pays occidentaux.

Il fallait donc leur donner une formation religieuse intense et casser leurs habitudes et leur esprit critique.

C'est pourquoi, dans les combats, leurs chefs les mettaient toujours en première ligne.

La Résistance ne pouvait pas se permettre de refuser ce type de recrues. Il fallait faire grossir régulièrement leurs troupes. Pour les autorités religieuses, ils seraient, une fois remis dans le droit chemin, l'avant-garde glorieuse de l'Islam, une fois de retour dans leur pays d'origine.

Remettre dans le droit chemin ces anciens voyous s'avérait être une tâche difficile. Ils étaient récalcitrants à toute autorité, se croyaient plus forts que tout le monde et, pour beaucoup, avaient pris les mauvaises habitudes occidentales d'individualisme, de recherche du confort et de l'attrait du matérialisme au détriment du spirituel.

Au fur et à mesure que la guerre durait et que les recrues occidentales affluaient, en petits nombres toutefois, ils apprenaient à les guider, à modeler leur caractère et leur comportement avec une efficacité qui devenait redoutable. Ali Boubakr était passé maître en la matière et de nombreux instructeurs basés dans des régions voisines venaient lui rendre visite pour lui demander des conseils.

Après quelques semaines de formation, ils devenaient de bons soldats non seulement de la Résistance mais aussi de l'Islam.

Depuis trois mois, de nombreuses nouvelles recrues avaient été tuées lors d'opérations dont certaines s'étaient terminées par des fiascos sanglants. Les troupes américaines étant omniprésentes grâce à une logistique peu souvent mise en défaut et à une surveillance permanente du territoire irakien par leurs satellites et leurs drones, les effectifs de la Résistance s'amenuisaient de jour en jour, donnant ainsi plus de poids au réseau Al-Qaïda dont les membres, moins nombreux, disséminés un peu partout sur le territoire irakien, se terraient pendant des jours pour frapper inopinément ici ou là par kamikazes interposés.

Il n'y avait aucune communication entre la Résistance et les hommes d'Al Zarquaoui. Les uns méprisaient les autres tout en fêtant les frappes terroristes justifiées ou les victoires de la Résistance. Ils avaient des ennemis communs et lorsqu'ils étaient touchés c'était une victoire, quels qu'en soient les initiateurs. Mais les frappes terroristes touchaient de plus en plus la communauté chiite. La Résistance ne pouvait pas le couvrir même si un grand nombre de ses partisans était d'origine sunnite. Les uns étaient des Irakiens et fiers de l'être, et ce sentiment pouvait être plus fort que l'appartenance à une communauté religieuse. Les autres étaient des apatrides dangereux, même s'ils défendaient la création d'un vaste khalifat panarabe. Les uns se considéraient comme des soldats en guerre pour libérer leur territoire, les autres se voulaient des soldats d'Allah désignés pour éliminer les infidèles et impies, qu'ils soient chrétiens, juifs ou les hérétiques chiites, ce qui expliquait les attentats aveugles de Kerbela et de Nadjaf.

L'imam leur expliqua comment était constitué le Coran avec ses 114 sourates sur lequel s'est fondée la loi islamique, la charia. Tous ces mots et concepts commençaient à leur faire peur, eux qui étaient habitués à n'avoir aucune loi à respecter. Désormais, ils devaient respecter des lois et des coutumes qui étaient loin de leur mode de vie passé. Pour certains, c'était vraiment difficile à avaler. Ils étaient venus pour se battre et maintenant, on les enfermait dans un carcan qui leur était proprement insupportable. La seule contrainte qu'ils avaient subie était le jeûne durant le mois du ramadan. Maintenant, ils devaient prier cinq fois par jour, connaître l'arabe, langue sacrée des musulmans, et appliquer la charia, ce qui leur faisait froid dans le dos, étant donnée l'image qu'ils en avaient à travers tout ce qu'ils avaient pu entendre auparavant, notamment en Afghanistan, sous les talibans.

Ils avaient peur mais savaient qu'ils ne pouvaient pas revenir en arrière. Ils se sentaient pris dans la nasse entre des résistants qui défendaient leur pays, quel qu'en soit le prix à payer, et des religieux qui voulaient former à marche forcée des martyrs de l'Islam.

Mohammed ressentait un malaise de ce type mais l'analysait avec calme et sérénité car c'était son choix, un choix raisonné, voulu et inscrit dans une démarche positive. Il y avait un peu de romantisme dans sa démarche, il y aurait bientôt beaucoup de religieux.

Par contre, pour les autres, le malaise était vraiment à la limite du supportable. Ils s'observaient pour être sûrs qu'ils n'étaient pas les seuls à ressentir cela. Ils se rassuraient à bon compte. Dans leur tête, ils n'arrivaient pas à formuler leur quête. Leur choix avait été rapide et superficiel. Ils se voulaient des héros, ils n'étaient que de pauvres hères en quête de reconnaissance et d'un statut social.

Voilà quel était l'état des lieux, après quelques jours passés à traverser des paysages rudes et souvent hostiles, à vivre confinés dans un campement sans confort, loin de tout, sans distraction pour des jeunes de vingt ans, entourés de soldats perdus dirigés par un homme qu'ils jugeaient exceptionnel, avec pour seule nourriture des dates, des fruits et quelquefois un peu de mouton avec du riz et pour seule lecture le Coran.

Il y avait de quoi se désespérer pour un jeune délinquant de banlieue, Français, libre de ses mouvements, libre de draguer n'importe quelle fille, de s'adonner à n'importe quel trafic juteux qui lui permette d'aller au restaurant, au cinéma ou encore en boîte, de s'acheter des jeans Diesel, de voler une voiture puissante, du type Audi, pour faire du rodéo sur l'autoroute. Cela ne concernait, bien sûr, qu'une petite partie de la troupe mais faisait peser une menace sur la cohésion du groupe.

Ce danger, Ali le connaissait et savait comment le circonscrire. Il mettait une pression toujours plus forte sur les éléments qu'il avait repérés comme étant les plus fragiles ou les plus récalcitrants, jusqu'à ce qu'ils craquent. C'est à ce moment-là qu'il pouvait déterminer leur degré de résistance ou de réceptivité à ce que les instructeurs et les imams leur inculquaient.

En fait, cela venait assez vite. Les récalcitrants étaient alors regroupés et repris en main jusqu'à ce qu'ils se plient à cette discipline de fer et qu'ils réintègrent le groupe d'eux-mêmes, c'est-à-dire à leur demande. Le pourcentage d'échecs était alors très faible. Il n'y avait que très peu de récidivistes.

Mohammed se plaisait dans cette nouvelle vie. Il observait beaucoup ses camarades et surtout Ali Boubakr et ses soldats. Il essayait d'améliorer le plus rapidement possible son arabe aussi bien parlé qu'écrit et lu. Il participait activement aux cours d'instruction religieuse par des questions non pas embarrassantes pour les imams, il voulait à tout prix éviter d'apporter de l'eau au moulin des récalcitrants, mais fondamentales pour la compréhension des écrits sacrés.

Très vite, il apparut que Mohammed sortait du lot.

Ali et les imams, lorsqu'ils se retrouvaient pour parler des jeunes recrues et faire le point sur l'avancée de leur instruction militaire et religieuse, s'arrêtaient longuement sur le cas de Mohammed.

Mohammed pouvait leur être utile à plus d'un titre car il avait, indéniablement, de l'ascendant sur le groupe. Tout d'abord, son moral était toujours égal sans période de déprime et cela ne pouvait que rejaillir positivement sur eux, ensuite sa facilité d'adaptation à tous types de situation et son agilité intellectuelle lui permettrait d'être un relais efficace, voire un moteur, sur lequel les instructeurs pourraient s'appuyer en cas de détérioration des relations avec le groupe et, enfin, ils pourraient vraisemblablement lui confier, après qu'il ait fait ses preuves, la direction de certaines opérations sur le terrain, ce qui était appréciable après les récentes pertes subies.

C'est ainsi qu'Ali lui demandait de plus en plus souvent de prendre un repas avec lui. Il le mettait, alors, à l'épreuve et lui demandait des nouvelles du groupe et plus spécialement des recrues qu'ils avaient cataloguées comme pouvant générer des problèmes. Mohammed répondait toujours avec précision et mettait un point d'honneur à dialoguer en arabe avec lui, ce qui l'impressionnait.

— Que recherches-tu, Mohammed ? lui demanda un jour Ali.

— Je viens faire connaissance avec mon peuple et lui dire qu'il peut compter sur moi.

— Oui, je comprends, mais tu es jeune et l'Irak n'est pas ton pays, alors que tu pourrais être aussi bien utile en France auprès de tes parents et de ta communauté qui souffre.

— C'est vrai mais je veux comprendre pourquoi le peuple arabe a évolué comme cela pour n'être plus, aujourd'hui, que l'ombre de lui-même. Regarde ce que nous sommes devenus en Europe, les esclaves et les ouvriers au service de gens qui nous méprisent et qui n'étaient rien lorsque nous étions une nation conquérante et fière d'elle-même, ce qui n'est, manifestement, plus le cas aujourd'hui. Regarde ce que nous sommes aujourd'hui, en Irak, un peuple en pleine déconfiture avec un niveau de développement moyenâgeux. Est-ce cela ce que nous voulons être et demeurer ? Nous ne maîtrisons aucune des technologies qui nous permettraient de rivaliser avec les nations occidentales et assurer notre propre développement économique et militaire.

— Ne crois-tu pas que c'est notre foi qui est notre force et qui nous fera gagner, Mohammed ?

— Bien sûr, la foi est importante, elle peut faire déplacer des montagnes, et nous l'avons déjà fait, mais il suffit de regarder les faits. Il me semble que nous perdons beaucoup d'hommes, ce qui explique l'arrivée régulière de troupes fraîches, non formées, venant d'occident. Je ne suis pas sûr que cela puisse durer longtemps. Mohammed prenait quelques libertés dans ses propos qui auraient pu lui nuire. Mais Ali appréciait cette liberté de langage, ce qui n'aurait pas été le cas des imams, même les plus ouverts. Mohammed le savait et ne se serait pas aventuré sur ce terrain avec eux. Il se souvenait des cours d'histoire qu'il avait suivis et ce qui était arrivé à Galilée face au tribunal de l'Inquisition. Et il continua.

— Tout cela ne m'empêche pas d'avoir envie de me battre et de défendre notre nation, mes frères, contre l'occupant. Mais je ne comprends pas, non plus, pourquoi ces actes terroristes et ces massacres de nos frères musulmans par des musulmans. Cela n'a pas de sens. Ceux qui font cela ne sont pas dignes d'être musulmans.

— Mohammed, il faut que tu comprennes que la situation ici est particulièrement déstabilisante pour un grand nombre de gens. Tout le monde confond tout, la Résistance, Al-Qaïda, les brigands qui enlèvent les Occidentaux pour obtenir de l'argent des rançons. Tous ceux-là s'attaquent aux forces d'occupation et ont donc une légitimité pour agir. Leur action, pour autant, n'est pas forcément la plus juste et la plus appropriée. Mais c'est la jungle et personne n'écoute personne. Chacun croit défendre la meilleure cause. Il est donc difficile de condamner définitivement tel acte ou tel autre. Le but étant de frapper le plus durement notre ennemi commun, on est d'accord, Mohammed ?

— D'accord ! Je m'incline.

Ali lui fit comprendre que la conversation était terminée et qu'il devait aller rejoindre ses hommes pour préparer une opération à laquelle le groupe de Mohammed serait associé bientôt.

*Enfin*, se dit Mohammed, *nous allons participer à une opération, ce n'est pas trop tôt !*

## Chapitre 10

Ils furent initiés au maniement des armes et aux combats corps à corps. Certains se débrouillaient mieux que d'autres, notamment ceux qui avaient l'habitude des combats de rue entre bandes rivales. Ces périodes d'entraînements intensifs avaient eu raison des éléments les plus récalcitrants sujets aux états d'âme nuisibles à la cohésion du groupe.

Lors de leurs moments libres, ils pouvaient déambuler dans le souterrain et se mêler aux soldats de la Résistance ainsi qu'aux deux autres groupes qui y étaient cantonnés avec eux.

Mohammed retrouva Abdallah, le copain de Rachid. Ils échangèrent quelques souvenirs sur le drame de la mort de Rachid. Abdallah lui raconta qu'il était parti quelques semaines avant lui pour le djihad à la suite de cet évènement qui lui avait fait comprendre l'inutilité de sa vie en France et son désir de s'engager sérieusement dans une cause qui lui rendrait sa dignité d'homme et de musulman. Il avait été un petit voyou, il était devenu un homme fier de son engagement et de sa nouvelle vie. Ils parlèrent d'Ali et de l'imam qui était chargé de leur instruction. Leur avis divergea lorsqu'ils abordèrent l'instruction religieuse et la stratégie militaire.

En effet, Abdallah était devenu un vrai musulman radical fondamentaliste. Il portait fièrement sa barbe et ses propos étaient empreints de violence contre les infidèles et leurs valets. Il désirait que la charia soit instaurée dans tous les pays musulmans et, plus tard, dans tous les pays du monde. Tout musulman hésitant devant ce choix devait être inexorablement éliminé. De même, il défendait le terrorisme, quelles qu'en soient les conséquences. Il condamnait les chiites qu'ils considéraient comme des ennemis de l'unité de l'Islam et rêvait de la création de ce grand Khalifat dont parlait Ben Laden.

Pour ne pas couper court à leur discussion et éviter toute confrontation inutile, Mohammed se gardait bien de prendre parti. Il était encore trop tôt pour lui de s'engager dans une dialectique qui pourrait le mettre en danger. Il posait de nombreuses questions, ce qui laissait la parole à Abdallah et lui évitait de se dévoiler. Beaucoup de leurs camarades pensaient comme lui. Mohammed devait être prudent.

Mohammed se promit d'intervenir dès qu'il pourrait le faire avec un discours contradictoire, solide et convaincant.

Abdallah avait participé à plusieurs opérations contre des positions américaines et de la nouvelle armée irakienne régulière. Il raconta à Mohammed comment se déroulaient les combats et l'attitude des hommes face à l'ennemi. La peur lors des premiers affrontements, le bruit assourdissant des armes, les premiers blessés et les premiers morts. Mohammed écoutait avec attention ses commentaires, surtout sur le comportement des hommes au combat. Il se demandait comment il se comporterait, lui, et quelles seraient ses réactions face au danger, aux blessures et à la mort.

Il ne connaissait rien à tout cela et n'avait jamais côtoyé la mort, même s'il avait vu le cadavre de son frère Rachid à la morgue.

Finalement, il trouvait leur discussion pénible. Abdallah était un exalté duquel il ne pouvait rien tirer. Comment pouvait-on en arriver là ? C'est à cause de gens comme ça que le peuple arabe en était à ce point de sous-développement économique et culturel. Qu'apportons-nous au monde, quel exemple donnons-nous, qui pouvons-nous faire rêver ? Certainement pas les femmes réduites à l'état de quasi-esclaves, pas les peuples occidentaux effrayés par nos comportements et pas les hommes de bonne volonté, quelle que soit leur religion, si peu enclins à la violence et si respectueux de la vie et du genre humain.

Non, il ne devait pas devenir comme lui et comme nombre d'entre eux, frustes et sans humanité. Il devait, au contraire, trouver le chemin de la Concorde qui ferait triompher l'Islam, un Islam de paix et de bonheur pour le genre humain, tel que le voulait Allah.

Dans le camp, il était indéniable que la majorité des hommes étaient des exaltés violents et peu tournés vers la réflexion et l'introspection. Mais pourquoi étaient-ils ici, n'avaient-ils qu'un seul but : gagner et écraser l'infidèle. Et après quelle serait la suite ? Ils avaient la même approche que certains Américains venus pour écraser Saddam Hussein et imposer leur loi par la violence en faisant abstraction des sensibilités du peuple arabe, de leur religion, à la fois si peu différente et si différente de la leur. Oui et après, quelle serait la suite ?

Non, il y avait certainement une voie qui pouvait mener vers le développement économique et culturel sans qu'il y ait d'incompatibilité avec leur religion. Et peut-être que cette voie rallierait le monde pour le plus grand bonheur de l'humanité. Il rêvait déjà à ce monde, mais comment convaincre des hommes de bonne volonté, prisonniers de leur interprétation erronée du Coran ?

Il arrêta là ses réflexions si apaisantes dans ces moments difficiles de solitude et de vague à l'âme.

Il alla se coucher. Il fut réveillé très tôt. Il devait être trois heures du matin et il y avait comme un branle-bas de combat. On leur demanda de se préparer rapidement, de prendre quelques dattes et leurs armes et de se tenir prêts à sortir. On les avertit qu'ils partaient pour leur première mission et que des camions les emmèneraient au sud de Bagdad. On leur expliquerait tout cela durant le trajet.

Mohammed était encore à moitié endormi car il avait dû s'endormir vers une heure du matin.

Ils s'habillèrent tous dans la précipitation, se bousculèrent, ce qui engendra quelques querelles que les soldats arrêtèrent tout de suite avec fermeté. Ils étaient nerveux et ne voulaient pas, en plus, supporter ces désagréments.

On leur donna quelques dattes, encore et toujours des dattes, ils commençaient tous à en avoir assez de se manger toujours des dattes, même si elles étaient bonnes et surtout nourrissantes. Elles n'avaient rien à voir avec celles qu'ils pouvaient trouver sur les marchés d'Argenteuil ou de Clichy.

On leur confia à chacun une arme, un fusil mitrailleur ou une Kalachnikov avec des munitions, une grenade et des pansements au cas où ils seraient blessés ou qu'ils voudraient soigner un de leur camarade blessé.

On leur donna aussi une capsule de poison au cas où ils seraient faits prisonniers et qu'ils seraient torturés. En aucun cas, ils ne devaient pouvoir révéler la manière dont ils avaient quitté leur pays, les filières de passage en Irak et le lieu de leur campement, même si dans ce dernier cas il leur aurait été difficile, voire totalement impossible, d'en indiquer le lieu.

Ils regardèrent tous cette petite capsule avec terreur. Seraient-ils capables de l'avaler en cas de danger ? Difficile à dire mais ils voulaient se convaincre dans leur for intérieur qu'ils le feraient au nom d'Allah et pour protéger leurs camarades au nom de leur lutte contre les infidèles.

Ils étaient maintenant prêts à partir au combat. Ils attendaient impatiemment les instructions.

Ils s'étaient regroupés dans la grange, frigorifiés. Le jour était loin de se lever. Ils étaient silencieux et perdus dans leurs réflexions.

Ils allaient avoir enfin leur baptême du feu. Certains n'en reviendraient pas mais ceux-là iraient au paradis d'Allah, ce n'était donc pas une épreuve insurmontable, quelle qu'en soit l'issue.

Le pire serait d'être blessé. Mais ils ne voulaient pas y penser. Ils étaient aujourd'hui des soldats et avaient la certitude qu'Allah les protégerait.

Les camions arrivèrent. Ils s'embarquèrent sous les ordres d'Ali. Mohammed se retrouva dans le camion où se trouvait Ali. Ils se saluèrent et s'assirent côte à côte.

Chaque camion pouvait contenir une dizaine d'hommes et il y en avait trois. La troupe ne passerait pas inaperçue, se dirent-ils. Mais ils savaient que la population ne les dénoncerait pas si par hasard ils étaient reconnus, de peur de représailles impitoyables, en retour. De toute façon, la population les respectait et le plus souvent les aidait, ce qui n'était pas le cas pour les sbires d'Al Zarquaoui, qui étaient redoutés pour leur violence et leur insatiable cruauté. Ceux-là étaient dénoncés plus volontiers car, de plus, il y avait de fortes récompenses à la clef. Il faut dire que lorsque ces terroristes arrivaient dans un village et qu'ils en prenaient possession, ils constituaient immédiatement des tribunaux islamistes d'exception. Les peines de mort pour n'importe quelle infraction à la charia étaient appliquées sans discernement et à la va-vite. Les femmes se terraient et n'osaient plus sortir. Dans ce cas, la population ne rêvait plus que d'une chose, c'est que les Américains viennent reconquérir le village et éliminent tous ces fous de Dieu.

La route fut longue car le petit convoi avançait lentement et très précautionneusement. Ils essayaient de faire le moins de bruit possible, donc de ne pas trop pousser leur moteur.

Alors qu'il faisait encore nuit, ils s'arrêtèrent et descendirent des camions pour se dégourdir les jambes. Les camions repartirent à vide se cacher sous des bâches couleur sable tandis que la troupe se mit en marche en file indienne et sans bruit. Personne n'avait envie de parler, les estomacs étaient noués et les esprits, entièrement tournés vers cette mission qui allait faire d'eux des frères d'armes de leurs instructeurs.

Ali était en tête. Ils s'arrêtèrent lorsque Ali leva le bras. Ils se regroupèrent autour de lui et l'écoutèrent religieusement lorsqu'il prit la parole.

Il parlait doucement. Aucune nervosité n'était perceptible dans son comportement. Il avait l'habitude et s'était longuement entraîné à ce type de situation. Il fallait paraître calme et serein pour ne pas effrayer ces jeunes recrues, même si lui aussi avait les tripes nouées et la peur au ventre.

Il leur expliqua l'opération à laquelle ils allaient participer. Un convoi de camions américains devait passer par la route qu'ils pouvaient deviner au loin. Des hommes de la Résistance y avaient placé des explosifs et les feraient sauter à son passage. Ils devaient alors attaquer le convoi immobilisé et viser les soldats qui s'y trouvaient. Chacun devait auparavant bien identifier sa cible et tirer calmement dans sa direction et sans précipitation. C'était une des conditions du succès de l'opération. Par l'effet de surprise, il y avait de fortes chances que ce soit la débandade parmi leurs ennemis. Ils arriveraient alors à tous les éliminer et repartir sans crainte vers leur campement. En conséquence, chacun devait jouer son rôle avec le maximum de sang-froid.

Les visages des jeunes recrues se figeaient au fur et à mesure des consignes. L'heure de vérité était proche. Il n'y avait aucune autre issue. Ils avaient le dos au mur face à un ennemi redouté et redoutable, surarmé et soutenu par une aviation omniprésente.

L'un des leurs s'aventura à poser une question sur le soutien de l'aviation US et les risques qu'ils pouvaient courir.

Ali lui répondit que, dans la plupart des cas, les petits convois de l'armée américaine se déplaçaient sans ce soutien. Il fallait faire confiance à Allah. Ce que Mohammed trouva un peu court comme réponse mais approprié à la situation.

Le convoi devait passer à cet endroit dans les trois heures qui venaient. Ali inspecta le terrain et leur indiqua les positions qu'ils devaient prendre. Le terrain était à découvert, mais très accidenté, ce qui leur permettait de se cacher aisément et d'être difficilement repérables.

L'espacement de leurs positions sur le terrain et leur tenue couleur sable étaient leur meilleure protection en cas de riposte de l'ennemi ou de repli stratégique. Le seul vrai danger dans ce cas était la possible intervention de l'aviation et de drones. Alors, il fallait compter avec la chance et la protection d'Allah.

Les nouvelles recrues étaient regroupées par trois avec un soldat aguerri pour les épauler et canaliser leur nervosité.

Mohammed avait l'impression d'avoir déjà vu ce type de situation dans des films de guerre. Aujourd'hui, de spectateur, il était devenu acteur. Il allait participer à une embuscade meurtrière. Il y aurait des morts et des blessés des deux côtés. Cette fois, sa vie était en danger pour de vrai.

Ali les prévint que c'est lui qui donnerait le signal des tirs. Les trente hommes étaient disséminés sur une longueur d'un kilomètre environ. Ils étaient invisibles de la route. Ali était allé le vérifier lui-même. L'attaque devrait être redoutable. Il y avait peu de chance pour qu'il y ait des victimes de leur côté. C'était, en quelque sorte, une bonne entrée en matière pour ces jeunes, se dit-il.

L'attente fut longue et la nervosité commençait à s'installer. Les instructeurs leur répétaient tranquillement ce qu'ils devraient faire au signal. Toutes les éventualités étaient revues jusqu'à l'abandon pur et simple de leur position en cas de difficulté majeure. Si le convoi attendu passait sans qu'il y ait eu de signal de la part d'Ali, ils devaient rester sur place sans bouger et surtout ne pas tirer. Ils étaient à près de 100 mètres de la route. Il fallait bien viser et ne pas trembler même si la première fois, dans ces circonstances, il était difficile de rester maître de soi.

Mohammed caressait son fusil mitrailleur. Ali l'observait tout en lui faisant ses dernières recommandations. Il admirait ce calme chez ce garçon dans une situation qui n'avait rien de rassurant.

Les minutes passaient et l'attente devenait difficile à supporter.

Pendant ce temps, Farida continuait son enquête pour retrouver ou avoir des nouvelles de son fils Mohammed. La vie à Clichy lui était pénible car il lui fallait supporter son mari Omar qui s'enfonçait dans la déprime. Quant à son fils Mouloud, il errait lamentablement toute la journée à ne rien faire et dormait jusqu'à midi quasiment tous les jours. La seule qui tenait le coup et affrontait le choc avec force et détermination, c'était elle. Mais elle sentait bien qu'il ne fallait pas grand-chose pour que son moral s'effondre et qu'elle suive les traces de son mari.

Elle remuait ciel et terre et avait repris contact avec la journaliste Jocelyne Tremplin qui l'avait revue et lui avait exprimé son désarroi face à une situation qu'elle ne maîtrisait plus et qui lui échappait complètement.

Elle était même allée voir le commissaire Duchamp qui vaquait à nouveau à ses occupations ordinaires comme il disait et comptait beaucoup sur l'aide de l'Imam Ibrahim El Koufi pour l'aider à trouver des pistes.

La soudaine disparition de son fils qui était parti sans les avertir et sans donner de ses nouvelles ne pouvait s'expliquer que par son engagement dans le djihad. Il devait certainement être en Irak, aujourd'hui. Elle lisait tout ce qui avait un rapport avec les filières islamiques vers l'Irak et scrutait la moindre nouvelle concernant les corps de volontaires étrangers trouvés morts lors de combats avec les forces américaines.

Le commissaire Duchamp avait vraiment de la sympathie pour cette femme. Il essayait de voir comment il pouvait l'aider le plus efficacement possible. Il se sentait un peu responsable de la situation. Bien sûr, il avait connaissance des filières et savait qu'il y avait une section spéciale à la DGSE dédiée à ce problème.

Grâce à ses connaissances, il avait eu vent que Mohammed avait été repéré à sa sortie de prison et qu'il avait été filé, car il faisait partie d'un petit groupe d'islamistes présumés dangereux et donc surveillés étroitement.

Malheureusement, ils avaient dû avoir vent qu'ils étaient surveillés et ils s'étaient volatilisés, comme par enchantement, sans laisser de traces. Il était sûr que certains d'entre eux étaient partis en Irak, mais on ne savait pas qui, quand et comment. Personne, en tout cas, n'avait de nouvelles de Mohammed. On enquêtait du côté de ceux qui l'avaient côtoyé en prison, mais, là aussi, rien d'intéressant n'avait été trouvé. Les pistes disparaissaient les unes après les autres, ce qui laissait supposer que ces différentes filières étaient particulièrement bien organisées et renseignées.

L'imam, de son côté, avait fait jouer son réseau de renseignement, mais comme il n'était pas partie prenante de la mouvance islamiste radicale, il lui était difficile d'aller à la pêche aux renseignements.

Farida allait traîner du côté des anciens copains de Rachid et de Mohammed, mais sans succès. Elle commençait à désespérer lorsque Jocelyne Tremplin l'appela un jour pour lui dire qu'elle faisait une enquête pour Paris Match sur les filières de recrutement des islamistes et qu'elle avait eu un contact avec un djihadiste repenti de fraîche date, dont elle avait eu le nom par un de ses contacts à la DGSE. Sans citer ses sources, elle raconta ce que cet homme lui avait dit à propos de récents départs pour l'Irak dont il avait entendu parler. Il lui avait avoué qu'une dizaine de jeunes de Clichy-sous-Bois étaient partis en Irak après avoir effectué, pour quelques-uns d'entre eux, un séjour en prison à la suite des émeutes qui avaient fait tant de bruits.

Il connaissait Rachid et avait entendu dire que son petit frère était parti en Irak. Il devait s'agir de Mohammed, sans aucun doute. Jocelyne lui dit qu'il fallait prendre ces renseignements avec prudence mais qu'il lui semblait que c'était une bonne piste.

Farida la remercia pour tout ce qu'elle avait pu faire pour elle. Ses doutes étaient a priori confirmés mais cela ne lui donnait pas les moyens de rentrer en contact avec son fils, ni d'avoir des nouvelles de lui.

Elle devait, maintenant, trouver le moyen de le faire.

Mohammed réfléchissait à tout ce qu'il avait vécu jusqu'à maintenant. Il se disait que s'il venait à mourir lors d'un combat, ses parents n'en sauraient vraisemblablement rien et cela le peinait terriblement. Il pensait très souvent à sa mère et la voyait dans ses songes. Il était sûr qu'elle veillait sur lui et cela le rassurait un peu.

La nervosité gagnait le camp des insurgés. L'attente devenait insupportable pour un bon nombre d'entre eux. Ils avaient le doigt tremblant sur la gâchette de leurs armes.

Ali redoutait ces moments de nervosité et tentait de calmer le jeu en leur demandant de se concentrer sur la tâche qui leur avait été confiée.

Puis, tout à coup, un nuage de poussière fut visible à l'horizon. C'était certainement la colonne de camions tant attendue.

Les bouches devinrent sèches et la transpiration coulait le long des fronts plissés de ces jeunes soldats. Ils se regardèrent et se firent des signes pour se donner du courage.

La colonne avançait inexorablement. L'heure de vérité s'approchait.

Il n'y avait qu'un seul bazooka opérationnel, le reste des armes était des mitraillettes et fusils mitrailleurs.

Lorsque la colonne fut à portée de tir, ils pouvaient apercevoir les soldats américains juchés à l'arrière des camions en train de discuter et de rire. Ils étaient jeunes, comme eux, ce qui les surprit. Deux sentinelles, l'une à l'avant et l'autre à l'arrière de chacun des camions veillaient en scrutant les alentours.

Ali leur donna l'ordre de tirer. Les armes crépitèrent, dans un premier temps, sans toucher leurs cibles. Le tireur de bazooka manqua sa cible. Les soldats américains sautèrent immédiatement à l'extérieur de leurs camions pour se mettre en position de combat et se protéger.

L'effet de surprise ne fut donc pas très efficace et le piège allait se retourner contre les insurgés.

Ali s'en rendit compte aussitôt. Cela pouvait se terminer pour eux par un massacre. Il fallait l'éviter. Heureusement, le terrain était leur meilleur allié. Ali venait de commettre sa première imprudence. Il avait été trop sûr de lui dans le montage de cette opération. Il mettait la vie de ces jeunes recrues en péril. Il se devait de réagir vite face à cette situation inattendue.

Il réfléchissait à toutes les possibilités de retraite tout en répliquant aux tirs ennemis. Le bazooka qui était aux mains d'un des hommes de son groupe tira une nouvelle fois et atteint sa cible. Le camion touché explosa en blessant quelques soldats américains.

Il profita d'un instant de désarroi dans le camp américain pour dire à ses troupes de reculer le plus vite possible tout en profitant du terrain pour se protéger.

La consigne fut rapidement passée et ils commencèrent leur retraite en rampant et se courbant sous le tir ennemi.

Le tir des soldats américains se faisait de plus en plus précis et deux hommes furent touchés à mort. Ce fut le début de la débandade. Certains se relevèrent pour courir plus vite se mettre à l'abri et furent blessés pour les plus chanceux et touchés à mort pour les autres.

Mohammed resta calme dans ce moment de panique. Il observait Ali et attendait chacune de ses instructions. Ali était prompt à prendre des décisions mais il fut touché par des éclats d'un tir de roquette. La situation empirait, leur chef était blessé et Mohammed sentait que la panique gagnait la totalité de la troupe des insurgés. Ali avait été touché à l'épaule et avait du mal à se tenir debout. Il était hors-jeu. Il fallait qu'un des hommes reprenne le commandement, et vite, sinon ils étaient tous condamnés à une mort certaine.

Mohammed regardait dans toutes les directions et ne voyait que des hommes paniqués et fuyant le tir des soldats américains.

Il alla voir Ali et lui expliqua la situation. Il lui demanda ce qu'il fallait faire pour reprendre la situation en main.

Ali lui confia le commandement et dit que ses ordres devaient être suivis par tous.

Les soldats américains avançaient sans subir de tirs vraiment dangereux de la part des insurgés qui tout en reculant en ordre dispersé tiraient vers eux à l'aveuglette.

Mohammed analysa la situation rapidement et lança ses ordres.

— Reculez jusqu'à la crête, là-haut. Abritez-vous et remettez-vous en position de combat et de tir, une fois à couvert, leur cria-t-il. En même temps, il s'occupait d'Ali en le soutenant et l'aidant à marcher le plus vite possible jusqu'à la crête salvatrice. Il devait rester une vingtaine d'hommes valides, c'était suffisant pour stopper les soldats américains, redonner du courage à la troupe, lui faire reprendre ses esprits et inverser le cours des évènements. Ali avait du mal à marcher, il était complètement assommé par sa blessure qui lui faisait très mal. Malgré cela, Mohammed le soutenait et l'entraînait vers la crête. Quand les hommes virent que Mohammed aidait leur chef et reprenait les choses en main, ils suivirent à la lettre ses ordres et se ressaisirent.

Ali s'affaiblissait rapidement. Sa blessure était grave. Mohammed était épuisé. Lorsqu'ils arrivèrent sur la crête, il y avait déjà une quinzaine d'hommes qui avaient repris leur position et commençaient à tirer sur les soldats américains qui avançaient. Ces derniers arrêtèrent leur progression et se mirent à couvert. La situation devenait moins périlleuse. Ils reprenaient espoir, d'autant plus que les soldats américains semblaient abandonner leur poursuite pour revenir vers les camions, de peur d'être victimes d'une manœuvre visant à les éparpiller sur le terrain afin de mieux les anéantir.

Les insurgés criaient victoire.

Les Américains n'avaient eu que quelques blessés légers et reprenaient peu à peu leurs esprits après cette attaque surprise. Ils avaient l'habitude de ce type d'embuscade et avaient pour instructions de ne pas poursuivre leurs attaquants, s'ils se repliaient. L'objectif premier étant de repousser les attaques puis de repartir, après qu'ils s'étaient assurés que la voie vers leur destination était libre. Cela faisait partie de leur ordinaire, mais cette manœuvre pouvait parfois s'avérer meurtrière.

En revanche, du côté des insurgés, de nombreux morts et blessés étaient à déplorer dans leurs rangs.

Le convoi repartit et tous les protagonistes étaient soulagés. Les Américains s'en étaient bien sortis et les insurgés, malgré de lourdes pertes, pouvaient respirer, évaluer l'étendue des dégâts et soigner leurs blessés. Toutefois, ils devaient faire vite pour revenir au camp car l'aviation US avait certainement été avertie de l'attaque et viendrait inspecter et nettoyer les lieux.

Une fois le convoi éloigné, ils allèrent récupérer les corps des malheureux combattants. Il y avait cinq morts à déplorer.

Quant aux blessés, il n'y avait pas grand-chose pour les soigner. Il fallait attendre l'arrivée des secours, prévue à la tombée de la nuit, sur le lieu de rassemblement situé à une vingtaine de kilomètres de là, comme c'était le cas à chaque opération de ce genre. Le chemin fut long et pénible. Les blessés gémissaient tandis que le reste de la troupe restait silencieuse en traînant les pieds. Les camions arrivèrent de nulle part, chargèrent les blessés et ensuite les hommes valides, et toute la troupe repartirent vers le camp.

Ali était sérieusement touché. Il avait perdu connaissance. Mohammed le veillait et donnait les ordres pour que l'embarquement se passe bien et qu'ils n'oublient aucune arme sur le terrain. L'aviation n'était pas venue cette fois.

Pendant tout le chemin du retour, ils restèrent silencieux. En fait, ils étaient sérieusement traumatisés. Ils venaient de débarquer fraîchement de leur banlieue parisienne et se retrouvaient, tout à coup, mêlés à un combat face à un ennemi aguerri. Ce qui avait été particulièrement dur à supporter c'était le bruit des armes automatiques et l'impact des balles sur le terrain et sur les hommes. Ils avaient vu la mort de près, avaient dû enterrer leurs camarades morts au combat, et s'occuper de blessés souvent pas très beaux à voir.

C'était la vraie guerre, pas celle à laquelle ils jouaient sur les jeux de leurs consoles Nintendo.

Mohammed observait ses camarades et essayait de se souvenir comment chacun d'eux s'était comporté au combat.

Ils ne rencontrèrent personne sur la route du retour et traversèrent des villages déserts.

Au détour d'une ferme presque abandonnée, ils virent des habitants qui s'enfuirent à leur arrivée. Il y avait un homme, une femme et une jeune fille. Leur attitude leur parut suspecte. Alors, ils allèrent à leur poursuite et les rejoignirent très vite.

Les trois fugitifs s'arrêtèrent après la première sommation. Ils étaient apeurés et n'osaient rien dire jusqu'au moment où le chauffeur du premier camion leur adressa la parole et leur demanda pourquoi ils fuyaient. Ils répondirent qu'ils les avaient pris pour des soldats de l'armée régulière irakienne. Ils avaient peur à chaque fois qu'ils les croisaient et qu'ils passaient devant leur ferme car ils leur demandaient de la nourriture alors qu'ils n'avaient rien à leur offrir. Ils redoutaient les représailles à la suite de leur refus. Ils avaient l'air vraiment terrorisés. Leur explication parut vraisemblable aux hommes qui descendirent de leur camion pour partager leur nourriture et les rassurer.

Mohammed se rapprocha d'eux pour leur demander, par l'intermédiaire d'un chauffeur qui lui servit d'interprète, s'ils pouvaient les aider à soigner leurs blessés et particulièrement Ali qui souffrait le martyre et perdait beaucoup de sang.

La jeune fille s'approcha de Mohammed et lui fit comprendre qu'elle pouvait les aider. Mohammed la regarda avec attention et s'aperçut qu'elle était très jolie malgré son accoutrement. Elle avait un visage très fin et ses gestes étaient empreints d'une grande douceur. Elle devait avoir environ 18 ans. Elle raconta qu'elle avait commencé des études d'infirmières du temps de Saddam Hussein et qu'elle avait été obligée de les arrêter après l'invasion de l'Irak par les troupes américaines. En effet, il avait fallu qu'elle aide ses parents dans leur ferme depuis la mort de ses deux frères au combat près de Bagdad.

Elle n'avait pas beaucoup de force, mais le peu qu'elle leur apportait les réconfortait et leur avait permis de sauver les récoltes de dattes, et donc de survivre.

Elle demanda à voir les blessés et les examina l'un après l'autre. Elle établit une priorité dans les soins à apporter.

Ali semblait le plus mal en point et celui qui nécessitait le plus d'attention. Elle leur expliqua qu'il fallait l'allonger le plus vite possible, lui nettoyer sa blessure et, peut-être, lui extraire le projectile qui avait causé la blessure, si celui-ci était toujours fiché dedans.

Ils portèrent les blessés dans la ferme qui, vue de l'extérieur, semblait vétuste, mais était propre et bien rangée à l'intérieur. Mohammed y voyait la main de cette belle et douce jeune fille, car la mère, qui jusque-là s'était montrée discrète, semblait fruste, plus fruste que son mari dont la bonhomie attirait la sympathie des hommes de la troupe.

Une fois couché sur un lit, à demi inconscient, Ali commençait à divaguer et à inquiéter Mohammed et les hommes qui l'entouraient.

La jeune fille restait calme et avait l'air de maîtriser la situation. Ses gestes étaient lents et sûrs. Elle parlait à Ali pendant qu'elle l'examinait plus avant.

Elle déchira sa chemise et inspecta sa blessure.

Pendant ce temps, le père faisait rentrer les camions dans sa grange afin de les mettre à couvert, on ne savait jamais ! Ensuite, il donna des dattes aux insurgés et tentait de parler avec eux. Il voyait bien que certains d'entre eux n'étaient pas irakiens et que leur arabe était plus que sommaire. Il était curieux de tout ce qu'ils pouvaient lui raconter. Ses questions venaient naturellement tant et si bien que personne ne pouvait soupçonner qu'il eut pu tenter de leur soutirer des renseignements. Il ne pouvait pas être complice de leurs ennemis, ils en étaient sûrs.

La jeune fille examina son épaule et sentit qu'effectivement, il y avait un objet dur et métallique incrusté dans la plaie. Il fallait le retirer le plus vite possible puis nettoyer et panser cette épaule blessée.

Elle demanda que l'on aille faire chauffer de l'eau, qu'on lui apporte du linge propre. Ils n'avaient pas d'alcools, bien évidemment, et c'était là un grand malheur pour Ali.

Ils cherchèrent partout et découvrirent un flacon d'éther presque plein.

Il fallait maintenant avoir un couteau très effilé et propre pour ouvrir la plaie et accéder à la balle, en espérant qu'elle n'avait pas touché l'os de l'épaule ou pire, si elle ne s'était pas plantée dedans.

Ils brûlèrent la lame d'un couteau et la nettoyèrent avec de l'eau bouillante et un peu d'éther. Alors, la jeune fille s'assit à côté du blessé et se pencha sur l'épaule. Elle fit respirer au blessé la bouteille d'éther pendant trois bonnes minutes, commença à ouvrir la plaie avec la lame du couteau et tâtonna jusqu'à ce qu'elle trouve l'objet métallique. Elle ne tremblait pas et gardait un sang-froid absolument incroyable. Elle devait avoir de l'expérience de ce type d'opération, ce n'était pas possible autrement.

Pendant toute l'opération, Mohammed ne la quittait pas des yeux, ce qui n'échappait pas à ses compagnons qui en souriaient, et se regardaient en tournant leurs têtes et leurs regards alternativement vers Mohammed et ensuite vers la jeune fille.

Celle-ci s'en rendit compte et se mit à rougir, tout en extrayant le projectile de la blessure. L'opération avait réussi et la vie d'Ali n'était plus en danger car il n'y aurait pas d'infection, normalement.

Elle nettoya le sang qui avait coulé de l'épaule d'Ali et pansa la blessure avec le peu de choses qu'elle avait sous la main. Elle faisait tout cela avec beaucoup de dextérité. Ensuite, elle alla voir les autres blessés pour s'occuper d'eux, mais, heureusement, ils étaient beaucoup moins touchés qu'Ali, même si certaines plaies n'étaient pas belles à voir.

Il fallait accélérer le mouvement et rejoindre le plus rapidement possible le campement.

Les blessés avaient été replacés dans les camions. Le convoi s'apprêtait à reprendre la route. Mohammed avait du mal à se dire qu'il ne verrait plus cette fille qu'il trouvait belle, et dont il était tombé amoureux au premier contact.

Comment allait-il pouvoir la revoir ? Il lui demanda juste avant de partir quel était son prénom. Shéhérazade, lui répondit-elle, tout en lui souriant.

— Merci pour ce que tu as fait pour nos blessés, Shéhérazade. Je ne sais pas comment te remercier mais c'est une action dont on se souvient, et tu auras des nouvelles de nous, bientôt, lui dit-il dans son arabe approximatif qui la fit beaucoup rire. En lui disant cela, il voulait croire à une visite prochaine avec Ali. Il avait une excellente excuse pour expliquer qu'il fallait revenir la remercier, ainsi que ses parents.

— Et toi, quel est ton prénom ? De quel pays viens-tu ? Pourquoi es-tu venu ici ? Ce que j'ai fait, c'est normal et ne mérite pas plus que des remerciements, comme tu l'as fait.

J'aimerais que tu me parles de ton pays, cela me changerait de ma vie ici.

Le convoi était sur le point de partir et n'attendait plus que le retour de Mohammed.

— Je reviendrai te voir, dès que je pourrai et on parlera de tout cela ensemble. Au revoir et à très bientôt, et encore un grand merci pour Ali. Tu lui as sauvé son bras et la vie.

— À bientôt, j'espère, lui lança-t-elle alors qu'il partait vers son camion. Il ne l'entendit pas mais il en rêvait déjà.

Désormais rassurés sur le sort de leurs blessés, et surtout d'Ali qui commençait à se réveiller et à bouger, le convoi put reprendre la route tranquillement. Ils atteignirent le campement, sans encombre.

Les blessés furent débarqués avec précaution et amenés dans l'infirmerie pour être examinés par le médecin de service. Le médecin de service était tunisien. Il s'appelait Hissam, était compétent, très cultivé, et sympathique. Il demanda à Mohammed, qui accompagnait Ali, ce qui s'était passé. Mohammed lui fit le récit des derniers évènements et la manière dont Ali et les autres blessés avaient été soignés par une infirmière de fortune. Il savait qu'après il devrait raconter tous ces évènements, dans le moindre détail, aux supérieurs d'Ali qui ne manqueraient pas de les analyser.

En effet, après chaque mission, un compte rendu détaillé était remis aux chefs du réseau régional de la Résistance. Ils devaient savoir si Ali avait commis une faute, avait été imprudent, trop sûr de lui, ou si les circonstances de l'attaque avaient été à l'avantage des Américains du fait de leur supériorité en nombre et de leur puissance de feu.

La réalité était que cette opération s'était terminée par un fiasco qui allait laisser des traces sur le campement. Mohammed tenta d'analyser pourquoi cette opération avait échoué. Il est certain que ceux qui y avaient participé n'étaient pas assez aguerris. Mais c'était toujours comme cela. Les nouveaux arrivants partaient au combat avec quelques soldats expérimentés et Ali leur préparait une attaque qui ne devait pas être difficile à réussir. Il s'agissait, dans la plupart des cas, d'embuscades sur un convoi annoncé entre deux villes, et qui devait se trouver à découvert à un endroit où les insurgés pouvaient se dissimuler facilement et l'attaquer sans trop de risque.

Mais les Américains étaient devenus méfiants et, souvent, des drones survolaient la région avant le déplacement de tout convoi pour tenter de débusquer toute tentative d'embuscade.

En l'occurrence, ce n'était pas le cas, les soldats américains semblaient bien formés pour répondre efficacement à ce type d'attaques surprises. Ils s'étaient mis en position de riposte immédiatement après les premiers coups de feu et ne s'étaient pas aventurés à poursuivre leurs attaquants. Ils avaient, en quelque sorte, pris de la bouteille.

L'autre problème était que le groupe n'était pas suffisamment armé pour mettre en difficulté un convoi de cette importance.

S'ils avaient eu plusieurs bazookas, ils auraient pu frapper plus fort et avoir plus de chance de l'anéantir. Mais l'utilisation du bazooka nécessitait un entraînement qu'ils avaient beaucoup de mal à offrir aux nouvelles recrues. Les tirs devaient se faire en extérieur et cela pouvait les faire repérer. De plus, les munitions coûtaient très cher et leur acheminement était de moins en moins évident.

La foi c'était bien, mais lorsqu'elle était accompagnée d'armes efficaces, le résultat était incontestablement meilleur, se dit, avec amertume, Mohammed.

Les nouvelles se propageaient vite dans le campement et Abdallah vint rejoindre Mohammed pour lui demander ce qui s'était passé, combien de combattants étaient morts dans leur camp et combien chez les Américains. Quel était le sort d'Ali et quelle était sa responsabilité dans cet échec ?

Ali n'avait pas que des amis dans ce camp et, certains, ne verraient pas d'un mauvais œil qu'il puisse être jugé responsable du fiasco de cette opération, pour prendre sa place, ce que redoutait Mohammed qui appréciait sa modération et surtout sa compagnie.

Ali reçut les soins que nécessitait son état. Selon le médecin, le seul homme du camp qui n'était pas barbu, l'état de santé d'Ali allait s'améliorer rapidement après une cure de repos de quelques jours, ce qui ne l'empêcherait pas de diriger le camp depuis son lit, et de préparer les réponses aux questions que ses chefs ne manqueraient pas de lui poser.

En attendant, chacun venait demander des nouvelles des blessées. Ceux qui étaient morts étaient des héros. Leurs photos allaient être exposées sur le mur de la salle de réunion avec la mention « Aux héros morts pour l'Irak et la victoire de l'Islam ».

Les valides allèrent se coucher après avoir répondu rapidement aux questions de leurs camarades restés au camp pendant la mission. Ils enjolivaient leurs discours, et mettaient en avant le courage et la présence d'esprit de Mohammed après qu'Ali eut été blessé.

S'ils étaient si nombreux à être revenus, c'était en partie grâce à lui. Ses camarades commençaient à le considérer avec respect et admiration.

Mohammed ressentait cela et cela ne lui déplaisait pas. Mais, en ce moment précis, il pensait surtout à Shéhérazade, à son sourire, l'élégance de ses gestes et de son port de tête. Il se demandait quand il la reverrait. C'était ce qu'il désirait ardemment le plus, à cet instant.

Il fallait qu'il trouve le stratagème pour la revoir. La convalescence d'Ali devrait l'aider.

Il s'endormit tranquillement tout en pensant à ceux qui étaient tombés sur le champ d'honneur. Cette première attaque allait lui servir de leçon, pour la suite.

Dans ses rêves, sa mère apparaissait régulièrement. Elle lui reprochait son départ et le fait qu'il ne donnait jamais de ses nouvelles. Il lui répondait gentiment et lui expliquait pourquoi il ne pouvait pas le faire. Elle ne devait pas lui poser de questions ni chercher à le retrouver mais lui faire confiance.

Quant aux autres camarades, ils avaient du mal à s'endormir. Ils avaient encore en tête le bruit infernal des rafales de mitraillettes et autres pistolets mitrailleurs, qu'ils viennent de leur camp ou du côté américain. Ils revoyaient les visages de ceux qui étaient tombés, et leurs regards vitreux lorsqu'ils avaient été enterrés.

Pour beaucoup, c'était leur premier rendez-vous avec la mort. Ils avaient l'impression d'en être revenus plus forts. Ils étaient devenus des soldats. Une grande étape avait été franchie, la vie reprenait le dessus.

Ali avait mal, mais il souffrait déjà moins. Sa blessure était, maintenant, propre et bien recousue. Il avait pris des médicaments pour dormir. Demain matin, il demanderait à voir Mohammed et ils feraient le point ensemble sur la suite à donner à cette opération ratée.

Il pouvait dormir tranquille, il avait maintenant, à sa disposition, un adjoint de qualité comparé aux vétérans dont aucun n'était vraiment capable d'assurer un commandement dans une situation semblable à celle qu'ils avaient vécue, où le sang-froid et l'intelligence sont les qualités essentielles.

Il se demandait combien de temps tout cela allait durer, jusqu'à la libération de l'Irak des troupes d'occupation. Combien de morts allaient être nécessaires pour assurer la victoire finale et commencer à reconstruire le pays ? Les forces de la Résistance étaient encore trop éparpillées pour causer de vraies difficultés aux troupes américaines, et puis il y avait ce problème de terrorisme auquel il fallait trouver une solution afin de protéger les Irakiens, ses principales victimes. Il considérait le terrorisme comme une verrue qu'il fallait extirper du pays. C'était sur ce sujet que les débats duraient sans qu'une solution sérieuse ait été trouvée.

Nombreux étaient les résistants qui soutenaient que les terroristes étaient leurs alliés et qu'ils devaient coordonner leurs actions. D'autres, au contraire, pensaient qu'à aucun moment il ne devait y avoir une quelconque collusion entre ces forces qui n'avaient pas le même but, les mêmes convictions, et la même conception de l'Islam.

Al-Qaïda cherchait à reconstituer ce grand Khalifat de leurs rêves qui inclurait tous les pays arabes sous un commandement sunnite. Ceux-là étaient prêts à tout, même à tuer leurs frères chiites, pour voir le succès de leur dessein.

Il n'arrivait pas à comprendre pourquoi tant de mépris pour la vie, ce n'était pas ce qui était dit dans le Coran pourtant.

Il laissa son esprit divaguer encore quelques minutes et s'endormit pour de bon. Dans son rêve, il se vit partant à l'attaque du convoi en entraînant derrière lui les nouvelles recrues. Les balles sifflaient autour de lui tandis que les hommes tombaient derrière lui. Il arrivait enfin devant le convoi, mais celui-ci était désert, aucun Américain mort ou vivant sur les lieux, et lui se retrouvait seul au milieu de ses hommes morts. Être et rester seul, était-ce cela son avenir ?

Qu'allait-on lui reprocher maintenant ?

Au petit matin, il y eut une effervescence inhabituelle dans le camp. Un chef régional de la Résistance vint dans le camp accompagné de deux autres hommes.

Ils pénétrèrent dans le camp souterrain et demandèrent à voir Ali sur le champ.

On leur fit comprendre qu'Ali était blessé et qu'il avait besoin de repos, ce qui n'eut pas l'air de les freiner dans leur requête.

Ils voulaient le voir pour qu'il leur explique comment cette opération si soigneusement préparée avait pu se terminer si mal. L'image de la Résistance allait en prendre un coup. Ils voulaient des explications sérieuses de la part d'Ali, et voulaient interroger ceux qui avaient participé à cette embuscade.

Ils furent conduits au chevet d'Ali qui les salua avec peine et leur demanda pourquoi ils étaient là. La pièce était humide et peu accueillante avec ses trois chaises en acier et sa table garnie de quelques médicaments et d'une carafe d'eau.

— Ali, tu as été blessé et nous sommes tristes de te voir dans cet état-là. Qu'Allah te protège. Il paraît que cette dernière opération a été dure avec des morts et des blessés dans notre camp sans que l'ennemi en ait vraiment souffert. Nous voulons comprendre pourquoi, et éviter que cela se reproduise. La réponse est importante car de nombreuses opérations sont en préparation et nous devons prendre en compte les difficultés que chaque groupe a pu connaître afin d'y remédier. C'est pourquoi nous sommes venus te voir le plus rapidement possible. Ali, nous te faisons confiance car tu es un homme prudent et tu prépares toujours tes opérations avec minutie, ce qui se traduit généralement par des succès que la Résistance peut exploiter. Pourquoi cette fois-ci cela ne s'est pas passé comme d'habitude ? lui demanda le chef sur un ton sec.

— Mahmoud, je te remercie de ta sollicitude et vais essayer de t'expliquer la situation. Mais, auparavant, je voudrais que l'on aille chercher Mohammed pour qu'il puisse intervenir dans cette discussion et te donner son avis. Vous ne le connaissez pas mais c'est une nouvelle recrue, et c'est à lui que j'ai remis le commandement après que j'aie été blessé. Je pense que son analyse nous sera utile.

— Comment se comportent ces nouvelles recrues ? Arrivent-ils à s'intégrer rapidement aux anciens et à nos frères irakiens, apprennentelles facilement l'arabe et sont-ils assidus aux cours d'instruction religieuse ?

— Oui, leur comportement est positif à tout point de vue. On peut leur faire confiance car ce n'est ni le courage ni l'envie d'apprendre notre langue qui leur manquent. Ils ont hâte de se mettre au service de l'Irak et de servir loyalement l'Islam. Ils ont simplement besoin qu'on leur montre le chemin.

C'est à ce moment-là que Mohammed arriva et se présenta aux trois hommes avec un peu d'appréhension. Mais Ali sut le mettre en confiance. Il lui présenta Mahmoud et ses deux acolytes. Ceux-ci étaient curieux de rencontrer un étranger qui avait su se montrer courageux et efficace lors de sa première participation à une opération, et gagner si vite la confiance d'Ali. Ils l'observèrent attentivement et se montrèrent indulgents lorsqu'il intervint en arabe. Ils parlaient plus lentement lorsqu'ils l'interrogeaient et l'écoutaient avec intérêt.

— Mohammed, nous te remercions d'être venu. Nous sommes ici pour essayer de comprendre pourquoi l'opération à laquelle tu as participé, brillamment, paraît-il, s'est soldée par un échec. Ali ne nous a pas habitués à cela et nous voulons comprendre. Nous aurons besoin de tes lumières et explications car c'est toi qui as pris le commandement des opérations dès que Ali a été blessé. Aussi, essaie de bien te souvenir de son déroulement, c'est très important.

— Je vais faire tout mon possible pour vous donner tous les éléments qui vont vous permettre d'analyser ce qui s'est passé.

— Bien. Peux-tu nous dire qui a participé au commando ?

— Il y avait dix groupes de trois hommes, y compris un instructeur par groupe. Nous avions suivi avec succès les cours de maniement des armes et avions la capacité et l'entraînement suffisant pour participer à cette opération. La présence des instructeurs à nos côtés nous a été d'un grand réconfort. Ils ont su calmer nos ardeurs incontrôlées, et orienter nos tirs vers les cibles prioritaires. Je connais bien tous ceux qui ont participé aux combats et je sais qu'ils étaient tous aptes à y participer. Ils étaient peut-être un peu nerveux, comme moi d'ailleurs, mais c'est, je crois, une attitude normale la première fois. Le seul problème que l'on pourrait soulever est l'usage de la langue arabe qui est encore insuffisamment comprise de nous tous, comme vous pouvez vous en rendre compte par vous-même en ce moment (ils sourirent à cette remarque). Heureusement, tous les ordres avaient été bien expliqués auparavant. Les ordres étaient accompagnés de gestes simples avant, pendant et après le combat, ce qui simplifiait les échanges entre nous et les instructeurs.

Les Américains m'ont semblé parfaitement maîtres de la situation et ont gardé de bout en bout leur sang-froid. Ils n'ont pas cherché à nous poursuivre. Ils sont restés calmes et déterminés à se défendre sur place avec un armement beaucoup plus efficace que le nôtre, c'est indéniable. Une fois que nous nous sommes servis de notre unique bazooka, ils ont riposté immédiatement, nous empêchant de le réutiliser rapidement, tant leurs tirs étaient précis. Nos mitraillettes et fusils mitrailleurs ne faisaient pas le poids, à une telle distance du convoi. Et puis la blessure d'Ali n'a pas arrangé les choses. Dès lors, il a fallu agir vite et organiser un repli stratégique pour éviter une débandade qui commençait. Les instructeurs ont eu du mal à organiser dans l'urgence le mouvement de repli. Eux aussi semblaient perdus et déstabilisés par la blessure d'Ali. Je n'ai fait que calmer les esprits en tentant de canaliser le mouvement de retraite tout en surveillant les mouvements de l'ennemi. Ils ont vu qu'Ali m'avait confié le commandement et ont, en conséquence, suivi mes ordres sans sourciller. D'ailleurs, j'ai été surpris de voir leur réaction à ce moment-là, alors que j'aidais Ali à se replier. Ils se sont très vite repris en protégeant leur fuite par des tirs nourris en direction des Américains. Malheureusement, quelques-uns d'entre nous sont restés là-bas, fauchés par les tirs de la riposte américaine. Mais cela aurait pu être pire sans la présence d'esprit d'Ali qui m'a demandé de prendre en main les opérations. Je pense que n'importe qui d'autre aurait agi comme moi. C'est tout simplement parce que j'avais officiellement le commandement qu'ils m'ont obéi, comme je l'aurai fait si Ali avait confié le commandement à quelqu'un d'autre.

— Donc pour toi, Mohammed, c'est notre faiblesse en armement qui peut expliquer l'échec de l'opération ?

— Oui, j'en suis sûr ! Nous aurions eu un bazooka par groupe, nous aurions pu tirer sur chacun des camions et l'ennemi aurait été durement touché et nous aurait permis, après ces premiers tirs, de l'anéantir avec nos armes légères.

— Ali, qu'en penses-tu ?

— Mohammed a raison. Mais il nous est difficile d'entraîner nos jeunes recrues au tir de bazooka. Nous avons aussi un problème d'approvisionnement en munitions, notamment pour les bazookas. Comment peut-on y remédier ? Pour le moment, nous faisons avec les moyens du bord. Nous arrivions jusqu'à ce maudit jour à harceler efficacement l'ennemi, sans casse dans nos rangs.

— Je pense qu'il va falloir examiner ce problème d'armement car nous ne pouvons pas nous permettre d'avoir des pertes aussi lourdes à chaque attaque. Je vais donc faire mon rapport dans ce sens et vais faire mention de l'attitude exemplaire de Mohammed. Je pense qu'il est inutile d'interroger les autres car je ne vois pas ce qu'ils pourraient rajouter. Je vais simplement rendre visite aux blessés et nous repartirons. Ali, je te souhaite un prompt rétablissement et je reviendrai bientôt pour te dire ce qui aura été décidé.

— Mahmoud, juste avant que tu ne repartes, je voudrais te dire que nous devons une fière chandelle à une famille que nous avons rencontrée sur notre route de retour. Grâce à eux, tous les blessés ont pu être soignés et Ali est en vie. Je voudrais pouvoir les revoir pour les remercier de leurs gestes et les récompenser.

— Sais-tu comment ils s'appellent au moins et te souviens-tu du nom de leur village ou de leur ferme ?

— Les chauffeurs le savent et sauront retrouver le chemin. Il me faudrait ton autorisation pour qu'Ali et moi puissions les revoir rapidement.

— D'accord, Mohammed, tu as mon autorisation, mais il faudra que vous soyez très prudents.

Mohammed jubilait dans son for intérieur et Ali se réjouissait pour Mohammed. Mohammed pouvait donc être sensible à l'attrait d'une jeune et jolie femme. C'était un bon point de plus pour lui.

Mahmoud quitta le campement avec ses deux gardes du corps après avoir rendu visite aux blessés, après les avoir félicités, et assurés de la reconnaissance de la Résistance après cette dure épreuve. Il en profita pour leur expliquer en quoi leur combat et leur sacrifice étaient importants, non seulement pour l'Irak mais aussi pour l'Islam.

Ils étaient les fers de lance de ce combat contre les infidèles. Ils pouvaient être fiers d'eux, et si la mort était au rendez-vous au détour d'un combat, ils rejoindraient le paradis d'Allah pour une vie de bonheur éternelle.

# Chapitre 11

Ali se remettait rapidement de ses blessures et discutait de plus en plus souvent avec Mohammed dont l'arabe s'améliorait chaque jour davantage. De temps en temps, le docteur Hissam se joignait à eux. Leurs discussions portaient sur la manière de mener au mieux le combat contre l'ennemi et les idées qu'ils avaient pour organiser, avec efficacité, la résistance. Ils n'arrivaient pas à comprendre pourquoi il y avait deux organisations nationalistes séparées, l'Armée islamique en Irak et le Front islamique de la résistance irakienne, sans coordination de leurs actions. Ils rejetaient Al-Qaïda et l'Ansar a - Sunna, des organisations terroristes, dont les actions étaient contraires à leurs principes et à l'Islam. Ils fustigeaient les ambitions personnelles dommageables pour assurer une victoire rapide et totale sur les armées d'occupation. Il ne fallait pas que la politique entre en jeu, tant que cette victoire, tant voulue par le peuple irakien tout entier, n'était assurée.

Mais, malheureusement, c'était toujours le cas lorsqu'un peuple se rebellait contre un occupant. Mohammed leur expliqua ce qui s'était passé en France sous l'occupation allemande avec la création d'organisations de résistants communistes et gaullistes, qui ne coordonnaient pas leurs opérations contre l'ennemi commun, car elles avaient des commandements différents dont les objectifs étaient parfois contraires.

Comment arriver à unir leurs forces et condamner, sans état d'âme, les actions terroristes ? Telle était la question à laquelle ils tentaient d'apporter une réponse acceptable par les différents protagonistes.

Un autre sujet portait sur le Coran et son interprétation, l'ijtihâd. Ils étaient partisans d'une interprétation moderne des Écritures saintes, qui permettrait d'aider au développement économique des pays arabo-musulmans. C'était, incontestablement, la seule façon de pouvoir rivaliser avec les puissances occidentales. En effet, chaque jour qui passe, celles-ci accroissaient leur potentiel technologique, leur donnant ainsi, entre autres, une suprématie militaire qui leur permettait d'accroître leur emprise sur les pays producteurs de pétrole. C'était le leitmotiv de Mohammed, la seule et unique question sur laquelle il fallait travailler pour l'avenir, après leur victoire.

Ils s'efforçaient d'aborder ces questions de manière pragmatique, et non idéologique ou intellectuelle.

C'était courageux de leur part car les fondamentalistes radicaux veillaient et n'admettaient pas que l'on puisse prendre des positions contraires à une interprétation stricte et réductrice du Coran. Mais ils ne représentaient pas la majorité, et ils n'étaient pas l'avenir. Leur conclusion était simple et pratique. Il fallait créer une avant-garde moderniste de futurs dirigeants jeunes et ambitieux, plus pour leur nation que pour eux, et capables d'expliquer à leurs peuples la nécessité de s'adapter à un monde en pleine mutation, sans renier les fondements du Coran.

Mohammed ne voulait pas aborder les questions religieuses avec l'Imam. Il y avait trop de risque d'incompréhensions de la part des religieux « officiels » prompts à se poser en censeurs et en juges implacables. Tous n'étaient pas comme ça, mais il se méfiait.

D'autres opérations militaires étaient en cours de planification pour les jours à venir. Ali avait reçu des ordres du commandement de la région nord et devait les préparer. Les hommes de la Résistance étaient parfaitement outillés en matière de nouvelles technologies de communication. Ils utilisaient Internet pour communiquer entre leurs différentes bases et évitaient les téléphones portables trop facilement repérables. Ils avaient des antennes satellites performantes qui leur permettaient de communiquer en toute sécurité.

Les ordres arrivaient par ce biais et pouvaient être exécutés rapidement. De nombreux informaticiens et spécialistes des télécoms surveillaient en permanence la qualité des réseaux qu'ils utilisaient et s'occupaient efficacement de leur brouillage.

Ils étaient, ainsi, au courant de tout ce qui se passait en Irak et dans le monde en surfant sur la toile, du site de CNN à celui d'Al Jazeera. Ils n'étaient donc pas coupés du monde et communiquaient par des messages codés, inscrits sur des sites amis, et non par courriers électroniques.

Ali, toujours en convalescence, étudiait la mise en œuvre des prochaines opérations. Il avait décidé de confier des responsabilités à Mohammed pour les prochaines opérations. Il était satisfait d'avoir trouvé un assistant qui pourrait le seconder très rapidement et, peut-être, prendre un commandement dans la foulée.

Mohammed était fier d'avoir gagné la confiance d'Ali et heureux d'avoir trouvé quelqu'un avec qui il pouvait échanger des idées sans avoir à se contrôler, en permanence.

L'annonce de nouvelles et imminentes opérations avait plongé le camp dans l'effervescence. Tous voulaient repartir au combat pour faire oublier l'insuccès de la précédente opération, et venger leurs morts. Pour Ali, il s'agissait de peaufiner la préparation et bien étudier l'armement nécessaire pour assurer le plein succès des futures missions. S'ils n'arrivaient pas à fournir aux commandos l'armement adéquat, il était décidé à être prudent pour ne pas mettre en péril la vie des jeunes recrues, et donc d'être moins ambitieux dans les objectifs visés. Il avait demandé des bazookas avec des munitions. L'entraînement au tir serait, alors, théorique et virtuel, en espérant que cela pourrait suffire. Il s'était renseigné et savait que cela se pratiquait dans presque toutes les régions. Il fallait, en effet, économiser les munitions.

Leurs réseaux de renseignements les abreuvaient de nombreux détails concernant les transports de troupes américaines, ou les itinéraires qu'allaient emprunter des convois militaires ou civils. Les objectifs étaient non seulement d'attaquer les troupes mais aussi de paralyser l'économie du pays afin de neutraliser le gouvernement mis en place par les Américains.

Pour les aider, ils avaient des espions un peu partout dans les différents ministères. L'impopularité croissante des troupes d'occupation, incapables d'assurer la protection des populations civiles, et la peur de futures représailles au cas où la Résistance sortirait victorieuse de cette guerre de libération étaient leur meilleur allié.

Le résultat était là. Ils étaient comme des poissons dans l'eau dans ce vaste pays. Les Américains avaient la technologie tandis qu'eux avaient le terrain pour eux et le soutien de la population.

Un observateur indépendant n'aurait pu être qu'étonné de la qualité de l'organisation des groupes de la Résistance. Celle-ci devenait redoutable et redoutée, et ce malgré les difficultés d'approvisionnement en armes et munitions.

Alors que les préparatifs avançaient, Mohammed imaginait les moyens de revoir cette jeune fille qui hantait ses nuits. Il avait son visage en permanence en mémoire et voulait la protéger de tous les dangers qui pouvaient la menacer. Il en parla à Ali, dans un excès de confiance et lui demanda conseil. Ali, comprenait bien les sentiments de Mohammed, mais ne pouvait lui accorder ce qu'il serait obligé de refuser à une même demande émanant d'un autre homme de sa troupe. Il était responsable de la sécurité du groupe et de son bon fonctionnement. Même si le commandement de la région avait donné à Mohammed l'autorisation de revoir cette famille, ce n'était pas pour lui permettre de conter fleurette en toute liberté, au détriment de la sécurité de tous.

Par contre, si lors d'une mission spéciale, ils avaient l'occasion de passer près de sa ferme, il n'y verrait pas d'objection. Il avait une dette envers cette famille et il se devait de la remercier pour ce qu'elle avait fait pour lui.

L'heure était trop grave pour s'intéresser aux questions sentimentales de ses hommes, même si cela permettait de faire entrer un peu d'humanité dans cet univers quasi carcéral.

Lorsqu'ils furent prêts pour la prochaine mission d'une longue série, le commando formé de 20 hommes avec à sa tête un homme de confiance d'Ali, secondé par Mohammed, l'effervescence se calma, et chacun se concentra sur la tâche qui lui avait été désignée.

Deux camions banalisés, sous forme de transports de marchandises, les attendaient. Les hommes y montèrent et se dissimulèrent sous des bâches derrière une cargaison de dattes.

Les routes, en fait des pistes, étaient mal entretenues et les déplacements étaient par conséquent très inconfortables.

Ils se repassaient en mémoire tout ce qu'ils devaient accomplir et anticiper l'éventualité d'un évènement imprévu. Si une retraite précipitée devait avoir lieu, elle devrait se dérouler le plus méthodiquement possible.

Les discussions étaient, souvent, entrecoupées de longs silences. Chacun tentait d'évacuer la peur ou la nervosité qui l'habitait en se focalisant sur sa propre mission.

Le rôle de Mohammed était de les mettre en confiance et de les distraire de leurs doutes pour en faire des soldats sûrs d'eux, prêts au sacrifice ultime au nom d'Allah, et pour la victoire de l'Irak et de l'Islam.

Leur mission principale était de harceler les transports de troupes américaines afin de freiner ou stopper l'acheminement de renforts ou de ravitaillement destinés aux garnisons, régulièrement attaquées par la Résistance.

Ils recevaient les informations sur les mouvements de troupes américaines ou de convois d'approvisionnements en armes et nourriture, parfois juste quelques heures avant le lancement d'une opération. Tout devait alors se préparer rapidement en évitant toute précipitation.

Le danger résidait dans le fait que ces mouvements étaient souvent protégés par l'aviation américaine, ce qui leur donnait un avantage militaire incontestable. Ils devaient donc s'intéresser à des convois de moindre importance, a priori moins bien protégés. En effet, les dates de départ de ces convois légers étaient généralement décidées par le commandement américain au dernier moment, car ils répondaient à des besoins urgents. En conséquence, leur protection était moins bien assurée. Ces convois étaient donc les plus vulnérables.

La difficulté, pour la Résistance, était d'obtenir des renseignements précis sur leurs itinéraires. Leurs informateurs devaient être vigilants et très réactifs.

Lorsqu'ils étaient anéantis, ils portaient des coups terribles au moral des troupes ennemies. En effet, c'était, à chaque fois, entre cinq et dix hommes qui étaient tués, et le matériel ou la cargaison de nourriture qui était récupéré par la Résistance.

La deuxième mission à laquelle participa Mohammed se termina par un succès total. Aucun des hommes du commando n'avait été tué ou blessé.

Les ordres qu'avait donnés Ali avaient été scrupuleusement suivis. Il s'en était suivi une attaque surprise parfaite et l'impossibilité pour l'ennemi de riposter avec efficacité.

8 soldats américains avaient été tués lors de cette opération. Lorsqu'ils virent les cadavres de ces hommes, ils virent des hommes jeunes qui n'avaient rien des monstres que certains imams décrivaient avec moult détails. Ils étaient leurs ennemis, mais le responsable du commando, soutenu par Mohammed, demanda à ses hommes de respecter leurs dépouilles.

Ils avaient récupéré les armes et des roquettes avec leurs munitions, ainsi qu'une cargaison de nourriture qui allait faire du bien au moral des hommes du campement.

Le retour au camp fut plus problématique. Des avions de reconnaissance américains avaient survolé la zone. Les deux camions qui les transportaient étaient facilement repérables. Ils avaient pour consigne, dans ce genre de cas, de continuer leur route normalement et, surtout, de ne pas s'affoler. Ils étaient déjà loin du lieu de l'attaque et roulaient sur une route normalement empruntée par les convois commerciaux. Les alertes les plus dangereuses provenaient de la présence d'hélicoptères qui pouvaient se poser n'importe où et tirer des obus destructeurs sur les camions. Heureusement, ce n'était pas souvent le cas. Les troupes américaines avaient subi, récemment, des pertes d'hélicoptères. Leurs déplacements étaient, désormais, ordonnés pour des opérations d'envergure et de couverture d'opérations au sol.

Mohammed avait tenu sa place au combat avec efficacité et courage. Ses qualités d'organisation et d'autorité s'affirmaient. Il agissait, désormais, comme un soldat d'expérience, et il était respecté des hommes du camp. Il gagnait, petit à petit, sa légitimité de chef aux côtés d'Ali. Il était, maintenant connu du commandement, pour la région, de la Résistance.

Il était, de plus, important pour le haut commandement de la résistance en Irak, de promouvoir un jeune djihadiste, venant de l'étranger. Il pourrait s'en servir dans leur politique de recrutement dans les pays européens en mettant en exergue, et éventuellement en les enjolivant, les exploits d'un des leurs.

Lorsqu'ils arrivèrent au camp, Ali les attendait et s'enquit immédiatement auprès du responsable du commando et de Mohammed des résultats de l'opération. Il fut surpris de la rapidité de la réussite de l'opération et par l'assurance qu'affichait Mohammed lorsqu'il relata le déroulement de l'attaque. Mohammed avait acquis de la maturité.

Les provisions furent immédiatement stockées dans leur garde-manger, tandis que les armes et les munitions étaient examinées pour voir de quelle manière ils pourraient s'en servir.

Ali prit la parole devant le commando :

— Mes frères, je vous félicite d'avoir remporté un grand succès sur nos ennemis. De nombreuses autres opérations de ce type sont prévues dans les jours qui viennent car le haut commandement veut frapper un grand coup, vite et fort, pour déstabiliser notre ennemi. Nous devons être dignes de sa confiance et de l'appui qu'il nous apporte. Je voudrais m'adresser spécialement à nos nouvelles recrues pour leur dire que nous sommes fiers de les avoir parmi nous. Vous êtes une aide décisive dans notre combat et nous vous en remercions. Je voudrais dire aussi que, parmi vous, il y a des jeunes que nous voulons promouvoir au sein de notre mouvement. Je pense particulièrement à Mohammed qui, depuis qu'il est arrivé ici, a accompli un travail remarquable, non seulement personnel, en participant activement à nos tâches quotidiennes et en s'impliquant dans vos cours d'instruction religieuse, et dans l'apprentissage de notre langue chérie, l'arabe, mais aussi en ayant montré des qualités remarquables au combat et une aptitude au commandement dignes d'un futur dirigeant de l'armée islamique.

En disant cela, il avait touché leur corde sensible. Ils pouvaient s'enorgueillir d'avoir, parmi eux, un homme remarquable. Ils se sentaient ragaillardis et prêts à donner le maximum d'eux-mêmes lors des prochains combats.

Il y avait, de la part de ceux qui étaient présents, ni jalousie ni amertume envers Mohammed. Au contraire, ils étaient heureux pour celui qu'ils respectaient comme soldat et appréciaient comme compagnon.

Mohammed, d'ailleurs, ne ressentit ni malaise, après cet éloge, ni appréhension d'être jalousé par ses copains de combat, car ce n'étaient pas les honneurs qu'il recherchait. Il ne se battait pas pour cela. Il était libre. Dans cet instant, il pensa à ses parents et spécialement à sa mère qui, sûrement, était en train de remuer ciel et terre pour retrouver une trace de lui. Comment allaient-ils, les reverrait-il vivants à la fin de cette guerre et, alors, comment l'accueilleraient-ils ?

Le soir, ils eurent tous droit à un repas préparé avec les produits qu'ils avaient récupérés. C'était la fête et la joie de se retrouver sains et saufs, autour d'un bon repas.

Mohammed était à la table d'Ali et de Hissam. Ils ne parlèrent pas de leurs sujets habituels car un imam s'était joint à eux. Ce n'était pas le plus radical mais il élevait le ton au fur et à mesure qu'il parlait des problèmes de plus en plus réels de cohabitation entre chiites et sunnites. L'Armée islamique était constituée de chiites irakiens et c'était leur communauté qui était constamment visée par des attentats dans les villes saintes de Kerbala ou Sammara.

Il vitupérait contre les sunnites et ce qu'il considérait comme leur bras terroriste, Al-Qaïda.

— Comment est-ce possible que nous nous battions entre nous ou que des musulmans commettent des actes odieux contre d'autres musulmans ? demandait Mohammed.

— Parce que l'homme devient fou lorsqu'il est aveuglé par la bêtise, répondit Ali.

— Oui, nous parlons tous l'arabe et vénérons Allah et le prophète que nous chérissons ensemble d'un même amour, alors comment expliquer cela ? demandait Hissam.

Oui, c'est comme nos ennemis qui croient en Dieu comme nous, le même que nous. Il ne s'appelle pas Allah mais Dieu, God ou un autre nom et nous sommes frères ou cousins avec les catholiques ou protestants, il omettait volontairement les juifs pour qu'il ne puisse pas être taxé de provocation, car nous sommes tous les fils d'Abraham, non ? intervint Mohammed. Une certaine gêne s'installa autour de la table. L'imam ne savait pas ou ne voulait pas répondre. Ce n'était pas un blasphème, mais on n'en était pas loin.

— Que veux-tu dire par là, Mohammed ? lui demanda l'imam.

— Simplement, que je considère que nous faisons une guerre de libération du territoire de l'Irak mais que nous ne faisons pas une guerre de religion. En revanche, nous devons combattre le terrorisme, pas les sunnites, nos frères. Le terrorisme est le cancer de notre religion, le contraire de ce qu'est une religion, qui se doit de respecter la créature d'Allah, l'homme. C'est ainsi que nous devons respecter nos ennemis, en tant qu'hommes, et les anéantir en tant qu'ennemis, comme nous devons anéantir les terroristes qui sont nos ennemis et les ennemis de notre foi, répondit Mohammed.

— Très bien, très bien, je vois que notre ami Mohammed a une vision personnelle de son engagement dans notre combat. Elle mérite d'avoir été développée mais je crains qu'il y ait peu d'adeptes de cette analyse parmi nous, en particulier, et parmi les musulmans du monde entier, en général. Il faut peut-être relativiser tes propos, Mohammed et reprendre cette discussion plus tard, lorsque tu seras reposé et l'esprit apaisé, dit Ali en regardant avec insistance Mohammed.

La discussion était close au grand dam de l'imam qui aurait bien voulu en savoir un peu plus sur les idées iconoclastes de ce jeune Français. Son esprit a été perverti par les idées démocratiques de ces pays occidentaux qui ne savent plus où ils vont, et n'ont plus de convictions hors la consommation.

Il se faisait tard et Ali donna le signal d'aller se coucher afin d'attaquer la journée de demain en pleine forme et les idées claires.

Il demanda à Mohammed de rester un instant avec lui lorsque l'imam eut disparu.

— Mohammed, il faut que tu fasses attention quand tu parles devant un imam. Tu ne sais pas à qui tu as affaire. Tu dois être prudent et ne pas te mettre à découvert face à des gens qui peuvent détruire ta réputation et te mettre au ban de notre communauté. Fais attention, écoute-moi bien, si tu ne veux pas, au mieux, être exclu ou, au pire, éliminé pour blasphème ou atteinte à la foi musulmane. Tes idées sont des idées humanistes que je partage et nous nous devons de les faire partager par le plus grand nombre si tu veux les faire triompher de l'obscurantisme qui asservit nos nations et nos peuples. Sois plus malin, plus prudent, et use d'une dialectique adaptée à ton interlocuteur. N'oublie pas que beaucoup d'imams ont été formés dans les madrasas fondamentalistes au Pakistan ou en Arabie Saoudite, où ce n'est pas la modération qui prévaut. Voilà pourquoi j'ai arrêté volontairement cette discussion pour que tu ne tombes pas dans un piège d'où tu ne pourras pas t'échapper. Défends tes idées, mais fais-le à bon escient et face à des gens qui sont aptes à les écouter même s'ils ne sont pas d'accord. Ils accepteront le dialogue et c'est là où ta dialectique, si elle est efficace, fera son effet. Hussein, notre imam n'est pas, à proprement parler, un radical mais ses idées ne sont pas les tiennes. Il est pour une interprétation stricte du Coran et ne sera pas fâché d'instaurer la charia en Irak. Tu vois qu'il faut faire attention. Il pourrait te dénoncer auprès des autorités religieuses de la région avec toutes les conséquences que cela suppose. Non, crois-moi, attends ton heure avant de parler. Cette heure viendra et tu seras le vainqueur, qu'Allah te protège.

— Merci, Ali, de tes conseils qui sont toujours précieux. Je vais les suivre à la lettre car je sais que tu as raison. Je n'ai pas encore l'expérience de ce type de relations et suis encore très jeune. Mais je suis sûr que mes idées sont les bonnes pour notre avenir commun. D'ailleurs, tu es de mon avis, n'est-ce pas ?

— Bien sûr, Mohammed !

— Que ferais-tu, Ali, si tu avais en face de toi un soldat américain désarmé et toi, un fusil chargé ? Je me suis souvent posé la question et n'ai pas encore trouvé ma réponse.

— Ce que tu dis est important. La réponse, pour moi, n'est pas évidente. Cela dépend, peut-être, de la situation. Cela me permet de botter en touche et d'aller me coucher tranquillement. Bonne nuit, Mohammed, et à demain matin.

— Bonne nuit Ali. Bien répondu, ta rhétorique est parfaite. Bravo l'artiste, comme on dit chez nous.

Ils allèrent se coucher, satisfaits de leur journée, Mohammed essayant de se remémorer s'il n'était pas allé trop loin avec l'imam. Ali avait raison, il devait faire attention à ce qu'il dirait à l'avenir. Il sentait que sa personnalité commençait à s'affirmer. Il devenait un homme mûr et plus sûr de lui.

Encore quelques mois comme cela, si Allah lui prêtait vie, et il sera capable de défendre ses idées, même face à des ayatollahs radicaux. Il fallait que le monde musulman change pour que le monde change. Il en était de plus en plus persuadé. Il serait un des rouages de cette évolution et Ali l'aiderait.

# Chapitre 12

— Non, madame Larbi, nous n'avons pas de nouvelles concernant votre fils Mohammed. Nous avons établi un avis de recherche le concernant, mais sans succès, pour l'instant. Nous savons, ou plutôt, nous soupçonnons que de nombreux Français musulmans sont partis en Irak par différentes filières intégristes. Nous avons, d'ailleurs, arrêté les chefs d'une filière en Seine Saint-Denis et commençons à les interroger. Dès que je pourrai en savoir un peu plus, je vous rappelle, promis, répondit le commissaire Duchamp à Farida Larbi qui, effectivement, remuait ciel et terre pour avoir des nouvelles de son fils. *Elle commence à m'emmerder celle-là, non mais !* se dit-il avec, toutefois, une certaine admiration pour la détermination de cette femme qui venait de connaître des malheurs quasiment insurmontables.

Farida interrogeait les anciens amis de son fils régulièrement au cas où ils auraient des nouvelles directement ou indirectement. Elle regardait, tous les jours, les informations sur toutes les chaînes qu'elle pouvait capter au cas où elle reconnaîtrait son fils sur un reportage ou s'il était cité parmi les morts ou blessés ou prisonniers de l'armée américaine en Irak.

Pour elle, c'était sûr qu'il était parti là-bas, entraîné dans ce circuit infernal, par des imams fondamentalistes qui n'en avaient que faire de la vie de ces pauvres jeunes désœuvrés qui étaient des proies idéales. Le problème était que Mohammed n'était pas un jeune désœuvré. C'était un garçon mesuré, intelligent, capable de faire la part du bien et du mal, et respectueux de sa famille. Comment avait-il pu partir, comme cela, sans crier gare ?

Le commissaire cherchait, réellement, des renseignements auprès de ses collègues de la DST ou de la DGSE qu'il connaissait bien. D'ailleurs, tous ces services étaient sur les dents car le plan « Vigipirate » était, de nouveau, passé au rouge. Toutes les entrées et sorties suspectes étaient surveillées avec minutie par des centaines de fonctionnaires du ministère de l'Intérieur ou des douanes. Mais rien sur Mohammed. Comment avait-il pu filer comme cela alors qu'il était surveillé ? se demandait-il. Peut-être est-il encore en France, et dans ce cas, ce n'est pas bon pour lui et ses parents, car la recherche de la clandestinité est le signe avant-coureur de l'appartenance à la mouvance islamiste radicale qui est susceptible de préparer des attentats. Pourtant, je ne le vois pas faire cela, c'est un garçon trop bien, enfin presque trop bien, pour ça ! Pauvre madame Larbi. S'il est, effectivement, en Irak, ça va barder pour lui, car c'est une vraie pétaudière là-bas ! Des attentats en permanence et, surtout, depuis hier, l'attentat de la grande mosquée de Samarra qui a mis le feu aux poudres entre chiites et sunnites. C'est dingue quand même, qu'ils en soient à se bouffer le nez pour des raisons incompréhensibles, aujourd'hui, pour nous ? C'est un peu comme si les guerres de religion entre catholiques et protestants reprenaient ici. Non, mais quelle connerie !

J'espère, pour elle, que l'on va avoir des nouvelles de son fils bientôt. Elle le mérite, cette femme courageuse.

Depuis la fin des émeutes, le commissaire Duchamp s'ennuyait ferme dans son commissariat de banlieue qui le déprimait. Il avait été sous le feu de l'actualité et, maintenant, il était relégué aux faits divers de son bled. Bordel de merde, se disait-il, est-ce que ça va durer longtemps comme ça, jusqu'à la retraite. Il ne méritait pas cette fin de carrière. Il méritait mieux, nom de Dieu !

En Irak, les évènements se précipitaient. La guérilla prenait de l'ampleur et commençait à gêner le processus démocratique qui aurait dû se mettre en place après les élections législatives qui avaient donné la majorité en voix aux chiites. Comme ce n'était pas une majorité absolue de sièges, ils devaient se résigner à gouverner avec la minorité sunnite, qui rechignait à tout marchandage, et avec les Kurdes qui, dans le fond, voulaient leur liberté dans un pays qui accueillerait leur nation, pourquoi pas le Kurdistan.

Bref, les Américains n'étaient pas encore sortis de l'auberge et la Résistance reprenait du poil de la bête au fur et à mesure du succès de ses opérations militaires.

Toutefois, un vrai problème surgissait. La tension grandissante entre la résistance chiite et la mouvance terroriste d'Al-Qaïda avec son mentor jordanien Zarqaoui, détesté de tous pour sa cruauté.

Certains, parmi les Irakiens, pensaient que le terrorisme aidait militairement leur cause. D'autres, les plus nombreux, pensaient le contraire. Les organisations de la Résistance avaient, pour l'instant, donné libre cours aux décisions de chaque commandement régional. Mais aucun n'avait pris la décision de coopérer avec les cellules terroristes. Mais cette question revenait régulièrement sur le tapis. La population rejetait le terrorisme et la Résistance ne voulait, et ne pouvait pas, se mettre à dos la population. Cette complicité qui s'était créée avec elle était un atout considérable dans les succès qu'ils obtenaient face aux troupes américaines. Jamais le campement de Mohammed n'aurait pu rester secret et inconnu des Américains sans la complicité de la population environnante. Cette remarque s'appliquant aux différents camps d'entraînement et de recrutement disséminés dans le pays.

Le problème prenait une dimension non plus seulement militaire, mais aussi plus politique, car l'analyse de la situation et les questions relatives à l'avenir du pays après la victoire, devait prendre en compte l'attitude à adopter face au terrorisme.

Mohammed était un maillon connu de la Résistance. On lui avait donné la responsabilité de plusieurs opérations, dont quelques-unes particulièrement risquées. Il s'en était sorti avec brio et surtout un respect incommensurable de ses compagnons de combat. Il n'y avait pas de rivalité possible avec Mohammed. Tous sentaient qu'il avait le sens et le goût du bien commun, ce qui était bien plus respectable que des ambitions personnelles trop visibles, ou la recherche de la gloire pour la gloire, quel qu'en soit le moyen, notamment en mettant, inutilement, ses hommes en danger.

Plusieurs fois, il avait tenté de retrouver Sherazade, mais il était de plus en plus accaparé par l'organisation de nouvelles opérations militaires qui l'en empêchaient. Il avait acquis une notoriété qui allait bien au-delà de son camp. Au commandement de la région nord, il était considéré comme un élément de valeur incontournable pour mettre au point des attaques d'envergure contre l'ennemi. Il était souvent convoqué au QG et on l'écoutait, car ses avis étaient toujours pertinents. Même l'armée américaine avait entendu parler de lui. Les services de renseignement cherchaient à le localiser afin de mettre la main sur lui.

La population commençait à connaître son nom, symbole de la réussite de la Résistance, une organisation internationale militaire, et non terroriste. C'était ce que voulait la population.

Un jour, il reçut un petit mot qui lui avait été apporté par un des chauffeurs de camion du camp. Il l'ouvrit, le lut et examina la signature : Sherazade. En fait, il n'avait pas eu besoin de vérifier la signature car Sherazade lui racontait que son père avait été blessé lors d'un raid lancé par les Américains dans le district où se trouvait leur ferme et qu'elle avait besoin de son aide pour le soigner, et si possible, l'envoyer dans un hôpital de campagne de la Résistance.

Il froissa le mot et se précipita auprès d'Ali pour lui dire qu'il fallait qu'il se rende auprès de Sherazade pour prendre en charge son père et, éventuellement, le ramener ici pour que l'on puisse le soigner. Il lui rappela qu'il lui devait la vie sauve et qu'ils avaient tous une dette envers cette famille. Il fallait agir vite et il se proposait d'y aller avec une estafette de 4 hommes, dès qu'ils auraient un véhicule banalisé disponible.

Ali lui donna son accord et se proposa de l'accompagner d'autant plus qu'il était guéri et voulait profiter de cette occasion pour prendre l'air et faire un peu d'exercice à l'extérieur de leur « trou à rats ».

L'humeur à l'intérieur du camp n'était pas toujours bonne du fait de cette constante promiscuité qui venait à bout des caractères les plus conciliants. C'est pourquoi il fallait organiser le plus souvent possible des opérations contre l'ennemi ou des sorties d'entraînement pour combattre l'ennui, et assagir les comportements agressifs.

Les opérations contre les Américains se suivaient donc, régulièrement, et prenaient la forme d'escarmouches où la mobilité des commandos était l'atout majeur pour ne pas risquer de contre-attaques dévastatrices pour la vie des hommes.

La dernière en date avait permis à Mohammed de s'illustrer encore une fois, en interdisant à ses hommes d'achever un soldat américain blessé, contrairement aux us et coutumes des moudjahidines. Au contraire, ce soldat, seul survivant d'une équipe de cinq soldats, fut laissé sur le bord de la route pour qu'il puisse, éventuellement, être récupéré et soigné par l'armée américaine lors d'un prochain passage. Étant donné l'état de ses blessures, il ne représentait pas un grand danger pour la Résistance. Un mot écrit en arabe interdisait à tout Irakien de s'en prendre à ce soldat sauf pour le faire prisonnier, ce que Mohammed ne pouvait pas se permettre de faire dans le camp, et le soigner pour l'échanger contre des prisonniers détenus dans la prison d'Abou Graib. Un peu de nourriture lui fut laissée.

Ce fut l'armée américaine qui le récupéra le premier. Ce soldat, encore terrorisé à l'idée d'être resté seul, sans protection, blessé non loin de ses camarades tués, en plein territoire ennemi, raconta comment l'attaque avait eu lieu, et relata le geste de cet Irakien qui s'appelait Mohammed, et qui devait être le chef du commando à qui il devait la vie.

L'histoire circula dans l'armée américaine. Les services de renseignement étaient sûrs qu'il s'agissait du même homme dont la tête était mise à prix pour un million de dollars. Certains, parmi eux, pensaient que cette histoire n'était pas bonne pour eux, car elle montrait la Résistance sous un jour magnanime, lui permettant d'humaniser des comportements jugés souvent cruels et inhumains par les troupes d'occupations et, quelquefois, par des habitants de la région.

De la même façon, cette histoire fit le tour des différents QG de la Résistance. Il avait été décidé que Mohammed devait s'expliquer sur cette affaire car elle était en contradiction avec les règles internes à la résistance. Il fut donc convoqué, en urgence.

Les hommes à l'intérieur du camp avaient un avis partagé sur le comportement de Mohammed. Certains regrettaient que ce soldat n'ait pas été remis dans les mains directement de combattants de la Résistance pour être échangé contre des prisonniers, ou carrément achevé, pour montrer la détermination de la résistance à éliminer leurs ennemis, tous leurs ennemis.

Mohammed avait répliqué qu'il expliquerait son geste directement auprès de ses chefs.

Ali, Hissam, le médecin du camp, et Mohammed avaient programmé la visite à la famille de Shérazade, pour la faire coïncider avec cette convocation au QG de la région nord de l'Armée islamique. Il s'était passé malheureusement trois jours depuis l'appel au secours de cette fille, mais Mohammed lui avait fait parvenir, contrairement aux instructions de prudence qui régissaient la vie du camp, un mot l'informant qu'il ne pourrait pas venir immédiatement. Il fallait qu'elle soigne son père du mieux qu'elle pouvait, en attendant sa venue, et voir si l'on pouvait le transporter, et où.

Ils devaient circuler à bord d'un véhicule banalisé et apparaître comme des Irakiens lambda allant rendre visite à l'un des membres de leur famille, malade, s'ils étaient contrôlés par les Américains ou l'armée régulière irakienne. Heureusement personne ne connaissait le visage de Mohammed, ce qui lui permettait de se déplacer librement en prenant l'apparence d'un déficient mental qui avait du mal à s'exprimer, ce qui permettait de dissimuler son accent, et expliquait pourquoi il devait être accompagné d'une personne chargée de le conduire et de s'occuper de lui pendant tout déplacement.

Ils partirent tous les trois, au petit matin, pour rejoindre le QG qui était installé à environ une cinquantaine de kilomètres du camp et environ trente kilomètres de la ferme des parents de Shérazade.

Comme toujours, ils étaient sur le qui-vive, guettant toute apparition suspecte d'un véhicule ou de petits groupes d'hommes armés, ou en déshérence. Ils traversaient des petits villages déserts et des fermes quasiment abandonnées. Mohammed était toujours étonné de la pauvreté qui régnait sur ce pays, pourtant grand producteur de pétrole, et une production agricole importante grâce aux riches terres situées en Mésopotamie, entre le Tigre et l'Euphrate, comme il l'avait appris en classe.

Dans ce cas, ce n'était pas l'obscurantisme qui avait entraîné le pays dans la misère, mais la folie de Saddam Hussein qui les avait entraînés dans deux guerres, dont une contre l'Iran particulièrement meurtrière.

Ils arrivèrent au QG, en fait une simple ferme qui ne payait pas de mine de l'extérieur, mais qui avait été fortifiée et avait des salles de réunions en sous-sol, comme leur camp. Elle bénéficiait des installations les plus modernes en télécommunications avec des stations de brouillage d'origine russe, particulièrement efficaces. Il y avait, de plus, un souterrain qui permettait de sortir discrètement à plus d'un kilomètre dans la campagne, au milieu d'un bosquet d'arbustes.

Les allées et venues devaient être rares pour ne pas éveiller l'attention des avions ou drones américains espions.

Ils furent accueillis par le chef de l'Armée islamique pour la région nord, qui se trouvait dans la pièce principale de la ferme avec un de ses commandants. C'était un homme d'un certain âge, ancien colonel de l'armée de Saddam Hussein. Il avait, bien entendu, une moustache bien fournie, un embonpoint rassurant, mais ce qui frappait chez lui c'était son regard perçant, froid et inquiétant. Il se nommait Mahmoud Al Rachid Al Bagdadi. C'était son nom de guerre. Il en était fier. Ils descendirent dans une des salles du sous-sol et entrèrent dans une pièce gardée par deux hommes armés jusqu'aux dents où se tenait une dizaine d'hommes, chacun étant l'équivalent d'Ali.

— Bonjour, Ali, comment ça va ? lui demandèrent ces hommes qu'il connaissait bien. Salut, Hassan, tu es venu voir si on était en bonne santé. Rassure-toi, jusqu'à maintenant, personne n'est malade ou blessé. Bonjour, Mohammed, la route a-t-elle été bonne pour venir jusqu'à nous ?

— Oui, même très bonne. Nous n'avons rencontré personne, pas même un avion patrouillant au-dessus de nos têtes. Les Américains et leurs valets n'osent plus s'aventurer dans cette région après les pertes que nous leur faisons subir, intervint Ali. Le décor était planté. Ils devaient se tenir sur leurs gardes si c'était un procès qui s'ouvrait. Mohammed lui fut reconnaissant d'avoir immédiatement orienté la conversation vers les succès qu'ils connaissaient depuis un certain temps. Cela ne pouvait qu'apaiser une situation qui lui semblait un peu tendue.

— Nous n'avons pas beaucoup de temps, aussi je voudrais que l'on aborde la question qui nous chagrine. Cela concerne Mohammed, directement, et toi Ali comme supérieur de Mohammed. Nous voudrions savoir comment ce soldat américain blessé a pu être épargné, et pourquoi ? C'est la première fois qu'un tel acte est commis dans notre secteur et cela va avoir un impact colossal, non seulement chez nos ennemis, mais aussi à l'intérieur de nos troupes. Aussi, avant de te juger Mohammed, je voudrais que tu t'expliques sur cette décision et que tu nous dises si cette attitude sera toujours la tienne dans de telles circonstances ? Mohammed resta calme et se tourna vers les hommes qui étaient présents dans la pièce.

— Je comprends que vous me posiez cette question. C'est la première fois que j'ai été confronté à ce type de dilemme. Soit je tuais ce soldat, froidement, soit je lui laissai la vie sauve avec un nouveau dilemme. Soit je le faisais prisonnier et nous l'emmenions dans notre camp pour tenter de l'échanger contre des prisonniers à nous, soit je le livrais à des moudjahidines d'Al-Qaïda pour qu'il se fasse massacrer. Les réponses ont très vite été claires dans ma tête. Tout d'abord, je suis capable de tuer des ennemis mais lorsqu'ils ont les armes à la main. Je serai incapable de tuer, de sang-froid, un ennemi désarmé, à ma merci, qui ne représente aucun danger sur le moment. Donc, j'aurais pu demander à l'un de mes hommes de procéder à l'exécution. Mais quelles auraient été les conséquences ? Je serai apparu, vis-à-vis de mes hommes, comme un lâche, donc je ne pouvais pas donner cet ordre. C'est mon autorité qui aurait été mise à mal, et donc l'autorité du commandement, vous, puisque vous m'avez choisi pour seconder Ali. La question qui importe à mes yeux est de savoir quel bénéfice nous pouvons espérer tirer de mon attitude. Ils l'écoutaient tous attentivement prêts à l'interrompre à tout moment. Nous voulons, d'après ce que j'ai compris, être considérés comme une force armée qui a la légitimité de représenter les intérêts des Irakiens et non comme un groupe terroriste. Nous devons donc nous comporter comme des soldats et non comme des terroristes assoiffés de sang. C'est ainsi, d'après moi, que nous gagnerons notre légitimité, et que nous pourrons être des interlocuteurs privilégiés pour négocier notre place dans la future république irakienne que nous voulons instaurer, après le départ des troupes d'occupation. Un soldat n'a pas le droit de tuer un ennemi blessé et désarmé. C'est considéré comme un crime de guerre. Pour Al Zarquaoui c'est un exploit, pour nous cela doit clairement être une honte. De plus, j'ai l'impression que la population est fatiguée des actes de violence gratuits et dévastateurs que commettent les terroristes d'Al-Qaïda. Nous devons les condamner par une attitude exemplaire au combat. Enfin, par ce geste, nous montrons aux Américains que les musulmans ne sont pas tous des barbares et des terroristes. Le respect de l'homme, quel qu'il soit, fait partie de notre culture et de notre foi. Voilà ce que je pense de la guerre que nous menons et telle que je veux la mener. Je veux être digne de vous représenter et que mes actes vous honorent auprès des Irakiens et de nos ennemis. Mahmoud restait de marbre devant ce jeune homme qui avait de la trempe, c'était sûr. Il avait des convictions et n'avait pas peur de les afficher devant un parterre de gens, a priori, hostiles.

— Bien Mohammed, nous venons de t'écouter avec attention, et ne comprenons pas pourquoi, alors, tu n'as pas remis ce soldat blessé dans les mains d'amis à nous qui auraient pu négocier, ainsi, un échange intéressant contre des hommes à nous aux mains des Américains, demanda Mahmoud.

— Effectivement, j'aurais pu emmener ce prisonnier avec nous avec le risque d'être obligé de le garder avec nous, dans notre camp, si nous n'avions pu le remettre dans d'autres mains. De plus, je ne suis pas sûr que dans d'autres mains son sort n'aurait pas été scellé, sans autre forme de procès. Enfin, les Américains auraient patrouillé, sans cesse, dans notre territoire pour tenter de le retrouver et le libérer, ce qui aurait mis en danger nos hommes, et put faire repérer notre camp, inutilement. Toutes ces interrogations, je les ai eues, et j'ai agi en fonction de ce que je pensais être le plus utile pour la résistance. Parmi les hommes présents, certains étaient partisans de faire alliance avec les djihadistes de la mouvance Al-Qaïda. Ils ne pouvaient pas comprendre le discours de Mohammed et ses interrogations. Pour eux, il n'y avait qu'une seule alternative, l'élimination, par tous les moyens, de leurs ennemis même si la population devait en souffrir. Ils attendaient la réaction de Mahmoud avant de prendre parti. Ils l'avaient observé pour essayer de deviner ses pensées. Mais Mahmoud était, dans le fond, intrigué par Mohammed. Il avait adhéré à ses arguments au fur et à mesure que Mohammed les énonçait. Finalement, Mohammed avait réussi à le convaincre sans avoir à se défendre bec et ongles contre une position trop rigoriste.

Il réfléchissait à la façon dont il allait clore les débats, sans apparaître comme faible vis-à-vis de ses hommes, et sans les frustrer d'un commentaire qui les laisserait sur leur faim. Il fallait leur faire comprendre que Mohammed avait raison, et que son raisonnement devait servir d'exemple à ceux qui prônaient un rapprochement avec les terroristes d'Al-Qaïda. La victoire ne pouvait pas se gagner à n'importe quel prix.

— Mohammed, tu es un homme courageux, tu nous l'as montré plusieurs fois depuis ton arrivée dans notre pays. Tu es un homme intelligent, ton parcours et ton érudition, ainsi que la facilité avec laquelle tu t'es imprégné de notre langue, notre culture et nos coutumes nous le montrent sans détour. Tu es enfin un homme sensé qu'il est intéressant d'écouter afin de peser le pour et le contre de tes conseils. Ces qualités sont celles de notre peuple et des hommes que tu côtoies chaque jour. Je pense que ton attitude est digne d'un homme destiné à commander et à montrer le chemin de la victoire. Mais cela ne peut pas se faire sans le courage et la volonté des hommes qui combattent depuis plusieurs années notre ennemi. Tu dois comprendre que ces hommes n'ont pas forcément la même approche que toi de ce problème. Mais je pense que tu as eu raison d'agir de la sorte.

Les hommes qui étaient totalement dévoués à Mahmoud se regardèrent et ne purent qu'approuver, de concert, cette décision. Ils applaudirent et félicitèrent Mohammed. Ce dernier sourit, regarda Ali et Hissam, et alla serrer les mains de ces généraux de la résistance. Il avait, désormais, sa place parmi eux, même si tous ne partageaient pas sa manière de conduire ce combat.

Un pas avait été fait vers une attitude plus claire contre les actes terroristes, même si le sujet n'avait pas été abordé directement. S'il devait l'être un jour, cela se ferait avec les instances nationales de la Résistance. Toutefois, chacun pouvait mener son combat comme il l'entendait et nouer les alliances qui étaient les plus propices, pour assurer le succès de leurs opérations.

La réunion terminée, Mahmoud leur donna congé et ils purent repartir dans leur cantonnement. Les prochaines instructions suivraient car Mahmoud devait rencontrer ses homologues de chaque région pour établir un plan concerté d'attaques des armées d'occupation.

Mohammed, Ali et Hissam se retrouvèrent pour se rendre auprès de la famille de Shérazade. Leur ferme n'était pas très éloignée et la période semblait calme pour les déplacements.

Effectivement, ils arrivèrent quelques heures après. Les chemins étaient souvent défoncés, ralentissant considérablement les déplacements des véhicules.

La discussion battait son plein dans la voiture. Ali était rassuré. Il aurait pu être mis en difficulté si l'attitude de Mohammed avait été condamnée. Il en avait rien été, et son « dauphin » venait d'être adoubé par ses chefs. De plus, leurs idées faisant leur chemin, elles pourraient être discutées au niveau national lors de prochaines instances nationales de la Résistance. Mahmoud serait un allié précieux, car respecté de ses pairs. La bonne humeur régnait. Ali et Hissam se mirent à plaisanter au sujet de Mohammed et de Shérazade, ce qui gêna un petit peu Mohammed. Retrouver cette jolie jeune fille dont il était tombé amoureux le transportait de joie, et cela se voyait sur son visage.

La ferme semblait calme et personne ne se montra à leur arrivée. Ils descendirent du véhicule et se dirigèrent vers l'entrée lorsque Shérazade apparut sur le seuil de la porte. Sa mine était défaite, mais en voyant arriver les trois hommes, et après avoir reconnu Mohammed, elle esquissa un sourire tout en se précipitant vers eux. Elle était fébrile et parlait rapidement. Elle les conduisit dans la chambre où se tenait son père, avec sa mère à son chevet.

Le père était allongé sur le lit. Il avait un teint cireux qui inquiéta Hissam. Celui-ci commença à l'ausculter tout en demandant des renseignements sur la manière dont il avait pu être soigné jusqu'à maintenant, et depuis combien de temps il avait ce teint.

Il examina sa blessure qui était profonde et s'était infectée, tandis que Shérazade expliquait ce qu'elle avait pu faire avec ses maigres moyens et sans un minimum d'hygiène élémentaire. Le résultat n'était pas très beau à voir et le pauvre homme souffrait le martyre. Il fallait le transporter d'urgence au camp où Hissam aurait tous les instruments nécessaires pour retirer l'éclat d'obus qui s'était logé dans son épaule, et les antibiotiques et autres médicaments qui minimiseraient ses douleurs.

Ali réfléchit un instant et décida de le transporter immédiatement au camp tandis que Mohammed resterait dans la ferme en attendant leur retour, pour protéger ces deux femmes qui pourraient être importunées par des brigands ou des déserteurs.

Ali remercia chaleureusement Shérazade pour les soins qu'elle lui avait prodigués, et qui l'avaient sauvé. Il lui dit qu'il espérait, du plus profond de lui-même, que son père s'en tirerait sans séquelles importantes et qu'il ferait tout ce qui était possible pour cela.

Ali et Hissam partirent avec le blessé installé à l'arrière du véhicule. La blessure avait été soigneusement dissimulée par des pansements qu'il était difficile de voir sous ses vêtements au cas où ils seraient contrôlés. Le père était vraiment mal en point à tel point qu'Hissam se demandait s'il pourrait supporter ce voyage.

Ils lui parlèrent pendant tout le trajet pour le tenir en éveil et qu'il puisse les alerter, en cas de complications qui se déclareraient soudainement. Tout cela était risqué mais c'était la seule façon de pouvoir sauver cet homme voué à une mort certaine s'il était resté dans sa ferme, sans soins appropriés.

Ali se disait qu'effectivement cette jeune fille était très jolie, et bien débrouillarde.

Mohammed n'y croyait pas : Ali l'avait laissé seul avec Shérazade et sa mère. L'avait-il fait exprès ou était-ce vraiment pour assurer la protection de ces deux femmes vivant dans une ferme isolée ? Quelle que soit la réponse, il remerciait le ciel de cette aubaine.

Les deux femmes, et spécialement Shérazade, étaient ravies de la présence de Mohammed et rassurées d'avoir un garde du corps pour elles dans cet endroit isolé.

C'est Mohammed qui leur parla en premier.

— Si jamais des soldats irakiens ou américains viennent jusqu'ici, il faudra dire que je suis un cousin éloigné qui habite à Kerbala et qui est venu pour remplacer votre époux et père malade, parti en ville pour se faire soigner par un médecin. Il faudra dire, aussi, que je suis sourd-muet et déficient mental profond pour ne pas éveiller de soupçon quant à mon accent. Ne vous inquiétez pas, je jouerai parfaitement bien la comédie. Donc ne soyez pas étonné et ne riez pas devant eux de la façon dont je me comporterai. D'accord ? Les deux femmes furent, tout d'abord, étonnées de l'intervention de Mohammed mais, très vite, en comprirent les raisons. Cela les amusait, dans le fond, de participer à la résistance de cette manière.

— Tout d'abord, je voudrais te dire merci, Mohammed pour ce que tu as fait pour nous. C'est courageux et cela montre que tu es bon, qu'Allah te protège ! Ne t'inquiète pas, nous jouerons bien le jeu, mais j'espère que nous n'aurons pas de visite jusqu'au retour de mon mari, lui répondit la mère de Shérazade.

Le décor étant, désormais planté, ils pouvaient commencer à organiser la manière dont ils allaient coexister dans cette ferme. Il y avait des travaux à faire, non seulement dans l'aire réservée aux dattiers et dans la maison. Mohammed avait sa chambre mais pas d'affaires de rechange. Il put essayer des affaires du père qui lui allaient à peu près.

Il aurait donc de quoi se vêtir et se changer pour les quelques jours à venir. Il était content de pouvoir, peut-être, bénéficier d'une alimentation un peu plus variée que celle du camp.

Ce changement de vie durant quelques jours lui allait bien. Cela serait certainement salutaire et lui aérerait son esprit. Il fallait qu'il en profite réellement pour se ressourcer.

Pendant ce temps, les nouvelles de Bagdad n'étaient pas bonnes. Les attentats sévissaient et touchaient non pas les Américains, mais la population chiite qui se vengeait à son tour sur les sunnites. Résultats, des centaines, voire des milliers de morts inutiles, et qui nourrissaient un futur conflit interconfessionnel. C'était à n'y rien comprendre. Comment Al-Qaïda pouvait agir de la sorte, dans la plus parfaite impunité ? S'il y avait un soutien de la population sunnite ou d'organisations de la Résistance envers cette organisation terroriste, il fallait l'arrêter au plus vite et dénoncer ces actions, insupportables et dénuées de sens pour la majorité de la population. Pour Mohammed, le terrorisme était une gangrène qu'il fallait stopper en éliminant ses éléments les plus dangereux.

Shérazade était encore plus véhémente sur ce sujet. Un de ses proches parents avait succombé lors d'un récent attentat, devant une mosquée chiite de Kerbala qui avait fait une cinquantaine de morts, dont de nombreux enfants. Elle avait été révoltée par cet acte odieux et souhaitait la mort et le bannissement de ses auteurs comme les auteurs de tous les attentats passés et à venir. Pour elle, rien ne pouvait justifier une telle barbarie.

La discussion se prolongea jusque tard dans la soirée et la mère de Shérazade partit se coucher, harassée par les dernières journées passées au chevet de son mari à le soigner avec les moyens du bord, c'est-à-dire presque rien.

Mohammed et Shérazade restèrent tous les deux en tête à tête.

Elle lui demanda de lui raconter sa vie, d'où il venait, pourquoi il était venu et dans quelles circonstances, et que comptait-il faire une fois cette guerre terminée. En même temps, elle sondait ses idées et tentait de découvrir qui se cachait derrière ce soldat étranger, à la fois si différent des hommes irakiens, et si bien intégré dans cet univers en décomposition.

Il lui raconta sa vie, qu'elle entrecoupait de questions sur la France, le mode de vie de ses habitants, si la religion musulmane était répandue, et comment les musulmans étaient considérés.

Quant à lui, il essayait de savoir où et comment elle vivait avant la guerre, et pourquoi elle s'était retrouvée dans cette ferme avec ses parents. Tous deux parlaient avec fougue et rivalisaient de curiosité l'un envers l'autre.

Ils allèrent se coucher tard dans la nuit.

Mohammed était de plus en plus attiré par cette jeune fille dont la personnalité était digne d'intérêt. Elle n'avait pas hésité à quitter son métier d'infirmière à Bagdad, alors que sa vie était agréable et qu'elle avait de nombreux amis, pour venir auprès de ses parents afin de les aider dans leurs tâches qui devenaient de plus en plus pénibles maintenant qu'ils étaient vieux. Souvent, son père lui avait dit qu'elle devrait se trouver un mari, mais ce n'était pas une priorité pour elle. Elle préférait attendre pour trouver l'homme de sa vie mais savait que cela serait difficile en restant dans cette ferme isolée. Elle aurait pu tenter de faire venir ses parents à Bagdad, mais en période de guerre il semblait plus sûr de vivre loin des lieux visés, contrôlés et foulés par les terroristes ou par les armées d'occupation.

Elle se reposera cette question une fois la guerre finie, et, pour l'instant, attendait patiemment cet instant en aidant au mieux ses parents. Elle avait dit tout cela avec beaucoup de gentillesse et d'attention pour ses parents. Cela la rendait encore plus attirante aux yeux de Mohammed.

Elle imaginait Mohammed à Paris et admirait sa décision d'avoir abandonné cette ville et un avenir qu'elle pensait assuré, pour venir dans ce pays si différent, en bravant les dangers du voyage et de la guerre de libération. Les Irakiens se devaient d'être reconnaissants envers ces jeunes qui sacrifiaient leur jeunesse et leur vie pour le triomphe de leurs idéaux.

Ali, Hissam et le père de Shérazade étaient arrivés au camp sans encombre, alors que le blessé avait perdu connaissance.

Ils le transportèrent à l'infirmerie et le posèrent sur un lit de camp. Hissam installa le matériel nécessaire pour lui faire une transfusion et se prépara pour l'intervention chirurgicale. Celle-ci n'était pas très difficile, a priori. Hissam avait l'habitude.

Il fit venir les deux hommes qu'il avait formés, et qui lui servaient d'infirmiers. Après avoir fait une anesthésie locale, ils n'avaient pas les moyens et la capacité de faire une anesthésie générale, il commença l'opération avec l'aide des deux infirmiers, ceux-ci lui passaient les instruments et épongeaient la blessure qui saignait beaucoup. L'opération ne dura pas longtemps et fut couronnée de succès. Le morceau de fer qui s'était planté dans son épaule put être retiré et la blessure refermée. Le blessé avait beaucoup souffert mais en silence, cela se voyait sur son visage tendu et encore déformé par la douleur. Pour Hissam, c'était gagné. Il devrait récupérer vite et pouvoir retourner dans sa ferme à la fin de la semaine.

— Tu es un bon chirurgien, lui dit Ali avec admiration, heureusement que nous t'avons, car tu fais de véritables miracles avec le peu de moyens que nous avons ici. Cette jeune fille, Shérazade, va nous en être reconnaissante et cela va arranger les affaires de Mohammed vis-à-vis d'elle, n'est-ce pas ? Autre chose Ali, pourquoi as-tu laissé seul Mohammed avec ces deux femmes, là-bas ? Elles auraient pu très bien se débrouiller toutes seules, et je ne vois pas comment elles auraient pu être importunées dans ce trou perdu ?

— Ne crois pas ça, Hissam, ce trou perdu, comme tu dis, est infesté de déserteurs de l'armée régulière qui crèvent de faim et seraient prêts à faire n'importe quoi pour s'en sortir. Non, crois-moi, c'est mieux ainsi. De plus, c'est vrai, Mohammed méritait bien ce petit intermède de repos. C'est, en quelque sorte, une récompense pour services rendus, dit-il en souriant. Hissam lui rendit son sourire et lui fit un clin d'œil.

Le blessé supporta bien l'opération car il n'y eut pas de gros choc postopératoire qui aurait pu être difficile à gérer. Désormais, il pouvait se reposer, tranquillement. Normalement, la fièvre devrait baisser vite et il pourrait s'alimenter à nouveau pour reprendre des forces.

# Chapitre 13

C'était la fin de l'hiver, on sentait la végétation prête à repartir. Les jours rallongeaient. Il faisait encore froid la nuit, ce qui obligeait les habitants des maisons à se réveiller régulièrement la nuit pour remettre du bois dans les poêles qui servaient de chauffage. Mohammed s'était porté volontaire pour le faire ce qui permit aux femmes de se reposer après ces jours difficiles passés à tenter de soigner le blessé et le réchauffer la nuit.

— Ouvrez cette porte ! cria un homme à l'extérieur.

Mais personne ne répondit. Les deux femmes dormaient profondément et Mohammed resta de marbre prêt à jouer son jeu de déficient, sourd et muet. En fait, personne n'avait entendu cette petite troupe arriver dans la ferme. Pourtant, le bruit des moteurs était fort et repérable la nuit quand le silence régnait. Mais la fatigue avait édulcoré les facultés auditives des deux femmes.

L'ordre fut à nouveau donné et Mohammed avait eu le temps d'aller réveiller, en vitesse, les deux femmes avant qu'ils ne défoncent la porte.

Elles s'habillèrent rapidement et allèrent ouvrir la porte, alors que Mohammed après leur avoir expliqué qu'elles ne devaient pas s'adresser à lui autrement qu'en laissant croire qu'il était débile.

Un homme rentra dans la maison, suivi de trois soldats américains armés jusqu'aux dents. Ils inspectèrent tout de suite la maison et virent Mohammed, prostré près du poêle.

Ils s'approchèrent de lui et le dévisagèrent. Ils cherchaient des déserteurs et, éventuellement, des résistants et des moudjahidines étrangers qui s'étaient infiltrés dans la région.

Ils tenaient ces renseignements de source sûre et avaient mis en place un dispositif de surveillance très serré pour assurer le succès de l'opération de nettoyage de la région.

Mohammed ne bougeait pas, tout en les regardant, l'air hagard, avec un air « d'idiot du village ». Il avait pris une mine de débile mental profond avec un rictus de la bouche qui lui déformait le visage.

Ils lui adressèrent la parole, le premier homme était un Irakien qui devait servir d'interprète aux Américains. Mais, Mohammed leur fit signe avec son sourire de débile qu'il ne comprenait pas et n'entendait pas ce qu'ils disaient. Ils lui firent signe de se lever et de rejoindre les des deux femmes. L'interprète leur demanda qui était cet homme jeune et pourquoi il ne répondait pas aux questions.

Les deux femmes leur expliquèrent que c'était un proche cousin qui, malheureusement, avait eu un accident, jeune, et était devenu débile, sourd et muet.

Le regard hagard de Mohammed allait de l'homme aux deux femmes. Il jouait parfaitement la comédie et cela faisait son effet. Ils abandonnèrent Mohammed pour interroger plus avant les deux femmes. Où était l'homme de la maison ? Pourquoi n'était-il pas là ? y avait-il eu des visites récemment ? De qui ? Combien d'hommes ? Les questions fusaient et les deux femmes y répondaient vite et négativement. L'air triste et désabusé des deux femmes leur rendait service et amadouait les soldats présents qui les interrogeaient. Après avoir inspecté toute la maison et les environs immédiats, ils décidèrent de partir en leur demandant, toutefois, de les avertir aussitôt, si elles rencontraient des résistants, des terroristes ou des étrangers qu'elles n'avaient pas intérêt à héberger ou à aider de quelque manière que ce soit.

Une fois partis, Mohammed reprit sa physionomie normale et les deux femmes se mirent à rire, ce qu'elles n'avaient pas fait depuis des mois.

Shérazade ne fut pas la plus rapide à le plaisanter et à se moquer gentiment de ses grimaces. Mohammed était ravi de l'effet qu'il avait pu produire sur elles et de les voir rire de bon cœur. Le visage de Shérazade resplendissait de joie et de bonheur avec un effet communicatif sur celui de sa mère. Tout à coup, elles oubliaient leurs difficultés. Mohammed sentit que la jeune femme n'était pas insensible à son charme.

Cette bonne humeur soudaine avait changé l'atmosphère de la maison et les relations entre Mohammed et les deux femmes. Il venait de naître une complicité et une relation nouvelle qui allaient rendre les jours à venir plus agréables à vivre, en attendant le retour du blessé, si l'opération s'était bien passée.

L'alerte avait été chaude mais ils s'en étaient tirés remarquablement bien. Néanmoins, cela annonçait, certainement, des lendemains plus difficiles. C'était la première fois depuis des mois, les deux femmes le lui confirmèrent, qu'il y avait eu un contrôle de ce genre dans une ferme de la région. Si cette pratique se généralisait, cela serait plus périlleux de se déplacer et le camp deviendrait plus vulnérable. Il allait falloir vérifier ces nouvelles données dans les semaines à venir.

En fait, Mohammed était inquiet et aurait aimé se trouver avec Ali pour lui demander son avis et considérer l'opportunité de mettre en place un système de surveillance plus efficace des déplacements de l'armée américaine et irakienne dans la région.

Il fallait, aussi, en avertir le commandement au plus vite. Mais, il devrait attendre le retour du père de Shérazade avant de faire quoi que ce soit.

Cette question devenait, soudainement, plus importante que le fait d'être aux côtés de Shérazade. Le soldat avait repris le dessus sur l'homme.

Le blessé reprenait des forces et s'inquiétait du sort de sa femme et de sa fille. Ali le rassura en lui disant que Mohammed était resté avec elles pour les protéger et qu'il pourrait bientôt partir les rejoindre et s'occuper, à nouveau, de sa ferme.

À la fin de la semaine de repos obligatoire, ils prirent la décision de ramener le blessé dans sa ferme et de rapatrier Mohammed au camp.

Tout un scénario, au cas où ils seraient arrêtés et contrôlés, avait été mis au point avec les réponses à donner à toutes les questions, des plus difficiles aux plus évidentes.

Ali et Hissam partirent avec le convalescent qui s'était confondu en remerciements et excuses de les mettre ainsi en situation de risque pour le sauver, lui, un pauvre homme sans intérêt pour eux et leur combat. On lui banda les yeux pour qu'il ne puisse pas reconnaître les lieux du camp. Il leur demanda comment il pourrait les remercier et les aider utilement.

Les jours s'étaient passés tranquillement à la ferme. Mohammed s'était obligé à ne pas se montrer entreprenant auprès de Shérazade. De toute façon, son esprit était ailleurs. Il avait hâte de retrouver Ali et le camp car sa place était là-bas et pas ailleurs.

Il aida à quelques travaux dans la ferme et se montra un compagnon agréable et efficace. La mère et la fille étaient conquises par ce jeune homme qu'elles voyaient, déjà, comme possible mari et gendre.

Tout en pensant à Mohammed, leur esprit était en éveil permanent, guettant le moindre bruit à l'horizon, annonciateur d'une venue, peut-être indésirable, à la ferme. Ce qui fut le cas lorsque le véhicule d'Ali et Hissam se trouva à quelques lieues de la ferme.

Attentifs au moindre bruit, ils entendirent un véhicule approcher et se diriger vers la ferme. Mohammed commença à se préparer dans son rôle d'idiot du village et les femmes à prendre un air triste et misérable.

La préparation fut de courte durée car ils reconnurent le véhicule et les trois hommes à l'intérieur. Les deux femmes laissèrent éclater leur joie à la vue de leur mari et père en bonne forme et reposé. Le contraste avec sa physionomie d'avant le départ pour le camp était saisissant. Il se dirigea vers elles et les embrassa tendrement, sous le regard ravi des trois hommes. Ceux-ci les laissèrent ensemble alors que Mohammed les entreprenait sur le contrôle qu'ils avaient subi et les nouveaux risques qui se dessinaient pour eux et pour le camp.

Ali jugea la situation plus que préoccupante et décida qu'il fallait en parler au commandement le plus vite possible, il en allait de leur sécurité à tous, dans la région. Il fallait se montrer encore plus vigilant, même pour les petits déplacements, notamment pour le chemin du retour.

Après en avoir parlé entre eux, ils se dirigèrent vers l'intérieur de la ferme et rejoignirent le trio familial si content de se retrouver sain et sauf. Hissam leur fit un bref exposé de l'opération, de sa convalescence et des soins qu'elles devaient lui prodiguer régulièrement jusqu'à sa complète guérison.

Hissam leur laissa quelques médicaments. Il conseilla au père de Shérazade de dire qu'il était parti se faire soigner en ville pour une maladie infectieuse, laissant sa femme et sa fille en compagnie d'un cousin demeuré.

Mohammed leur dit, avec une certaine émotion, qu'il avait passé un bon moment avec elles. Elles lui dirent au revoir en l'imitant dans sa composition d'idiot et en riant de leur farce, ce que ne comprirent pas les autres protagonistes. Il fallut leur expliquer les tenants et les aboutissants de cette mascarade. Cela n'en était que plus drôle. À la fin, tous rirent de bon cœur et se séparèrent vite pour ne pas éveiller de soupçon, si la ferme était surveillée.

Avant de partir, Mohammed se dirigea vers Shérazade et lui dit qu'il reviendrait la voir dès qu'il le pourra pour prendre des nouvelles de son père.

Juste au moment de leur départ, elle se proposa de les aider en les renseignant sur les éventuels mouvements de troupes de l'armée américaine ou irakienne dans la région et de porter des messages. Elle se tenait à leur disposition. Ali lui dit qu'ils lui répondraient rapidement sur ce sujet.

Les adieux furent rapides et les trois hommes repartirent vers le camp.

— Alors, Mohammed, comment se sont passés ces quelques jours de vacances ? lança, avec un petit sourire, Ali.

— Pas trop mal, mais j'ai eu une peur bleue lorsque les Américains sont venus contrôler la ferme. Il faut dire que le stratagème, même s'il était grossier, a réussi à merveille et les deux femmes ont très bien joué leur rôle, répondit Mohammed en évitant de parler de Shérazade afin d'éviter des sous-entendus déplacés.

— Crois-tu que nous puissions faire confiance à cette jeune fille pour nous aider, espionner et nous transmettre toutes les informations qu'elle pourrait recueillir sur les mouvements de troupes ennemies ? interrogea Ali.

— Je n'ai aucun doute là-dessus. De plus, je suis persuadé que c'est une femme courageuse et intelligente, exactement ce qu'il nous faut, d'autant plus qu'elle sera moins suspectée qu'un homme, en cas de contrôle.

— Oui, mais que penser de ses parents qui pourraient paniquer ou tout simplement flancher à la moindre difficulté, intervint Hissam.

— Je ne crois pas, Hissam, que ce soit possible. J'ai vu comment sa mère s'est comportée lors de l'opération de contrôle. Elle a été parfaite et n'a paru rencontrer aucune difficulté à surmonter, nerveusement, cette épreuve. Elle est restée de marbre devant les questions qu'on lui posait. Quant à son père, il nous doit une fière chandelle. Mais, toi, Hissam, tu as vu comment il s'est comporté lors de son opération. A-t-il été courageux ? lui demanda Mohammed.

— C'est vrai, il a été très courageux car il a dû avoir un mal de chien et il ne l'a pas montré, ce qui m'a étonné.

— Bon, on est tous d'accord pour l'enrôler. On commencera, au début, par des missions simples et sans danger. On lui fera parvenir les ordres par nos chauffeurs. Elle leur donnera les informations oralement. Commençons comme cela et nous aviserons, par la suite, conclut Ali sur ce sujet.

De la manière dont ils étaient habillés, ils avaient l'air de paysans inoffensifs. Ils avaient bien pris soin de ne pas porter d'armes sur eux et s'étaient entraînés, comme tous les hommes du camp, à jouer ce rôle et, en cas d'absolue nécessité, avaient sur eux une capsule de poison prête à être utilisée.

Ali les mit au courant de la préparation d'une opération de grande envergure qui devrait débuter dans quelques jours. En fait, la tactique était de harceler de toute part, et pendant une semaine, les troupes américaines cantonnées dans la région afin de leur porter des coups très durs, non seulement par l'élimination de nombreux soldats, mais aussi en leur sapant le moral.

Une telle opération devait être parfaitement organisée et planifiée avec le rôle de chacun parfaitement décrit, ce qu'il avait commencé à faire. Cette fois-ci, tous les hommes valides seraient de la fête.

Ali les informa des dernières nouvelles de Bagdad et du reste du pays. Les nouvelles n'étaient pas bonnes avec une augmentation du nombre d'attentats visant les chiites et d'enlèvements visant les étrangers et les Irakiens travaillant pour les sociétés étrangères. Tout cela ne pouvait être que l'œuvre d'Al-Qaïda et des sbires d'Al Zarquaoui. De la même façon, il y avait, un peu partout, dans le pays des exactions commises par ce réseau terroriste. Parfois, un village était pris en otage par eux, et alors des tribunaux islamiques se mettaient en place et jugeaient, sans discernement, ceux qui étaient soupçonnés de « pactiser » avec l'ennemi et les exécutaient séance tenante devant le reste du village terrorisé.

— Ce ne sont pas des méthodes tolérables. On n'a pas le droit de faire n'importe quoi pour gagner une guerre à tout prix. Il faut éradiquer cette gangrène qui nous porte préjudice et entache notre honneur. Nous devons rencontrer ces gens-là et leur dire ce que nous pensons de leurs méthodes. Nous devrions, même, les menacer d'arrêter toute action contraire aux principes d'humanité que nous a enseignés le prophète sous peine de les combattre, les passer en jugement devant les instances de la Résistance et les éliminer, si nécessaire. Il fallait tout faire pour éviter une guerre civile que les Irakiens refusaient dans leur grande majorité, d'autant plus que Donald Rumsfeld avait bien dit que, s'il y avait une guerre civile en Irak, les troupes américaines n'interviendraient pas. Position que Moqtada Sadr avait critiquée, en se demandant à quoi servait la présence des troupes américaines en Irak, si elles ne protégeaient pas les populations.

— C'est ce que je comptais faire en demandant au commandement de la Résistance de rechercher les coupables de tels faits et de les juger. Nous devons être intraitables sur le sujet, même si certains parmi nous ne pensent pas comme nous. Je compte le faire très rapidement et demander, si cela est possible, de rencontrer les représentants d'Al Zarquaoui, ainsi que des groupes Takfiri dans notre région afin de leur demander d'arrêter, sans attendre, leurs méfaits, lui répondit Ali, avec une certaine lassitude dans la voix.

— Crois-tu que la Résistance connaisse les complices d'Al Zarquaoui, qu'ils pourraient les contacter et les convoquer pour une entrevue ? demanda Mohammed.

— J'en suis sûr ! Tu as vu, lors de notre dernière réunion, certains des chefs semblaient avoir eu des contacts avec eux et accepter leur soutien, même s'ils n'approuvaient pas leurs méthodes.

Ils arrivèrent, sans encombre, au camp. Avant toute chose, Ali convoqua immédiatement ses seconds et leur demanda de se tenir prêts à se mobiliser car une opération d'envergure se préparait et il comptait sur eux pour qu'elle soit un succès total. C'est pourquoi il fallait préparer minutieusement le matériel et gonfler à bloc le moral des hommes.

Hissam alla rendre visite aux blessés qui se remettaient assez bien de leurs blessures. Certains pourraient même participer, sans problème, à cette prochaine attaque. Il les en avertit et sentit qu'ils étaient fiers et heureux d'en être.

L'effervescence s'installa dans le camp, et nombreux étaient ceux qui interrogeaient Mohammed sur son absence et demandaient des nouvelles de cette famille dans laquelle il avait passé quelques jours.

La perspective de cette opération avait transcendé les esprits et l'humeur joyeuse était revenue, comme par enchantement. Ils allaient agir et se rendre utiles. Les troupes américaines étaient en difficulté sur le terrain et ils pouvaient porter un coup fatal à leur moral, si le succès était au rendez-vous.

Mohammed pensait à sa famille. Que devenaient-ils ? Il revoyait Shérazade et ne se pardonnait pas de ne pas lui avoir dit combien il tenait à elle et qu'il voulait la protéger pour qu'elle devienne sa femme, après la victoire. Mais que ferait-il après ? Encore fallait-il qu'il soit vivant et en bon état pour que Shérazade ait envie de l'épouser. Il ne savait pas s'il voudrait rester en Irak. La seule chose dont il était sûr était qu'il ne reviendrait pas en France, sauf pour revoir sa famille. Mais il avait tant de choses à faire, participer à cette guerre de libération, étudier les fondements d'une nouvelle doctrine économique qui permettrait de concilier développement économique et principes du Coran.

Maintenant, il fallait préparer cette grande offensive qui verrait tous les combattants de la région se battre contre les différentes positions américaines. C'était la mise en œuvre d'une stratégie nouvelle de harcèlement des troupes américaines, région par région.

Les différents cantonnements, même ceux situés en plein centre-ville, devaient être attaqués, tout d'abord avec des lance-roquettes, puis venait le tour des combats de rue, après avoir bloqué les principales artères pour empêcher le déplacement des blindés.

L'offensive devait avoir lieu au même moment et partout. Elle devait être très rapide pour que les combattants puissent se retirer avant l'arrivée d'éventuels renforts non seulement terrestres mais aussi aériens.

Après, mais seulement après, il y aurait une rencontre à organiser avec les terroristes d'Al-Qaïda sous la houlette du commandement régional de la Résistance. Mohammed avait hâte de participer à cette réunion.

Il voulait pouvoir jauger leur capacité réelle de nuisance en cas de conflit ouvert avec eux. Allait-il, ainsi qu'Ali, être la cible de leurs tueurs ? De toute façon, ils devaient éradiquer ce mal, quel qu'en soit le prix à payer.

Alors que les préparatifs avançaient à grands pas, Mohammed réfléchissait à l'œuvre qu'il voulait laisser à la postérité, une doctrine économique nouvelle qui ferait le bonheur et la fierté du peuple arabo-musulman. Il fallait adapter ce qu'il y avait de meilleur dans les systèmes économiques performants aux principes religieux musulmans sans que l'un puisse nuire à l'autre. Le défi était là, il voulait le relever. Il venait d'étudier, avec ferveur et aussi un esprit d'ouverture, le coran, ce qui lui permettrait d'en défendre une interprétation moderniste. Allah, ne voulait-il pas le bonheur et la prospérité pour son peuple ? Pourquoi ses élites n'ont-elles pas travaillé à la réalisation de cet objectif ? Une vision trop restrictive et sectaire des écritures pouvait en être la cause. Il voulait apporter un vent nouveau, porteur d'espoir et de croissance économique pour le peuple arabe, trop longtemps laissé pour compte du développement.

Les trois jours qui les séparaient de l'offensive passèrent très vite et le jour fatidique arriva. Chacun était prêt physiquement et psychologiquement à affronter un ennemi surarmé, bénéficiant d'un soutien logistique performant et d'une aviation omniprésente. Ils avaient, pour eux, la foi et la volonté inébranlable de gagner.

Une centaine d'hommes du camp furent mobilisés et transportés dans des camions et des bus dans lesquels ils s'étaient transformés en paisibles passagers allant d'un village à l'autre pour échanger des victuailles, chercher des médicaments ou, tout simplement, chercher du travail.

Les armes étaient cachées dans les soutes et les essieux des roues tandis que des valises étaient disséminées sur le toit pour donner le change, en cas de contrôles inopinés. Tout avait été pensé et organisé. Rien n'avait été laissé au hasard. Tous les combattants avaient leur place et leur plan pour l'offensive ainsi que pour le retour au camp, quelles que soient les conditions de ce retour.

L'effet de surprise devait être total pour une efficacité maximale.

Ils convergèrent sur la petite ville d'Abu Ahl et prirent leur position au petit matin sur les hauteurs avant le signal de l'attaque.

Chacun se répétait son rôle et priait pour assurer le succès de l'opération. Ali et Mohammed les regardaient avec une certaine affection, se demandant combien allaient s'en tirer ou être tués ou blessés.

La petite ville semblait calme et rien ne pouvait laisser paraître qu'une attaque de grande ampleur se préparait.

Les hommes n'étaient pas trop nerveux. Seuls quelques signes montraient une légère fébrilité, comme les doigts qui tapotaient régulièrement la crosse de leurs mitraillettes et le fût de leurs bazookas. Les regards étaient tournés vers la petite ville, et sur les lèvres qui bougeaient, on devinait des prières en cours.

Le silence régnait jusqu'au moment où le signal de l'assaut fut donné. Les combattants se retrouvèrent très vite aux abords du campement de la garnison américaine.

L'effet de surprise joua à plein. Les gardes du camp furent totalement surpris par la soudaineté de l'attaque. Les premiers coups de feu, tirs de bazookas et lance-roquette, furent meurtriers pour les Américains. La garnison se ressaisit aussitôt mais les premiers dégâts avaient atteint le moral des soldats américains dont la riposte mit du temps avant d'être nourrie et efficace.

La garnison était protégée par des murs de faible hauteur et peu épais, ce qui explique les dégâts faits rapidement aux bâtiments et aux véhicules garés à l'intérieur.

Mohammed et Ali entraînaient leurs ouailles à force de cris et d'encouragements. Ils étaient heureux car tout se passait bien et, pour l'instant, ils n'avaient ni morts ni blessés à déplorer. L'euphorie les gagnait.

La riposte sérieuse tarda à venir. Les combats faisaient rage et les soldats américains étaient acculés à la défensive plutôt qu'à l'attaque. Ils avaient de nombreux blessés et, à n'en pas douter, quelques morts.

Puis, leur défense commença à s'organiser et chacun des belligérants fut contraint de garder ses positions, sans pouvoir avancer. C'était, alors, la partie la plus délicate à jouer pour les assaillants car ils allaient très vite se retrouver en situation de faiblesse et à débuter un repli sous le feu des Américains. La garnison devait compter plus d'une centaine d'hommes et un matériel impressionnant.

Le QG des forces américaines venait d'être alerté de cette offensive. Ils allaient avoir du travail sur la planche car des dizaines de villes venaient d'être attaquées et il leur serait difficile de pouvoir apporter des renforts sur tous les lieux de combat.

Les bombardements seraient difficiles car les assaillants étaient dispersés et relativement peu nombreux, ce qui se traduirait par des pertes civiles nombreuses, ce que les Américains voulaient éviter.

La garnison pliait mais ne se rendait pas.

Les habitants d'Abu Ahl étaient terrés chez eux, attendant l'issue des combats qu'ils espéraient favorables à la Résistance. Ils avaient pu constater depuis le début de l'assaut qu'il s'agissait bien de résistants et non de terroristes d'Al-Qaïda.

Les premiers blessés du côté des assaillants tombèrent et affaiblirent le mouvement d'attaque. Ali et Mohammed qui dirigeaient les combats le ressentirent et commencèrent à réfléchir au retrait, tout en mettant en œuvre les moyens pour le sécuriser au maximum.

Il fallait couvrir le départ des combattants par des mouvements de recul suivis, immédiatement et alternativement, de contre-attaques régulières.

La stratégie semblait jouable et devait leur permettre de revenir sur les hauteurs sans trop d'encombres et, par la suite, de retrouver leur camp sans craindre d'être poursuivis. Si l'aviation devait intervenir, ils avanceraient tout en se dispersant jusqu'à la nuit venue et attendraient les camions et autres véhicules qui les ramèneraient au camp.

C'est pendant cette manœuvre qu'Ali fut touché par une balle qui le tua sur le coup. Ce fut la stupeur dans le camp des assaillants. Mohammed se précipita vers lui lorsqu'il le vit tomber à quelques mètres de lui, mais c'était déjà trop tard.

Il ordonna à ses hommes de stopper le retrait et de contre-attaquer vers les soldats américains qui s'étaient portés à leur poursuite.

Le mouvement les surprit totalement et déstabilisa leur organisation à tel point qu'ils reculèrent très vite et se mirent à courir vers leur camp pour y trouver refuge. Une dizaine d'entre eux tombèrent sous les balles des assaillants. Ils étaient désormais retranchés dans leur camp, en position de faiblesse, avec le risque d'être encerclés, ce qui arriva tout naturellement.

Les combats durèrent encore quelques heures et la hargne des assaillants eut le dessus sur les soldats américains. Après une défense héroïque, ils furent obligés de se rendre sous peine d'être anéantis. Ils savaient que leurs assaillants étaient de la Résistance et non des terroristes, c'est pourquoi ils avaient choisi de se rendre et de bénéficier de la convention de Genève relative aux prisonniers de guerre.

Ils rendirent leurs armes et levèrent les bras. C'est Mohammed qui s'approcha d'eux et demanda à voir le commandant du bataillon, ou le gradé le plus haut. Un lieutenant se présenta à lui en le saluant. Mohammed lui rendit son salut.

Pendant ce temps, des combattants se demandaient ce qu'ils allaient faire de ces prisonniers. Ils examinaient leur armement et leur accoutrement qui les impressionna beaucoup, notamment les gilets pare-balles et leurs casques équipés d'un matériel qu'ils ne connaissaient pas et qu'ils ne soupçonnaient même pas d'exister. Certains voulaient les tuer sur le champ, d'autres, plus modérés, tentaient de réfléchir au problème qui se posait à eux, d'une manière inédite. C'était la première fois que des résistants remportaient une telle victoire et c'était grâce à la manœuvre commandée par Mohammed que cette victoire s'offrait à eux. Ils pouvaient en être, légitimement, fiers. Ils déploraient dix morts et douze blessés dont trois gravement. Mais leurs morts n'étaient pas morts pour rien. Cette victoire, ils allaient la dédier à leur pays et au peuple irakien tout entier.

Lorsque les combats cessèrent, les habitants les rejoignirent pour les féliciter chaudement. Les discussions allaient bon train et beaucoup voulaient voir et toucher Mohammed dont la réputation était venue jusqu'à eux. Il voulait voir un héros hors du commun, leur héros et ils le virent. Un homme grand, imposant, jeune avec un visage très fin orné d'une barbe bien taillée. Il parlait un arabe dont il ne reconnaissait pas l'accent, mais il était des leurs. Ils en pleuraient de joie.

Aussi, quand il prit la parole pour leur dire qu'il était fier du courage de ses hommes et qu'il pleurait Ali, leur commandant, il fut applaudi à tout rompre par ses hommes.

Les soldats américains commençaient à craindre pour leur sort lorsqu'ils voyaient le visage parfois haineux de leurs ennemis.

Mais Mohammed rétablit très vite l'ordre en demandant à ses hommes de prendre soin de leurs prisonniers et qu'aucun mal ne devait leur être fait. Ils n'étaient pas des terroristes et devaient être fiers de ne pas l'être. Aussi, ils devaient se comporter comme tels. Cela dit, Mohammed était très embarrassé de cette situation. Qu'allait-il faire des prisonniers ? Il était certain que les troupes américaines se lanceraient à leurs trousses dès que la nouvelle serait connue. Il fallait les remettre au plus vite au commandement de la Résistance pour qu'ils puissent, par la suite, les échanger contre des prisonniers à eux.

En attendant, il parla avec le jeune lieutenant et leur indiqua qu'ils seraient traités correctement et livrés au commandement de la région, pour, certainement, être échangés.

Le lieutenant s'adressa à ses hommes pour les rassurer sur leur sort. Ils étaient tous très jeunes, ce qui surprit les résistants. Ils avaient, à peu près, le même âge qu'eux. Ils visitèrent le camp et se ruèrent sur la nourriture qui était entreposée dans la cuisine. Ils se régalèrent devant les yeux ébahis des Américains. Il est vrai que ces derniers ne connaissaient pas la faim et le dénuement comme les pauvres hères qu'ils avaient devant eux. Sachant qu'ils allaient être traités comme des prisonniers de guerre, ils les regardaient avec une curiosité de bon aloi. Leur chef, ce fameux Mohammed, avait de l'allure, c'était indéniable, et du panache. Ils pouvaient remercier le ciel d'être tombés sur lui. Il ne devait pas y avoir beaucoup de types dans son genre, dans la Résistance.

Mohammed accéléra le mouvement de retrait. Il se demanda comment contacter le commandement de la Résistance pour leur remettre les prisonniers. En attendant, il fallait organiser le retour au plus vite et quitter les lieux en prenant le maximum d'armes et de nourriture, avec eux, avant que les Américains ne reviennent avec des renforts, soutenus par leur aviation.

Ils prirent congé des représentants de la ville et quittèrent les lieux avec leur butin.

Ils scrutaient, en permanence, le ciel et tendaient l'oreille pour reconnaître le moindre bruit d'avion ou de blindé à l'horizon.

L'obscurité commençait à tomber et allait les protéger. Ils attendaient les camions qui devaient les ramener au camp. Mohammed avait demandé que les dépouilles des soldats américains soient traitées avec respect pour qu'elles puissent être rendues à l'armée américaine par les représentants de la ville. Quant à leurs morts et blessés, dont Ali, Mohammed les fit transporter à dos d'homme jusqu'au point de ralliement. Mohammed pleurait son chef tant aimé et respecté. Que deviendrait-il sans lui, celui avec qui il pouvait discuter de tous les sujets en toute liberté, celui qui, le premier, lui avait fait confiance et lui avait montré le chemin de la raison. Tout se bousculait dans sa tête, le chagrin, la fierté de ce qu'il avait fait accomplir à ses hommes, le premier haut fait d'armes d'une troupe de va-nu-pieds contre une armée ultra moderne. Mais l'heure était au retour sur terre et à la dure réalité de leur situation actuelle.

Ils allaient devoir s'entasser dans les véhicules, ce qui ralentirait leur progression vers le camp. Les prisonniers américains étaient gardés par les combattants les plus anciens. Même après l'intervention de leur lieutenant, ils n'en menaient pas large. Ils se demandaient ce qui allait leur arriver et combien de temps ils allaient être entre les mains de ces hommes imprévisibles même si leur chef, ce Mohammed, avait l'air d'un type bien.

Le premier bus arriva. Les blessés furent installés avec précaution et les corps des morts entassés dans le fond, puis quelques hommes valides montèrent pour les protéger en cas d'attaque ennemie. Les autres véhicules suivaient et furent assaillis par la troupe et les prisonniers. Ils partirent aussitôt et Mohammed resta seul dans son coin ne voulant parler à personne et priant pour Ali et leurs morts.

Du coup, le triomphe ne fut pas fêté comme il se devait. Les hommes parlaient avec parcimonie et doucement, ils voulaient respecter les prières de Mohammed.

Les prisonniers, qui se sentaient observés, n'osaient pas bouger. Ils cherchaient, surtout, à se faire oublier.

Le retour fut pénible et empreint de tristesse. Mohammed essayait de mettre de l'ordre dans sa tête en organisant les priorités à venir. La première étant de se mettre en rapport, au plus vite, avec le commandement de la Résistance et leur livrer ces prisonniers qui, pour l'instant, les mettaient en danger immédiat de représailles. Il ne fallait surtout pas qu'ils soient emmenés et gardés au camp de peur qu'ils puissent reconnaître, par la suite, s'ils étaient libérés, son emplacement. Il devait donc trouver une solution en chemin. La seule qu'il envisageait était de les regrouper dans une ferme suffisamment grande pour les accueillir dans un de ses bâtiments pour qu'ils ne soient pas visibles de l'extérieur et que leur surveillance soit facilitée.

Ils évitaient d'utiliser les moyens de télécommunications de peur d'être repérés par les Américains, mais là, il fallait trouver une solution, rapidement. La seule façon était d'appeler le commandement par leur téléphone satellitaire et d'utiliser le code habituel pour leur expliquer la situation et leur livrer les prisonniers.

Maintenant qu'ils s'étaient éloignés du champ des opérations, ils pouvaient s'arrêter et attendre les instructions du commandement.

L'impatience grandissait et les hommes avaient hâte de rejoindre le camp, d'enterrer leurs morts, de soigner les blessés et de se reposer avant de savourer cette superbe victoire.

Ils se souviendraient longtemps de l'ordre de Mohammed de contre-attaquer les Américains, alors qu'ils étaient, eux-mêmes, en difficulté et qu'Ali venait d'être touché à mort.

Ils commençaient à vénérer Mohammed. Il restait si simple et si modeste malgré son aura grandissant auprès d'une population à la recherche d'un héros qui leur rende leur honneur et la confiance qui leur manquaient, après tant d'années passées sous une dictature de fer, sans avoir eu le courage de se révolter et de renverser le régime honni de Saddam Hussein. Désormais, les hommes pourraient le suivre partout, tant ils avaient une confiance absolue en lui et sa manière de mener les combats.

Mohammed ne se doutait pas à quel point il avait un ascendant si puissant sur eux.

L'attente fut longue et pénible avant de recevoir les instructions tant attendues.

Les prisonniers devaient être déposés, sous la garde d'une dizaine d'hommes, dans une ferme, située non loin de là, qui disposait d'un hangar où ils seraient à l'abri des regards et de la surveillance aérienne en attendant qu'ils soient pris en charge par le commandement.

Ce qu'ils firent immédiatement avant de partir pour rejoindre leur camp.

Le haut commandement américain n'allait pas tarder à agir après avoir eu connaissance que des hommes à eux venaient d'être faits prisonniers. La réaction serait, à n'en pas douter, forte, avec des moyens considérables pour les retrouver, quel qu'en soit le prix à payer. Cette déconvenue entraînerait des répercussions internationales. C'est pourquoi il fallait s'attendre à ce qu'ils réagissent avec d'importants moyens. La région allait être passée au peigne fin et les déplacements deviendraient plus que périlleux.

Pour Mohammed, tant que la situation n'aurait pas été traitée et menée jusqu'à son terme, par un échange de prisonniers, ses hommes devraient se terrer et se faire oublier pendant quelque temps. Donc, plus de sorties et les blessés allaient être soignés avec les moyens du bord. En fait, cela pouvait se transformer, pour eux, en victoire à la Pyrrhus.

Parallèlement, il se demandait comment se passaient les combats sur les autres lieux d'opérations. Sortiraient-ils vainqueurs de cette opération de grande envergure ou affaiblis par un nombre élevé de morts et de blessés ?

Les communications avec le commandement étaient réduites au minimum, sauf urgence. Il ne pourrait donc pas le savoir avant quelques heures ou jours, peut-être.

Pendant ce temps, il fallait préparer l'enterrement des morts, sans laisser d'indices susceptibles d'être reconnus par les Américains. L'exercice était difficile mais pas impossible. Ils avaient l'habitude, mais, aujourd'hui, ils devaient redoubler de prudence.

Alors qu'ils creusaient le sol pour préparer les sépultures, ils entendirent des bruits lointains d'avions qui devaient se rapprocher. Ils étaient à découvert et des cibles faciles pour des pilotes chevronnés. Mohammed ordonna à ses hommes de s'éparpiller sur le champ et de tenter de trouver un abri au sol mais surtout pas dans un bâtiment, quel qu'il soit car c'était la meilleure façon de sauter avec le bâtiment lors d'un tir de missile.

Ils s'éparpillèrent donc et se plaquèrent au sol pour présenter le moins de visibilité possible à un pilote ennemi. Ce ne fut pas un mais une dizaine d'avions qui survolèrent et inspectèrent la région. Ils avaient forcément été mis au courant de l'attaque d'Abu Ahl et ne seraient rentrés que lorsqu'ils auraient retrouvé la trace de leurs hommes. La situation se compliquait. Les pilotes aperçurent très vite les véhicules abandonnés sur le terrain et se rapprochèrent pour les examiner. Leur présence était insolite, donc suspecte. Toutefois, ils avaient comme instructions de ne pas toucher des véhicules civils, ce qu'ils avaient fait déjà, trop souvent. Ils y regardaient donc à deux fois, avant de viser et tirer un missile. Après deux passages au-dessus d'eux, ils décidèrent de faire des tirs de sommation pour voir s'il y avait des passagers dedans. Les tirs faillirent toucher des hommes tapis à terre mais heureusement l'impact fut à quelques mètres de leur emplacement. Le jour commençait à tomber, ils allaient, peut-être, être sauvés in extremis. Des bombes éclairantes furent tirées des avions autour des véhicules, découvrant, par la même occasion, les hommes allongés à même le sol. L'enfer allait commencer pour la petite troupe. Les véhicules furent détruits quasiment immédiatement. Les hommes n'osaient pas bouger de peur d'être les victimes de rafales de mitrailleuses tirées depuis les avions.

Mohammed regardait ses hommes et réfléchissait à la meilleure façon de s'en tirer. Ils n'avaient qu'une seule solution, c'était attendre que la nuit tombe, ce qui n'allait pas tarder, et fuir par petits groupes en donnant un éventuel point de ralliement dans une des villes les plus proches. Ils ne pouvaient pas risquer de tenter de se diriger vers le camp. Mohammed prit son téléphone cellulaire et décida d'appeler le commandement de la Résistance. Il réussit à les joindre et leur expliqua la situation. Les instructions furent formelles, plus de liaisons téléphoniques avant une accalmie sur le front. Malheureusement, il fallait qu'ils se débrouillent tout seuls. Il n'y avait pas d'autres issues.

Un peu dépité mais tout en essayant de rester calme, Mohammed leur cria de s'enfuir dès qu'ils le pourraient, ce qui ne devrait pas tarder avec la pénombre. Les troupes terrestres américaines étaient certainement sur le chemin pour les encercler. Il donna l'ordre, enfin, de quitter cette position et leur conseilla de ne pas rester en groupe. Ils devaient tenter de retrouver le commandement par leurs propres moyens. Ils ne pouvaient, désormais, compter que sur eux-mêmes.

Ils se levèrent quasiment tous en même temps pour courir le plus loin et le plus vite possible de cet endroit maudit et dans le sens opposé d'Abu Ahl, pour éviter des rencontres dangereuses. Tout à coup, tout s'effondrait pour Mohammed. Il ne savait même pas où aller et il n'avait pas de nouvelles de l'opération qui était en cours et si la Résistance avait réussi à récupérer les prisonniers. Trois hommes le suivirent. Ils connaissaient bien la région et sauraient se frayer un chemin vers la destination que leur dirait Mohammed. L'un d'eux avait participé à toutes les opérations auxquelles Mohammed avait participé.

Mohammed lui dit qu'il fallait aller à la ferme de Shérazade pour y trouver refuge en attendant des jours meilleurs.

Il s'appelait Nasser, il était né et avait vécu toute sa jeunesse dans cette région. Ils marchèrent le plus longtemps possible toute la nuit et se reposeraient la journée dès qu'ils seraient à découvert.

Pour Nasser, la ferme était à une trentaine de kilomètres, ce qui ferait environ plus d'une journée de marche en comptant les arrêts. Ils étaient fourbus mais avançaient à marche forcée, dès qu'ils le pouvaient.

Plusieurs fois, ils durent s'arrêter car des avions de reconnaissance survolaient la région et ils entraperçurent, au loin, très loin, des mouvements de troupes américaines. Pourvu que les hommes arrivent à passer entre les mailles du filet, se disait-il avec anxiété.

Ils arrivèrent enfin à la ferme. Mohammed fut le premier à frapper à la porte qui était fermée.

Shérazade apparut sur le seuil après avoir ouvert et aperçut Mohammed en piteux état avec deux hommes qui l'accompagnaient.

— Mais que fais-tu là, Mohammed ? On parle de toi, déjà, un peu partout. Les nouvelles vont très vite. Tout le monde en Irak, j'en suis sûr, connaît tes exploits. Comment se fait-il que tu sois ici et dans cet état-là ? Mohammed lui expliqua la situation après lui avoir présenté ses compagnons de route.

— Il faut que tu nous aides, Shérazade. La situation est réellement délicate et nous devons nous cacher pendant un certain temps avant de reprendre contact avec le commandement. Il serait bien, de plus, que tu te renseignes pour savoir où en est cette attaque d'envergure que nous avons lancée et si les prisonniers américains ont bien été pris en charge par le commandement. Tu peux faire cela pour nous, n'est-ce pas ?

Shérazade était prête à tout pour les aider. Sa mère, qui était à ses côtés, les écoutait et leur demanda s'ils avaient faim et s'ils voulaient se laver. Mohammed lui dit oui, bien sûr, et demanda s'il y avait une cache suffisamment grande pour eux trois. Elle leur dit que non, ce que Mohammed devait savoir depuis son dernier séjour dans la ferme.

Ils décidèrent de creuser un abri souterrain sous le hangar dont l'entrée pourrait être cachée facilement par Shérazade lorsqu'ils s'y introduiraient.

Ils se mirent au travail immédiatement. Comme le terrain était meuble, ils purent avancer rapidement et consolider les parois de cet abri pour qu'il soit plus solide et confortable en cas de séjour prolongé.

Le père de Shérazade se remettait bien de sa blessure et semblait vaillant pour son âge. Il avait repris le travail de la ferme, ce qui soulageait les deux femmes qui avaient dû mener de front tous ces travaux épuisants.

Mohammed lui dit de se mettre en rapport avec le contact qu'il avait désigné à Abu Ahl qui transmettrait les informations sur son sort au commandement et pour lui demander de lui transmettre, le plus tôt possible, les instructions du commandement. Elle devrait, en parallèle, obtenir des informations sur le déroulement des opérations, sur le sort des prisonniers et sur les mouvements de troupes américaines dans la région.

Elle décida de partir le lendemain matin à Abu Ahl. Elle prit le vieux pick-up qui leur servait à amener leur production de dattes à la ville. Elle en profita pour emporter deux sacs de dattes à vendre sur le marché, ce qui représentait un excellent alibi en cas de contrôle sur la route.

Mohammed avait hâte de la voir revenir. Il proposa aux parents de Shérazade de les aider, ce qu'ils firent avec entrain, ce qui les aida à calmer leur fébrilité.

Une fois, ils furent obligés de rejoindre leur cachette en vitesse car un véhicule militaire s'approchait de la ferme. La dissimulation de l'entrée fut parfaite et la fouille menée par un sergent de l'armée irakienne s'avéra sans résultat. Ce fut un bon exercice de mise au point. Ils décidèrent d'être un peu plus prudents dans la journée et de ne pas trop s'éloigner de la ferme.

Shérazade put rejoindre, sans trop de difficultés, la ville d'Abu Ahl et joindre le contact que lui avait donné Mohammed. L'armée irakienne et américaine avait repris le contrôle de la ville où il régnait une certaine agitation. Les soldats étaient nerveux et sur le qui-vive. Ils étaient prêts à tirer, sans sommation, sur n'importe quel suspect ayant un comportement bizarre. Elle fut contrôlée par deux gardes irakiens et cela se passa très bien. Elle tenta de leur extirper des renseignements sur la raison de cette effervescence.

Ils répondirent qu'ils étaient à la recherche de rebelles qui avaient attaqué la ville et fait prisonniers un certain nombre de soldats américains. Ils ne savaient pas si les Américains avaient récupéré leurs hommes et n'avaient pas d'autres nouvelles sur des attaques dans d'autres lieux proches de la ville. Elle ne put rien en tirer de plus.

Elle se mit à la recherche de son contact et le trouva, finalement, au lieu de rendez-vous que lui avait décrit Mohammed.

Celui-ci lui relata le film des évènements des dernières heures. L'armée américaine était sur les dents et avait mis tous les moyens pour retrouver les soldats prisonniers. Le commandement les avait récupérés au nez et à la barbe de leur armée et les tenait au secret, dans un endroit difficile d'accès et bien protégé.

En ce qui concerne les résultats de l'opération d'envergure qui avait été lancée, ils étaient mitigés. C'était Mohammed qui avait réalisé un magnifique fait d'armes. Quant aux autres attaques, elles s'étaient terminées dans le sang avec de nombreux morts dans les rangs de la Résistance. Le commandant de la région avait été tué ainsi que trois autres dirigeants. En tout, plus d'une centaine d'hommes étaient portés disparus et une cinquantaine de blessés.

Du côté américain et de l'armée régulière, on dénombrait plus de cinquante morts et une centaine de blessés. Le problème, aujourd'hui, était que la région était surveillée plus sérieusement et que la Résistance régionale se retrouvait sans commandement. Il allait y avoir une réunion nationale pour désigner un successeur et l'on parlait beaucoup de Mohammed pour ce poste.

Il était en passe de devenir un héros pour le peuple irakien qui ne parlait plus que de cet exploit. Sa tête fut mise à prix par les Américains, à cinq millions de dollars. C'était la consécration, en quelque sorte.

Il fallait prévenir Mohammed pour qu'il se rende à cette réunion dès qu'elle se tiendrait. Elle recevrait l'information par un chauffeur qui lui déposerait un message directement à la ferme.

En attendant de futures instructions, ils devaient rester tranquilles et surtout ne se déplacer qu'en cas d'extrême nécessité.

Elle acheta quelques fournitures pour la ferme et repartit, aussitôt, non sans avoir subi deux contrôles de police sur la route du retour.

Elle relata ce qu'elle avait reçu comme informations et instructions. Elle regardait Mohammed avec curiosité. Comment cet homme, jeune, qui était considéré par de plus en plus de gens comme un héros, pouvait-il rester aussi calme et discret sur ses exploits ? Peu d'hommes devaient être comme cela. Pourquoi ne lui avait-on rien dit sur ce qui était arrivé du fait d'une décision courageuse qu'il avait prise ? Était-il vraiment une exception ? En tout cas, elle commençait à s'intéresser sérieusement à lui. Elle sentait qu'il était attiré par elle et ses sentiments pour lui devenaient de plus en plus forts. Allait-elle devenir amoureuse de cet homme qu'elle ne connaissait pas bien encore ? Cela en prenait le chemin et n'était pas pour lui déplaire.

Mohammed aimait la simplicité de la vie menée dans cette ferme et les discussions du soir sur l'avenir de leur pays, leurs rêves et leurs questions, souvent naïves, sur la vie en France et plus largement dans le monde occidental. Tout cela était loin de ce qu'ils pouvaient imaginer.

Mohammed testait ses idées sur la manière d'aborder et de faire comprendre la nécessité de favoriser le développement économique dans les pays musulmans. Seule, au début, Shérazade était ouverte et intéressée par ce sujet. Elle essayait d'impliquer ses parents et les compagnons de Mohammed à cette réflexion qui lui paraissait fondamentale pour l'avenir de leur pays et celui des pays frères voisins.

Leur inculture économique et leur désintérêt pour une matière profane étaient confondants. Par petites touches, elle les poussait dans leur retranchement et finit, en fin de compte, par susciter une lueur d'intérêt dans leur esprit. Les questions commençaient à venir sur ce sujet, ce qui permettait à Mohammed de comprendre comment réagissait le musulman moyen face à ce problème de sous-développement qui rendait les pays arabo-musulmans de plus en plus dépendants des pays occidentaux développés.

Au fur et à mesure que les jours passaient, c'est ce sujet qui revenait le plus souvent dans les discussions. La Palestine, Israël et la politique américaine étaient relégués au second rang de leurs préoccupations. Il avait réussi à susciter l'intérêt de ses amis, grâce, aussi, à l'intervention appuyée et non innocente de Shérazade.

Mohammed construisait, petit à petit dans sa tête, sa doctrine. Ce serait son œuvre et sa contribution au bonheur futur de son peuple.

Les petites briques de la doctrine qu'il tentait d'élaborer se mettaient en place. Il fallait qu'elle soit compréhensible et acceptable par le plus grand nombre et, surtout, par les autorités religieuses.

Gagner la guerre sur le terrain, ou, tout du moins, pousser à un retrait rapide les troupes d'occupation, et gagner, par la suite, la guerre économique pour favoriser le renouveau de son peuple, et lui redonner sa fierté et sa puissance passées étaient des objectifs que tout musulman devrait avoir en tête. Il n'y avait pas de place pour le terrorisme et la violence inutile. Construire, protéger la vie, et apporter un bonheur matériel compatible avec leur religion, et non détruire, sans raison et sans discernement, les vies et les biens de ses frères, était un défi qui valait la peine d'y consacrer sa vie.

Un matin, une voiture s'approcha de la ferme avec un seul homme au volant. C'était le messager du commandement de la Résistance.

Mohammed était convoqué au QG et devait s'y rendre le plus rapidement possible.

Il leur apporta des nouvelles des combats à Ramadi, Baqouba et Abou Graib. Les troupes américaines avaient subi de lourdes pertes ainsi que la Résistance. Les principaux dirigeants étaient morts ou gravement blessés. Il fallait renouveler le commandement et réorganiser les troupes dans la région nord.

Les attentats reprenaient de plus belle, mais la situation générale n'avait pas l'air de dégénérer en guerre civile, pour l'instant.

Les compagnons de Mohammed ne tenaient plus en place. Pour eux il ne faisait aucun doute que leur chef allait être nommé à la tête de la Résistance pour la région nord de Bagdad. Ils en étaient fiers, c'était un peu, aussi, leur récompense.

Mohammed, après avoir dit au revoir à ses compagnons et à ses hôtes, se rendit au QG conduit par le messager. La route fut sans encombre. Le chauffeur connaissait parfaitement les chemins détournés qui permettaient d'éviter les postes de contrôle.

Ils entendaient, parfois, des tirs d'artillerie et des avions passer au-dessus d'eux. L'accueil fut extrêmement chaleureux. Il fut fêté comme un héros et tous ceux qui étaient présents vinrent le féliciter pour son haut fait d'armes. Ils lui racontèrent qu'un peu partout en Irak, et même en dehors des frontières, on parlait de son exploit. Il resta modeste, et demanda des nouvelles des chefs et des quelques hommes qu'il avait connus et avec lesquels il avait parlé lors de la dernière réunion. Ce fut la longue litanie, avec moult détails de la liste des morts et de la peine ressentie par ceux qui restaient.

Il demanda, aussi, des nouvelles des prisonniers. On lui répondit qu'ils étaient sous bonne garde et que de difficiles négociations avaient été entreprises sous l'égide de la Syrie et de ses dirigeants. La Résistance ne voulait pas négocier directement de peur que leur repaire ne soit découvert. L'armée américaine redoublait de surveillance dans cette zone difficile, truffée de résistants et de terroristes. Leurs recherches restaient vaines. Le gouvernement américain commençait à s'impatienter, d'autant plus que les sondages devenaient de plus en plus négatifs sur la manière de mener « l'après-invasion » par le gouvernement et le président des États-Unis.

Les autorités syriennes étaient quelque peu gênées de mener ces négociations, car les États-Unis les soupçonnaient d'aider la guérilla et les terroristes.

Mais le fait d'avoir été choisies pour négocier un éventuel échange de prisonniers les rendait neutres, au contraire, vis-à-vis des belligérants et de la communauté internationale, ce dont elles se rendirent vite compte pour leur plus grande satisfaction.

Les prisonniers furent bien traités et des nouvelles sur leur état étaient régulièrement données aux autorités américaines. Partout, dans le monde on ne parlait plus que de cela, et de cet exploit accompli par un combattant étranger venu de France et devenu, très vite, l'un des dirigeants de ce mouvement.

Personne ne connaissait ni son nom, ni son visage, ni son passé. Mohammed fut nommé chef de la Résistance pour la région nord de Bagdad, sous les applaudissements de ses pairs. Le commandement en fut rajeuni considérablement du fait de la disparition des plus anciens. Il était le seul étranger à avoir été fait commandant, cette nomination servirait d'exemple pour montrer son esprit d'ouverture et sa capacité à récompenser le courage et l'intelligence de ses combattants, d'où qu'ils viennent. Ses troupes étaient jeunes, bien formées, et avaient une vision plus moderne de leur mission que les anciens dirigeants.

La population appréciait ce renouveau qui leur donnait un espoir de changement important dans la politique de leur pays, le jour où les troupes d'occupation partiraient.

Les autorités religieuses ne virent pas le danger, trop occupées à mener leur combat politique avec les représentants de la société civile qui avaient été élus lors des dernières élections législatives.

La lassitude de la population profiterait, immanquablement, à cette jeune génération le jour venu.

Le procès de Saddam Hussein et sa condamnation seraient le dernier acte de cette page qui était en train de se tourner. Tous les espoirs étaient permis pour entrer dans une nouvelle ère, c'était aussi le rêve de Mohammed. Il pourrait ainsi défendre ses idées devant de futurs dirigeants plus ouverts et plus enclins à comprendre la nécessité du changement qu'il voulait voir arriver. Une nouvelle vision avec un immense espoir de renouveau, voilà ce qu'attendait une grande partie des peuples musulmans.

Comment pouvait-on accepter de croire qu'un père ou une mère de famille puissent se contenter d'un avenir aussi sombre, non seulement pour eux-mêmes, mais aussi et surtout pour leurs enfants. Un nouveau projet politique, avec de grandes ambitions économiques, était la seule issue possible. Vivement que la guerre soit finie pour que nous puissions nous mettre au travail, le plus vite possible et montrer au monde de quoi nous sommes capables, se disait-il.

En attendant, il était investi d'une nouvelle mission. Il serait désormais basé, du fait de ses nouvelles fonctions, dans les environs de Baqqouba, au QG de la Résistance. En fait, ce QG n'était qu'un QG volant qui s'installait, régulièrement, dans des lieux différents pour échapper aux contrôles de l'armée irakienne et des Américains.

Il devrait se déplacer régulièrement pour mobiliser ses troupes et leur apporter un soutien psychologique nécessaire à maintenir une certaine cohésion dans chacun des camps de la Résistance de la zone nord.

Auparavant, il devrait faire ses adieux à ses camarades de combat.

# Chapitre 14

Quand il vint faire ses adieux, il leur fit un discours simple, où il fit référence à ses origines européennes, mais qui ne le distinguaient pas de ses condisciples d'Irak ou des autres pays musulmans car ils faisaient tous partie d'un peuple et d'un seul, et qu'ils devaient construire cette unité pour qu'elle soit solide et éternelle. Pour cela, il fallait, d'abord, gagner la guerre, mais la gagner en soldat et non en terroriste, c'est-à-dire qu'il fallait respecter la vie en général et donc son ennemi, pour être respecté et se respecter soi-même. Il avait conscience de l'honneur qu'on lui faisait, et promettait de le mériter pleinement.

Il insista sur le fait que les terroristes d'Al-Qaïda, même s'ils combattaient les mêmes ennemis, ternissaient l'image de leur juste cause et qu'il fallait les ramener à la raison, quel qu'en soit le prix. Trop de vies innocentes avaient été sacrifiées pour des raisons incompréhensibles. Que voulaient dire les tueries de chiites par les forces obscures du terrorisme d'Al-Qaïda, et comment pouvait-on justifier de tels actes ?

Il proposerait au commandement de la Résistance d'entamer des discussions avec Al Zarquaoui et ses affidés, et si, par malheur, cela n'aboutissait pas à une solution négociée qui mettrait fin à ces actes, il proposerait de combattre ces forces du mal au même titre que les forces d'occupation.

Son discours fut apprécié par la quasi-totalité des combattants présents et il fut applaudi à tout rompre. Il faut dire que c'était un des leurs, et le meilleur d'entre eux, qui était honoré et ils pouvaient en être fiers.

Il les salua l'un après l'autre, et prit congé pour rejoindre son nouveau QG. La région était sous haute surveillance américaine mais, comme elle était vaste, il était toujours aisé de se faufiler sans trop d'encombres à travers les mailles du filet.

Lorsqu'il arriva à bon port, il apprit que les instances de la résistance avaient été convoquées pour étudier le cas du terrorisme et ses conséquences sur la population et leur combat.

La réunion était prévue dans deux jours. Cela allait vite, et c'était une bonne chose. Il fallait que ce problème soit résolu au plus vite pour le plus grand bien de tous. Il savait aussi qu'en soutenant une motion particulièrement dure et sans équivoque contre le terrorisme, il se mettait en position d'être une des futures victimes d'un de leurs attentats meurtriers.

Tant pis, se disait-il, je hais ces gens qui ne méritent que le mépris pour leurs chefs, et la commisération par leurs troupes qui se sont laissées abuser par des discours haineux, incohérents et creux, car ils ne proposent rien de positif pour l'avenir de l'homme musulman, si ce n'est que la mort et la misère.

Ce combat contre l'aveuglement idéologique devait être sans détour. Il en serait l'un des fers de lance.

Mohammed commençait à prendre de l'assurance malgré son jeune âge. Il inspirait le respect et, parfois, la crainte. Mais il n'en jouait pas car cela ne l'intéressait pas.

Il s'était fixé un objectif et s'était efforcé de se donner la volonté de l'atteindre par tous les moyens. Il n'y avait pas de place pour le théâtre et le jeu dans les relations avec ses condisciples. C'est pourquoi il pouvait faire peur à certains des chefs de la Résistance car il était peu perméable aux influences extérieures. Sa force de caractère impressionnait et inquiétait à la fois.

Il fit connaissance avec son état-major. Il les rencontra chacun individuellement et par petits groupes, pour juger de la sincérité de leurs convictions. Ils avaient beaucoup d'admiration pour Mohammed et le montraient avec sympathie et sans ostentation. Ils étaient là, plus par convictions personnelles que par intérêts. Ils n'avaient, a priori, aucune ambition politique pour l'après-guerre. Ils étaient jeunes et voulaient vivre dans un pays renouvelé et démocratique. Tous ne souhaitaient pas l'instauration d'une République islamique. Ils craignaient que cela ne devienne une dictature religieuse, peut-être pire que celle de Saddam. Et cela, ils n'en voulaient pas.

Le pays était en train de se déchirer entre chiites, kurdes et sunnites. Les élections n'avaient rien arrangé, et les attentats reprenaient de plus belle, alors que les politiques s'adonnaient aux joies des petites combinaisons partisanes. On recherchait, désespérément, un Premier ministre.

Pendant ce temps, les Iraniens infiltraient les réseaux de résistance chiites. Ils voulaient, indéniablement, recréer un empire perse, non arabe, et chiite, pour faire contrepoids aux monarchies sunnites du Golfe arabique qu'ils continuaient d'appeler Golfe persique.

La réalité du terrain était très complexe et les intérêts des uns et des autres ne pouvaient coïncider normalement. Les seuls qui en souffraient vraiment étaient les Irakiens moyens qui essayaient de vivre normalement, et de faire vivre leur famille et d'éduquer leurs enfants.

Il semblait, de plus, qu'il y avait une lutte intestine au sein de la mouvance terroriste entre Al Zarquaoui et Al-Qaïda. Celui-ci avait commis beaucoup d'erreurs et semblait en disgrâce.

Le haut commandement unifié de la Résistance essayait de mettre de l'ordre dans cet imbroglio, où les Américains n'étaient pas les seuls ennemis, et pas les plus dangereux.

Pour Mohammed, la solution était simple. Il fallait éradiquer la mouvance terroriste pour favoriser la mise en marche de l'unité du peuple irakien. En effet, le principal obstacle à cette unité résidait dans la perpétuation des actes terroristes visant les chiites. C'était ce que pensait, aussi, le haut commandement, dans son ensemble. Mais il faudrait, lors de cette réunion, convaincre ceux qui croyaient encore à l'utilité des actes terroristes, quels qu'ils soient, pour que la riposte soit la plus efficace possible.

Si Mahomet (qu'Allah le protège !) était là, que dirait-il devant tant d'incohérence, source de tant de malheurs ! se disait-il, désespéré mais confiant dans son combat dont l'issue ne faisait aucun doute.

Il pensait à ses parents et à son frère. Seraient-ils fiers de lui s'ils savaient ce qu'il était devenu ? se demandait-il. Lui pardonneraient-ils d'être parti sans rien dire, les ayant laissés sans donner aucune nouvelle de lui ?

Alors qu'il était dans ses rêveries, il fut interrompu par un petit coup sur la porte. IL ouvrit et un jeune combattant apparut avec un papier dans la main gauche. Il lui demanda ce qui arrivait. Le jeune homme lui répondit qu'un homme venait d'apporter ce message qui lui était destiné.

Mohammed prit congé de lui et ouvrit sans tarder l'enveloppe qui contenait un message.

Il le lit lentement, puis très vite. Il comprit tout de suite que ce message provenait de la mouvance terroriste de la région nord. Il était très explicite sur les raisons de son envoi à Mohammed. Il lui était expressément demandé d'organiser pour le lendemain une rencontre avec le chef d'Al-Qaïda de la région dans une ferme située à quelques kilomètres de là.

La curiosité de Mohammed fut éveillée et il décida, sans trop réfléchir, de s'y rendre. Que voulaient-ils, que lui voulaient-ils ?

Il prévint ses seconds et leur dit qu'il devait se rendre, seul, à cette réunion, comme ils le lui avaient demandé.

Son impatience le fit mal dormir et le lendemain, il partit, accompagné d'un chauffeur garde du corps, vers la ferme qui devait être le lieu de la rencontre. Lorsqu'ils arrivèrent, deux hommes étaient postés avec des talkies-walkies. Ils les firent stopper, puis après que Mohammed leur eut expliqué pourquoi ils étaient là, ils le laissèrent passer. Il demanda à son chauffeur de l'attendre dans la voiture. Il se rendit dans la ferme et entra dans la pièce principale où se tenaient deux hommes de haute taille en tenue de paysans irakiens. Ils lui souhaitèrent la bienvenue l'air sévère mais non empreint d'hostilité. Ils l'invitèrent à s'asseoir autour de la table qui trônait au milieu de la pièce et se firent servir du thé par un troisième homme qui se tenait au fond de la pièce.

Mohammed ne les connaissait pas. Leurs noms ne lui disaient rien et pourtant, ils semblaient être des chefs du réseau terroriste implanté dans la région.

— Bonjour, mon frère, lui dit le plus grand des deux hommes. Je m'appelle Abou Mahmoudiya et je suis responsable de la branche d'Al-Qaïda pour cette région, et voici Abdullah El Moadam qui me seconde. Nous sommes ici avec toi sur les instructions d'Abou Moussa Al Zarquaoui, qu'Allah le protège, pour parler avec toi de nos futures relations. Tout d'abord, félicitations pour ta nomination au sein du commandement de la Résistance. Tu es désormais, non seulement un héros mais un chef respecté par la population et par tes soldats.

Nous suivons tes faits et gestes depuis quelques semaines et voudrions savoir ce que tu comptes faire et dire lors de la grande réunion du haut commandement de la Résistance au sujet de la convocation que tu as reçue. Nous savons que tu es hostile à notre mouvance et voulons savoir jusqu'à quel point et s'il n'y avait pas un moyen de te prouver que nous pouvons vous être utiles dans notre combat commun contre les croisés et leurs vassaux.

— Bonjour, mes frères, comme vous pouvez le constater je suis ouvert à tout dialogue qui peut permettre de faire avancer les idées de paix et de respect de la nature humaine tels que nous l'a enseigné notre bien aimé prophète. Il est vrai que je condamne avec la plus grande fermeté les actions terroristes que vous menez. Vous assassinez des musulmans innocents parce qu'ils sont chiites et refusez que le pays modernise ses infrastructures essentielles nécessaires à apporter l'eau et l'électricité à des gens qui, après avoir connu une dictature implacable, connaissent la misère, la peur et le manque chronique de ce qui est essentiel à la vie courante. Voilà pourquoi je ne peux soutenir un mouvement qui accélère l'appauvrissement d'un peuple sans rien proposer en face que l'instauration d'une nouvelle dictature de la charia. Regardez en Indonésie, même si le peuple veut plus d'Islam, il ne veut pas de la charia et l'a fait savoir aux politiques et aux religieux fondamentalistes. Ici, le peuple irakien, dans sa grande majorité, vous rejette, comme l'a prouvé le taux élevé de participation aux dernières élections législatives. Vous devez repenser votre stratégie et vous adapter à ce que veut le peuple irakien : vivre en paix après avoir renvoyé chez elles les troupes d'occupation, et aspirer à une vie normale qui respecte les principes fondamentaux de l'Islam. Mais un Islam de paix, pas un Islam de terreur.

— Je vois que tes convictions sont bien arrêtées. Il y a une chose que tu oublies, c'est que nous devons gagner cette guerre de libération et que cela nécessite de mettre en commun tous nos moyens et de planifier nos actions.

— Comment veux-tu que je mette tous nos moyens en commun avec vous ? Mes hommes sont révoltés à chaque fois qu'un attentat revendiqué par Al-Qaïda est commis. Comment pourrais-je leur expliquer qu'ils seront les complices d'actes aussi barbares qui tuent leurs femmes et enfants, aveuglément ? Non, vois-tu, cela m'est impossible. Allah ne nous a pas enseigné cela.

— Écoute, nous allons continuer notre combat, quel qu'en soit le prix à payer par nous et par le peuple irakien. Les martyrs se retrouveront tous au paradis auprès d'Allah, n'est-ce pas la plus belle mort ? Pourquoi es-tu si attaché à la nature humaine ? L'homme est au service d'Allah et Allah nous demande de porter sa parole dans le monde entier et convertir les impies, pour ériger un monde où le vice et la luxure auront disparu. Ce sera l'avènement de l'homme pur, entièrement dévoué à l'Islam. Voilà ce que nous voulons et, dans ce contexte, réfléchir sur le prix de la vie, cela n'a pas de sens, n'est-ce pas ? Allah nous commande, nous obéissons, voilà pourquoi nous ne changerons pas.

— Eh bien, je pense que l'entretien est fini, Abou. Nous allons suivre notre chemin, chacun de son côté, sans jamais nous retrouver. Mais, sache que je combattrai vos méthodes avec force et je ne serai pas le seul à le faire.

— Tu as tort de réagir comme cela, Mohammed. On est avec nous ou contre nous. Être contre nous c'est accepter de subir notre loi, une loi implacable contre nos ennemis. J'aurais aimé que tu comprennes la nécessité d'être notre allié et non notre ennemi. Nous vaincrons et ce sera grâce à notre volonté et à la vision de notre guide, Oussama, qu'Allah le protège.

— Non, Abou, c'est nous qui vaincrons car nous avons le droit avec nous, le soutien du peuple et l'appui d'Allah qui nous guide vers la lumière. Adieu.

Mohammed quitta la pièce et se dirigea vers le véhicule où le chauffeur l'attendait. Il avait une mine pâle et le regard dans le vide.

— Nous rentrons, Abdul. J'en ai suffisamment entendu pour aujourd'hui et demain nous avons une longue route à faire.

— Que s'est-il passé, Mohammed ?

— Nous avons à faire à des fous sanguinaires qui risquent de nous faire perdre cette guerre par leur aveuglement. Nous ne pouvons pas les laisser faire. Nous ne menons pas le même combat. Nous voulons sauver ce pays et son peuple, ils veulent le détruire et l'asservir, faire ce qu'ils ont fait en Afghanistan. Regarde ce qu'était devenu ce pays, une société moyenâgeuse, perdue dans ses certitudes qui ne menaient à rien si ce n'est un isolement croissant qui allait de pair avec un sous-développement économique et culturel effroyable. Le peuple afghan était devenu un peuple de zombies. Non, c'est impossible d'accepter leur loi. Il nous faut les combattre de toutes nos forces.

— Que va-t-il se passer demain à la réunion à laquelle tu vas, Mohammed ?

— Nous allons justement décider quelle position nous allons prendre vis-à-vis du terrorisme et de leur proposition de collaborer pour gagner cette guerre. Je pense que la très grande majorité d'entre nous votera dans le même sens que moi, d'après ce que j'ai pu comprendre dans mes discussions avec les autres membres du conseil. Par contre, je ne sais pas quelles sont les mesures que nous allons prendre pour leur faire entendre raison. Je pense que nous devons agir vite et montrer notre détermination à condamner publiquement leurs actes, pour que la population n'ait plus peur de ne plus les aider ou de ne plus leur donner refuge lorsqu'ils sont poursuivis. Il faut que le peuple tout entier se sente concerné par ce problème. La condamnation du terrorisme doit être unanime. C'est comme cela que leurs chefs se retrouveront isolés et menacés.

La discussion continua comme cela tout au long du chemin de retour. Abdul, le chauffeur était heureux de pouvoir discuter en tête à tête et librement avec Mohammed. Il avait beaucoup d'admiration pour son chef.

Puis un long silence s'en suivit et chacun entra dans ses pensées. Celles de Mohammed allaient vers sa famille qui commençait à lui manquer, surtout sa mère dont l'image le hantait régulièrement. Il avait du mal à ne pas lui donner de ses nouvelles. Il se promettait, souvent, de lui faire parvenir un message secret, lui demandant de n'en parler à personne. Mais, à chaque fois, il remettait à plus tard ce geste qui ferait revivre sa mère et lui donnerait l'espoir de le revoir bientôt. Mais, devrais-je lui cacher l'endroit où je suis ? Le lui divulguer pourrait mettre sa famille, tout entière, en difficulté et ce serait renier le serment qu'il avait fait en intégrant la Résistance. Non, finalement, je vais attendre un peu. De toute façon, nous allons gagner rapidement cette guerre, et après, je pourrais revoir fièrement toute ma famille et leur raconter tout ce que j'ai vécu.

Il reprit le cours de la conversation pour évacuer les pensées qui le hantaient. Ils approchaient du QG et il fallait préparer la réunion du lendemain, ce qu'il fit dès son arrivée, en remettant en ordre ses idées sur la question afin de construire une argumentation inattaquable face à ceux qui prendraient la défense des actions terroristes, comme moyen additionnel efficace, voire indispensable, aux actions de la Résistance.

L'enjeu était important et s'il n'y avait pas de condamnation claire des actes commis par la branche d'Al-Qaïda en Irak, il démissionnerait et reviendrait en France. Il se l'était juré, mais il n'en ferait pas mention lors de son intervention, si on lui donnait la parole.

La nuit fut éprouvante, non seulement parce qu'il faisait chaud, très chaud même. L'été revenait en force en cette fin de mois d'août. Le matin, il fut réveillé par le chant du coq. C'était incroyable qu'il puisse être réveillé de la même manière que n'importe quel paysan français, alors qu'il était à des milliers de kilomètres de là.

Abdul vint le chercher et lui raconta ce que les hommes lui avaient dit la veille au soir. Ils espéraient que leur chef aborderait la question du terrorisme avec la détermination de condamner ces actes qu'ils réprouvaient. Cela lui réchauffa le cœur et lui donna du courage pour aborder une journée qu'il redoutait et qu'il aurait bien aimé voir déjà finie.

Ils partirent très tôt avec une délicieuse sensation de fraîcheur qui les envahissait. Combien seraient-ils, se demandait-il et quelle sera l'humeur ? Ces derniers jours, la guérilla avait subi quelques pertes, ce qui alourdissait les pertes déjà dénombrées lors de la grande offensive du mois dernier. Toutefois, les Américains et leurs alliés étaient sur la défensive et cherchaient, semble-t-il, à prendre contact avec le commandement de la Résistance. Indéniablement, les Américains voulaient négocier et préparer un retrait plus rapide que prévu et dans des conditions qui seraient acceptables par toutes les parties, excepté bien sûr Al-Qaïda et ses affidés.

Si seulement c'était la bonne analyse, se disait-il. Nous pourrions, enfin, nous occuper des choses sérieuses.

Pourquoi fallait-il qu'il y ait pour un même objectif tant de factions rivales ? Cela était le fait de petites minorités agissantes qui leurraient les peuples. Il fallait en finir une fois pour toutes. Une fois la pieuvre terroriste abattue, la réconciliation nationale pourrait avoir lieu et la reconstruction du pays pourrait réellement commencer sur de bonnes bases et avec, comble de l'ironie, les capitaux américains, comme cela s'est passé dans tant de pays, comme le Vietnam.

Pourvu que tout se passe bien et qu'il y ait l'unanimité sur cette question. Ils parleront, aussi, des contacts éventuels qui ont eu lieu avec les Américains. On allait voir la fin du tunnel. Comment ne pas en douter ?

En chemin, ils subirent deux contrôles de police. Ils étaient, maintenant, bien rodés à ce genre d'exercice. Ils étaient des paysans qui allaient en ville pour faire des achats de nourritures et de produits agricoles nécessaires à leurs cultures. Comme ils n'avaient pas d'armes sur eux ou cachées dans leur véhicule, les fouilles ne donnaient rien, ce qui accréditait plus facilement leur explication. De toute façon, il aurait été suicidaire de porter des armes lors de déplacements de ce type.

Ils arrivèrent dans l'après-midi couverts de poussière car ils avaient roulé les fenêtres ouvertes malgré la fraîcheur de l'air.

Il fut accueilli avec tous les honneurs par ses alter ego des différents commandements régionaux. La réunion devait se faire en petit comité. Il n'y avait que les chefs, et personne d'autre, car il ne fallait pas attirer l'attention des autorités locales, par un trop grand rassemblement de personnes.

Il fut prévenu, aussitôt, par l'aide de camp du général Tariq el Moadam que la réunion devait se tenir dès le début de la soirée et se terminer au plus tard dans la nuit pour que chacun puisse repartir, dès l'aube, vers son cantonnement. Les discussions allaient bon train sur les questions qui seraient abordées et sur le calendrier des opérations à venir. Mohammed allait de l'un à l'autre pour tenter de connaître les positions de chacun et orienter son discours s'il était appelé à intervenir. En fait, il semblait qu'il y avait une grosse majorité des présents pour condamner les actes terroristes et leurs commanditaires tandis que les opposants se faisaient plus discrets. Il fallait, donc, être méfiant car ce n'était pas gagné, pour autant.

Ils commentaient tous les dernières interventions de Zawiri et Ben Laden sur Al Jazeera, et les sempiternelles questions sur l'intérêt de commettre des actes terroristes contre la population locale fusaient de toute part. Ils avaient tous connu des personnes de leur entourage qui avaient été touchées par les attentats commis depuis l'invasion par les troupes alliées.

— Bonjour, mes amis, je vois que tout le monde est là, à l'heure dite. Je vous en remercie et vous souhaite la bienvenue. J'espère que votre voyage s'est bien passé, intervint Tariq El Moadam, tout en serrant les mains à chacun des participants. Il s'arrêta lorsqu'il fut devant Mohammed pour l'interroger sur la situation dans la région dont il était responsable et prendre des nouvelles de Hissam, le médecin, qui était un de ses cousins. Alors Mohammed, je suis heureux de te voir ici. Sais-tu que tes exploits font le tour du monde musulman ? Tu peux, ainsi que nous d'ailleurs, être fier de toi. Il est certain que cela a et va donner du courage à tous nos combattants pour la suite. Ta réflexion sur les sujets que nous allons aborder va nous être très précieuse. Je les écouterai avec un grand intérêt. Mais il faudra aussi que tu écoutes ceux qui ne sont pas de ton avis car nous devons être unis dans nos décisions qui devront être prises à la majorité absolue et suivies par nous tous, sans déroger à la règle commune. C'est ce que je rappellerai tout à l'heure.

Il continua son tour en disant un petit mot à chacun des participants. Il connaissait beaucoup de choses sur chacun d'eux et voulait le montrer afin de ne pas avantager l'un par rapport à l'autre. Une fois ce rituel fini, il demanda à chacun de rejoindre la grande pièce destinée à leur réunion où une grande table centrale et des chaises en plastique blanc trônaient. La salle était peu accueillante et les chaises peu confortables. Tous semblaient fatigués avec les traits tirés. Toutefois, ils écoutèrent avec une grande attention ce que leur dit leur commandant en chef. Celui-ci leur fit un exposé de la situation à l'échelon national des succès et échecs des opérations récentes menées par les troupes de la résistance et sur l'état de l'opinion au sein de la population irakienne vis-à-vis de la résistance et du terrorisme.

D'après les derniers renseignements qu'ils avaient pu recueillir, l'hostilité envers les troupes d'occupation grandissait et une large frange de la population, qu'ils soient kurdes, sunnites ou chiites, condamnait les actions terroristes car elles touchaient le plus souvent et sans discernement, les civils.

Il était important que ces résultats soient donnés avant d'aborder les sujets retenus, ce jour même. Il annonça, aussi, que le commandement américain avait tenté de prendre contact avec la

Résistance mais qu'aucun retour, pour l'instant, sur cette offre de dialogue n'avait été programmé tant que le problème du terrorisme n'aurait pas été réglé au sein de la Résistance.

— Donc, comme vous le voyez vous-même, cette question, à l'ordre du jour, est essentielle et nous devons apporter une réponse définitive que nous nous engagerons tous à respecter, sans état d'âme ni discussion. Chacun d'entre vous est par conséquent prié de donner son avis, un avis que je vous demande d'être bien étayé afin d'enrichir la qualité de notre dialogue. Nous devons impérativement prendre cette décision à la fin de notre réunion.

Tariq demanda à chacun de dire s'il avait eu des contacts avec les hommes d'Al-Qaïda et quelle avait été la teneur des propos tenus d'un côté comme de l'autre. En fait, tous, comme Mohammed, avaient été contactés par des membres du réseau Al-Qaïda pour connaître leur position vis-à-vis des actions terroristes. Ils avaient ressenti, comme Mohammed, les menaces implicites qui transpiraient de leurs propos, à la suite de la fin de non-recevoir qu'ils avaient exprimée à leur offre de collaboration. Seuls deux des participants à la réunion avaient accepté de discuter avec eux et de défendre leur point de vue lors de la réunion qui avait été prévue pour cela. Cela voulait dire que les terroristes connaissaient le programme des rencontres des différents chefs de la Résistance. Il y avait un ou des informateurs parmi eux, ce qui représentait un danger potentiel important au cas où ils décideraient de condamner les actions terroristes sur le territoire irakien et d'éliminer leurs chefs. Il y avait de fortes chances que, dans ce cas-là, ils soient les futures cibles d'une vague d'attentats destinés à les éliminer.

— Messieurs, il y a parmi nous, nos différents contacts ou ceux que nous mettons dans la confidence, des imprudents par qui les dates et les sujets de nos réunions sont dévoilés à l'extérieur. Je n'ose imaginer qu'il puisse s'agir de traîtres. Je vous demande, donc, la plus grande vigilance et la plus grande prudence dans les discussions que vous pourrez avoir avec vos proches, à la suite de ce que nous allons décider, aujourd'hui même. Mes frères, puisqu'il me semble qu'il y a une forte majorité qui a l'air de se dessiner dans un sens, je voudrais soumettre à votre vote, deux motions. La première est la condamnation, sans appel, du terrorisme, la seconde est l'acceptation des actions terroristes en appui des actions que nous menons et la mise en œuvre d'une stratégie commune afin de mener des actions concertées. Je vous propose de voter à main levée. Ceux qui défendront la motion minoritaire devront s'exprimer afin de défendre leur point de vue. Si après le deuxième vote ils sont toujours minoritaires, ils devront s'aligner sur la position majoritaire et s'engager à mener les actions qui seront préconisées. Nous sommes bien tous d'accord, n'est-ce pas ?

— Tariq, je suis d'accord sur le principe. Mais, je voudrais intervenir avant le premier vote pour exprimer ce que je pense être la meilleure stratégie pour éliminer nos ennemis. Pour l'instant, certains d'entre nous raisonnent avec leur cœur alors qu'il faut faire appel à la raison pour gagner. Gagner demande de mettre en commun toutes nos forces, quelles qu'elles soient, afin d'avoir l'impact maximum sur le moral de nos ennemis, intervint le chef de la région sud-est. Il s'appelait Samir, il était barbu, petit et trapu. Lorsqu'il parlait, il agitait ses mains avec nervosité et son visage se couvrait de gouttes de transpiration. Il était le seul avec le chef de la région de Bassora à prôner une alliance avec les terroristes.

— Samir, je comprends ton impatience, mais il faut suivre la procédure pour aller le plus vite possible à l'essentiel, c'est-à-dire à la décision collective que nous allons prendre et de la manière dont nous allons la mettre en œuvre. La procédure à suivre, je vous l'ai indiquée. Nous entamerons le dialogue après le vote, s'il n'y a pas unanimité. Je vous propose, donc, de passer au vote, maintenant.

Le vote donna les résultats escomptés. Seuls, deux représentants étaient pour un dialogue avec la mouvance terroriste. Ils furent donc invités à présenter leurs arguments que tous connaissaient déjà, d'ailleurs.

La discussion s'entama, sans agressivité, mais avec dureté. Samir fut le plus véhément à défendre sa position. Bien sûr, il condamnait les attentats visant les civils et notamment les chiites. Bien sûr, il déplorait l'image désastreuse pour l'Islam de ses attentats aveugles et les réactions de rejet de la population irakienne face à des actes qui étaient perpétrés, pour la plupart du temps, par des étrangers. Mais, pour lui, ce qui importait avant tout c'était la victoire totale sur l'ennemi, quel qu'en soit le prix à payer. Après on verrait ce qu'il faudrait faire pour rectifier le tir et regagner la confiance du peuple. Il était suivi, totalement, par Saïd dans cette voie. Toutefois, il accepterait de se soumettre à la loi de la majorité. Personne ne devait douter de sa loyauté. Saïd en fit de même.

En fait, il ne pouvait y avoir de dialogue entre les tenants de chacune des stratégies et c'est la majorité initiale qui l'emporta faute d'avoir pu convaincre les partisans de la condamnation, sans appel, du terrorisme. Cette motion fut adoptée. C'était un tournant important dans la guerre de libération. Il fallait, maintenant, le faire savoir et contrôler le bon fonctionnement du dispositif qui allait être mis en place pour donner corps à cette résolution. C'était aussi un premier pas vers un contact direct avec les troupes d'occupation. Le rejet du terrorisme par les résistants permettait à l'armée américaine de considérer la Résistance comme un interlocuteur fréquentable et digne de confiance si un « gentleman's agreement » pouvait être trouvé dans le processus de retrait des troupes d'occupation. Bien entendu, il devait y avoir, auparavant, un accord politique entre toutes les parties en cause, comprenant le gouvernement régulier de l'Irak, qui n'était toujours pas formé après de longues semaines de négociation suivant le résultat des élections législatives, les gouvernements américains, britanniques ainsi que ceux dont les troupes étaient présentes sur le sol irakien.

Tout cela ne pouvait aboutir qu'après de longues négociations. Il y avait, désormais, un consensus : il fallait éradiquer le terrorisme. Les temps allaient être très durs pour les affidés d'Al-Qaïda. La Résistance allait s'y employer.

Ils discutèrent des modalités. Fallait-il éliminer physiquement les cellules terroristes ? La motion fut très claire sur ce point. Il n'y avait pas de discussion possible avec les terroristes, ce qui ne laissait aucune place à un sursis d'exécution. Ils avaient, désormais, deux ennemis, les troupes d'occupation et les terroristes. Les plus durs à vaincre seraient certainement ces derniers. La voie était ouverte vers une clarification du conflit.

Samir et Saïd jurèrent qu'ils feraient respecter auprès de leurs hommes ce qui avait été décidé ce jour même.

Finalement, les deux hommes étaient soulagés devant cette décision. Dans le fond d'eux-mêmes, ils réprouvaient ces méthodes. Ils n'y avaient vu qu'un aspect utilitaire, sans vision politique à moyen terme. À vrai dire, ils n'avaient aucune sympathie pour ces étrangers apatrides qui suivaient, comme des sangsues, les différents conflits où les musulmans étaient impliqués, frappant sans discernement les populations civiles. Voilà, leurs camarades de combat avaient choisi, pour eux, l'attitude qu'il fallait avoir vis-à-vis d'eux. Ils n'avaient plus qu'à suivre les consignes, sans état d'âme. Tariq fit applaudir cette décision et se félicita qu'il y ait, finalement, unanimité sur cette décision. Il y aurait, à n'en pas douter, des remous dans les différentes capitales des pays arabes. Cela allait être un sujet de discussion inépuisable parmi les populations et les gouvernements concernés. Mais, n'était-ce pas cette décision qui avait été prise par le colonel Kadhafi, il y a, déjà, près de dix ans. Rien ne pouvait justifier une complicité quelconque avec ces gens-là. La réunion se termina vite et chacun repartit vers son cantonnement. C'était incroyable. Ils avaient pris une décision courageuse qui allait, sans doute, modifier la face du monde musulman. Les terroristes ne seraient plus chez eux, dans aucun des champs de bataille. Ils avaient montré la voie au nom d'un Islam qui respecte la vie.

Mohammed revint au camp, avec son chauffeur, le soir même. Il lui raconta le déroulement de la réunion et l'importante décision qu'ils venaient de prendre.

— Il va falloir s'attendre, désormais, à être les cibles d'attentats. Tu devras être sur tes gardes à chaque instant et surveiller attentivement tout mouvement suspect. Ils vont désormais tenter de s'en prendre à nous afin de décapiter le commandement de la Résistance et en prendre le contrôle à travers des hommes à eux. Prends garde à toi et à ta famille. La guerre avec Al-Qaïda sera sans merci. Il va nous falloir terrasser cette pieuvre, là où les Américains ont échoué. Nous allons combattre désormais sur deux fronts, mais sur le deuxième nous avons un allié qui est notre ennemi, cocasse, non ?

— Mohammed, crois-tu que c'est la meilleure solution ?

— Oui, Abdul, c'était même la seule et unique pour ne pas perdre notre âme et notre honneur !

## Chapitre 15

Lorsqu'ils arrivèrent, fatigués et tendus, ils allèrent immédiatement se coucher. Le lendemain matin, Mohammed réunirait son petit état-major et leur ferait une description de la situation. Il savait qu'ils seraient tous de son avis, mais il fallait qu'ils soient désormais très vigilants et, surtout, solidaires de cette décision.

Mohammed s'endormit très vite mais fut réveillé en pleine nuit alors qu'il faisait un cauchemar épouvantable. Sa mère était victime d'un attentat et mourait dans ses bras, tandis que son père lui reprochait d'avoir déclaré la guerre ouverte avec les terroristes d'Al-Qaïda, cause de la mort de sa femme. Son chagrin était immense et il se mettait à pleurer à chaudes larmes. Il se réveilla, éreinté, trempé de transpiration mais rassuré de voir que ce n'était qu'un cauchemar. Était-ce prémonitoire d'un évènement malheureux ? Il pria et se prépara pour la réunion qui allait se tenir bientôt. Ses hommes étaient jeunes et donc impétueux et souvent imprévisibles. Comprendraient-ils cette décision, parviendraient-ils à se solidariser avec les anciens, seraient-ils capables d'abattre un terroriste s'ils en avaient l'occasion ? Autant de questions auxquelles il était difficile de répondre à leur place. Mais, une chose était sûre : les peuples ne supportaient plus le terrorisme aveugle. Même les Palestiniens étaient en train de changer, Le Hamas, vainqueur des récentes élections en Palestine, était contesté par le Fatah, justement sur le sujet du terrorisme. Les choses bougeaient et dans le bon sens. Il fallait s'en réjouir.

La réunion se tint aux aurores et Mohammed était impatient d'annoncer cette nouvelle et d'entamer un nouvel épisode de la guerre de libération, le cœur léger mais la peur au ventre.

Lorsqu'ils furent tous réunis, il leur raconta la réunion de la veille et tentait de sonder leur réaction. Ils avaient tous pris un air grave et entendu. Ils savaient que c'était leur seule chance de pouvoir reconstruire un pays libre, après le départ des occupants.

Ils savaient, aussi, que c'était un risque majeur pour leur vie et celle de leur famille, mais ils étaient courageux et lucides.

Ils applaudirent cette décision et Mohammed qui en avait été un des chantres. Ils étaient fiers de leur chef et seraient capables de donner leur vie pour lui.

Mohammed pensa, à ce moment précis, à Ali et se remémora les premières impressions qu'il avait eues en le voyant pour la première fois. Il se disait, en étudiant leur réaction, que ces jeunes hommes, même si ce n'était pas la première fois qu'ils le voyaient, devaient ressentir la même attirance intellectuelle pour lui qu'il avait ressentie pour Ali. De cela, il était fier car c'est avec des hommes de cette trempe que le pays se reconstruirait, sur des bases solides et dans le respect de l'autre.

Il était dommage qu'Ali soit mort si tôt, ils avaient encore tant de choses à se dire et à partager. Il avait été son mentor et protecteur. Il était heureux de perpétuer ses idées, des idées conjuguant humanisme éclairé et Islam, en fait, celles d'un Islam moderne au service de l'homme.

Il regrettait de ne pas avancer à un rythme plus rapide sur ses réflexions relatives à la construction d'un programme économique pour le monde musulman. La priorité était, bien sûr, de gagner cette guerre de libération mais l'important était de préparer l'après, c'est-à-dire la reconstruction. Il fallait éviter ce qu'avaient fait les Américains en venant en Irak : préparer et réussir l'invasion et négliger l'après, la reconstruction. C'est ce que leur reprochait une grande partie de la population, au début accueillant ces envahisseurs en libérateurs mais, aujourd'hui, hostiles face à cette imprévoyance meurtrière. Voilà, exactement, ce qu'il fallait, à tout prix, éviter.

— Maintenant, mes frères, vous savez à quoi vous en tenir. Soyez sur vos gardes. En France, il existe un proverbe qui résume bien la situation : protégez-moi de mes ennemis, je m'occupe de mes amis. C'est exactement ce que vous allez être obligés de faire. Nos supposés amis seront nos ennemis les plus féroces et les plus imprévisibles. Il ne faut pas non plus négliger le combat que nous menons pour libérer l'Irak. J'ai reçu notre feuille de route pour les semaines à venir. Nous n'allons pas chômer. Nous devons augmenter le nombre d'opérations « coup de poing » contre les positions américaines. Ce harcèlement finira bien par miner le moral des troupes et nous mettra en position de force pour négocier le retrait de leurs troupes. Mais cela doit se faire le plus rapidement possible.

— Mais que devrons-nous faire si nous rencontrons, sur notre chemin, des terroristes qui nous menacent ou que nous surprenons à organiser des attentats ? lui demandèrent-ils.

— Vous ne devez pas hésiter. Votre vie en dépend. Défendez-vous et frappez avant eux. Compris ?

— Je vais vous donner, à chacun, votre feuille de route et vous affecter les troupes qui vous accompagneront lors de vos prochains raids. La réunion dura encore une bonne heure après laquelle chacun repartit avec ses ordres de mission.

Après leur départ, il resta un moment pensif. *Allah, protège-nous et donne-nous la force de construire un pays modèle pour tous nos frères musulmans. Nous en avons tellement besoin*, pria-t-il avec ferveur.

Il déjeuna frugalement, comme à son habitude, et se plongea dans la lecture d'essais économiques récents. Il s'était fait rapporter de Bagdad un certain nombre de livres traitant de l'économie. Par inclination naturelle, il était plutôt tourné vers le libéralisme économique car il faisait confiance, a priori, à l'homme et à ses comportements qui corrigeaient automatiquement les mécanismes économiques anormaux. Cette confiance naturelle en l'homme était un don d'Allah, pensait-il. Il fallait la mettre en perspective dans un cadre qui donnait toute sa force à l'Islam. Il se plongeait des heures durant, quand il était seul, dans ces ouvrages et, en parallèle, relisait le Coran pour découvrir la voie de la doctrine économique qu'il voulait formaliser. Sa conviction profonde était que le progrès relève d'abord de l'initiative de l'individu et non de l'État. Il ne condamnait pas la mondialisation mais y voyait, au contraire, l'opportunité de voir émerger des normes supranationales qui appellent une éthique propre à la communauté des hommes. D'ailleurs, l'Islam est né dans un monde de marchands, comme l'étaient Mahomet et sa famille. L'important étant plus d'apporter à l'homme une éthique de comportement que de lui imposer des comportements. C'est ainsi qu'il recevait les enseignements du Coran.

Il fut dérangé dans ses pérégrinations intellectuelles par un jeune homme qui entra dans sa chambre précipitamment, après avoir frappé à la porte, haletant et faisant des gestes désordonnés.

— Qu'y a-t-il de si important pour que tu rentres comme cela dans ma chambre ?

— L'armée américaine est en train de quadriller tout le territoire autour de nous et fouille les bâtiments, de fond en comble, les uns après les autres. Il nous faut quitter le plus vite possible les lieux et aller nous réfugier dans un autre abri. Que décides-tu, Mohammed ?

— Comment as-tu appris cette nouvelle ? Une femme que tu connais, nous a-t-elle dit, qui s'appelle Sherazade, nous a chargés de te prévenir, dès qu'elle l'a su. Ils sont à la recherche d'un des chefs locaux de la résistance, toi, qui a été vu ici récemment. Tu as dû être dénoncé. C'est, peut-être, la première réponse à la décision prise contre Al-Qaïda.

— Sherazade, tu es sûr ? Où est-elle, puis je la voir ?

— Non Mohammed, elle est repartie aussitôt après avoir prévenu l'un de nos hommes du danger que tu cours. Tu dois préparer tes affaires dès maintenant, si tu décides de partir, et nous dire où nous devons aller.

— Bien ! Dis aux hommes de prendre toutes leurs affaires et de remettre en état cette maison afin qu'elle soit bien considérée comme une maison d'habitation, si jamais elle était fouillée. Il ne doit rester aucune trace de notre passage ? Tu iras chercher une famille que nous installerons dans les lieux en attendant notre prochain retour. En attendant, je réfléchis à la base où nous allons nous replier.

Mohammed se demandait si c'était bien l'œuvre d'Al-Qaïda. Il fallait qu'il revoie au plus vite Sherazade. Elle devait savoir pas mal de choses, il devait en avoir le cœur net. En attendant, ils courraient tous un danger. Il décida du lieu de repli situé à quelque 45 kilomètres de là et non loin de la ferme de Sherazade. Elle devait être à une bonne cinquantaine de kilomètres de leur nouveau campement. Comme il était heureux de voir qu'elle ne l'avait pas oublié et qu'elle veillait sur lui. C'est ma bonne étoile. Il lui envoya un émissaire qui lui portait un message « anodin » au cas où il serait arrêté et contraint de le livrer. Mohammed s'exprimait en amoureux impatient d'avoir de ses nouvelles.

*Comment se fait-il que l'armée américaine vienne ici ?* se demanda-t-il. *Ils ont certainement eu un renseignement nous concernant. Mais, cela ne peut pas venir de chez nous, sinon ils seraient venus ici directement. Non, cela provenait de gens qui savaient, approximativement, où se situait notre QG. Pourquoi pas Al-Qaïda ?* La coïncidence était trop flagrante pour ne pas être une explication plausible. La riposte était venue plus rapidement qu'il ne l'avait imaginée.

Il prépara ses affaires et prit ses livres qu'il donna à son chauffeur pour qu'il les mette dans la voiture. Les instructions étaient très claires lorsque ce genre d'alertes arrivait. Ils devaient partir par petits groupes pour ne pas attirer l'attention, voire individuellement, ce qui était recommandé.

Il réunit tous les hommes qui étaient présents et leur donna ses instructions et le lieu de rendez-vous, première étape vers le camp final. Ainsi, personne, sauf lui, ne savait exactement où ils seraient à nouveau réunis. À cette première étape, ils pourraient s'y rendre en petits convois mais à la nuit tombante. Les mesures de sécurité étaient prises très au sérieux. Depuis leur dernière réunion, elles étaient encore accentuées. Il ne ressentit aucun mouvement de panique parmi les hommes qui étaient là. Ils semblaient parfaitement confiants dans les capacités de leur chef à les mener à bon port.

Il leur souhaita bonne chance et les assura que tout se passerait très bien s'ils suivaient à la lettre les instructions qu'il leur donnait.

Il était inquiet. Si ça commençait comme cela, il y aurait du sport. La pieuvre terroriste ne se laissera pas faire. Il aurait certainement des nouvelles bientôt.

La clandestinité ne lui pesait pas trop car, il se demandait souvent ce qu'il aurait fait et ce qu'il ferait s'il était totalement libre de ses mouvements. Se voyait-il en employé ou cadre de banque ? Certainement pas, se disait-il. Non, décidément, sa situation actuelle lui plaisait. Il vivait une aventure extraordinaire, courant des risques considérables, ce qui le transcendait complètement. Ce qu'il ferait après, c'était autre chose. Il aviserait, alors. Voulait-il se marier, avoir des enfants, mener une vie simple et rangée, une fois tout cela fini, il ne voulait pas y penser. Il prenait la vie comme elle venait et, jusqu'à maintenant, il n'avait pas eu trop à en souffrir. Il rencontrait des gens passionnants, son expérience de la vie était rare, pour un homme de son âge.

Il ne savait pas trop après quoi il courrait, dans le fond. Si, peut-être ! Pour la gloire, pour éponger sa soif de reconnaissance ou mener à bien sa revanche sur une société qui avait malmené et meurtri sa famille.

À quoi bon se poser ces questions aujourd'hui ? Sa vie était menacée, il devait se protéger et mener son combat jusqu'au bout.

Il partit, une fois toutes ses affaires embarquées, tandis que ses hommes se dirigèrent vers le premier centre de ralliement. Certains partirent vers la gare routière pour prendre soit un taxi collectif ou un car qui les mènerait vers cette destination. Ils se fondaient tranquillement dans la population. Ce qui était étonnant, c'est que malgré les attentats quotidiens il n'y avait pas de psychose de l'attentat. La vie était presque normale et les patrouilles américaines effectuaient leur travail dans une indifférence notoire. Les contrôles d'identité étaient très fréquents mais sans conséquence tant qu'aucune arme était trouvée sur la personne ou dans le véhicule contrôlé. La routine, en quelque sorte, pour un résistant qui se déplaçait de ville en ville.

À quelques lieues de là, Sherazade se morfondait et voulait croire que Mohammed s'était éloigné du danger. Elle avait hâte, elle aussi, de le revoir. Elle sentait qu'elle avait besoin de lui, d'un homme pour la protéger, elle et ses parents. Il hantait, de plus en plus souvent, ses pensées et ses rêves. Y avait-il un avenir avec lui ? Elle voulait y croire.

Mohammed avait pour lui le fait que personne ne connaissait son visage à part les combattants qu'il avait côtoyés et les deux sbires d'Al-Qaïda qui étaient venus le voir et le menacer. Il semblait que l'armée américaine, qui avait mis sa tête à prix, ne pouvait l'identifier. À chaque contrôle de police ou de l'armée, il passait sans problème car il n'était jamais armé.

Il observait tranquillement les paysages qui défilaient devant lui tout au long du trajet. C'était très beau. La campagne de temps en temps désertique, les villages, pauvres mais ornés de palmiers, et la vie qui coulait des jours tranquilles loin des combats et de la grisaille de la banlieue parisienne qu'il avait connue et détestée. Oui, cela valait le coup de vivre cette vie de combat et de fuites permanentes, sans répit et sans sécurité. Quel bonheur, de temps en temps, que d'admirer ces paysages et la dignité de ces femmes et ces hommes qui vaquaient sereinement, malgré les dangers, à leurs occupations.

Pour l'instant, la région était l'objet d'une surveillance accrue de l'armée américaine. Il fallait, donc, se résigner à être plus discret et à réorganiser la résistance. La priorité était de réinstaller un QG digne de ce nom, et surtout garder le lieu secret, et de commencer à préparer les futures opérations de frappe contre l'ennemi tout en se gardant des terroristes.

Il y avait de plus en plus de volontaires pour rentrer dans la Résistance, ce qui augmentait les risques d'infiltration d'agents du gouvernement et des réseaux terroristes. Mais il ne fallait pas bouder le plaisir de voir gonfler ce mouvement, ce qui pourrait avoir un effet positif quant à une issue plus rapide du conflit, si cela était pareil dans tout le pays.

En effet, même au sud dans la région de Bassora, qui jusqu'à ces derniers temps était une région tranquille, les actes de résistance se multipliaient et portaient des coups terribles aux troupes britanniques qui contrôlaient la ville et ses environs.

Même si les troupes d'occupation multipliaient les opérations de contrôles aux frontières, notamment avec la Syrie et l'Iran, et resserraient la surveillance du territoire, le désordre persistait et même s'amplifiait. Il n'y avait que la partie kurde du pays qui semblait sous contrôle.

Mohammed analysait la situation et essayait de mettre au point une stratégie de riposte à la multiplication des contrôles, qui soit efficace et puisse porter des coups sévères à l'ennemi.

Une fois installés dans leur nouveau QG, il multiplierait les opérations de harcèlement des troupes d'occupation, par des petits groupes bien armés et très mobiles, difficilement repérables.

La mobilité et la rapidité d'exécution, voilà quelle était la recette appropriée à la situation actuelle. Ils en avaient discuté entre eux lors de leur dernière réunion, mais certains croyaient encore à l'utilité d'opérations lourdes impliquant des troupes nombreuses contre des objectifs stratégiques définis. C'est la « ligne Mohammed » qui avait été retenue et qui devait se mettre en place dans les semaines à venir. Les résistants devaient aussi étendre l'étendue de leur investigation et surveillance vers les éléments terroristes afin de les identifier et les éliminer.

Tout se mettait en place petit à petit.

Les autorités de la Résistance, en parallèle, tentaient de se rapprocher des gouvernements arabes afin d'obtenir un soutien plus pratique que de simples bonnes paroles. Il faut dire que les quelques opérations spectaculaires qui avaient été des réussites, notamment, celles entreprises par Mohammed avaient eu un retentissement important auprès des populations locales. La notoriété de ce jeune Mohammed avait été encore plus fulgurante du fait de son anonymat. Le mystère qui l'entourait permettait de broder à l'infini, sur ses origines, son caractère, ses ambitions et sa personnalité. Il était devenu le héros dont les Arabes avaient besoin pour leur rendre leur honneur. Les autorités locales et les chefs de la Résistance n'y voyaient aucun inconvénient car, a priori, il ne menaçait pas leur position et leur avenir.

Même dans la banlieue parisienne, on connaissait son nom. Mohammed était le héros que de nombreux beurs vénéraient. Il était l'exemple à suivre, ce qui inquiétait les autorités françaises soucieuses d'endiguer le recrutement de nouvelles recrues vers l'Irak.

On savait que Mohammed n'était pas irakien, mais on ignorait sa nationalité, ce qui permettait toutes les hypothèses. La DST enquêtait mais, sans éléments précis, il était difficile de découvrir les zones d'ombre.

Farida commençait à se poser des questions mais avait du mal à croire que Mohammed pouvait être son fils. Mais, le simple fait de se poser la question la rassurait et lui donnait l'espoir que son fils était bien vivant. Son père et son frère voulaient y croire, aussi. Quel bonheur d'imaginer que ce Mohammed puisse être leur fils et frère ?

Même le commissaire Duchamp se mettait à le penser, de son côté. Il avait essayé de mettre les services de renseignement sur cette affaire, mais sans succès.

Personne ne connaissait ce fameux Mohammed. La seule chose que l'on croyait savoir et qui circulait, mais était-ce vrai, était qu'il n'était pas irakien et qu'il venait d'un pays européen.

Le mystère était bien gardé. Mohammed, lui-même, ne savait pas qu'il l'était l'objet d'un tel culte et que la Résistance se servait de lui pour lui donner des lettres de noblesse et favoriser le recrutement de nombreux nouveaux étrangers. Cela permettait, aussi, de montrer que les étrangers qui s'enrôlaient dans ses rangs n'étaient pas tous des terroristes sanguinaires mais des hommes dont l'idéal était différent.

Il commença à en prendre conscience lorsqu'il navigua de plus en plus souvent sur Internet pour avoir des nouvelles de France et du monde en général. Un jeune, du nom de Mohammed, que personne n'avait jamais vu, était cité dans de nombreux sites d'obédience islamiste et dans les radios comme Al Jazeera, comme un héros du peuple arabe.

Sa curiosité avait été éveillée par la description de hauts faits militaires contre les armées d'occupation qu'un jeune combattant avait perpétrées avec succès, au cours des derniers mois. Il était devenu un des chefs de la Résistance, seulement quelques mois après être arrivé clandestinement en Irak comme simple et anonyme soldat. *Serait-ce de moi dont on parle ?* se demanda-t-il. Il en parla avec Abdul, son chauffeur. Ce dernier lui confirma que l'on parlait de lui un peu partout dans le pays et que son nom était devenu le synonyme de courage et de dignité dans le monde arabe. Comment était-ce possible que ce soit la réalité ? Méritait-il autant d'honneur ? Autant de questions auxquelles il lui était difficile de répondre. Bon, se disait-il en souriant, peut-être que cela va m'éviter des ennuis avec Al-Qaïda. Ils n'oseront pas s'en prendre à un symbole. Et, de plus, peut-être que maman me retrouvera dans ce portrait flatteur. Ainsi, au moins, elle aura de mes nouvelles à travers mes exploits. Incroyable, était le mot juste pour définir sa situation, lui le petit arabe de la région parisienne né de parents ordinaires et qui a fait de la prison. Mais il voulait l'oublier pour ne pas se complaire dans ce panégyrique qui pourrait devenir déstabilisant et lui faire perdre la tête et la raison. Oui, il avait bien évolué et il devait continuer dans cette voie et fuir les honneurs. IL avait encore beaucoup de choses à faire et à prouver. Cela allait lui demander du travail et encore du travail.

Perdu dans ses pensées, il avait oublié que la voiture l'emmenait vers une nouvelle destination et qu'il devrait préparer, dans un délai rapide, les plans d'attaque des cibles désignées pour être les objectifs de ses combattants.

Ils arrivèrent, enfin, au premier point de ralliement. Il était isolé, comme prévu, et l'on pouvait y surveiller, d'un promontoire, les éventuels mouvements suspects, aux alentours, de troupes ou de groupes d'individus dangereux pour eux.

Il devrait voir arriver ses volontaires au fur et à mesure et leur donner les indications pour rejoindre le deuxième point de ralliement qui devrait être le campement définitif, si tout nouveau danger était écarté.

Alors qu'il scrutait l'horizon, un petit chien qui semblait perdu, vint vers lui et le regarda avec attention. Il était tout maigre avec un poil terne et le regard triste, mais terriblement expressif.

Mohammed le regarda avec tendresse et lui dit quelques mots, ce qui lui fit remuer la queue frénétiquement. Il n'était donc pas sauvage. Il se baissa pour le prendre dans ses bras et le cajoler. *Il devait, certainement, en avoir besoin, le pauvre,* se dit-il. C'était peut-être le gentil compagnon avec qui il se sentirait bien et qui le guérirait de sa solitude. Il le caressait tout en reprenant la surveillance de l'horizon. Comment vais-je t'appeler ? « Amour », retint-il comme nom. C'était exactement ce dont il avait besoin. Si personne ne venait le chercher, il avait décidé de le garder et d'en faire la mascotte de sa troupe. Un peu plus d'humanité dans ce groupe ne pourrait pas faire du mal. Et puis ce petit chien était adorable. C'est un vrai miracle de l'avoir rencontré et qu'il soit venu vers moi, sans crier gare, venant de nulle part.

Tu vas, désormais, vivre dangereusement mon petit amour, mais je vais bien m'occuper de toi, je te le promets, lui dit-il doucement en se penchant sur lui.

Il se releva et aperçut au loin un petit groupe d'hommes qui arrivaient à pied. Un petit nuage de poussière les entourait. Ils étaient donc visibles de loin et vulnérables s'ils étaient des résistants qui se rendaient à ce point de ralliement.

Il prit ses jumelles et observa le groupe. C'étaient bien des combattants de la Résistance. Il avait reconnu deux d'entre eux dans ce groupe. Ils devaient être à quelque deux kilomètres de lui à vol d'oiseaux. C'est bien, ils approchent mais ce petit groupe de dix combattants était trop visible et donc facilement repérable, ce qui était contraire aux instructions qu'il leur avait données. Ils pouvaient mettre en danger la troupe en entier. En même temps qu'il réfléchissait à ce problème, il vit deux avions au loin qui se rapprochaient du groupe et qui tirèrent chacun un missile. Le groupe fut pulvérisé sur le champ devant les yeux interloqués de Mohammed.

La réaction immédiate de Mohammed fit peur à son nouveau compagnon, qui se mit à aboyer avec force.

Les avions continuèrent le repérage des environs et repartirent aussi vite qu'ils étaient venus.

Un grand silence s'installa sur le promontoire. Ni Mohammed ni Abdul ne prononcèrent un mot. Le chien se mit de la partie en regardant silencieusement son nouveau maître. Cela dura une éternité. Mohammed reprit ses jumelles pour inspecter l'horizon et le lieu du massacre. Il n'y avait aucun survivant. Juste un peu de fumée continuait à s'élever dans le ciel.

Mohammed et son chauffeur se regardèrent et tombèrent dans les bras l'un de l'autre. En voyant les deux hommes s'enlacer, le chien remuait la queue de joie.

— Mais comment est-ce possible, comment ont-ils pu savoir que c'était un groupe de résistants ? Il n'y a eu aucune reconnaissance visuelle sur le groupe, pas de tirs de sommation. Non ! Un tir direct destiné à tuer et à éliminer le groupe dans son ensemble.

— Ils devaient être renseignés, dit Abdul avec colère. Il y a un traître parmi nous et nous devons le retrouver avant que nous soyons tous éliminés.

— Il faut que l'on étudie cette question, très précisément, mais avant toute chose nous devons nous rendre sur le lieu du massacre pour donner une sépulture décente à nos hommes. Ils sont morts en héros de notre cause, nous leur devons cela.

Ils s'exécutèrent aussitôt. Ils descendirent avec la voiture et ne purent que constater l'horreur de la situation.

Les cadavres étaient méconnaissables et horriblement mutilés. Ils laissèrent le chien dans la voiture pour qu'il ne s'approche pas des corps et ne les souille.

Ils prirent les deux pelles qui étaient dans la voiture, qui leur servaient en cas d'ensablement et commencèrent à creuser un grand trou dans le sable. L'odeur était épouvantable. Pour y remédier, ils se mirent un tissu sur le visage et redoublèrent d'efforts pour aller encore plus vite.

Les corps furent enterrés et ils dirent les prières d'usage.

Le soir tombait et le silence et la tristesse les envahirent. Ils reprirent leur véhicule et remontèrent sur le promontoire. Pourvu que les autres se déplacent par groupes de deux ou de trois, maximum. C'était impératif pour leur sécurité comme il leur avait dit.

S'il y avait un traître parmi eux, il devait le démasquer le plus rapidement possible. Mais comment faire ? Était-ce un des participants de la grande réunion des chefs de la Résistance qui était hostile à la condamnation des actes terroristes et qui avait donné des ordres à un ou des hommes de la troupe qu'il commandait, était-ce une surveillance accrue des réseaux terroristes de la troupe, ou une taupe au sein de la troupe qui était aux ordres d'Al-Qaïda.

Chacune des hypothèses devait être retenue et une enquête menée.

Il enverrait un message au grand QG de la Résistance pour leur faire un exposé de la situation et leur faire part de ses soupçons. Il était responsable de ses hommes et donc du petit groupe qui venait d'être exterminé. Une explication devait être donnée ou trouvée.

Il passait en revue toutes les hypothèses et aucune ne lui convenait. Non, il n'était pas possible qu'un traître se soit glissé parmi eux ni parmi les chefs de la Résistance. Un tel acte était contraire à leur éthique. Chacun avait la possibilité de s'exprimer à sa guise et de défendre leur point de vue, notamment sur le terrorisme. Ils avaient un but unique qui était de battre les troupes de la coalition ou, tout du moins, de les pousser à quitter le pays. Il ne pouvait imaginer qu'un des leurs puisse les vendre ou vouloir leur mort.

Était-ce le hasard, alors. Mais alors pourquoi cette soudaineté et cette attaque sans sommation ? Curieux, tout cela. Espérons que nous ne serons pas les prochaines victimes.

Désormais, il exigerait que ses ordres soient suivis scrupuleusement et il sanctionnerait très durement ceux qui ne s'y plieraient pas.

Plusieurs de ses hommes apparurent au cours des heures qui suivirent. La nuit était tombée. Leur nombre grossissait et il fallait commencer à penser à la prochaine étape qui les emmènerait vers leur nouveau QG.

Il prit son téléphone cellulaire et demanda selon le processus et le code convenus que des camions viennent les chercher durant la nuit pour les acheminer vers le lieu choisi.

Entre-temps, Abdul avait mis au courant les résistants au fur et à mesure de leur arrivée des malheurs de leurs camarades tués par un missile tiré d'un avion américain et des doutes sur une possible trahison d'un des leurs. Cela les rendit silencieux et pensifs. Les uns échafaudaient des hypothèses plausibles sur les trahisons possibles et les autres s'en remettaient à Allah pour les épargner d'un aussi funeste sort, tout en enviant leur sort car ils avaient gagné le paradis d'Allah par leur mort en héros.

Les camions arrivèrent vers deux heures du matin. Ils grimpèrent dans les deux camions-bennes qui servaient, d'ordinaire, au transport de marchandises. Ils étaient bâchés, ce qui les protégerait d'éventuelles surveillances aériennes.

La voiture de Mohammed les suivait à courte distance.

Une heure après, ils s'arrêtèrent près d'un petit hameau quasiment abandonné. C'était leur nouveau QG.

Ils descendirent de leurs camions et inspectèrent les lieux. Il y avait deux fermes qui semblaient très vastes et un grand hangar qui pouvait abriter des camions et divers matériels de bonne taille. À côté, mais ils ne le sauraient que le lendemain, vivaient deux familles qui assureraient le ravitaillement et l'intendance nécessaire.

Quelques palmiers et autres arbustes décoraient le lieu qui était éloigné de toute agglomération.

Ils installèrent le matériel informatique et téléphonique, ainsi que les différentes cartes d'état-major. Ce petit hameau avait l'électricité et sa situation était stratégique. Mais comme tous les QG des forces de la Résistance, il était vulnérable, car isolé et cible idéale en cas d'attaques aériennes, comme cela allait être le cas pour Abou Moussab Al Zarquaoui dans les quelques jours qui allaient suivre leur nouvelle installation.

Malgré toutes les précautions possibles, personne n'était à l'abri d'une dénonciation d'un des leurs ou d'un villageois voisin et de mouvements suspects repérés par un drone ou un avion de reconnaissance. Mais c'était le lot commun à tous ces hommes. Ils vivaient en danger permanent et l'acceptaient en s'en remettant à Allah.

Il n'y avait aucun lieu sûr pour eux. C'était leur seule certitude.

Il est difficile d'imaginer une situation plus précaire pour tous ces hommes. Cela leur demandait du courage et du sang-froid.

Ils s'installèrent tous tranquillement, repérant l'endroit où chacun mettrait son sac de couchage et ses affaires personnelles qui, d'une manière générale, étaient réduites à leur plus simple expression, à savoir quelques photos et souvenirs de leur famille.

Mohammed décida de s'installer dans la pièce où seraient déployées les cartes et installés les systèmes informatiques et téléphoniques. Ils avaient faim et se demandaient ce que Mohammed allait leur dire pour les jours à venir.

Il se déplaçait dans les bâtiments allant de l'un à l'autre pour vérifier que chacun avait sa place et les rassurer sur la sécurité des lieux. Son nouveau compagnon le suivait en permanence reniflant par-ci par-là les jambes de ces jeunes hommes exténués de fatigue. Certains s'aventuraient à lui demander des détails sur l'attaque des avions contre le groupe de leurs camarades morts. Mohammed était peu disert sur ce sujet. Il préférait parler d'avenir que de ressasser cette histoire malheureuse qui l'avait beaucoup touché.

Une fois tous installés, il leur souhaita une bonne nuit qui allait être courte mais salvatrice.

Il leur parlerait le lendemain matin.

Il prit place dans son sac de couchage et s'endormit, son chien à ses côtés. Les sentinelles du nouveau camp étaient très nerveuses et scrutaient le ciel avec inquiétude. Cette nuit-là, il n'y eut aucune alerte comme les jours et les nuits suivantes.

L'endroit était vraiment plus accueillant que le précédent. Mais était-ce ce qu'ils recherchaient ? Certainement pas, mais lorsqu'ils aperçurent le matin, à leur réveil, les réjouit grandement. Il y avait des galettes de pain avec de la purée d'olives et de fèves pour le petit déjeuner. De grands fûts de lait de chèvre étaient disposés dans le hangar où toutes ces victuailles étaient à leur disposition. Il n'en fallait pas plus pour que le moral des troupes repasse au beau fixe. Mohammed les regardait avec joie. Cela faisait plaisir à voir. En même temps, il leur présenta les deux femmes qui étaient installées avec leurs maris dans les deux fermes avoisinantes. C'était donc elles qui avaient préparé ce somptueux repas. Tous les remercièrent avec un grand sourire qu'elles leur rendirent aussitôt.

Au moment où les hommes s'en retournèrent vers le hangar pour apprécier leur repas, un missile s'abattit dans la cour déchiquetant les deux femmes qui étaient encore là devant les yeux des hommes qui furent pris de panique immédiatement. Un avion venait de passer au-dessus de leur nouveau campement et avait lancé son missile immédiatement, sans crier gare.

Un deuxième missile atteignit le hangar où les hommes s'étaient réfugiés et où Mohammed tentait de canaliser leur panique. Son chien se mit à aboyer et courir dans tous les sens tant la panique était criante. Mohammed se retrouva éjecté à quelques mètres de là, sa jambe droite couverte de sang. Les hommes qui n'avaient pas été touchés et ceux qui étaient encore capables de marcher, à la vue de leur chef blessé, se précipitèrent vers lui pour lui porter secours.

Le désordre était imprescriptible. Les corps d'une dizaine de combattants jonchaient le sol qui était recouvert de sang. Un vrai carnage qui ajoutait à la panique de la petite troupe.

Mohammed tentait de ne pas sombrer et de garder connaissance. La douleur le faisait terriblement souffrir. On lui fit un garrot sur la jambe et on lui remit son bras qui devait avoir une fracture importante vu son état.

Les avions partirent comme ils étaient venus. Sans demander leur reste. Les dégâts étaient considérables. Les bâtiments avaient été durement touchés et la troupe décimée. Mohammed se fit mettre debout avant de perdre connaissance. Ce qui restait de la troupe décida de quitter les lieux et de prendre les véhicules disponibles. Il y avait la voiture de Mohammed et deux pick-up dans les fermes avoisinantes. Les maris des deux femmes pleuraient leurs épouses et leur donnèrent volontiers leurs véhicules. Abdul, par bonheur, n'avait pas été touché. Il s'occupa de son chef et de son petit compagnon qui gémissait à côté de son maître et lui léchait les plaies.

Il fut transporté dans un des pick-up avec quelques hommes assis sur la plate-forme arrière. Heureusement, il y avait peu de blessés et ceux qui étaient blessés n'avaient que des blessures superficielles. Par contre, le nombre de morts était effroyable. La troupe avait été, en deux frappes, décimée.

— Abdul, emmène-moi chez Shérazade, je crois que tu connais le chemin et fais venir mon ami médecin, Hissam qui est cantonné dans mon ancien camp, intervint Mohammed dans un moment de lucidité. Dis aux hommes de rentrer chez eux, pour l'instant. On reprendra contact avec chacun d'eux quand la situation se sera calmée. Puis il tomba dans un léger coma.

Abdul prit les choses en main. Ordonna aux jeunes combattants de rentrer chez eux en attendant de recevoir de nouvelles instructions ou de rejoindre d'autres camps de la Résistance s'ils le pouvaient.

Il se souvenait, comme il connaissait bien la région, que la ferme de Shérazade n'était pas très loin.

Dès qu'il abandonnerait son chef aux bons soins de cette famille, il irait chercher Hissam, pour qu'il puisse lui prodiguer les soins nécessaires à un son rétablissement. *Pourvu que tous ceux-là soient encore en vie et capables de le soigner*, se dit-il, *sinon c'en est fini de lui, et cela, Allah ne le veut pas.*

Il conduisit précautionneusement jusqu'à la ferme de Shérazade. La route ou plutôt les chemins étaient défoncés et parfois impraticables. Il fallait, alors, contourner les obstacles en faisant attention à ce que le véhicule ne verse pas dans le fossé, ce qui n'était pas toujours possible. Du coup, la moyenne était d'environ 30 à 40 kilomètres-heure, ce qui lui semblait interminable. Malgré cela, ils arrivèrent à bon port et sans encombre. Mohammed était toujours sans connaissance mais son état ne semblait pas avoir empiré.

À première vue, il n'y avait personne dans la ferme, mais très vite Shérazade apparut sur le seuil de la porte principale et se précipita vers la voiture. Elle eut un mauvais pressentiment et ne put que constater l'état très grave dans lequel se trouvait Mohammed.

Elle aida Abdul à le sortir et à le porter dans la maison où sa mère était prostrée dans la cuisine. Shérazade lui demanda d'apporter de l'eau dans la chambre où ils l'installèrent sur le lit et commencèrent à lui défaire ses vêtements. Les blessures n'étaient pas belles à voir mais nettes donc, a priori, faciles à refermer après avoir été soignées.

Ils ne se parlaient pas mais Shérazade donnait des ordres à sa mère et lorsque Mohammed fut bien installé sur le lit, elle se détendit et demanda des explications à Abdul.

Abdul lui raconta les circonstances dans lesquelles ils avaient fui leur premier QG, la mort des hommes des suites d'un tir de missile, l'installation dans le nouveau QG et la fuite, à nouveau, après les tirs de missiles par l'aviation américaine, les hommes tués, Mohammed sérieusement blessé. Shérazade l'écoutait silencieusement et s'efforçait de rester calme. Abdul lui demanda de bien s'occuper de Mohammed pendant que lui, allait chercher Hissam pour le ramener ici le plus vite possible afin qu'il apporte les soins nécessaires à la guérison des blessures de Mohammed.

Il partit aussitôt et prit la route du repaire sous terrain, itinéraire qu'il connaissait très bien. Il n'avait pas eu de nouvelles récentes des hommes qui l'occupaient mais, dans son esprit c'était plutôt bon signe et il avait raison car ils n'avaient subi aucune attaque et leur repaire était toujours un lieu resté secret. C'était incroyable, d'ailleurs, que cela en soit ainsi. Allah devait veiller spécialement sur eux et les protéger, cela ne pouvait pas en être autrement, se dit Abdul.

Lorsqu'il arriva sur place, il n'y avait personne de visible, comme les consignes le précisaient bien. Effectivement, il le vérifiait aisément, le lieu était désert et personne ne pouvait imaginer en passant à travers ces bâtiments isolés et abandonnés qu'ils abritaient une troupe de résistants.

Il se dirigea vers l'entrée cachée du souterrain et fit le rituel nécessaire pour être reconnu afin que l'issue s'ouvre à lui. Des hommes en armes vinrent lui ouvrir et le saluèrent. Ils l'avaient vu sur l'écran de la caméra de surveillance. Il leur rendit leur salut et demanda à voir Hissam sur le champ. Il leur expliqua la raison. Ils furent complètement anéantis quand ils apprirent que Mohammed avait été sérieusement touché et que son état inspirait beaucoup d'inquiétude. Ils l'accompagnèrent jusqu'à l'infirmerie où Hissam était en train de soigner un malade. Il s'interrompit dès qu'ils pénétrèrent dans la pièce et regarda Abdul avec un brin d'inquiétude. Il savait qu'il était le chauffeur de Mohammed et que sa venue n'était pas, forcément, de bon augure.

— Bonjour, Abdul, quel bon vent te fait venir ici ? lui demanda-t-il, un peu nerveux. Abdul répéta les circonstances de sa venue, ce qui l'incita, immédiatement, à finir sa consultation et à prévenir son assistant qu'il allait partir pour quelques jours et qu'il fallait lui préparer ses affaires. Il lui indiqua une liste de médicaments et d'instruments à emmener avec lui. Tout cela se passa très vite. En l'espace de quelques minutes, ils étaient prêts à partir, ce qu'ils firent après avoir prévenu le chef de la troupe et salué les quelques amis qu'ils avaient à l'intérieur du camp.

Le chemin du retour fut tranquille, mais Hissam était impatient de revoir Mohammed et de le soigner le plus vite possible.

# Chapitre 16

Lorsque Hissam arriva au chevet de Mohammed, celui-ci semblait vraiment mal en point. Il avait une mine épouvantable, une fièvre impressionnante et il délirait, de temps en temps. Shérazade avait fait ce qu'elle pouvait pour apaiser ses douleurs, mais elle était totalement démunie devant l'ampleur de la tâche à accomplir.

Il examina son patient et sortit de son sac les médicaments et instruments qu'il avait emportés pour le soigner.

Heureusement, les blessures ne s'étaient pas trop infectées. Il fallait les laver plus profondément et avec des produits idoines, ce que n'avait pas pu faire la jeune femme, et les soigner avec des antibiotiques avant de recoudre les plaies. Il examina la plaie de la jambe pour vérifier s'il n'y avait pas d'éclats de métal, à l'intérieur. Il y en avait un, effectivement. Il l'extirpa aisément avec une pince spéciale. C'était le seul éclat présent dans la blessure, il en était sûr.

Il prépara son matériel de transfusion et les piqûres qu'il allait lui administrer.

Une fois terminé, il se reposa et discuta avec Shérazade sur divers sujets afin de se détendre et penser à autre chose qu'à Mohammed.

Les blessures étaient graves, c'était un fait, mais Hissam était persuadé qu'il s'en remettrait très bien et relativement rapidement. Il était confiant et le lui montra, ce qui rassura la jeune femme et ses parents qui voyaient d'un très bon œil l'intérêt que portait leur fille à ce garçon, qu'ils verraient bien comme leur gendre. Quant à Amour, le chien, il veillait son maître avec patience en attendant un petit geste, une caresse ou un regard bienveillant pour remuer la queue. Hissam et

Shérazade le regardaient avec affection car son amour désintéressé pour son maître leur réchauffait le cœur.

Ils revinrent, malgré eux, sur les circonstances des blessures de Mohammed. Comment cela avait-il pu arriver ? Il y avait trop de coïncidences pour que cela ne soit pas suspect.

Il est vrai qu'en ce moment, les armées de la coalition avec l'armée irakienne multipliaient les actions contre les forces rebelles et que les frappes qui avaient touché Mohammed et ses hommes avaient leur explication dans ces mouvements, dit tout haut Shérazade. Mais quand même, deux fois de suite et sans tir de sommation, c'était bizarre.

Alors qu'ils étaient en pleine discussion, ils entendirent un véhicule approcher de la ferme et s'arrêter. Un homme en descendit et Shérazade sortit pour aller à sa rencontre. C'était Rahmane, un de ses indicateurs qui venait lui apprendre une grande nouvelle.

« Shérazade, bonjour, comment vas-tu ? Qu'Allah soit avec toi et ta famille. Je viens t'apprendre une grande nouvelle. Abou Moussab Al Zarquaoui vient d'être tué par un missile américain qui s'est abattu sur la maison dans laquelle il était retranché avec quelques-uns de ses hommes. Ils ont tous été tués sauf un, qui est aux mains de la coalition. Bon débarras, qu'il aille en enfer, lui et tous ses hommes qui ont tué, et continuent à tuer nos frères dans leurs attentats imbéciles et aveugles. »

« Non ! Ce n'est pas possible, ce serait trop beau. J'en connais un qui sera satisfait lorsqu'il se réveillera. Merci de t'être déplacé pour m'avertir. »

« Je repars tout de suite, car je dois rentrer au village pour saluer mes parents. Salue tes parents. »

« À bientôt, Rahmane, qu'Allah te protège ainsi que tes parents. »

Elle n'insista pas pour qu'il rentre dans la maison prendre un peu de thé. Moins il y avait de gens au courant de la présence de Mohammed dans la maison, mieux c'était. On ne savait jamais si l'un d'eux était fait prisonnier, il pourrait parler sous la torture.

Elle revint dans la ferme et répéta à Hissam ce que venait de lui dire Rahmane.

Tout à coup, le visage de Hissam s'illumina et il sauta dans les bras de Shérazade, de joie.

« Enfin, une bonne nouvelle, dit Hissam, j'aurai presque envie de réveiller Mohammed pour la lui apprendre. Cela serait intéressant de savoir comment cela s'est passé et s'il y avait d'autres responsables d'Al-Qaïda avec lui. Oh, bien sûr, cela ne va pas changer grand-chose dans l'immédiat, mais si d'autres responsables ont été tués au cours de la même opération et s'ils ont pu récolter de précieux renseignements, l'organisation aura du mal à se réorganiser et sera fragilisée pour longtemps. Espérons que cela freinera la vague d'attentats qui a sévi dernièrement. »

« Je n'en suis pas si sûr ! Ils ont formé une escouade de kamikazes qui iront jusqu'au bout et jusqu'au dernier, pour faire triompher ce qu'ils pensent être leur pierre apportée à l'édifice de l'Islam. Ce qu'il faut c'est détruire leur commandement en totalité, pour montrer qu'Allah n'est pas avec eux et ne les protège pas. Ensuite, et là, une bonne partie du chemin est déjà faite, montrer à la population que ces actes sont contraires aux intérêts du pays et contraire à l'Islam.

Une fois la population convaincue dans sa très grande majorité, ils ne pourront plus trouver refuge et compréhension auprès des plus déshérités, ce qui est le cas aujourd'hui. Cela passe aussi par le développement économique de nos pays et une interprétation plus ouverte du Coran, pour faire avancer les choses. Nous en avons parlé avec Mohammed, c'est son leitmotiv, et je suis persuadé qu'il a raison. À quoi cela sert-il de maintenir nos peuples dans la pauvreté et le dénuement sinon à être condamnés à être totalement dépendant des pays occidentaux ? »

Tout en parlant, ils se rendirent au chevet de Mohammed où le petit « amour » tenait la garde vaillamment. Mohammed avait encore le teint cireux, mais Hissam rassura la jeune femme en lui promettant que dans quelques jours, il irait mieux, mais qu'il faudrait qu'il prenne plusieurs semaines de repos avant de reprendre sa place au sein du commandement de la Résistance. En attendant son rétablissement, un de ses adjoints serait nommé pour le remplacer temporairement. Ainsi,

Mohammed pourrait se consacrer à ses chères études sur le développement économique possible dans les pays arabo-musulmans.

Hissam lui promit de rester encore une ou deux journées pour vérifier que l'état de santé de Mohammed était en bonne voie, mais pas plus, car il fallait qu'il rentre au camp où les hommes avaient besoin de lui.

Shérazade le remercia pour tout ce qu'il avait fait, comme s'il s'agissait de son mari plutôt que d'un blessé lambda. Ce que remarqua Hissam, avec un petit brin d'envie pour Mohammed. Il est vrai que Shérazade était une jeune femme charmante et que Mohammed avait de la chance d'être soigné par elle, dans cette région pour le moins peu accueillante, et où les femmes n'avaient pas toutes l'allure et l'intelligence de Shérazade.

Hissam s'inquiétait de savoir si son assistant s'en était bien sorti, malgré son absence, et s'il avait pu soigner correctement les quelques blessés qu'ils avaient au camp. Son retour rapide était impératif sauf complications du côté de Mohammed. Il aurait bien voulu rester à ses côtés mais cela était impossible, son devoir l'appelait.

Les parents de Shérazade restaient discrets et s'occupaient du chien. Sa mère préparait les repas tandis que son père allait au champ et s'occupait de la petite palmeraie. Il en prenait bien soin, car ses arbres donnaient de superbes dattes. Ils avaient un peu de bétail, moutons, brebis, et quelques chèvres. Cela leur donnait beaucoup de travail et demandait de la présence mais, justement, c'est ce qu'ils voulaient pour pallier les absences régulières de leur fille et être prêts lorsqu'elle les quitterait, définitivement, pour se marier.

La ferme était calme. Shérazade et ses parents redoutaient de voir arriver des unités de l'armée fouiller les bâtiments. Ils n'auraient pas su quoi dire pour justifier la présence de Mohammed, blessé comme il était. Bien sûr, ils pourraient dire que c'était un des jeunes membres de leur famille, blessé par une bombe artisanale, lancée par des terroristes dans un marché de la ville avoisinante. Mais seraient-ils convaincants dans leur explication ? Ce n'était pas sûr ! Quoi qu'il en soit, ils vivaient avec cette épée de Damoclès au-dessus d'eux mais l'acceptaient car Shérazade était amoureuse de Mohammed, et ses parents voyaient cette idylle naissante d'un très bon œil. Ce jeune étranger, si courageux, méritait leur fille.

Il fallait donc tout faire pour le sauver.

Le lendemain, Mohammed se réveilla et commença à parler après avoir reconnu Shérazade et Hissam. Il semblait être heureux d'être ainsi entouré. Sa voix était faible mais il avait repris quelques couleurs, bien que très amaigri. Il parlait avec difficulté mais n'avait pas perdu la mémoire. Il sourit à Shérazade, lui prit la main et l'embrassa. Il regarda son ami Hissam et le remercia d'être venu pour le soigner.

Petit à petit, il reprenait ses esprits et s'enquit de la santé de chacun. Désormais, Il se souvenait de tout. Il demanda à Hissam s'il avait des nouvelles de ses hommes. Ce fut Shérazade qui lui raconta ce qui s'était réellement passé avec les morts laissés sur place, et le transport des blessés évacués par les survivants, aidés de la population des villes et villages avoisinants. Les blessés, d'après ce qu'elle avait eu comme information, étaient tous entre de bonnes mains. Seul un petit nombre d'entre eux avaient été grièvement blessés, comme Mohammed. Elle lui rapporta ce que les survivants de l'attaque du camp racontaient : il avait été blessé quand il courait pour tenter de protéger l'une des deux femmes qui préparaient et servaient les repas, celle qui était le plus proche de lui. Mais, malheureusement, elles étaient mortes toutes les deux, sur le coup. Tous les Irakiens en parlaient et cela ne faisait qu'exciter la curiosité de la population toujours ignorante de l'identité de ce héros. Elle lui dit combien elle était fière de le connaître et de le soigner. Il devait savoir qu'il était un exemple pour tout le peuple irakien et pour les enfants qu'il aurait plus tard si Allah lui prêtait vie. Mohammed la regarda tendrement et sut, dès lors, que ce serait elle qui serait la mère de ses enfants. Hissam prétexta une urgence pour s'éloigner tranquillement et les laisser seuls à leur découverte mutuelle.

Mohammed voulait lui dire tant de choses, mais elle l'arrêta et lui demanda de ne pas se fatiguer. Ils avaient encore de nombreux jours devant eux pour se parler car sa convalescence allait durer un peu de temps. Il devait se ménager, elle y veillerait, ainsi que ses parents.

Elle lui apporta un verre d'eau et lui imposa un repos forcé avant de prendre un prochain repas qui serait frugal. Il ne devait pas trop se nourrir. Il aurait droit à des repas normaux que lorsque les blessures seraient complètement cicatrisées et après sa cure de médicaments. D'après Hissam, une petite semaine serait nécessaire pour cela et ensuite une dizaine de jours pour se rétablir et réapprendre à se servir de ses membres blessés. Shérazade devrait lui donner des leçons de rééducation fonctionnelle, ce qu'elle savait faire.

Pendant qu'il dormait, ils s'installèrent dans la cuisine où la mère de Shérazade préparait le repas pour eux quatre. Hissam avait faim et, de plus, il devait prendre des forces car il leur dit qu'il partirait le lendemain tôt rejoindre son campement.

Ils dînèrent joyeusement et Hissam fut surpris de voir Shérazade plaisanter à tout bout de champ sur les divers sujets qu'ils abordaient. À la fin du repas, avant d'aller se coucher, il lui donna ses dernières instructions et recommandations pour que Mohammed retrouve au plus vite la forme qui lui permettrait de reprendre sa place au combat au milieu des siens.

Il se chargerait de prévenir le commandement de la Résistance de l'état de ses blessures. Elle devrait, alors, les tenir au courant régulièrement de l'avancement de sa convalescence pour les avertir aussitôt, dès qu'il serait sur pied, et prêt à reprendre ses fonctions.

La nuit fut tranquille et Mohammed ne souffrit pas de ses blessures comme les jours et nuits précédentes. Au petit matin, Hissam alla au chevet de Mohammed pour lui dire au revoir et lui prodiguer des conseils pour favoriser un rapide rétablissement. Il lui souhaita bonne chance et l'assura qu'il préviendrait le commandement de sa présence ici et de l'état de ses blessures. Mohammed le remercia pour tout ce qu'il avait fait et l'embrassa chaleureusement, comme un vrai ami. Ils se promirent de se donner régulièrement des nouvelles et Hissam se mit à sa disposition au cas où son état ne s'améliorerait pas, comme il le lui avait promis.

Ensuite, il alla voir Shérazade, la salua, et lui souhaita bon courage pour la suite. Elle lui précisa que des messagers passeraient régulièrement à la ferme et qu'il serait informé, comme le commandement, des progrès du rétablissement de Mohammed.

Puis il partit, en espérant que les médicaments feraient bien leur effet et que la cicatrisation des blessures et la réduction de la fracture du bras se feraient normalement et, surtout, sans complication. Il avait déjà fait cela des dizaines de fois, ce qui lui donnait une expérience sans pareil pour soigner ce type de blessures. Elles étaient quasiment toutes identiques, lorsqu'il s'agissait des séquelles de tirs de missiles ou de grenades. Plus tard, il écrirait une thèse sur les soins à apporter à ce type de blessés, se disait-il, au moins mes états de service auront été utiles, si, toutefois, je m'en sors.

Il revint à son campement sous terrain, et il fut assailli par les jeunes recrues qui lui demandèrent des nouvelles de leur héros. Comment avaient-ils été mis au courant ? C'était un mystère. Il ne put éluder la question et leur dit qu'il allait pour le mieux et qu'il espérait un prompt rétablissement. Il était sûr qu'il reprendrait sa place au sein de la Résistance dans les semaines à venir. Il fallait lui laisser le temps de se rétablir, temps qui lui serait utile à la réflexion pour rendre encore plus efficaces leurs actions de résistance dans la région dont il est le responsable.

Ils furent rassurés, et lui promirent qu'ils seraient fiers de mourir pour lui au nom de la guerre contre les envahisseurs. La dialectique employée par les terroristes, comme la guerre contre les croisés, n'avait pas cours dans ce camp comme dans les autres camps de la région. C'était le résultat de ces mois de commandement de Mohammed et de l'autorité qu'il avait su imposer à ses hommes, une autorité teintée d'humanisme. Ceux qui n'adhéraient pas à cette vision étaient immanquablement rejetés par le groupe. Mohammed le savait car ces commandants le lui disaient. C'était, pour lui, une de ses plus belles victoires, une victoire sur partielle sur l'obscurantisme, car ce n'était pas partout pareil.

La ferme était bien calme et chacun vaquait à ses occupations pendant que Mohammed se reposait et commençait péniblement à se lever. Il avait demandé qu'on lui donne ses livres et s'était plongé dans les quelques livres d'économie qu'il avait gardés par-devers lui et que son chauffeur lui avait mis dans ses bagages. Il y avait à la fois des livres sur les théories économiques et sur la finance islamique. Bien sûr, il était conscient que ses connaissances en la matière étaient limitées, mais c'était une discipline qui le passionnait et à laquelle il voulait apporter son écot. En effet, pour lui, il ne suffisait pas d'être savant dans une discipline pour imposer ses idées et proposer des solutions innovantes et en phase avec son époque. Il fallait comprendre et aimer les gens, analyser leurs comportements et échafauder des solutions qui bousculent les idées reçues. Il en était sûr. Il saurait y arriver et proposer des solutions pour favoriser le développement économique dans les pays musulmans, aujourd'hui, trop guidé dans leurs économies par des principes qui jusqu'à maintenant s'étaient montrés obsolètes. C'était une question d'interprétation des enseignements du Coran, sans rejeter l'essentiel, c'est-à-dire le respect de l'homme, ce que le matérialisme occidental, capitaliste ou socialiste, avait complètement oublié ou délaissé.

Il devait trouver la voie, cette voie qui soit acceptable par tous les musulmans, qu'ils soient arabes ou non. C'était l'objectif qu'il s'était fixé. Il ferait tout ce qui était dans son pouvoir pour l'atteindre. Non pas par ambition d'une recherche effrénée de notoriété, mais pour retrouver la dignité qu'ils avaient perdue. Ce n'était pas en continuant comme cela que les musulmans retrouveraient leur fierté et leur place au sein des nations modernes qui montrent la voie et ne subissent pas la loi des autres par leur sous-développement. Ce n'était pas en acceptant de vivre comme au Moyen Âge que certains pays musulmans pourraient discuter d'égal à égal avec les États-Unis ou la Chine demain. Non ! Il fallait enrayer cette machine à perdre qu'était l'obscurantisme. Il allait donc mettre à profit son incapacité temporaire pour étudier, et jeter, si possible, les bases d'une théorie simple et fidèle à l'Islam, qui aiderait au renouveau du peuple arabe et leur respect au sein du concert des nations.

*Quel programme* se dit-il *avec effroi ! Suis-je trop optimiste et présomptueux ? Le jeu en vaut-il la chandelle ?* Autant de questions auxquelles il lui faudrait répondre avec ses maigres moyens et ses connaissances limitées en la matière. Il se promettait de se mettre à la tâche dès maintenant, c'est-à-dire lire, réfléchir, écrire, et créer un nouveau mode d'approche de l'économie. Lier la religion avec l'économie, voilà une tâche exaltante. Je suis, aujourd'hui, un guerrier, me voilà dès demain, en plus économiste. Avec l'aide d'Allah, j'y arriverai.

Le mal est le matérialisme débridé des économies occidentales. Mais les résultats sont là, et peuvent démontrer le contraire si l'on s'arrête qu'aux résultats. Ce sont les économies occidentales qui sont les plus prospères et les plus puissantes. De même, les futurs champions de demain, la Chine et l'Inde, deux pays complètement différents par leur population, leur religion et leur histoire, sont en train d'adopter à grande vitesse leurs modes de fonctionnement avec quelques différences, mais à la marge. Il suffit de voir comment évoluent, désormais, les jeunesses dans chacun de ces pays. Il y a du mimétisme dans leur comportement. Alors est-ce la panacée ? Doit-on s'en accommoder ou tenter d'adapter ces systèmes à nos modes de pensées ? Y a-t-il de la place pour une analyse indépendante de notre situation, amenant à une ou des solutions différentes, ou sommes-nous condamnés à suivre leur exemple ?

Condamnés, certainement pas car nos peuples n'en veulent pas et notre religion le refuse. Et pourtant, ce serait si simple.

Pouvons-nous réussir seuls, dans notre coin, et en partant de si bas ? Voilà notre défi. Il est si énorme que seul le soutien de tous, des religieux aux gens simples de la rue, sera nécessaire. Ce n'est pas d'une synthèse dont nous avons besoin, mais d'une doctrine construite par nous, pour nous, et acceptée par nous tous. Acceptée par tous, cela veut-il dire qu'il ne peut y avoir d'alternatives à ce qui sera inventé, proposé et institué ? Est-ce démocratique ? Est-ce que la démocratie est un régime fait pour nos peuples ? Est-ce un régime théocratique qu'il nous faut ? Est-ce que ce sont les religieux qui ont, ou devront avoir le dernier mot ?

Petit à petit, il était en train de passer en revue le synopsis de sa pensée et de son système de réflexion. Il prenait des notes, s'enflammait au fur et à mesure de ses divagations. Comment aborder cette question en homme libre, mais tenu par ses principes religieux, et avancer dans ce champ de mines de la pensée économique moderne ?

Les bases de réflexion étant jetées, à lui de jouer, maintenant. Il avait le temps de se donner à cet exercice. Ainsi, il mettrait sa convalescence au service de son peuple. Comment se fait-il qu'il n'y ait pas d'économistes musulmans réputés qui aient su proposer une doctrine panarabe et musulmane ? Cela nécessitait, peut-être, la constitution d'une vaste union économique et politique panarabe et musulmane. Un peu comme la construction européenne. Sauf que celle-ci n'était pas assez intégrée et qu'il y avait des différences importantes entre les Latins du Sud et les Saxons du Nord, différences de mentalité, de religion entre catholiques et protestants, bien que pour cette dernière, on pouvait faire une comparaison utile avec les sunnites et chiites. De plus le panarabisme était-il compatible avec une vie commune incluant tous les autres peuples musulmans ? *Pas sûr*, se dit-il. *Mais on verra.*

Amour, son chien, lui tenait compagnie et voyait toujours d'un mauvais œil l'arrivée de Shérazade au chevet de son nouveau maître. Celle-ci essayait de l'amadouer avec des sucreries. Après quelques jours, le stratagème réussit et ils devinrent bons amis pour le plus grand plaisir de Mohammed qui s'amusait de la situation. La situation semblait sous contrôle à l'intérieur de la ferme. Mohammed n'était pas encore sorti, car il était encore trop faible pour faire quelques pas. Les blessures se refermaient et la fracture avait l'air de bien se remettre. En tout cas, il n'y avait pas de dégradation de l'état de Mohammed mais plutôt une amélioration en cours, ce qui rassurait Shérazade. Heureusement, il devait rester en convalescence plusieurs semaines, peut-être. Elle l'aurait donc pour elle, et auprès d'elle, un bon laps de temps. Ils avaient de longues heures de discussion que ses parents ne dérangeaient surtout pas. Ils étaient aux petits soins pour lui, leur fille et le petit chien qui était gâté à l'excès.

Le calme régnait et cela perturbait Mohammed après cette période difficile qui avait vu la mort de nombreux camarades et le danger qui se rapprochait de lui subrepticement et sans crier gare. Mohammed ne voulait pas mêler Shérazade à ces digressions soupçonneuses qui, pour l'instant, n'étaient que du vent. Il voulait en avoir le cœur net mais il fallait trouver des preuves. Qui allait les lui fournir ou qui allait lui prouver que toutes ces attaques n'étaient que le fruit du hasard ?

De toute façon, maintenant que leur chef Moussab Al Zarquaoui venait d'être abattu, avec quelques-uns de ses lieutenants, par les Américains, les réseaux terroristes avaient d'autres chiens à fouetter que de s'intéresser à lui. Il avait appris la nouvelle par Shérazade alors qu'il était encore très faible. Cette nouvelle l'avait subitement considérablement ragaillardi et le sourire lui était revenu aux lèvres. Un de moins, s'était-il dit avec soulagement. Shérazade lui avait dit que la population locale s'était, elle aussi, réjouie de cette bonne nouvelle. Cela allait, peut-être, diminuer le nombre d'attentats dans les villes voisines. C'est ce que tous espéraient, bien sûr. La population était lasse de ces exactions sans but si ce n'est qu'apporter la désolation parmi des gens pour qui la vie était déjà suffisamment compliquée et dangereuse comme cela.

On disait qu'il avait été trahi par un des siens. Sans doute, et cela montre qu'il existe un repentir chez les terroristes. Et ça, c'était la meilleure nouvelle.

Choyé par Shérazade et ses parents, il se mit à l'ouvrage et tenta d'organiser ses idées sur la théorie économique à laquelle il aspirait. Le défi était simple : favoriser un développement économique fort sans perdre son âme de musulman intègre et fier de sa religion. Un beau programme en perspective. En parallèle, il travaillait sur les actions armées futures qu'ils auraient à mener dans cette région et la réorganisation du mouvement de la Résistance face au problème du terrorisme et à la recrudescence des opérations de harcèlement des troupes de l'armée régulière et de l'aviation américaine.

Il s'accordait de temps en temps du temps libre pour se distraire avec son chien qui en redemandait, en permanence. Il était heureux. Après cette période passée en Irak, c'était incroyable ce que tout était allé vite, mais pas trop vite en fait. Il s'était parfaitement adapté à cette nouvelle vie. Il avait perfectionné l'arabe à vitesse grand V, à tel point qu'il pouvait passer pour un Irakien de souche. Il avait intégré, avec bonheur, l'instruction religieuse qu'il avait reçue d'imams qui n'étaient pas des intégristes à tout crin, et les en remerciait du plus profond de lui-même. Il avait rencontré et vécu avec des hommes simples et d'une grande qualité humaine. Intellectuellement, il s'était enrichi remarquablement. Il vivait sa vie d'homme complètement différemment de ce qu'il entrevoyait en France. Il avait un but, réussir sa vie au service de sa religion et de son peuple, non pas contre les autres, c'est-à-dire les infidèles, mais en se posant en exemple d'intégrité et de respect de l'homme, quel qu'il soit. C'est ainsi qu'il envisageait sa mission sur terre en humaniste musulman éclairé : la synthèse entre modernité et Islam.

Il avait des discussions approfondies avec Shérazade, jeune femme musulmane moderne, qui avait suivi des études d'infirmière, et dont la vision de la vie était sensiblement la même que la sienne. Avec ses parents, des fermiers plus simples car n'ayant pas fait d'études, qui avaient une vision de la vie restreinte car leur but était d'assurer leur pain quotidien et l'avenir de leur fille unique, les discussions étaient plus sommaires et moins subtiles, mais souvent hautes en couleur. Leurs différents points de vue étaient donc intéressants car Shérazade et ses parents représentaient un échantillon presque représentatif de la société irakienne. Leurs réactions, par rapport à des idées novatrices en matière économique, étaient précieuses et enrichissaient la réflexion de base de Mohammed. Il devait fournir un effort important de vulgarisation dans la présentation de ses idées à des gens simples. Leur bon sens était par moment une réelle bouffée d'air frais lorsqu'il se trouvait face à une difficulté de modéliser ou de transcrire une de ses idées. Le bon sens devait apporter son écot face à une analyse théorique trop abstraite ou incompréhensible par le commun des mortels, si l'on voulait impliquer l'irakien, l'arabe et le musulman de la rue dans un renouveau de la pensée économique arabo-musulmane. L'effort devait se faire dans ce sens, sinon point de salut. À quoi bon échafauder des théories, si belles soient-elles sur le papier, pour que le peuple n'y adhère pas ? Les gouvernements devront y réfléchir et s'y atteler. Cette approche devra être intégrée par la nouvelle génération de gouvernants plus proches et plus soucieux du bien-être de leurs peuples.

Faut-il avoir une culture économique forte pour tenter d'apporter des idées nouvelles dans ce domaine ? N'est-ce pas le danger de la théorie, éloignée de la pratique, qui a plongé certains pays dans le désarroi ? D'autant plus qu'en cette période, où les comportements des acteurs économiques n'offrent plus la même rationalité qu'auparavant, du fait, principalement, de la révolution Internet et des télécommunications mobiles. Pour cela, il suffit d'observer le comportement des jeunes, quel que soit le pays, pour comprendre. En effet, quel que soit le développement économique d'un pays, sa population bénéficie, aujourd'hui, par exemple, des dernières évolutions technologiques. Ainsi, un pays en voie de développement comme l'Irak voit ses habitants utiliser Internet et leurs téléphones mobiles comme le citoyen d'un des pays les plus développés de la planète. Dans ce sens, on peut dire qu'il y a un rapprochement des conditions de vie, même si la différence de revenus par tête reste importante. La réaction face à des évènements, quels qu'ils soient, autrefois lente et progressive, du fait des problèmes de communication, devient immédiate, ce qui modifie les comportements et les habitudes des gens. De ce fait, cela rend les prévisions économiques et l'évaluation des conséquences de tels ou tels évènements, difficiles.

*Il ne faut pas être un savant pour découvrir tout cela. Il ne faut donc pas que j'aie des complexes par rapport aux économistes réputés et reconnus. Ils sont le passé, nous sommes l'avenir*, se dit-il, pour se réconforter.

Mais faire cohabiter religion et économie ne veut pas dire coller aux dogmes. L'économiste musulman doit lire les dogmes avec l'interprétation en phase avec l'époque dans laquelle il vit. Il n'est pas raisonnable d'appliquer le dogme comme lors de sa promulgation. Il se souvenait de cette phrase prononcée par le recteur de la mosquée de Paris. Interprétation du dogme, voilà la clé de la modernisation des pays arabo-musulmans. Il fallait convaincre les religieux, encore trop accrochés à une application stricte du dogme, qu'économie pouvait se marier efficacement avec Islam, dans un environnement politique tolérant. Il se souvenait encore de cette phrase du même recteur qu'il avait lue : « les livres saints ne sont pas des livres comme les autres. Ce sont des recueils d'expression symboliques dont il faut retenir la saveur du symbole. C'est une perte de temps stérile que de vouloir comparer les livres saints avec des livres de science. Averroès avait réglé le problème en disant qu'il existait deux vérités et qu'elles étaient toutes les deux bonnes. »

La réussite de cette entreprise, tant dans l'adhésion de tous les musulmans que dans les résultats positifs de son application, serait alors la victoire de l'Islam. Cette nouvelle doctrine qu'il voulait serait l'exemple à suivre. Le prosélytisme religieux, la mission qu'Allah confiait à chaque musulman, n'a de valeur que dans l'exemple, pensait-il. La seule adhésion ne doit venir que par la valeur de l'exemple. Comme il aurait voulu discuter avec ce recteur, si moderne dans sa conception du dogme et si attentif au bonheur de l'homme.

Dans ce dispositif, la place de la femme était très importante, car la femme est celle qui donne la vie et qui la protège. Son but, donc, est de veiller au bonheur de ses enfants plutôt que de les pousser au martyr ou à la guerre, deux issues fatales à tout processus de développement économique harmonieux. Il y avait donc là une piste sérieuse à poursuivre : obtenir le soutien actif des femmes, mères ou futures mères, musulmanes. Leur culture économique étant, pour la plupart, plus réduite que celle des hommes car rares étaient celles qui allaient suivre des cours à l'université dans leur pays ou à l'étranger.

Mais comment les impliquer dans ce processus en ne froissant pas les hommes, maîtres de leur famille et de leur pays dans le monde arabo-musulman ? C'était l'objet principal de leur discussion avec Shérazade. Ils tentaient ensemble d'aborder cette question en apportant une solution acceptable par tous. Cette difficulté était un obstacle majeur pour avancer dans cette tâche titanesque.

Il lui semblait qu'il avait tous les ingrédients pour construire une nouvelle doctrine économique. Elle serait simple et compréhensible par tous. Il n'était pas un savant, mais lorsque l'on constatait combien de fois les économistes s'étaient trompés dans tous les domaines, que ce soit dans leurs prévisions à court ou long terme, il se rassurait à bon compte.

Pourquoi leur laisser la parole et ne pas oser aller sur leurs plates-bandes ? Peut-être que le monde avait à y gagner.

Pragmatisme, analyses sur ce que peut nous apporter l'enseignement de l'histoire économique du monde, observation de l'évolution des comportements humains, interprétation modernisée du dogme ; tels étaient les maîtres mots de Mohammed dans sa quête.

Il n'était certainement pas le seul à s'atteler à cette question mais l'aura qu'il avait gagnée au combat allait le servir plus que tout autre. Il fallait en profiter.

Alors que Mohammed dissertait sur l'économie, la guerre intérieure se durcissait, d'une part à cause de la recrudescence des attentats terroristes malgré l'élimination de Zarqaoui, et d'autre part par la volonté des forces d'occupation d'affaiblir non seulement la mouvance terroriste mais aussi les forces de la Résistance partout où ils pouvaient frapper. La délation et les moyens mis en œuvre devenaient de plus en plus présents. Mais cette accentuation de la pression ne pouvait pas durer éternellement. Le commandement avait demandé à ses troupes de se terrer et de se faire quelque peu oublier en attendant cette accalmie qui ne tarderait pas à revenir, et qu'ils mettraient à profit pour reprendre leurs actions de harcèlement que préconisait Mohammed, et qui s'avéraient si efficaces.

Il s'accordait quelques moments de répit pour réfléchir aux prochaines opérations. Il recevait régulièrement des messages du commandement par des messagers inconnus. Lorsque ceux-ci se présentaient, ils n'étaient pas au courant de la présence de Mohammed dans la ferme. Officiellement, ils remettaient le message à une jeune femme qui devait, par la suite, le remettre à un autre messager. En conséquence, ils ne posaient pas de question et passaient leur chemin comme si de rien n'était.

Le commandement avait hâte de le voir revenir opérationnel. Ils avaient expliqué l'absence de Mohammed par une blessure, pas très grave, qu'il avait eue lors d'un raid ennemi, qu'il serait vite rétabli et qu'il pourrait, ainsi, reprendre sa place auprès d'eux. À l'étranger, aussi, on s'inquiétait pour Mohammed, ce soldat inconnu de la cause arabo-musulmane. Les journaux en parlaient, tous les jours en Égypte, en Algérie, et dans de nombreux autres pays arabes. Le mystère dont il était entouré lui assurait une couverture régulière dans les médias pour le plus grand profit de la Résistance. Elle avait son héros étranger qui prouvait qu'il n'était absolument pas nécessaire de s'enrôler dans la mouvance terroriste pour apporter son soutien au peuple irakien. Le commandement américain ne voyait pas d'un mauvais œil la naissance de ce héros, car ils avaient ainsi, en face d'eux, un ennemi respectable et respecté par la population, qui tiendrait et ferait tenir les engagements pris par les politiques. Un jour, il serait préférable de négocier avec des hommes de cette trempe, d'un futur retrait des troupes, plutôt qu'avec des hommes de peu d'honneur. Quant aux différents gouvernements des pays arabes et irakiens, ils voyaient avec bonheur la notoriété de ce héros si populaire s'étendre dans le monde. En effet, il redonnait la fierté à leur peuple et à leur armée, indirectement, en condamnant les terroristes à n'être que des mécréants, tueurs de musulmans innocents. Les récentes positions de la Résistance irakienne condamnant le terrorisme avaient été reprises par la presse, un peu partout dans le monde musulman, avec l'onction des pouvoirs en place. Ce qui n'empêchait pas Ben Laden et son bras droit Al Zawiri, de proclamer des menaces contre les chiites irakiens, contre les Américains et tous ceux qui soutiendraient un processus de réconciliation nationale en Irak, le premier d'entre eux étant le tout nouveau gouvernement irakien, dirigé par Nouri Al Maliki.

Il était, bien évidemment, recherché par les Américains et l'armée irakienne, mais sa tête n'était pas mise à prix. Il valait mieux qu'il soit en liberté. Il était l'un des instigateurs de la chasse aux terroristes. Sans pour autant l'aider, il fallait lui laisser les mains libres pour qu'il puisse agir dans ce domaine.

Cela dit, il était considéré comme un ennemi dangereux, voire très dangereux, car personne en face ne le connaissait et ne connaissait ses motivations et jusqu'à quel point la Résistance s'en servirait pour gagner le monde à sa cause. Il était clair pour les Américains qu'un tel ennemi était beaucoup plus dangereux qu'un Oussama Ben Laden, à long terme, car il avait la capacité, grâce à sa stature d'homme juste et respectueux de l'homme, de mobiliser la jeunesse et toute la jeunesse des pays arabes à sa cause.

Mais il valait mieux cet ennemi qu'un ennemi sans foi ou aveuglé par une foi dévoyée ni loi.

Mohammed ne se doutait pas à quel point sa personnalité était étudiée et utilisée ou instrumentalisée, tant par ses amis que par ses ennemis.

Les messages se faisaient de plus en plus pressants. On lui souhaitait un prompt rétablissement et un retour rapide sur le terrain des opérations. Ils avaient besoin de toutes les forces. Une attaque de grande envergure pourrait être lancée dans les prochaines semaines sur toutes les positions de l'armée régulière, dans les différentes provinces de l'Irak.

Alors que ses blessures se refermaient et sa fracture se solidifiait, ses douleurs étaient encore vives. Mais, il se préparait à repartir au combat. Pour cela, il lui fallait reprendre contact avec ses hommes. Il utilisa de nombreux messagers prévenus par Shérazade afin de distribuer ses ordres de regroupements dans les prochaines semaines. Il savait ses hommes dispersés dans un périmètre bien défini et peu étendu. Il pouvait donc les regrouper facilement pour les emmener au combat, en un lieu tenu secret jusqu'au dernier moment. Et de là, commencer les opérations de harcèlement prévues dans sa stratégie et soutenues par le commandement de la Résistance.

En fait, sa décision était prise. Il était moins dangereux pour ses hommes et pour lui de se regrouper, pour l'instant, dans un campement de fortune, et agir à partir de ce camp. Il agirait par ordre de regroupement pour chaque opération. Le dispersement des commandos serait alors facilité par la mobilité des hommes qui pourraient alors se fondre dans la population. Le seul vrai problème à résoudre était le transport des armes. Le transport des hommes se ferait par les moyens de transport utilisés normalement par la population, autocars, camions et taxis collectifs. Ils débarqueraient dans des lieux situés non loin du lieu de rassemblement, à la tombée de la nuit.

Il fallait alors leur donner les armes sur le lieu de rassemblement. Il décida de se faire livrer des armes par le commandement dans la ferme, et de les entreposer dans la cache qu'ils avaient créée lors de son précédent séjour.

Lors de la prochaine opération programmée, il aurait besoin d'un gros pick-up pour les transporter. Il fallait s'assurer qu'il serait disponible à ce moment-là, ce qui n'était pas problématique.

Cette fois-ci, ils ne pourraient pas être la cible facile de l'aviation. En effet, ils joueraient l'effet de surprise d'autant plus que la troupe se réunirait à la tombée de la nuit, attaquerait au petit matin pour se disperser le plus rapidement après les premières frappes.

Bien sûr, il était parfaitement conscient de l'importance pour le moral des troupes de se retrouver dans un cantonnement commun. Le problème, aujourd'hui, était que deux cantonnements avaient été découverts et détruits sur renseignements ou non, et que le campement sous terrain, qui avait été son premier camp d'entraînement, était déjà complètement surpeuplé. Il allait devoir s'atteler à cette tâche de recréer un cantonnement pouvant accueillir une centaine d'hommes, sans qu'il soit facilement repérable.

Il faisait sa rééducation avec Shérazade qui l'aidait à faire les mouvements les plus difficiles. Au début, il avait beaucoup souffert, maintenant, il allait crescendo, tout en faisant attention à ne pas trop forcer. Il se mettait plus facilement debout, faisait des promenades régulières à l'extérieur et rentrait dès qu'un nuage de poussière se profilait à l'horizon. L'appétit lui était revenu et la mère de Shérazade s'efforçait de lui préparer de la viande presque tous les jours.

Il fit passer un message à Hissam pour le remercier et le féliciter pour son diagnostic si juste et les prescriptions qu'il lui avait indiquées.

Hissam fut soulagé, et se promit d'essayer de venir le voir le plus tôt possible après qu'il eut obtenu l'autorisation de son chef.

En un mot, tout se présentait bien et rentrait dans l'ordre. Mohammed avait déclaré sa flamme à Shérazade qui s'était jetée dans ses bras pour accueillir cette si belle nouvelle. Elle le dit aussitôt à ses parents qui s'empressèrent de préparer un repas de fête pour l'occasion.

Mohammed se sentit bien. Il l'aimait et voulait qu'elle devienne sa femme, et la mère de ses enfants. Il avait déjà hésité, mais d'être passé si près de la mort le poussa à accélérer sa démarche.

Il allait se marier avec elle. Il allait en informer le commandement.

# Chapitre 17

« Bonjour madame Larbi, ici le commissaire Duchamp. Comment allez-vous, et votre mari et votre fils ? Bien, tant mieux ! Voilà ce qui m'amène : vous savez que nous effectuons toujours des recherches sur les organisations qui envoient de jeunes djihadistes dans les pays musulmans en guerre. Nous avons arrêté récemment un responsable d'un de ces groupuscules qui est passé aux aveux et nous a raconté beaucoup de choses. Entre autres, il semble qu'il ait eu dans son groupe de jeunes qu'il a envoyés en Irak, votre fils Mohammed. Tout concorde avec son signalement et sa personnalité. Je voudrais juste vous poser des questions et vérifier deux ou trois points avec vous. Quand puis-je venir vous voir pour en parler ? Demain, ça vous va ? OK, je viens demain matin à 10 heures. »

« Monsieur le commissaire, vous pouvez déjà me dire si vous avez des nouvelles de mon fils. J'espère que ce n'est pas pour me donner de mauvaises nouvelles que vous venez me voir ? Non ! c'est sûr, je peux avoir confiance en vous ? Bon, c'est déjà une bonne nouvelle que de ne pas avoir de mauvaises nouvelles, n'est-ce pas ? »

Le commissaire raccrocha, content d'avoir pu organiser un rendez-vous aussi rapidement avec madame Larbi. Elle avait, peut-être, des nouvelles de son fils qui corroborerait ce qu'ils avaient eu lors de l'interrogatoire de ce fils de pute qu'ils avaient arrêté. *Non mais, on va pas continuer à se faire baiser de la sorte par ces connards qui nous emmerdent en permanence !* se dit-il tout en mangeant un sandwich au saucisson beurre qu'il affectionnait particulièrement. Il se gratta la tête et essaya d'organiser dans sa tête le déroulé des questions qu'il allait lui poser le lendemain. Il avait dit aux enquêteurs de la DST que seul lui pourrait obtenir des renseignements de cette femme, si elle en avait. Il saurait l'amadouer et la faire parler, foi de Duchamp, nom de Dieu !

C'était incroyable que des jeunes veuillent partir se battre en Irak, dans des conditions qu'il ne voulait même pas imaginer. Mais qu'est-ce qu'ils peuvent bien foutre là-bas, à quoi servent-ils ces petits cons ? Ils doivent péter de trouille au moindre bruit d'une kalachnikov ou d'un hélicoptère. Ah, j'aimerais vraiment voir ça, ces pauvres mecs face à des soldats américains.

Et puis tous ces Arabes, ces musulmans, ils nous emmerdent. Qu'ils retournent dans leur pays et qu'ils ne viennent plus nous pourrir la vie. Chacun chez soi et Dieu reconnaîtra les siens. Ouaf, ouaf ça c'est bien parlé !

Farida avait hâte de retrouver demain ce commissaire. Il était peut-être raciste mais elle lui faisait confiance, quand même. Elle en parla à son mari dès qu'il rentra de son travail. Omar ne fut pas surpris de cette nouvelle. Il s'attendait qu'un jour on les appelle pour leur dire que leur fils était parti en Irak, qu'il avait été arrêté ou tué, et qu'on leur rendait son corps. Il ne se faisait pas beaucoup d'illusions sur la question. Il avait tourné la page pour Mohammed, et voulait l'oublier.

Farida essaya de l'intéresser à ce qu'il avait pu advenir de leur fils. Au bout d'un petit moment, Omar rentra dans la discussion et commença à échafauder des scénarii sur la vie de son fils, là-bas en Irak. Peut-être, était-il encore en vie, peut-être qu'un jour il reviendrait pour reprendre une vie normale. Il l'aiderait à trouver du travail dans l'usine où il travaillait. L'espoir renaissait dans sa tête et il en fut reconnaissant à sa femme.

La nuit fut longue pour eux deux. Farida ne put dormir. Le matin venu, elle réveilla son mari, lui prépara son petit déjeuner et se prépara à recevoir le commissaire. Elle fournit un petit effort sur sa toilette et se maquilla plus qu'à l'habitude. Elle ne savait pas trop pourquoi mais c'était ainsi. Elle rangea l'appartement et prépara un thé qu'elle lui proposerait.

Le commissaire était en route et sifflotait dans sa voiture banalisée. Il avait fait attention de ne pas s'afficher comme policier, cela aurait pu porter préjudice à cette famille. Il aimait bien cette femme et ne lui voulait aucun mal.

Il gara sa Clio déjà un peu vieille et cabossée. Au moins avec ce look, on ne lui piquerait pas.

Il s'arrangea un peu avant de monter les escaliers et sonna à la porte de cet appartement qu'il commençait à connaître après les quelques fois où il était venu.

Elle n'avait pas changé et l'appartement non plus, mais il était, peut-être, un peu mieux rangé que la dernière fois où il avait eu une longue discussion avec elle.

« Bonjour, madame Larbi, comment allez-vous ? lui dit-il avec son plus grand sourire. Cela fait longtemps que nous nous sommes vus, et c'est toujours un plaisir de vous revoir. »

« Bonjour, monsieur le commissaire, voulez-vous un peu de thé vert à la menthe ? Par cette chaleur, cela vous fera du bien. »

« Oui, pourquoi pas, je n'en bois pas souvent, mais à la menthe j'aime bien ça. »

« Alors, monsieur le commissaire, qu'est-ce qui vous amène ? »

« Voilà, nous avons obtenu des renseignements d'un homme que nous avons arrêté récemment, et qui nous paraissent dignes d'être retenus comme sérieux. Cela concerne une filière de recrutement de jeunes envoyés en Irak. Puis-je vous demander si vous avez, depuis sa disparition, eu des nouvelles de votre fils Mohammed ? » Non ! je m'en doutais, mais avez-vous eu des doutes ou des informations indirectes le concernant ? Non plus ! Cela me paraît logique et corrobore les renseignements que nous avons. En effet, nous savons qu'une dizaine de jeunes de votre cité sont partis le jour de la disparition de votre fils. Depuis, presque toutes les familles ont eu des nouvelles de leurs enfants, indirectement par des messages non datés et de provenance inconnue. Nous pensons que si vous n'avez pas eu de nouvelles de Mohammed, ce n'est pas qu'il ait pu être tué, mais parce que personne ne voulait là-bas que sa famille puisse avoir de ses nouvelles, au contraire des autres qui ne représentent, en fait, que des petits calibres. Je vais au bout de mes pensées, madame Larbi. Nous avons de fortes présomptions quant à la possibilité que Mohammed soit devenu un chef important de la Résistance en Irak. Pourquoi et comment me direz-vous ? Tout simplement parce qu'un jeune combattant étranger, qui se nomme Mohammed, a gravi les échelons au sein du mouvement de la Résistance en Irak, pour devenir, non seulement un chef régional respecté, mais aussi un héros pour les Arabes et musulmans du monde entier du fait de quelques hauts faits d'armes, dont la capture de soldats américains après un combat onirique. Personne ne le connaît en Irak, si ce n'est, bien sûr, le commandement de la Résistance et les quelques hommes qui ont dû combattre avec lui. Après recherche et recoupement de bases de données que nous avons étudiées avec nos amis américains, il y a de fortes présomptions que cet homme soit le même homme que votre fils.

Farida resta un instant bouche bée, ne sachant comment réagir à cette nouvelle. Bien entendu, rien n'était sûr, mais cela correspondait à la personnalité de son fils. Et quelque part, elle était fière que l'on ait pu arriver à la conclusion que son fils puisse être ce personnage dont il parlait.

« Pardon, monsieur le commissaire, mais vous êtes en train de me dire que mon fils se bat en Irak contre les Américains et qu'il est considéré comme un héros dans le monde entier ? »

« Oui, c'est cela, madame Larbi, un héros respecté par ses ennemis et, j'ose le dire, sympathique. »

« Ce n'est pas croyable. Comment peut-on croire que c'est notre petit Mohammed qui est cet homme dont vous me parlez ? »

« Nous nous trompons peut-être, mais il y a de fortes chances pour que ce soit lui. Les Américains sont sûrs qu'il s'agit d'un étranger, d'un Français de surcroît, et prennent très au sérieux les renseignements qu'ils ont pu obtenir. »

« Je ne vous cache pas que cet homme est considéré comme un ennemi très dangereux par les Américains, et qu'il est recherché par les polices européennes et française par conséquent, également. Ce que je voulais vous dire est très sérieux et mérite que vous le preniez en considération. En effet, si cet homme est bien Mohammed, et que vous entriez en contact avec lui ou que vous ayez des informations sur lui, vous devez nous en informer sous peine d'être considérée comme complice et donc passible d'une condamnation, d'après notre code pénal. Est-ce clair, madame Larbi ? Oh ! je sais bien que si c'est effectivement le cas vous ne direz rien car c'est votre fils bien aimé. Mais je vous aurai prévenu. Je vous aime bien, madame Larbi, vous êtes une femme forte et vous avez la tête sur les épaules. Ah ! j'oubliais de vous dire, avant de partir, comme vous pouvez l'imaginer, que vous êtes désormais sous surveillance, vous, votre mari et votre dernier fils. Maintenant, je dois vous quitter car je ne pas vous en dire plus, c'est le secret défense, vous comprenez. »

« Vous partez maintenant, mais vous ne m'avez presque rien dit sur cet homme et sur ce qu'il a fait. Si c'est mon fils, il est normal que j'en sache un peu plus, non ? »

« Non, madame, je ne peux rien vous dire de plus. Si vous aviez des renseignements à nous donner, nous pourrions engager un dialogue et vous pourriez en savoir un peu plus. Mais comme ce n'est pas le cas n'est-ce pas ? » Il attendait une réponse sur cette dernière question, mais elle ne vint pas. Il était sûr qu'elle n'avait reçu aucune nouvelle de son fils Mohammed depuis sa disparition. Donc, il pouvait partir et transmettre à sa hiérarchie le rapport de cet entretien.

Farida fut complètement bouleversée par cet entretien court, mais suffisamment explicite pour chambouler sa vie. On venait de lui annoncer, ou tout du moins il semblait presque sûr, que son fils était vivant, et qu'en plus il était devenu un héros pour les Arabes et les musulmans du monde entier. Mais comment se fait-il qu'elle n'en ait pas entendu parler ici, mystère ! Il est vrai que depuis quelque temps les gens parlaient de la guerre en Irak en mentionnant qu'un jeune français s'était distingué dans quelques combats au point de donner du fil à retordre aux Américains. Mais son fils était-il un de ces terroristes sanguinaires, recherchés dans le monde entier, qui faisaient sauter des bombes dans les marchés, ou combattait-il en tant que soldat de la Résistance ?

« Dites-moi, monsieur le commissaire, vous pouvez, quand même, me dire si Mohammed est un de ces terroristes d'Al-Qaïda… »

Elle n'eut pas le temps de finir sa phrase que le commissaire lui répondit, aussitôt.

« Non ! madame, votre fils s'est comporté comme un soldat, d'après ce que j'ai pu savoir, en soldat et non en terroriste, c'est tout ce que je peux vous dire pour l'instant. Ne m'en veuillez pas mais c'est la règle et, de toute façon, je n'en connais pas beaucoup plus sur ses exploits. Maintenant, je dois partir. À bientôt, peut-être, madame Larbi, et merci pour le thé. »

*Elle n'en sait pas plus que ça, j'en suis sûr*, se dit-il. *J'ai fait chou blanc, mais je lui ai foutu la trouille quand je lui ai dit qu'ils étaient, désormais, surveillés. On ne sait jamais, elle peut recevoir un coup de fil que nous intercepterons et qui nous mènera à une piste à fouiller.*

*Putain ! Comment ce petit blanc-bec que j'ai connu a-t-il pu devenir ce super héros ?*

*C'est incompréhensible ! Si c'est bien lui, je lui tire mon chapeau. Peut-être qu'il reviendra quand il sera devenu un grand homme, ou qu'il disparaîtra aussi vite qu'il est apparu, abattu dans un petit village en Irak. Personne ne retrouvera son corps, bye bye, Mohammed, retourne en enfer ! Non ! Pas en enfer, quand même, mais au diable, tiens !*

Il revint chez lui, un peu las de cette vie minable qu'il était obligé de supporter. Il enviait, quelque part, ce garçon qu'il avait connu. Non pas pour la cause qu'il défendait, mais pour le courage qu'il avait eu en partant se battre là-bas. Et en plus, il paraît qu'il serait un type bien. Alors là, je dis bravo ! Il aurait condamné le terrorisme, ce qui serait une action remarquable et il serait écouté des chefs de la Résistance. Bien joué, Mohammed, toi t'es un homme, un vrai !

Sur ce il se prépara son dîner, un truc surgelé, sans goût ni saveur et s'ouvrit une bouteille de rosé qu'il affectionnait bien, un vin rosé de Corse qu'un de ses collègues lui avait à un prix incroyable. Demain, il verrait les mecs de la DST et leur raconterait son entretien avec cette Farida qui était une maîtresse femme.

Lorsque Omar rentra de l'usine, Farida l'attendait impatiemment pour lui relater ce qu'elle avait entendu de la bouche de cet inspecteur Duchamp. Mais, elle n'eut pas le temps de prendre la parole qu'il avait commencé à lui poser des questions.

— Alors, tu as vu l'inspecteur ? Qu'est-ce qu'il t'a dit ?

— Tu ne devineras jamais ce qu'il a pu me dire.

Et elle lui raconta dans le détail la teneur de leur conversation. Au fur et à mesure qu'elle avançait dans cette histoire, Omar ouvrait des yeux toujours plus grands, l'air incrédule. Il coupait sa femme de : non c'est pas possible ! mais comment ont-ils pu savoir tout ça ? Comment ça se fait qu'on n'en a pas parlé dans notre communauté ici, et d'autres interventions qui exaspéraient Farida qui aurait voulu lui dire tout, d'une traite.

Une fois qu'elle eut fini son histoire, Omar la regarda et lui demanda ce qu'elle en pensait. Ils divaguèrent pendant quelque temps en se demandant s'ils n'avaient pas rêvé. Ils allumèrent la télévision pour se mettre sur la chaîne Al Jazeera, au cas où ils parleraient de Mohammed. Mais tout cela était irréel. Personne ne savait vraiment qui était ce fameux Mohammed. Était-il leur fils chéri, ils n'en savaient rien et personne n'en savait vraiment rien. Mais cela pourrait expliquer pourquoi il n'avait jamais donné de ses nouvelles depuis sa fuite. Il ne pouvait courir le risque de se faire repérer comme un débutant. Oui, c'était un premier bon indice que cela pouvait bien être lui, et cela les rassurait sur le fait qu'il soit vivant.

Le ton de leur discussion s'enflammait au fur et à mesure que la nuit avançait. À la fin, au moment d'aller se coucher, il voyait leur fils comme un héros de leur communauté tout entière. Il allait devenir un homme célèbre dans le monde entier. Ils allaient bientôt le revoir et ils le suivraient partout. Non, ce n'était pas possible. Tout cela n'était qu'une histoire à dormir debout et sans fondement, pourtant… ils passaient de l'euphorie la plus complète à la déprime la plus totale.

Ils s'étaient dit qu'ils n'en parleraient pas à leurs voisins, leurs amis et la famille. Pour peu que cette histoire soit invalidée, ils seraient ridiculisés.

Non, il fallait garder la tête froide et attendre le fin mot de l'histoire. La police allait continuer son enquête et ils seraient, bien évidemment, mis au courant des derniers rebondissements, s'il y en avait.

# Chapitre 18

« Faisons un rêve, Shérazade. Imaginons que les chiites et les sunnites irakiens se retrouvent sur une même ligne politique et que les querelles cessent. Imaginons qu'ensemble, ils décident de reprendre en main les destinées du pays et qu'ils négocient, ensemble, le retrait des troupes américaines et de la coalition internationale. Imaginons, ensuite, qu'ils décident de mettre hors-la-loi toutes les organisations terroristes, et que celles-ci soient combattues sans aucun état d'âme et avec la plus grande détermination. Imaginons, enfin, qu'ils décident, avec les gouvernements des pays musulmans, à majorité chiite ou sunnite, voisins, de s'unir économiquement avant de constituer une alliance politique. »

« Ce serait tellement magnifique. Je suis sûre que c'est réalisable et tu peux en être le catalyseur, car tu n'es d'aucun camp, d'aucune obédience, et d'aucun pays concerné. C'est pourquoi il faut que tu avances dans tes travaux, vite, et que tu les fasses connaître grâce à la notoriété que tu as acquise. Je t'aiderai autant que je le peux. Tu es notre héros, tu seras notre sauveur et réunificateur. Je t'aime plus que tout, Mohammed ! »

La vie continuait tranquillement dans cette ferme isolée mais le stress montait car Mohammed se remettait plus vite que prévu de ses blessures. Shérazade était heureuse de cette prompte guérison mais anxieuse à l'idée qu'il allait repartir au combat, physiquement diminué.

L'inaction pesait un peu sur le caractère de Mohammed. Il entamait sa rééducation ardemment. Il recommençait à se nourrir avec appétit et à dormir presque normalement.

Ils recevaient et envoyaient régulièrement des messages au QG qui s'impatientait de le voir à nouveau sur le théâtre des opérations. Mais il y avait un problème bien plus grave qui ne faisait que s'amplifier depuis quelques semaines. Les relations entre sunnites et chiites se détérioraient rapidement. Les assassinats et règlements de compte se multipliaient, faisant toujours plus de morts. Rien ne semblait arrêter ce mouvement destructeur. Comment tout cela était-il possible ? Quelles mouches les avaient piqués pour que la situation s'empire de la sorte ? Al-Qaïda attisait les braises qui couvaient, et la stupidité des hommes faisait le reste.

La guerre civile ne pouvait faire que le jeu de cette organisation terroriste. Le mouvement de la Résistance était, par la même occasion, affaibli. Sa force ne pouvait venir que de l'union de tous les Irakiens. Leur désunion était clairement une menace pour le pays. Les kurdes, les chiites pros iraniens, et les sunnites essaieraient chacun de profiter de la guerre civile et demander une partition du pays. Le chaos servait Al-Qaïda car, la violence appelant la violence, l'organisation pouvait espérer recevoir de nombreuses candidatures d'apprentis kamikazes désespérés, prêts à mourir plutôt que de vivre, ou plutôt survivre, dans une société complètement désarticulée. Quel malheur, se disait Mohammed que l'on ne puisse pas faire grand-chose pour éviter cela. La Résistance avait besoin du soutien de tous les Irakiens et de l'élimination d'Al-Qaïda. Il ne devait y avoir qu'une seule organisation unifiée de la Résistance pour combattre les occupants, et un seul moyen efficace pour peser dans les futures négociations.

Les enjeux étaient tellement énormes et les parties prenantes tellement nombreuses, que Mohammed se dit avec philosophie, laissons les choses se faire par elles-mêmes et nous verrons. Faisons confiance à Allah pour nous montrer le chemin et nous le suivrons.

Toutes ces nouvelles ne l'incitaient guère à se mobiliser rapidement pour reprendre les armes. C'était, quelque peu, décourageant, et encore plus, pour un non-Irakien.

Je vais me tenir au courant des dernières nouvelles. En attendant, il faut que je me refasse une santé de fer et que j'avance sur mon essai économique.

Il écrivait beaucoup, mettant toutes ses idées sur papier. C'est seulement, une fois tout mis en vrac, qu'il tenterait de les classer, puis de construire ce qu'il voulait être l'œuvre de sa vie. Il se voyait mieux dans la paix que dans la guerre. Tout ce qui était en lui était tourné pour réussir la paix et montrer au monde que les musulmans n'étaient pas ce qu'était Al-Qaïda ou ceux qui prônaient la violence et la guerre sainte.

Son Islam était symbole de paix, d'intelligence, de tolérance, d'amour et de joie de vivre. C'était ce qui l'unissait à Shérazade.

Toute cette réflexion n'était pas naïve ou tout simplement utopique. Il savait que la plupart de la population musulmane dans le monde aspirait à un meilleur bien-être dans la paix, et surtout les femmes pour le bonheur de leurs enfants. La guerre sainte n'était prônée que par des illuminés, et ceux pour qui la violence était la seule solution pour sortir du marasme. Aujourd'hui, c'était ceux-là qui triomphaient, demain, ce seront les justes, il en était sûr.

C'est pourquoi il fallait apporter de l'eau au moulin des justes, une réflexion et des propositions concrètes qui pourraient servir de base pour une action concertée des pays arabo-musulmans.

Il devait aller vite et profiter de la notoriété dont il bénéficiait pour diffuser ses idées. C'était ce qu'il se disait tous les jours, et tous les jours il se remettait à l'ouvrage en même temps qu'il accélérait son programme de rééducation de sa jambe et de son bras.

Heureusement, il avait une force de travail hors du commun et se réveillait chaque matin à 6 heures. Pendant ses longues journées de travail, Shérazade aidait ses parents dans la ferme, allait à la ville la plus proche pour le ravitaillement et les produits et outils nécessaires au bon fonctionnement de la ferme et du maigre matériel agricole qu'ils avaient. Elle en profitait pour remettre des messages destinés au commandement de la Résistance et recevoir ceux qui lui étaient destinés ainsi qu'à Mohammed. Tout était crypté de manière simple car ces écrits ne devaient pas attirer l'attention au cas où ils seraient trouvés lors de fouilles au corps. Le procédé était simple. Ils racontaient la vie de la ferme à une tante éloignée dans un langage de paysans. Ils ne pouvaient pas susciter l'intérêt d'un soldat ou d'un policier. Plusieurs fois, elle avait été contrôlée et à chaque fois, ils étaient tombés sur ces lettres sans y voir un message destiné, en fait, à d'autres personnes. De même, pour les messages destinés à Mohammed.

Plus le système de cryptage était simple et basique et moins il était repérable. Il faut dire que le service de courrier n'existant pas, il était normal que ce soient les gens eux-mêmes qui fassent office de facteurs, donc tout transport de courrier n'était a priori pas suspect.

De temps en temps, la lassitude le prenait lorsqu'il était fatigué. Cette lassitude provenant de ce sentiment de ne rien pouvoir réussir pour faire avancer les choses. Mais Shérazade veillait, et cette lassitude disparaissait aussitôt, dans le réconfort de ses bras.

Loin de la « caserne », proche de la femme qu'il aimait, il avait l'impression de vivre en dehors du temps. La seule chose qui le retenait à son temps était d'avancer dans son projet, mais il était toujours dans le virtuel, pas encore dans le concret.

Il eut le bonheur d'avoir la visite de Hissam qui devait visiter des blessés dans le coin, dont lui. Il resta toute la journée et devisa librement avec Mohammed après avoir constaté que ses blessures s'étaient bien remises et qu'il courrait bientôt comme un lapin et pourrait se servir de ses deux bras, comme avant.

Hissam avait des nouvelles fraîches de Bagdad, du nouveau gouvernement, et du monde. Les rumeurs prédisaient un retrait plus rapide que prévu de l'armée américaine. Était-ce à cause des derniers évènements en Somalie où les « tribunaux islamiques » avaient pris le pouvoir à Mogadiscio en boutant dehors les « seigneurs de la guerre », véritables brutes au service de personne, si ce n'est de leur intérêt propre. Les Américains ne voulaient pas d'un nouvel Afghanistan, havre de paix pour les terroristes d'Al-Qaïda. Ils auraient peut-être d'autres chats à fouetter là-bas, malgré les mauvais souvenirs vécus lors de leur dernière incursion dans cette partie du monde.

En Afghanistan, les talibans reprenaient du poil de la bête, mais était-ce une bonne nouvelle ?

Des attentats, a priori islamiques, avaient eu lieu en Inde, l'Iran voulait développer l'énergie nucléaire dans son pays, et cela provoquait une crise internationale sérieuse. Dans ce concert, ce qui se passait en Irak n'était pas très important aux yeux d'une bonne partie de la population mondiale, et c'était toujours le terrorisme islamique qui était impliqué dans les évènements dramatiques qui étaient annoncés quotidiennement.

Cela faisait un bon mois qu'il était reclus dans cette ferme, choyé par Shérazade et ses parents. L'heure du retour au combat approchait et il s'y préparait ardemment. Désormais, comme il n'avait plus de QG régional, il devait préparer les futures actions à mener avec ses seconds à la ferme. Il les convoqua par messagers interposés et leur fixa une date de réunion pour mettre au point les opérations à venir. Ils devaient venir séparément, par leur propre moyen. Ils devaient se présenter comme des ouvriers agricoles qui se rendaient à leur travail saisonnier, la récolte des dattes. Shérazade pouvait donc les héberger sans craindre les éventuels contrôles de police ou de l'armée. Il y avait un hangar à cet effet, parfait pour des ouvriers agricoles, comme cela se passait dans de nombreuses fermes au moment de la récolte des dattes, ou de moisson de céréales.

Ils arrivèrent en ordre dispersé. Tous avaient pu être prévenus et avaient pu venir. Ils étaient cinq et devaient, en fait, recevoir leur feuille de route.

La feuille de route consistait dans la façon de contacter les hommes qui devaient faire partie des opérations, il pouvait compter sur une bonne centaine d'hommes répartis en petites unités opérationnelles de dix, et de les réunir dans des lieux précisés au dernier moment, en comptant le temps que les convocations leur parviennent par la voie habituelle.

Tout ce processus était, sur le papier, bien réglé. Il suffisait, maintenant, de le prouver sur le champ des opérations. Celles-ci étaient toujours des actions de harcèlement menées par des groupes d'une dizaine d'hommes sur des objectifs bien précis. Rapidité et mobilité étaient les maîtres mots. Cela avait fait leur succès, et c'est comme cela qu'ils portaient les coups les plus durs aux troupes de la coalition et à l'armée irakienne.

La fébrilité s'emparait de Mohammed qui essayait de ne pas le montrer à Shérazade.

Cela sentait la fin du repos du guerrier et le dur retour à la réalité.

Ils eurent des nouvelles récentes sur le front palestinien par un message très long du QG. Les Israéliens venaient d'envahir la bande de Gaza et, maintenant, s'en prenait au Liban qui abritait le Hezbollah et ses miliciens, comme le faisait depuis des années la Syrie. Il semblait que la région était au bord de l'embrasement. D'un moment à l'autre tout pouvait arriver. Une déflagration toucherait tous les pays limitrophes de l'Iran à la Syrie, sans oublier tous les autres pays limitrophes d'Israël.

*Mais quand tout cela va-t-il cesser ?* se demanda-t-il. *Ce n'est pas la disparition d'Israël qui solutionnera notre problème de sous-développement, ni l'éradication du Hamas ou du Hezbollah par l'armée israélienne. C'est dans l'homme que la solution se trouve, dans le dialogue, le respect de l'autre, avec, comme objectif, le développement de la vie et non la destruction et la mort. Qu'allait-il arriver si toute la région s'embrasait ? Qu'adviendrait-il d'eux ? Quels seraient leurs ennemis les plus dangereux ?* C'était angoissant.

Si l'Iran rentrait en guerre contre Israël pour soutenir le Hezbollah, c'en était fini de l'équilibre actuel et il faudrait repenser toute la stratégie et le dispositif mis en place par le grand QG de la Résistance. L'équation n'était pas simple. Il en parla avec Hissam avant que celui-ci ne retourne à son camp. Ce dernier resta dubitatif et s'en remit à Allah qui ferait bien les choses. Tout cela était trop énorme pour qu'ils aient prise sur les évènements qui risquaient de se passer. Tout le monde jouait à l'apprenti sorcier dans cette partition, sans se soucier le moins du monde des conséquences de ses actes. Les hommes étaient vraiment déraisonnables mais comment faire pour les remettre dans les lignes de la raison ? Il n'empêche que l'attitude responsable et modérée de Mohammed était plébiscitée un peu partout puisqu'il était considéré comme un héros, sans être un terroriste sanguinaire ni un chef de guerre impitoyable, ce qui prouvait que le monde musulman était loin d'être un monde de fanatiques et de jusqu'au-boutistes. Il suivait donc la bonne voie et pouvait, ainsi participer, à son niveau, au renouveau économique et politique du monde musulman. Pourquoi ne pas le tenter ? Et s'engouffrer dans cette brèche qui s'ouvrait, à cause de l'attitude irresponsable de quelques chefs d'État ou d'organisations clandestines qui avaient déjà, fait tant de mal à leurs populations en ignorant leurs aspirations profondes.

En attendant, il préparait minutieusement son retour au combat et ne voulait pas céder au défaitisme. Il irait jusqu'au bout de son combat tant que cela avait un sens et une quelconque utilité pour l'Irak et les hommes qui lui avaient fait confiance.

Les services de renseignement américains avaient eu des informations sur un certain Mohammed, un des chefs de la Résistance, qui était en train de devenir un héros dans le monde arabo-musulman, et qui avait été blessé lors d'une frappe aérienne sur un groupe de résistants. Depuis, ils n'avaient plus aucune nouvelle. Ils le cherchaient dans la région nord de Bagdad et étaient à la recherche de toutes les pistes possibles le concernant. Mais ils n'avaient aucune photo de lui ou de signe de reconnaissance fiable. Il n'y avait pas qu'eux à sa recherche. Al-Qaïda le recherchait aussi, ainsi que les autres chefs de la Résistance qui avaient osé déclarer comme ennemie cette organisation terroriste.

Mohammed le savait mais s'en remettait, lui aussi, à Allah pour le protéger de ses ennemis. Il n'y avait rien d'autre à espérer dans ce grand désordre qui bouleversait la région.

Sur la base de renseignements américains, la DST enquêtait fébrilement en France. Toutes les personnes qui avaient pu côtoyer Mohammed Larbi, à un moment ou à un autre, devaient être interrogées. Ce fut le cas de Jocelyne Tremplin, la journaliste de Paris Match qui avait écrit un article sur la famille Larbi.

Elle raconta ce qu'elle savait sur cette famille, d'après ses souvenirs, mais indiqua qu'elle n'avait jamais rencontré Mohammed, ni de près ni de loin.

Cela l'incita à aller plus loin et elle commença des recherches sur ce jeune homme dont le parcours, si c'était vraiment lui, devenait très intéressant à raconter. Elle fit jouer ses relations qu'elle avait à la DST pour avoir des renseignements plus précis.

On lui confirma qu'ils commençaient à avoir la conviction que le fameux Mohammed qui était célébré comme un héros dans les pays arabo-musulmans était bien ce Mohammed Larbi dont la mère était cette femme qu'elle avait interviewée pour réaliser son article sur la vie de famille d'immigrés pendant les émeutes de banlieues. Elle tenait là, sans doute, les prémices d'un article qui passionnerait les foules. D'ailleurs, son article sur la famille Larbi avait connu un grand succès, si l'on en croit les coups de téléphone et les e-mails reçus à la rédaction sur ce sujet.

Elle n'avait plus qu'à recoller ce nouvel épisode à son premier article, et c'était le début d'un feuilleton qui pourrait durer des semaines. C'était exactement ce que recherchait le directeur de la rédaction pour doper les ventes.

Elle prit rendez-vous avec Farida Larbi. L'entretien téléphonique fut rapide et presque chaleureux. Farida ne lui tint pas rigueur de l'avoir abandonnée après la parution de son article. C'était la vie, chacun menait la sienne de son côté, et ne pouvait avoir à supporter toutes les misères de ses voisins.

Le rendez-vous fut fixé pour la fin de semaine. Elles parlèrent longuement. Jocelyne s'intéressait de plus en plus à cette femme si digne dans le malheur et si clairvoyante sur la situation actuelle des familles d'immigrés du Maghreb, en France.

Farida lui raconta son entrevue avec le commissaire Duchamp et les soupçons qui pesaient sur son fils. Mais elle ne lui apprit rien de nouveau par rapport à ce qu'elle savait.

Il fallait qu'elle enquête un plus précisément auprès de ceux qui avaient bien connu Mohammed. Elle pensait à son professeur principal du lycée, l'Imam de la mosquée et éventuellement des copains de sa classe. Elle hésita sur l'opportunité de rencontrer des codétenus lorsqu'il avait passé quelque temps en prison, puis se décida qu'elle verrait cela plus tard. Il serait difficile d'obtenir leurs noms.

Elle commença ses pérégrinations auprès de l'Imam et du professeur principal dont Farida lui avait donné le nom.

Les contacts furent faciles et elle put obtenir des rendez-vous avec chacun d'eux. Elle leur précisa l'objet de sa visite et leur demande de s'exprimer librement car il ne s'agissait aucunement de renseignements qui seraient transmis à la police, elle s'y engageait. Après les premiers échanges, ils furent en confiance avec Jocelyne et se montrèrent prolixes au sujet de Mohammed. Non, ils ne seraient pas étonnés que l'homme dont elle parlait soit Mohammed. Il était un garçon courageux, intelligent, curieux, toujours prêt pour suivre des expériences nouvelles et un caractère hors du commun. Tous les deux furent ainsi élogieux. Il ne pouvait pas être parti pour faire partie des apprentis terroristes car il avait trop le respect de l'autre. C'était un des points importants de sa personnalité. Ils furent malgré tout étonnés de ce que leur avait dit cette journaliste sur les soupçons qui pesaient sur lui.

Cependant, elle n'apprit rien de nouveau par rapport à ce qu'on lui avait déjà dit. Il y avait un certain mystère là-dessous : comment un garçon comme Mohammed aurait-il pu devenir ce chef de guerre respectable, en quelque sorte, en si peu de temps, sans formation militaire particulière à l'entraînement des armes ? C'est vrai que certains caractères se révèlent dans l'adversité, mais dans ce cas c'était exceptionnel. Oui, elle tenait là un bon sujet, il ne fallait pas le lâcher.

Elle allait voir avec le correspondant de Paris Match, en Irak, comment essayer d'obtenir des renseignements plus précis sur ce Mohammed.

Tout cela pourrait prendre du temps mais elle se jura qu'elle irait jusqu'au bout, cela en valait la peine parce que ce jeune homme, parti pour l'Irak n'était pas, en fait, un voyou désœuvré mais plutôt, a priori, un type bien qui avait pu influencer le comportement de quelques chefs de la Résistance irakienne. En ayant, lui-même, un comportement irréprochable dans une période difficile, il pourrait, même si cela devait être condamné par les autorités françaises, servir d'exemple, non pas dans la finalité de son action mais dans sa façon d'agir, pour les jeunes voyous de banlieue dont les repères étaient totalement absents de leur univers.

Alors que beaucoup de monde le recherchait, il préparait tranquillement son retour, tout étonné que sa cache n'ait pas été découverte. Cela était incroyable avec le nombre de messagers qui venaient déposer du courrier à une jeune fille, totalement inconnue d'eux, qui leur en remettait, en retour, destiné au QG de la Résistance. Soit elle était un personnage important de la Résistance mais le messager l'ignorait, ce qui était curieux, soit ces messages étaient destinés à quelqu'un d'autre, mais il ne savait pas qui le protégeait et où il se cachait. Dans les deux cas, un espion aurait pu donner un renseignement précieux et bien rémunéré aux Américains ou à la police irakienne. Mais rien de cela n'était arrivé. Allah l'avait protégé, c'était certain.

Les premiers ordres de mobilisation de ses hommes partirent un beau matin. Un premier coup de force devait avoir lieu contre une garnison de l'armée américaine, à une quarantaine de kilomètres de la ferme de Shérazade. Cela lui rappelait un de ses derniers combats. À peu près tous les combattants convoqués avaient pu se retrouver et lancer une attaque d'envergure sur cette garnison. Le succès fut total sans qu'il ait eu de blessés graves dans leur camp. En revanche, de nombreux soldats américains avaient été blessés ou tués. Ils se dispersèrent aussitôt, après avoir reçu des mains de Mohammed leur feuille de route pour les deux semaines à venir. De nombreuses autres opérations de ce genre étaient prévues, et ils devaient se tenir prêts à se rendre le plus rapidement possible à chaque lieu de rassemblement précisé dans les prochaines convocations.

Les hommes étaient heureux. Ils avaient retrouvé leur chef, tant respecté. Il était redevenu cet homme plein d'allant s'inquiétant de la vie de chacun. C'était vraiment un honneur de combattre à ses côtés et sous ses ordres.

Les combats suivants furent de la même veine. Les services de renseignements américains avaient du mal à cerner d'où partaient les attaques qui commençaient à leur porter des coups de plus en plus durs. À chaque fois, les Irakiens citaient le nom de Mohammed, comme le grand ordonnateur de ces coups de force si efficaces. Mohammed était devenu l'ennemi à abattre. Mais il échappait à toute surveillance et aucun traître dans les organisations de la Résistance n'était prêt à le dénoncer. Personne, du côté américain, n'avait de renseignement précis sur lui. Mais l'enquête qu'ils menaient en concomitance avec la DST avançait et pouvait leur apporter, bientôt, de précieux renseignements, pouvant leur permettre d'en tracer un portrait-robot d'après les photos qu'ils avaient pu obtenir de France.

Bientôt, ils pourraient diffuser son portrait présumé, dans la région. Cela pourrait susciter des vocations de délateurs parmi la population, surtout si la prime offerte pour sa capture s'avérait élevée.

Les contrôles dans la région s'accentuaient et devenaient de plus en plus sévères. Mais, il leur échappait comme par miracle. En fait, sa cache dans la ferme était la meilleure solution pour y échapper. Aucun de ses combattants ne savait où il vivait entre deux opérations menées contre l'ennemi. Sa vie était devenue mystérieuse et sujette à toutes les conjectures même au sein de ses troupes. Cela ne l'empêchait pas d'être toujours aussi populaire. Ce mystère qui, désormais, l'entourait, le protégeait et participait à la montée en puissance de sa notoriété. En effet, son nom circulait partout en Irak comme le symbole de la résistance aux armées de la coalition et du renouveau de l'honneur des Arabes dans le monde.

Ainsi, dans de nombreux pays arabo-musulmans, Mohammed devenait la figure de proue de la résistance au monde occidental. Le fait qu'il ne soit pas irakien, comme la légende le disait, était un atout pour tous, la Résistance n'avait pas de frontière et mettait en œuvre la solidarité des populations arabes vis-à-vis d'un conflit qui allait plus loin que le seul conflit irakien.

Personne, étrangement, au sein de la Résistance, ne prenait ombrage de cette notoriété qui ne cessait de grandir. C'était, sans doute, dû au fait que Mohammed, à aucun moment, n'avait exprimé des ambitions politiques en Irak, ce qui aurait été une erreur, car ce n'était pas ce que les Irakiens attendaient de lui. Il était et devait rester un symbole, un phare pour le peuple arabe. Cette notoriété s'amplifiait bien malgré lui car ce n'était pas ce qu'il recherchait. La seule raison pour laquelle il s'en réjouissait était que cela allait lui servir pour diffuser ses idées en matière économique.

Le QG de la Résistance, constatant la recrudescence des contrôles et les risques que cela faisait courir à Mohammed, lui demanda de quitter la région pour venir plus au sud où il ne serait pas recherché aussi systématiquement, d'autant qu'un portrait de lui en jeune homme allait bientôt circuler dans le pays. Le portrait révélait le visage d'un adolescent sage, peu ressemblant avec le Mohammed d'aujourd'hui, barbu, le visage buriné, et les cheveux longs. Il serait particulièrement difficile de faire le lien entre les deux visages. Il n'empêche, il ne fallait pas qu'il soit fait prisonnier car cela pourrait porter un coup très dur à la Résistance. Ce symbole qu'il était devenu ne devait pas tomber aux mains de l'ennemi. Il devait se protéger et être protégé, mais toujours participer aux combats pour nourrir sa propre légende.

Il dut quitter sa ferme. Mais il s'arrangea pour que Shérazade et son chien Amour puissent l'accompagner dans son nouveau cantonnement.

Tous ces évènements ne l'avaient pas distrait de sa tâche. Sa théorie, ou plutôt son recueil d'idées et de propositions en matière économique, avançait à pas comptés, mais sûrement. Il était devenu totalement passionné d'économie, et chaque instant de libre qu'il pouvait avoir était consacré pour approfondir sa réflexion, et coucher sur papier les idées qui lui venaient à l'esprit. Grâce à son esprit de synthèse particulièrement développé, la construction de sa future théorie économique s'appuyait, petit à petit, sur une colonne vertébrale cohérente qui permettait de suivre les évolutions de sa pensée.

Il écrivait sur son ordinateur portable qu'il avait toujours avec lui et qui lui permettait de se relier à Internet, lorsqu'il en avait la possibilité. Il s'arrangeait pour surfer sur Internet de manière anonyme en visitant des sites anodins, comme lemonde.fr ou wsj.com ou ft.com, pour avoir les dernières nouvelles économiques et politiques sur le monde. En l'utilisant de cette façon, il ne pouvait pas susciter de soupçons de la part des organismes américains qui surveillaient la toile et, notamment, les requêtes provenant d'adresses IP suspectes ou originaires de régions particulièrement sensibles.

Il ne laissait jamais de documents confidentiels sur son disque dur. Il ne lui servait qu'à s'informer et écrire ses pensées économiques. Ainsi, s'il était arrêté et que son ordinateur était retrouvé ou confisqué, personne ne pourrait le suspecter d'être le Mohammed que tout le monde recherchait. Il serait plutôt, un étudiant sage qui utilisait son ordinateur à des fins uniquement universitaires.

Ils partirent donc, à trois, lui, Shérazade et son chien, vers de nouvelles contrées dans une vieille guimbarde : le petit couple parfait qui allait visiter sa famille dans le sud de Bagdad.

Il avait sa feuille de route avec lui et devait la suivre scrupuleusement. Tous ses faits et gestes allaient être surveillés de près, ce qui, d'une certaine manière, le rassurait, mais l'irritait dans le fond.

Pendant ce temps, les attentats continuaient toujours, tuant de nombreux chiites qui se vengeaient en éliminant de plus en plus de sunnites, par l'intermédiaire d'escadrons de la mort. En fait, une guerre civile était en train de se mettre en place, et un rien pouvait faire exploser la situation.

Ce qu'il y avait de plus en plus inquiétant encore, c'était la situation en Iran où le pouvoir en place voulait se doter de l'arme atomique pour faire partie des grandes nations de la planète, et dominer le camp musulman. Ce qui, en soi, n'était pas illégitime, mais pourrait favoriser le camp de l'obscurantisme et du maintien du sous-développement dans le monde arabo-musulman.

Tous ces paramètres affolaient non seulement Mohammed mais aussi les dirigeants de la Résistance, qui voulaient rester éloignés de tous ces éléments difficiles à maîtriser et à démêler, pour rester fidèles à leur mission première, qui était d'accélérer le départ des troupes d'occupation avant de laisser la place aux politiques, plus qu'aux religieux.

Une grande crise internationale se profilait à l'horizon. Mohammed en était conscient. Elle éclata avec l'intervention d'Israël au Liban pour éliminer le Hezbollah. Mohammed l'apprit au moment où il arrivait sur son nouveau lieu de résidence, à Kerbela. La route avait été très mauvaise, longue et fatigante. Ils avaient longuement parlé de leur avenir avec Shérazade et de leur envie d'avoir un enfant, quelle que soit la suite des évènements à venir.

Ils furent accueillis, anonymement, par un comité de réception qui ne connaissait pas l'identité réelle de Mohammed. Ils furent installés dans une petite maison, en plein cœur de la ville, en attendant de nouvelles instructions qui devaient venir rapidement du commandement.

La maison n'était ni spacieuse ni confortable, mais ils étaient heureux de pouvoir se reposer dans un endroit où ils auraient la paix, pour l'instant. Amour ne s'était pas manifesté durant le voyage. Il n'aimait pas les trajets en voiture, même avec son maître. La chaleur l'avait complètement assommé. Mohammed lui donna une écuelle d'eau qu'il lapa goulûment tout en remuant la queue.

Ils étaient loin de toute cette effervescence, et il en était, sans vouloir le montrer à Shérazade, quelque peu déçu.

Il lui tardait de revenir sur le terrain et participer à l'histoire avec un petit h et un grand H.

Cela ne fut pas long car, à peine installé dans leur maison, il reçut son ordre de mission pour commander une unité de combat.

Il se rendit au QG régional qui n'était qu'une petite masure délabrée qui n'attirait pas l'œil, mais regorgeait de matériel informatique, dans la cave souterraine qui accueillait le mess des généraux et commandants. Ceux-là étaient plus durs que ceux qu'il avait connus dans le nord. Ils étaient d'anciens officiers de Saddam Hussein, et la détermination qui se voyait dans leurs regards lorsqu'ils lui expliquèrent la mission qu'il aurait à accomplir, avec un détachement de 20 hommes, fut immédiatement communicative. Ils s'adressèrent à lui avec sympathie. Ils lui demandèrent des nouvelles de ses blessures, de Shérazade et même de son chien. Après les échanges d'usage, ils passèrent aux choses sérieuses et en vinrent aux détails de l'opération.

Le coup de force qui était en préparation était audacieux mais magnifique s'il réussissait.

Il s'agissait de s'introduire dans un camp américain situé à une vingtaine de kilomètres de là et de faire sauter tout le stock d'armes et de munitions qui y étaient entreposées, tout en éliminant les soldats présents, et prendre quelques prisonniers qui pourraient être échangés contre des prisonniers de la Résistance détenus dans les prisons américaines. Un tel coup, s'il réussissait, serait une immense victoire et aurait une portée sans commune mesure avec ce qui avait été fait, jusqu'à maintenant.

C'était un grand honneur qui lui était fait en lui confiant cette mission. Il en fut tout à fait conscient et les remercia. Maintenant, ils avaient environ quinze jours pour la préparer. Ils avaient des espions sur place qui allaient les renseigner sur le dispositif de défense des Américains et sur le nombre d'hommes qui étaient de garde la nuit. Seul un petit commando était capable de s'infiltrer dans le camp, placer les explosifs aux endroits stratégiques et éliminer les soldats présents. Il était hors de question, pour des raisons de sécurité d'imaginer attaquer ce camp en plein jour avec une unité de combattants plus importante.

La seule solution était celle qui était préconisée par le commandement. Ils devaient réussir cette mission car ce dépôt d'armes et de munitions était très important, et tant qu'il était opérationnel l'armée américaine pouvait exercer son contrôle sur la région. Donc, il fallait qu'elle soit dirigée par un homme qui avait déjà fait ses preuves et qui saurait diriger ses hommes, avec doigté et intelligence. Personne, parmi les soldats qui lui seraient mis à sa disposition, ne connaissait sa véritable identité. Il arrivait souvent qu'un nouvel arrivant soit désigné pour diriger une opération spéciale.

Personne ne s'en étonnait. Ainsi, s'il était fait prisonnier, il lui suffirait de donner un faux nom, et de s'y tenir. Il serait, alors, impossible de découvrir qui il était réellement.

Les préparatifs s'annonçaient difficiles car il lui fallait récolter des renseignements auprès de quelques indics qui travaillaient dans le camp, mais le personnel était étroitement surveillé par la police irakienne et la police militaire américaine. Il lui fallait les plans exacts des bâtiments et un relevé des horaires des gardes, non seulement la nuit, mais aussi le jour.

Les allées et venues dans le camp étaient très nombreuses et de nombreux Irakiens y travaillaient. Il fallait donc s'assurer qu'il n'y aurait pas de dommages collatéraux lors de l'attaque. Les manœuvres de la Résistance avaient le soutien de la population tant qu'elles épargnaient la population, ce que les résistants s'employaient à faire.

La population irakienne était victime, non seulement, des exactions des terroristes d'Al-Qaïda, bien que cette organisation semblât en perte de vitesse, mais également, des règlements de compte entre milices sunnites et chiites. Les Irakiens étaient donc fatigués d'avoir à souffrir de ces actes dont les justifications étaient totalement infondées, alors même que la vie de tous les jours était très difficile à supporter du fait des nombreuses coupures d'électricité et d'eau qui avaient lieu à n'importe quel moment de la journée ou de la nuit.

Mohammed devait donc préparer minutieusement cette attaque et s'en remettre aux nombreux informateurs qui seraient sollicités.

Le but de cette mission, faire sauter cet immense dépôt d'armes et de munitions, s'avérait une des plus importantes actions menées par la Résistance depuis la fin officielle de la guerre. Seuls quelques hommes étaient au courant. Les informateurs qui seraient sollicités ne devaient, en aucun cas, se douter de quoi que ce soit. Les informations qui leur seraient demandées devraient se faire le plus habilement possible pour éveiller le moins de soupçons possible de la part d'éventuels agents doubles.

Ils choisirent minutieusement leurs informateurs, surtout parmi les femmes qui travaillaient comme lingères ou femmes de ménage.

Ils furent approchés individuellement, après qu'une enquête sur chacun d'eux ait été menée de fond en comble sur leur passé et leurs relations.

Mohammed participait à la « discussion » comme si de rien n'était et donnait son sentiment sur la personnalité de chacun d'eux. Ils obtinrent de nombreux et très précieux renseignements sur le camp, les habitudes des soldats américains, les horaires des rondes et des relèves.

Le plan d'attaque se mettait minutieusement en route. Ils devraient agir de nuit, la prochaine nuit sans lune, avec une trentaine d'hommes aguerris, courageux et un peu « têtes brûlées ». Il y avait autant de chance de réussir que d'échouer, mais le jeu en valait la chandelle. Ils avaient une quinzaine de jours pour se préparer et mettre au point tous les scénarii possibles.

Le haut commandement venait régulièrement aux nouvelles et commençait à réunir les armes et explosifs qui seraient utilisés lors de cette opération. Les hommes subissaient un entraînement intensif de close-combat et de maniement des explosifs.

Tous devaient avoir le plan du camp gravé dans la tête pour se déplacer sans aucun problème, et repérer les lieux sans aucune hésitation. Ils obtenaient au fur et à mesure les horaires des rondes de nuit et les heures de changement de gardes. Ils devaient être invisibles pendant leurs déplacements et par conséquent porter des habits noirs.

Les parties du corps découvertes comme le visage et les mains devraient être recouvertes de suie. Les armes blanches auraient, de la même façon, leurs lames peintes en noir pour qu'il ne puisse pas y avoir de reflets à d'éventuels rais de lumières de projecteurs. Seuls les pistolets avec un silencieux seraient autorisés. Les artificiers auraient à leur disposition des explosifs de dernière génération, concentrés, et donc aisément transportables et manipulables.

Ils s'entraîneraient également à la vision nocturne et aux déplacements silencieux, debout, accroupis et en rampant.

Chacun avait une feuille de route ultra détaillée, indiquant tout ce qu'il devait faire à la seconde près, car il n'y aurait aucune possibilité de communiquer entre eux pendant toute l'opération. Il fallait donc que tout soit parfaitement minuté et que tout soit décrit dans le moindre détail. Ceux qui avaient la mission la plus exposée seraient « doublés » au cas où il y aurait un problème. Si l'opération échouait, ils avaient pour ordre de résister jusqu'au dernier, sans se rendre. La consigne valait aussi pour Mohammed. Ils auraient alors à frapper fort pour faire le maximum de dégâts.

Mais pour Mohammed, il n'était pas question d'échouer. Il se répétait sans cesse le déroulement de l'opération, et interrogeait chacun des hommes sur sa mission. Il ne laissait rien au hasard. Tous devraient se conduire comme des automates parfaitement programmés.

Ils devaient arriver en pleine forme pour le jour J.

Le soir, il retrouvait Shérazade et lui expliquait les détails de l'opération. Elle aurait tant voulu y participer aux côtés de Mohammed, mais il s'y était opposé. Les seules femmes qui avaient été mises à contribution pour cette opération étaient celles qui travaillaient sur place et qui avaient servi d'informatrices.

Le grand jour s'approchait à grands pas et les préparatifs arrivaient à leur fin. Les armes, les explosifs et les tenues noires étaient disponibles. Les hommes suivaient un régime alimentaire spécial et révisaient en permanence chacune des tâches qu'ils devraient accomplir. Mohammed était très satisfait de la manière dont s'était passée la préparation. Si chacun faisait exactement ce qu'il avait à faire, il n'y avait aucune raison que cela se passe mal.

Les choses se présentaient bien. Il y avait eu une accalmie ces derniers temps et les soldats américains semblaient moins sur leur garde, ce qui était extrêmement rassurant pour la suite des évènements.

Il ne fallait pas que la vigilance se renforce au sein du camp.

Le seul problème était que les hommes devenaient de plus en plus nerveux, c'est pourquoi Mohammed les remit à un entraînement intensif. La nuit sans lune se profilait tranquillement à l'horizon. L'heure de vérité allait bientôt sonner, dans cinq jours exactement. Tout était sous contrôle. Tous les scénarii et les imprévus possibles avaient été étudiés avec des solutions de rechange envisagées, en cas d'échec partiel ou total de la mission.

Le haut commandement avait été informé au fur et à mesure des préparatifs, et la confiance régnait. Mohammed avait montré de réelles qualités d'organisation et d'entraînement, de chef en résumé. Ses hommes le respectaient et lui faisaient une confiance aveugle. S'il réussissait, il serait consacré comme le vrai héros que tous attendaient pour redonner de la dignité et du courage à ce peuple humilié, martyr de Saddam, et maintenant de l'occupation et des terroristes islamistes.

Il restait calme et se détendait le soir avec Shérazade et Amour, son chien qui ne le lâchait pas d'une semelle quand il était chez lui. Shérazade était tendue et avait du mal à ne pas le montrer. Elle savait l'enjeu, devinait la pression qui était sur Mohammed, et connaissait parfaitement le risque de la mission. Elle aussi avait confiance dans cet homme qu'elle aimait et admirait. Lui se doutait qu'elle était anxieuse. Alors que le jour de l'opération approchait, ses traits se tendaient, ses gestes devenaient maladroits, et le ton de sa voix saccadé. Cela n'empêchait nullement le jeune couple de se parler avec tendresse et d'imaginer leur avenir quand tout cela serait fini.

Il faisait tout pour la réconforter et lui faire oublier cette mission. Il lui racontait des histoires sur sa vie antérieure, en France, sur ses parents, sa mère, ses frères, son professeur principal, le commissaire Duchamp, qui la faisaient beaucoup rire, et l'imam qu'il aimait beaucoup et qu'il espérait revoir un jour pour lui présenter. Tous ces instants, Shérazade aurait tant aimé qu'ils soient éternels et qu'ils soient loin de ces lieux maudits où seule la mort régnait en reine et frappait aveuglément son peuple. Elle riait, posait des questions auxquelles il répondait en rebondissant sur de nouvelles histoires tant et si bien qu'elle en perdait le sens de la réalité de la situation et s'abandonnait docilement à ces moments de bonheur.

Mohammed essayait de perpétuer cette façon de vivre leurs moments d'intimité pour éviter de regarder la réalité en face et de supporter une tension qui, immanquablement et subrepticement, montait au fur et à mesure que le jour J se rapprochait.

Le commandant de la région organisait une réunion quotidienne avec Mohammed et ses hommes. Tout était repassé en vue. Jamais une opération de cette envergure avait été préparée avec autant de minutie. Les rôles de chacun étaient connus dans les moindres détails. Chaque homme avait l'impression d'être un robot, car aucune digression n'était tolérée. Ils seraient des héros ou morts. Ils n'avaient pas d'alternatives. *Marche ou crève*, se dit-il, dans un moment de faiblesse. Mais il allait marcher et gagner, il en était sûr.

Le jour J arriva, vite, très vite. La journée fut très fébrile. Chacun se remémorait sa tâche, alla chercher ses armes et ses habits noirs. Aucune visite aux familles n'était autorisée pour ne pas éveiller la curiosité d'une visite inhabituelle. Il ne devait y avoir aucun rassemblement dans la ville pour ne pas éveiller les soupçons. Tout devait être comme à l'habitude. Le personnel qui était dans le camp vaquait à ses occupations, comme à l'accoutumée.

Rien ne laissait présager d'une quelconque attaque du camp, la nuit venue. En revanche, la fébrilité, quoique bien canalisée, avait envahi la petite troupe, prête à l'action. Ils avaient tellement bien préparé cette opération qu'ils avaient hâte d'agir. Lorsque la nuit commença, ils étaient déjà prêts, sur le pied de guerre. Chacun partit de son côté et se rendit sur le lieu qui leur avait été indiqué afin de mettre son habit noir et se grimer le visage en noir.

Ils avaient leurs armes avec eux. Chacun était à moins d'une centaine de mètres des abords du camp. À l'heure dite, ils devaient avancer vers le camp, dans l'obscurité, en profitant des changements de garde des sentinelles américaines. Tout était calme. Seules des ombres se faufilaient, sans bruit, vers l'enceinte du camp. Le camp était entouré d'un mur d'une hauteur de deux mètres, des miradors étaient disposés tous les cent mètres et des projecteurs balayaient régulièrement les abords intérieurs. La chance était avec eux, car ce soir les Américains fêtaient le « Thanksgiving ». La plupart des soldats étaient dans leur baraquement, musique à tue-tête et dinde à profusion. Pour rien au monde ils auraient manqué cette fête, si importante à leurs yeux, dans cet environnement hostile.

Ils escaladèrent, sans encombre, le mur et se dirigeaient vers les grillages de protection, qu'ils arrivèrent à cisailler sans attirer l'attention. Ils profitaient, sans trop le savoir, d'un relâchement occasionnel de la garde du camp. Ainsi ils avançaient tranquillement et les artificiers étaient déjà à l'œuvre avec une bonne dizaine de minutes d'avance sur les horaires prévus. Mohammed savourait le bon déroulement des opérations. C'était incroyable cette coïncidence. Comment n'avait-il pas pensé à cela ? Ils avaient été avertis qu'une fête se préparait par le personnel du camp, mais il ne se doutait pas qu'il y aurait eu un tel relâchement de la part des soldats américains. L'effet de surprise jouerait donc à plein pour eux. Les explosifs furent placés aux endroits stratégiques qu'ils avaient définis. Une fois fait, ils commencèrent leur retrait du camp. Tout se passait comme prévu. Ils prirent chacun le chemin du retour et aucun mouvement suspect ne fut repéré dans le camp.

Mohammed n'en croyait pas ses yeux. Tout avait été si facile à réaliser. Ils n'allaient déplorer aucune victime dans leur rang et l'opération serait un succès sans précédent. Allah était avec eux et avec lui, en ce moment, il n'en doutait pas.

C'est exactement comme cela avait été prévu, dans la vision la plus optimiste, que l'opération se passa.

Chacun des combattants rentra chez lui, à la limite un peu frustré de ne pas avoir eu à combattre.

À quatre heures du matin, les entrepôts sautèrent comme prévu. Les déflagrations furent tellement fortes et les flammes si hautes que toute la ville environnante fut réveillée en sursaut.

La population se dirigea vers le lieu des explosions et constata que le camp était quasiment détruit. Mohammed et les hommes qui avaient réalisé le coup étaient là pour vérifier que les dégâts étaient à la hauteur de l'enjeu de l'opération.

Effectivement, les dégâts furent considérables. Tous les entrepôts furent détruits. Les soldats tentaient d'éteindre le feu. Un certain nombre d'entre eux avaient été tués par les explosions et beaucoup étaient blessés. La panique s'était emparée d'eux. Ils couraient dans tous les sens et redoutaient que la population ou la Résistance, ou encore les terroristes n'en profitent pour enfoncer le couteau dans la plaie grande ouverte. La priorité semblait être de soigner les blessés et d'éteindre le feu. Ils avaient besoin d'aller dans la ville pour réquisitionner les réserves d'eau et amener les tuyaux jusqu'au camp. Dans la précipitation, quelques soldats américains, rendus imprudents par les évènements dramatiques qu'ils venaient de vivre, se rendirent en ville mais furent faits prisonniers par la Résistance. Ils furent amenés dans une maison pour être détenus en attendant les ordres du commandement. Mohammed en entendit parler et se rendit, aussitôt, sur leur lieu de détention. En effet, il redoutait qu'ils soient molestés et, finalement, exécutés sans autre forme de procès. Ce qui, dans son esprit, aurait été une pierre noire dans le jardin de la Résistance. Il avait raison. Des combattants s'en prenaient méchamment à ces jeunes soldats. Ils découvrirent que l'un d'entre eux était juif par l'étoile de David qu'il portait autour du cou. Il fut roué de coups et laissé inconscient sur le sol. C'est à ce moment-là que Mohammed rentra dans la pièce. Il se dirigea vers le corps recroquevillé qui gisait par terre pour le relever, et le faire étendre sur un lit de camp qui était dressé dans une pièce voisine. Le jeune soldat était complètement paniqué.

Une fois installé sur ce lit, Mohammed demanda qui avait pu commettre cet acte qu'il condamnait de la manière la plus stricte.

Il admonesta ses hommes et les pria de ne plus jamais traiter un prisonnier de la sorte. Il était juif, mais un bon musulman se devait pas faire ça et montrer l'exemple. C'est par l'exemple que nous vaincrons, pas par des actes malfaisants, comme ceux-là, se plaisait-il à répéter à ses hommes.

Le jeune soldat juif écouta les propos de ce chef. Il en devinait la teneur par le ton et les gestes qui l'accompagnaient.

Sa tête et son corps lui faisaient mal mais il lui était reconnaissant de lui avoir abrégé son calvaire.

Mohammed se dirigea vers lui et commença à lui parler, dans un anglais approximatif. Il s'excusa du mauvais traitement que ses hommes lui avaient fait subir. Il se présenta, sans lui cacher son nom et lui demanda, à son tour, de se présenter. Ils parlèrent longuement de religion et de la position de la Résistance dans ce conflit. Ce fut un vrai dialogue qui rasséréna le soldat et lui donna une autre image de ces hommes qu'il considérait comme des brutes épaisses.

En fait, dans sa tête, Mohammed avait préparé la suite de cette capture. Les hommes qu'ils avaient arrêtés seraient relâchés, après interrogatoire et prise de leur identité. Il comptait beaucoup sur le fait qu'ils raconteraient leur capture, l'intervention d'un des chefs de la Résistance pour qu'ils soient traités correctement puis relâchés. C'est ainsi que la Résistance serait reconnue comme une composante raisonnable avec laquelle les Américains auraient à négocier leur futur retrait de l'Irak. À quoi servirait-il de se comporter comme des bêtes sauvages ? Son attitude serait relatée par les soldats puis par les médias. Le prestige de la Résistance n'en serait que plus grand.

C'est ce qu'il expliqua au commandement qui accepta de s'en remettre à l'analyse de Mohammed. Elle était raisonnable et ne pouvait que leur être profitable, politiquement, par la suite.

Les soldats prisonniers furent donc libérés et reconduits vers le camp pour qu'ils puissent rejoindre leur unité sans encombre. Ils seraient les témoins de l'attitude humaine des combattants de la Résistance.

La population de la ville qui avait été mise au courant de l'intervention de Mohammed prit fait et cause pour lui. Pour la très grande majorité, ils approuvaient ce geste car il leur donnait de la grandeur.

Toutes les discussions revenaient sur ce sujet, et cela d'autant plus qu'il faisait intervenir ce fameux Mohammed, qu'ils n'avaient pas encore eu l'occasion de voir.

Les combattants, désormais au courant de l'identité de leur chef, étaient fiers d'avoir accompli cette mission sous ses ordres.

Les Américains ne furent pas longs à réagir. Cette attaque avait eu un énorme retentissement dans le monde musulman et la figure de proue du mouvement de la Résistance, Mohammed, avait gagné définitivement ses galons de héros du peuple arabo-musulman.

Un portrait-robot de lui, décrit par les soldats américains qu'il avait côtoyés, fut diffusé dans tout le secteur, avec ordre de l'arrêter immédiatement ou de le tuer s'il ne se soumettait pas aux injonctions de ceux qui viendraient l'arrêter. Le portrait-robot de Mohammed était assez ressemblant. Il lui fallait maintenant faire attention.

À l'encontre de cet avis de recherche qui prônait son élimination, le commandement américain avait été mis au courant de l'attitude responsable de cet homme, leur ennemi mais un ennemi qui devenait presque respectable. Aussi, fallait-il l'éliminer ou bien l'épargner pour en faire l'interlocuteur privilégié du commandement américain dans le cas d'un retrait des troupes américaines d'Irak. Le récit du soldat américain juif, épargné, et remis en liberté avec ses compagnons de combat, faisait un véritable tabac sur les chaînes de télévision occidentales et américaines. C'était un coup de pub incroyablement puissant pour l'image de la Résistance que Mohammed venait de réaliser. Même les vieux résistants qui avaient, dans un premier temps, critiqué l'attitude de Mohammed commençaient à en percevoir l'intérêt.

Par contre, la branche irakienne d'Al-Qaïda fulminait de rage et demandait à ses hommes de l'éliminer à la première occasion.

Quant aux milices sunnites ou chiites, elles ne comprenaient pas que l'on puisse épargner et remettre des soldats américains, faits prisonniers, en liberté.

Les journalistes de CNN et de BBC World tentaient de récolter le maximum d'information sur Mohammed.

À Paris, la DGSE suivait l'affaire de près et était en étroite collaboration avec la CIA qui avait l'air de reprendre du poil de la bête dans le renseignement US.

Tout ce qui concernait Mohammed, en France, avait été épluché avec minutie. Les parents, le commissaire Duchamp, les anciens professeurs, l'imam et ses anciens copains ; tout le monde avait été interrogé. Jocelyne Champion avait été de la partie. Elle tenait maintenant un article passionnant qui ferait un tabac. Dans la cité des Larbi, on ne parlait plus que de cela. Les parents et le frère de Mohammed étaient heureux de savoir Mohammed en vie. Ils étaient fiers de ce qu'il avait accompli et répondaient sans retenue aux questions des journalistes.

Chacun, dans chaque camp, essayait de voir comment mettre à profit ces révélations.

D'un côté, les forces d'occupation pouvaient ainsi imaginer qu'ils avaient en face d'eux un ennemi avec lequel il était possible de discuter. Une telle attitude prouvait que la porte était entr'ouverte pour un futur dialogue. Les discussions internes étaient intenses pour savoir, finalement, quelle attitude adopter face à ce type d'ennemis. Pour l'instant, ils avaient choisi la répression face à un acte terrible qui portait un coup à la crédibilité des forces américaines.

Mais des voix, de plus en plus nombreuses, s'élevaient pour tenter de modifier cet ordre de recherche, mort ou vif, pour un ordre plus mesuré, en droite ligne avec le comportement de Mohammed. Il était certain que sous la pression de la rue informée par des journalistes tout acquis à Mohammed, les choses allaient changer rapidement.

Quant au commandement de la Résistance, les chefs se félicitaient d'avoir confié cette mission à Mohammed. Les médias, dans le monde entier, ne parlaient plus que des exploits de la Résistance et de l'attitude, digne d'un grand musulman, de Mohammed. Ils revenaient, grandis, sur le devant de la scène et éclipsaient les exploits sordides des terroristes qui frappaient, lâchement et aveuglément, le peuple irakien quotidiennement. Ils faisaient une guerre propre, celle de soldats dignes et fiers.

En résumé, tout le monde s'arrachait Mohammed.

Ce dernier s'était réfugié avec Shérazade et son chien, dans une ferme anonyme éloignée de quelques kilomètres du lieu de ses exploits. Il avait reçu les félicitations du haut commandement de la Résistance. Il avait, également, perdu le confort de l'anonymat. Maintenant, tout le monde connaissait son identité. Mais cela était bien orchestré par la Résistance. C'était parfaitement bien joué. Ils étaient devenus, désormais, des interlocuteurs incontournables des Américains et joueraient un rôle primordial lors des discussions de cessez-le-feu et de retrait des troupes d'occupation. Ils connaissaient bien Mohammed et savaient qu'il ne leur ferait aucune ombre, car il leur avait bien fait comprendre qu'il ne désirait pas s'impliquer dans la vie politique de l'Irak, maintenant et après le départ des troupes d'occupation. C'est pourquoi il avait bénéficié de tant de mansuétude et de liberté dès qu'il eut commencé à être connu pour ses faits d'armes. Pour l'instant, il servait bien leur cause, il fallait en profiter et surtout continuer à nourrir sa bonne image. C'était une démarche « gagnant-gagnant ».

Ce surcroît de notoriété ne déplaisait pas à Shérazade bien que, ce qu'elle devinait parfaitement bien, cela faisait peser de lourdes menaces sur Mohammed. Des menaces qui pouvaient venir de partout, de ses amis comme de ses pires ennemis. Elle devait le mettre en garde et le protéger, car il n'avait pas conscience des changements que cette notoriété grandissante aurait sur leur vie.

# Chapitre 19

Tout s'accélérait autour de Mohammed. Les évènements se bousculaient, l'Irak était au bord de l'implosion. C'était presque l'anarchie que les Américains étaient incapables d'enrayer.

Mais pour Mohammed, cela était une bonne nouvelle, car c'était dans ce type de situation que la raison reprenait le dessus.

De son côté, il avançait dans son essai d'économie. Il avançait même très vite. Il avait eu l'occasion d'échanger ses idées avec des banquiers et économistes musulmans. Ils avaient semblé très intéressés par le résultat de ses recherches, et lui avaient proposé de participer activement à ses travaux, ce qu'il avait accepté, d'emblée. Ils avaient décidé de se rencontrer régulièrement pour avancer rapidement dans un recueil de propositions qui seraient présentées aux hommes politiques des pays musulmans. C'était le bon moment car la relève de générations dans ces pays se faisait rapidement. Ces dirigeants avaient, en général, une double culture du fait que la plupart d'entre eux avaient suivi leurs études dans les pays occidentaux, et même aux États-Unis. Mais, les derniers évènements au Moyen-Orient les avaient rapprochés de l'Islam. La démocratie n'avait pas encore sa place dans ces différents États, mais la nécessité de créer de la richesse afin de subvenir aux besoins croissants d'une population qui ne cessait de croître obligeait ces nouveaux dirigeants à se rapprocher de leur peuple pour leur expliquer les efforts qui leur seraient demandés, et les bénéfices qu'ils pourraient en tirer. Ils étaient donc à la recherche de solutions acceptables par leurs peuples, transposables dans leur pays, et compatibles avec leur religion, pour ramener leur économie dans une spirale positive de progrès.

À sa demande, le commandement de la Résistance avait décidé de décharger Mohammed de ses missions militaires pour lui laisser le temps d'approfondir ses recherches. Il lui fallait donc s'éloigner du théâtre des opérations. Ce qui fut fait rapidement. En fait, la Résistance avait besoin d'un ambassadeur itinérant pour expliquer aux pays frères sa position actuelle, les convaincre de sa justesse, et leur donner des gages sur l'avenir. Du fait de sa notoriété et de l'image de sérieux et d'honnêteté qui l'entourait, Mohammed était la personne idoine pour assumer ce poste. Ils l'investirent donc de cette mission, en sachant qu'elle serait entreprise de manière confidentielle, voire secrète, car il était recherché par les pays occidentaux et sa tête était mise à prix.

En fait, sa situation vis-à-vis de cette tâche était étrange. Il était le héros tant attendu des peuples arabes, mais leurs dirigeants ne pouvaient pas, décemment, le recevoir officiellement de peur de se fâcher avec le gouvernement actuel de l'Irak, ce qui, dans le fond, ne les aurait pas gênés. Les difficultés diplomatiques que cela engendrerait de recevoir un homme considéré comme un terroriste par les puissances occidentales ne devaient pas être ignorées.

Il devait donc jouer finement cette partition.

Il décida de travailler d'arrache-pied pour que son projet économique soit bien étoffé, le plus rapidement possible. Il s'appuierait alors sur ce recueil pour commencer son voyage dans les différentes capitales arabes.

La Résistance avait des complices au sein des autorités officielles irakiennes. Il serait donc assez facile pour Mohammed de se faire faire des papiers sous une autre identité, afin de pouvoir se déplacer, sans problème, dans les pays arabo-musulmans. Toutefois, il était, jusqu'à nouvel ordre, impossible de voyager dans les pays occidentaux, car on ne pouvait lui fournir un passeport biométrique valable, étant donné que toutes ses caractéristiques biométriques avaient été diffusées par les services de renseignements français.

Il s'installa avec Shérazade et son chien dans une maison en plein centre de Bagdad. Son anonymat, sa sécurité, et la possibilité de rencontrer, sans trop de problèmes, les membres de son cercle de réflexion, avaient milité pour cette solution.

En France, une partie de la population d'origine maghrébine était en émoi. Même les plus modérés se félicitaient d'avoir un homme de l'envergure de Mohammed parmi eux. Les visites à sa famille se faisaient de plus en plus insistantes et fréquentes de la part de la population locale. La police et les renseignements généraux étaient venus, le commissaire Duchamp avait bien tenté de centraliser la diffusion de renseignements concernant Mohammed, mais il fut vite débordé par les siens. Jocelyne Champion n'en finissait pas d'écrire article sur article après avoir glané quelques renseignements plus ou moins fiables, mais toujours percutants, dont elle agrémentait sa prose. Au lycée, les élèves se prenaient tous pour Mohammed.

Une chose était sûre, et les renseignements généraux en convenaient, la situation n'était nullement explosive après toutes ces révélations. La raison en était très simple. Mohammed, même s'il était recherché par toutes les polices occidentales, avait un ascendant positif sur tous ces apprentis djihadistes. Mohammed n'était pas synonyme de haine mais plutôt de courage et de force positive. Les récits de ses exploits et ceux des soldats américains épargnés par lui avaient été largement diffusés dans le monde entier par les chaînes comme CNN et même Al Jazeera, avec des commentaires de sympathie, quel que soit le commentateur. En fait, son comportement, s'il devenait un exemple de vie pour cette communauté, promouvait des valeurs complètement à l'opposé de celles qui étaient jusqu'alors prônées par les islamistes purs et durs.

Finalement pour les autorités françaises, mais c'était aussi ce que pensaient les autorités dans le monde occidental et musulman, il y avait là matière à réflexion pour les jeunes désœuvrés sans foi ni loi qui semaient la haine un peu partout dans le monde.

Mohammed était devenu en peu de temps un sujet de conversation mondial, un exemple pour de nombreux jeunes, et un mythe qui redonnait sa fierté au monde arabe. Seul, lui ne se doutait pas de l'impact qu'il avait pu avoir sur tous ces gens. De fait les Américains décidèrent d'abandonner les recherches le concernant, de peur de se retrouver encore à contre-courant sur cette affaire. Bien sûr, le coup qu'il leur avait porté avait été particulièrement dur, non seulement en termes militaires proprement dits, mais surtout sur le plan psychologique. Cela dit, il valait mieux avoir ce type d'ennemis que la pieuvre terroriste.

Sa tête n'était plus mise à prix. Il pouvait espérer se déplacer avec plus de facilité, et notamment passer les frontières sans trop de problèmes. Il en fut averti par les dirigeants de la Résistance qui remirent sur le devant sa mission secrète d'ambassadeur itinérant.

Il pourrait ainsi rencontrer tout à fait officieusement les dirigeants des pays arabes afin de leur expliquer les objectifs qu'ils s'étaient fixés après la fin de ce conflit.

Mohammed était désormais convié à toutes les réunions de la Résistance. Il devait s'imprégner de la psychologie des hommes qui la représentaient et bien comprendre les enjeux et la mission qu'il serait amené à assurer. C'était un grand honneur qui lui était fait et il en était parfaitement conscient. Il saurait s'en montrer digne malgré son jeune âge et son peu d'expérience en la matière. Son intelligence pallierait tout cela. C'est ce que pensaient les dirigeants qui ne pouvaient pas se déplacer à l'étranger car leurs têtes étaient mises à prix et nombreux étaient ceux qui avaient servi comme officiers supérieurs sous Saddam Hussein.

Mohammed était le missi dominici idéal. Il était un symbole de modernité et, surtout, il était blanc de tout soupçon d'allégeance passée à Saddam, et on ne pouvait le suspecter d'avoir des liens avec les terroristes ou la mouvance islamique radicale.

Quand il annonça la nouvelle à Shérazade, celle-ci tomba des nues. Comment Mohammed avait-il pu être choisi pour mener cette mission ? Il n'était pas irakien et son inexpérience politique était réelle. Cependant, elle avait confiance en lui. Elle ne doutait pas un seul instant que cette mission était à sa hauteur, et qu'il la remplirait avec succès. C'était vraiment extraordinaire, ce qui lui arrivait. Elle avait soigné un étranger venu se battre pour son peuple, était tombée amoureuse de cet homme qui, en l'espace de quelque temps, avait gagné une stature internationale, uniquement par son courage et son humanité. Elle était heureuse et remerciait Allah de lui avoir fait rencontrer cet homme qu'elle aimait plus que tout, qu'elle admirait et qui la respectait. Allait-elle le suivre dans ses pérégrinations ? Elle le désirait mais il n'était pas certain que la Résistance l'accepterait.

Les dirigeants des pays arabes voisins n'avaient pas une confiance absolue dans la réussite du gouvernement irakien sorti des dernières élections. Ils étaient certains qu'après le départ des troupes d'occupation il tomberait immédiatement, et que les cartes seraient redistribuées différemment entre sunnites, chiites et Kurdes. De plus, ce gouvernement ne pouvait avoir une quelconque légitimité, à leurs yeux. C'est pourquoi ils accueilleraient avec curiosité et bienveillance, même si cela se faisait dans le plus grand secret pour ne pas se mettre à dos les gouvernements occidentaux, cet homme porteur d'un message d'avenir et d'idées nouvelles sur le plan politique et économique, à ce qu'on en disait. Bien sûr, cette opinion, a priori favorable, était le fait des nouveaux dirigeants plus jeunes et plus sensibles aux questions économiques et sociales posées dans leurs pays et auxquelles ils avaient le profond désir d'y apporter des solutions novatrices et conformes à leur culture religieuse.

Le rôle qu'allait jouer Mohammed était particulièrement délicat. L'enjeu était donc de taille. Il devait entrer par une porte dérobée dans les présidences qu'il devait visiter pour préparer une future entrée par la grande porte.

Expliquer les positions de la Résistance pour gérer l'Irak après le conflit et la faire reconnaître comme le seul interlocuteur valable pour la suite des évènements était la mission première. Obtenir l'assurance du soutien, non seulement politique mais aussi financier, des dirigeants visités était le but ultime de ces rencontres bilatérales discrètes. Mais Mohammed voulait en profiter pour expliquer ses idées en matière économique. Il y avait là une bonne entrée en matière.

La Résistance n'y vit aucune contre-indication car cela donnait de la consistance à ces discussions et montrait le sérieux de ses positions et de son approche originale pour affronter l'avenir.

Finalement, la Résistance accepta que Shérazade l'accompagne. Elle serait une bonne ambassadrice par son charme et son intelligence qui seraient certainement appréciés de leurs interlocuteurs.

Mohammed et Shérazade étaient contents de quitter le cœur des opérations car la pression devenait de plus en plus difficile à supporter d'autant plus que l'organisation terroriste Al-Qaïda l'avait dans son collimateur avec l'objectif de l'éliminer.

Abou Moussab Al Zarkaoui avait un successeur de la même veine, aussi cruel et brutal que lui, Abou Hamza Al Mouhajer, un Égyptien qui prônait la guerre sale contre les troupes d'occupation. Il avait décidé de supprimer Mohammed qui refusait toute alliance avec sa nébuleuse et avait convaincu, d'après ce qu'il pensait, tout le haut commandement de le suivre dans cette direction. Ce n'était pas encore une priorité pour les tueurs d'Al-Qaïda, c'est pourquoi il bénéficiait, encore, d'un certain répit avant l'issue fatale qui ne faisait aucun doute pour eux. Cela dit, Il était difficile de repérer Mohammed. Il était installé, anonymement, en plein cœur de Bagdad, protégé par des hommes armés discrets pour ne pas attirer l'attention et se déplaçait rarement sans une escorte. Seule une dénonciation d'un des dirigeants de la Résistance pouvait lui être fatale. Mais la haine grandissante des Irakiens vis-à-vis des tueurs d'Al-Qaïda, le protégeait encore mieux que la fidélité des hommes de la Résistance.

Mohammed se faisait à l'idée de mener une nouvelle vie. C'était un nouveau défi qui le transcendait dans ses réflexions sur le monde musulman. Il enrageait de ne pas pouvoir aller plus vite et plus loin dans la direction qu'il s'était donnée. Mais il avançait et c'était, déjà, une immense satisfaction pour lui.

Lui, le fils d'immigrés algériens pauvres, venus en France pour fuir la misère de leur pays, parti de France pour l'Irak sans aucun bagage autre que sa jeunesse, son courage et son intelligence, allait rencontrer les principaux dirigeants arabes en tant qu'émissaire de la Résistance irakienne. Par ces mêmes dirigeants qui recevaient, en grande pompe, de leur côté, le Premier ministre irakien, Nuri Al-Maliki. Bien sûr, il serait reçu en catimini, mais avec certainement, beaucoup plus d'égards que les membres du gouvernement irakien.

Les contacts furent pris avec les différents gouvernements que Mohammed devait rencontrer afin de mettre au point les modalités pratiques de ces rencontres. Il n'y eut aucun problème pour mettre au point un calendrier précis de ces visites. De toute façon, il y avait, déjà, l'absence de protocole officiel, ce qui allégeait les contraintes. Mohammed pouvait être reçu, incognito, entre deux visites protocolaires.

Le programme fut définitivement arrêté. L'Égypte, la Syrie, l'Iran et l'Algérie étaient les premiers pays qu'il devrait visiter. Cette liste était logique. Ces pays n'avaient pas de liens avec les États-Unis et le fait de rencontrer un émissaire de la Résistance irakienne n'était pas incongru, et ne pouvait les mettre en difficulté pour provocation inutile, exception faite de l'Égypte. En effet, ce pays jouait un rôle majeur dans tous les évènements qui pouvaient se passer au Moyen-Orient. Le fils Moubarak pouvait être un interlocuteur attentif et être une bonne courroie de transmission pour faire passer des messages auprès de la communauté internationale et vers les États-Unis et l'Europe. Des contacts ultérieurs seraient entrepris avec l'Arabie Saoudite et la Jordanie.

Voyager par avion représentait un risque important pour Mohammed. Même avec de faux papiers parfaitement contrefaits, quitter le territoire irakien était impossible par la voie aérienne.

Il devrait se rendre en Syrie, en terrain, a priori ami, pour ensuite prendre un avion pour se rendre en Égypte. Cela lui serait, alors, plus facile. C'est ce qui fut décidé. Il partirait avec Shérazade, en voiture, vers la frontière syrienne. Il leur fallait éviter les contrôles tatillons de la police irakienne et, surtout, les postes-frontières surveillés par l'armée américaine. Pour se faire, ils voyageraient de jour, aux heures les plus chaudes qui voyaient les policiers se protéger de la chaleur en se mettant le plus possible à l'ombre dans les baraquements les plus proches, délaissant ainsi, momentanément leur poste de surveillance. La frontière ne pourrait être traversée que la nuit, aidés de passeurs. Il allait retrouver les sensations qu'il avait connues lors de son arrivée en Irak. Il en parla à Shérazade qui était curieuse de connaître ce type de sensations en vivant dans la clandestinité, et voyageant sous une fausse identité.

Les dernières instructions lui avaient été données ainsi que les noms des différents contacts qu'il aurait à solliciter dans les pays et villes où il devait se rendre.

Tout avait été bien organisé par la Résistance. La traversée de l'Irak vers la Syrie fut relativement facile. Beaucoup de contrôles lors de la traversée de villes ou de villages, et beaucoup de convois de l'armée régulière circulant sur les routes. Shérazade n'en menait pas large au début et au fur et à mesure qu'ils avançaient elle devenait experte pour parler aux soldats qui arrêtaient leur véhicule et leur demandaient leurs papiers. Cela lui faisait même un réel plaisir de manipuler ces jeunes soldats et policiers qui croyaient bien faire leur travail et prenaient un air important et suspicieux lorsqu'ils examinaient leurs papiers.

Deux fois, un policier avait pris leurs papiers et s'était rendu auprès de son chef. Ils avaient discuté longuement et finalement il était revenu, leur avait rendu leurs papiers, et les avait laissés passer. Ces alertes les avaient rendus quelque peu nerveux, mais ils savaient que c'était par cette étape là qu'ils devaient passer pour être enfin libres de leurs mouvements à l'extérieur des frontières. Ils avaient été prévenus que les contrôles étaient de plus en plus méticuleux. Mais, heureusement, globalement, tout s'était passé sans trop de stress.

Quel que soit le lieu, l'Irak était à feu et à sang et les habitants sur les nerfs. Cela se voyait sur les routes par la nervosité agressive des conducteurs de véhicules. Il y avait beaucoup plus d'accidents qu'avant, faisait remarquer Shérazade qui avait l'habitude de faire de longs trajets en voiture. Mohammed et Shérazade plaisantaient dans leur voiture. C'était Shérazade qui imitait tel ou tel policier ou soldat qui avait demandé leurs papiers et qui leur avait posé des questions sur les raisons de leur voyage dans cette région réputée dangereuse. Ils avaient maintenant mis au point les réponses possibles à toutes les questions plus ou moins délicates ou sensibles qui pourraient leur être posées.

Ils se posaient mutuellement des questions et apportaient les réponses adéquates, tout en faisant des grimaces et en exagérant les imitations de voix. Ils riaient et cela leur faisait du bien. Le chien aboyait de temps en temps pour leur montrer qu'il existait et qu'il aurait bien aimé que l'on s'occupe un peu de lui. Alors, ils lui faisaient une petite caresse et lui parlaient gentiment en lui expliquant ce qui se passait. Le chien les regardait en inclinant la tête d'un côté puis de l'autre. Il était tellement mignon qu'ils le prenaient dans leurs bras tout en conduisant ce qui enchantait le chien qui les remerciait en leur léchant abondamment la figure. En fait, il y avait une bonne ambiance dans la voiture. Mohammed se lâchait après tant de mois passés à ne jamais penser à lui ou à son bonheur futur avec Shérazade.

La vie était belle, ils étaient bénis d'Allah et l'en remerciaient en chantant ses louanges.

Tout aurait été parfait s'il n'y avait pas ces barrages et les risques attenants d'être reconnus ou retenus pour une vérification plus sérieuse de leurs identités.

La frontière se rapprochait, et le lieu de rendez-vous avec le passeur se précisait. Ils avaient une carte qui leur indiquait les lieux de rendez-vous.

Ils étaient indiqués grossièrement de telle manière qu'ils ne pouvaient attirer l'attention s'ils étaient arrêtés et fouillés. Il était normal qu'ils aient des cartes de la région puisqu'ils n'étaient pas du coin et que celles-ci soient annotées par des gens qui ne connaissent pas la région.

Pendant ce temps, les rumeurs de retrait des troupes américaines et anglaises se répandaient dans tout le pays avec de plus en plus d'insistance. Il est vrai que les pertes en hommes affectaient chaque jour davantage les armées d'occupation. La popularité des dirigeants anglais et américains s'effondrait dans leur pays respectif alors que les élections de mi-mandat s'annonçaient difficiles aux États-Unis. Et personne ne voyait d'issue à cette occupation qui était rejetée en masse et sans rémission par la population irakienne et condamnée par les peuples américain et britannique.

La mission qui avait été confiée à Mohammed n'en prenait que plus d'importance même si ce n'était encore que des rumeurs.

Les évènements pouvaient se précipiter en fonction du résultat des élections américaines. La Résistance en était consciente et avait vis-à-vis de cette analyse la position la plus raisonnée. Le gouvernement irakien pensait que sa légitimité était acceptée par le peuple, puisqu'il sortait des résultats d'une élection qu'il jugeait démocratique. Mais son grand problème était qu'il était l'otage des US, quoi qu'il dise. C'est ce que les Irakiens pensaient, et ils avaient raison. Il serait donc balayé du jour au lendemain dès le départ du dernier soldat américain, et ce n'est pas le nouveau Président des États-Unis qui oserait bouger le petit doigt pour lui venir en aide. La Résistance, Al-Qaïda, les chiites, les sunnites, les Kurdes et, bien entendu, tous les gouvernements arabes et musulmans qui entouraient l'Irak le savaient. C'est pourquoi la mission de Mohammed avait des chances d'être un vrai succès auprès de ces gouvernements, non pas uniquement dû à la curiosité de rencontrer ce nouveau héros du monde arabo-musulman, mais à un réel soutien de cette composante d'un futur gouvernement irakien qui serait réellement représentatif. Chacun préparait l'avenir. Cela était d'autant plus facile que le gouvernement irakien actuel n'avait le soutien des Américains que par défaut. Les Américains lui reprochaient ses compromissions avec les milices chiites et son peu d'enthousiasme et de courage pour reprendre réellement la situation en main. Les membres de ce gouvernement vivaient terrés dans leur bunker et n'avaient aucune idée de la réalité du terrain. L'approche des élections américaines laissait entrevoir une inflexion de leur stratégie en Irak. Il semblait que les Américains étaient prêts à accorder une amnistie aux milices sunnites. Cette amnistie pourrait même être élargie à d'autres groupes. Tout cela préparait le terrain d'un futur retrait qui était déjà annoncé, à mots couverts, du côté britannique.

Il fallait donc que la Résistance s'y prépare et pose ses jalons. Alors que Mohammed se dirigeait vers la Syrie, les organes de direction de la Résistance avaient fait courir le bruit que Mohammed se rendrait dans différents pays arabes en tant qu'ambassadeur de leur mouvement. L'objectif était simple. Il s'agissait de montrer au monde musulman que ce mouvement avait une légitimité et une crédibilité indiscutable qui en faisait un acteur incontournable dans toutes les discussions et entrevues diplomatiques qui pourraient avoir lieu sur l'avenir de l'Irak.

Cette nouvelle fut reprise par les journaux et chaînes de télévision des pays arabes. Elle remettait en première ligne ce mouvement et lui donnait un coup d'éclairage particulier en ces moments de doutes sur le maintien des troupes américaines en Irak. Elle suscita, de plus, un regain de ferveur pour cet homme que tout le monde musulman adulait et voulait connaître.

Les services secrets américains étaient sur les dents. Fallait-il empêcher cet homme de mener à bien sa mission ou le ménager pour en faire un interlocuteur privilégié, par la suite ? C'était un ennemi, certes, mais un ennemi respectable, c'est comme cela qu'ils voulaient le considérer, ce qui n'était pas le cas de nombreux chefs de milices ou de mouvements divers qui harcelaient, sans relâche, les troupes américaines sur le terrain.

Les journalistes commencèrent leur enquête pour savoir dans quels pays il allait se rendre et qui il devait rencontrer. L'effervescence était à son comble dans les différentes chancelleries des pays voisins de l'Irak. Les ministres des Affaires étrangères étaient assaillis de demandes de contacts par les journalistes locaux et des chaînes d'informations internationales.

Les ministres répondaient invariablement qu'ils n'étaient pas au courant de cette affaire et que rien n'était prévu dans les prochains jours pour couper court à cette rumeur.

En réalité, les chancelleries de ces pays se préparaient à recevoir Mohammed dans le plus grand secret, mais un secret qu'elles voulaient de « polichinelle ». Elles réfléchissaient à l'idée de répandre le bruit que les ministres des Affaires étrangères avaient bien reçu Mohammed pour montrer à leur peuple qu'ils étaient attentifs au devenir de l'Irak et, surtout, montrer qu'ils soutenaient les efforts de la Résistance irakienne et qu'en accueillant Mohammed ils honoraient un tout nouveau héros du peuple arabe et musulman. Une manière, pour un certain nombre d'entre eux, de se faire pardonner leur politique conciliante envers Washington.

Mohammed et Shérazade se rapprochaient de la Syrie et se préparaient à passer la frontière en compagnie de passeurs de la Résistance.

— Crois-tu que je puisse être « instrumentalisé » par les dirigeants de la Résistance afin de servir, au mieux, leurs intérêts ? demanda à brûle-pourpoint Mohammed à Shérazade.

Elle fut décontenancée par cette question qui vint comme un cheveu sur la soupe, se dit-elle.

— Pourquoi me poses-tu cette question ? répondit-elle après quelques moments de réflexion. Tu as des doutes sur leur comportement ou sur leur intention vis-à-vis de toi ?

— Je ne sais pas ! mais j'ai l'impression que depuis que je suis devenu connu, ils bâtissent des plans dont certains reposent très clairement sur ma notoriété, sans que je sois au courant et peut-être peuvent me et nous mettre en danger, ce qui, dans un certain sens, est assez désagréable, et curieux pour des gens qui se veulent différents de ce qu'était la clique de Saddam. Je voudrais en avoir le cœur net.

— N'oublie pas qu'ils t'ont fait un grand honneur en te confiant cette mission de la première importance pour eux. N'est-ce pas vrai ? Et qu'ils comptent sur toi pour la mener à bien. Bien sûr, tu es un atout dans leur jeu. Ils ont voulu faire de toi un symbole du renouveau du peuple arabe et cela doit leur servir. Est-ce cela « instrumentaliser » quelqu'un ? Peut-être, mais derrière tout cela il n'y a aucune mauvaise attention, je crois. Leur objectif est très positif, et ils t'ont choisi car ils sont persuadés que tu es le meilleur ! Et cela je le crois.

— Oui mais tout n'est pas clair et limpide. Je ne voudrais pas être un jouet entre leurs mains. Je sais que la partie qui se joue est compliquée, et que les différents acteurs de cette histoire doivent manier leurs cartes avec dextérité. Il n'empêche que j'ai l'impression d'être un pion que l'on déplace au gré des circonstances du moment. Je préférerais être maître de ma destinée et de mes mouvements, ce qui n'est pas le cas. En conviens-tu ?

— Oui, mais c'est par ton action que tu es là, et non pas seulement par leur bon vouloir. Dans ce sens, tu es le maître du jeu. À toi de le rester. J'ai confiance en toi. En fait, dans la vie c'est la droiture qui est récompensée, finalement, et tu es la droiture même.

— Tout ce que tu dis sur moi est réconfortant et je t'en remercie. Toutefois, j'ai toujours ce doute en tête. Heureusement, je n'ai aucune ambition politique en Irak. La seule chose qui m'intéresse, et tu le sais fort bien, c'est le retour à meilleure fortune de notre peuple, et la paix, non seulement en Irak, mais avec nous-mêmes. C'est-à-dire la fin du terrorisme et de l'aveuglement idéologique religieux qui mine nos esprits, nos âmes, et fait de nous des esclaves plutôt que des maîtres. Je suis tellement heureux que tu sois à mes côtés. Tu me rends, chaque jour, plus fort et plus déterminé à réussir ce que je crois être ma mission sur cette terre.

— Mohammed, c'est amusant, ta manière de raisonner. On a l'impression que ton mode de réflexion a beaucoup emprunté à la structure de pensée occidentale. Regarde, tu connais beaucoup de jeunes arabes des pays du Moyen-Orient qui abordent les questions que tu te poses de cette manière ? Non ! je ne crois pas. Ce n'est pas un reproche ou même une critique. Tu as été élevé en France et cela a dû te marquer insidieusement. En fait, pour l'instant, les gens te connaissent par ouï-dire et n'ont pas eu encore le loisir de t'entendre, et d'écouter ce à quoi tu crois et pourquoi tu veux y vouer ta vie. Il faut que tu saches que les peuples arabes musulmans, et tout particulièrement les jeunes, auront du mal à te comprendre et à rentrer dans ton mode de pensée. C'est normal, il ne faut pas que tu t'en offusques. Au contraire, tu devras essayer de comprendre comment ils fonctionnent afin que cette idylle qui est en train de naître entre eux et toi dure, et se développe pour le bien de tous. Ce que l'on doit espérer c'est que vos deux manières de raisonner permettent un enrichissement de vos pensées respectives et, surtout, qu'il n'y ait pas de rejet. Mais il faut aussi que tu restes comme tu es. Tu dois simplement t'adapter à une autre culture que la tienne même si tu te sens complètement comme nous, qui avons vécu dans un monde totalement différent de celui dans lequel tu as vécu toute ta jeunesse.

— Pourquoi me parles-tu de cela, seulement maintenant, Shérazade ? Tu te rends compte que ce que tu viens de me dire est fondamental et me bouleverse. En effet, je sais que tu as raison dans le fond et j'aurais dû m'en rendre compte avant. C'est curieux que personne ne m'ait fait cette remarque auparavant, alors que tout ce que tu m'as dit est évident. Et il se mit à rire d'un rire bruyant et salvateur. Il se lâchait après ces longues heures de voiture. Il venait de comprendre qu'il était différent de ceux avec qui il avait vécu cette période difficile et exaltante de sa vie. Mais cette différence avait été, jusqu'à maintenant, acceptée par ceux-là mêmes qui auraient pu lui en vouloir pour ce qu'ils jugeaient être, maintenant, son arrogance. Il riait aussi car Shérazade le prenait comme un jeune Français et, donc, l'excusait de cette attitude occidentalisée. Je te promets que je vais réfléchir à tout ce que tu m'as dit et je vais corriger, à ma façon, cette déviance qui m'est difficile de supporter. Je suis votre frère et je veux le rester à tout jamais, tu comprends ? Je veux raisonner comme vous, aimer comme vous, penser et rêver comme vous.

— Manger comme nous, faire des enfants comme nous. Et ils continuaient tous les deux à énumérer, tout en riant, tout ce qu'il voudrait et pourrait faire comme eux. Leur joie aurait fait plaisir à voir si quelqu'un avait pu assister à cette scène. Amour, le chien était de la fête, aussi. Il remuait la queue tout en aboyant car il voyait que ses maîtres étaient joyeux et il ne voulait pas être de reste.

Ils roulaient tranquillement vers la frontière. Il y avait toujours des contrôles routiers mais, maintenant, ils avaient l'habitude de s'y soumettre de bonne grâce et leurs réponses aux questions qui leur étaient posées ne souffraient d'aucune difficulté à expliquer leur présence dans ces lieux inhospitaliers.

Ce qu'ils ne savaient pas c'est que Saddam Hussein, l'ex-raïs venait d'être condamné à mort par le tribunal qui siégeait à Bagdad. Cette condamnation enchantait les chiites qui avaient été martyrisés sous sa dictature et navrait les sunnites qui voyaient s'effondrer un espoir de retour au pouvoir de leur représentant. Il devrait être pendu avec l'un de ses demi-frères.

Il y avait, peut-être là, un tournant dans l'histoire de l'Irak. Chacun et chaque parti ou communauté jouait sa partie, et avançait ses pions.

Mohammed et Shérazade étaient loin de tout cela. Ils seraient mis au courant de cette situation nouvelle dès qu'ils seraient arrivés à bon port en Syrie et dans les mains de correspondants sûrs et prêts à lui faire rencontrer les autorités syriennes.

Pour l'instant, ils devaient avancer, trouver les passeurs, traverser la frontière et, ensuite, se préparer à leur mission. C'est vrai qu'après réflexion, la présence d'une femme à ses côtés donnait plus de poids à sa visite. En un mot, cela était plus protocolaire, même si ces rencontres devaient rester, en apparence, secrètes.

Tous les chefs de la Résistance s'étaient réunis dans un lieu tenu secret pour discuter des résultats des dernières élections américaines. La donne allait changer. Ils en étaient sûrs !

Les démocrates allaient demander un départ rapide des troupes américaines et G.W. Bush n'aurait qu'à obtempérer.

— Kassed, crois-tu que nous ayons bien fait d'envoyer Mohammed en mission au nom de la Résistance ? Il ne faut pas oublier qu'il n'est pas irakien et qu'il est fortement imprégné de la culture de son pays d'origine.

— Issa, tu n'as pas le droit de dire cela. Il est des nôtres et il l'a prouvé en risquant sa vie pour nous. Il est devenu un exemple pour tous nos soldats volontaires qui l'admirent et veulent tous lui ressembler, et les chancelleries de nos pays frères seront très flattées de le recevoir. Quant à savoir s'il nous représentera bien, nous l'avons bien briefé. Il connaît notre état d'esprit et, de toute façon, il n'est parti qu'en éclaireur. Nous seuls aurons le pouvoir de décider et d'engager notre mouvement dans ce qui va se passer dans les mois qui viennent.

— Je suis d'accord avec toi, lui répondit le colonel Nadeem, un ancien de l'armée de Saddam, qui devrait jouer un rôle politique dans les prochaines tractations qui allaient se passer entre toutes les parties qui voulaient être présentes et actives dans le prochain gouvernement irakien issu des nouvelles conditions politiques, après le départ des Américains. Pour l'instant, il ne s'agit que d'avoir une vision politique et uniquement politique de notre avenir. Et Mohammed est un porte-drapeau extraordinaire dans le monde arabe et musulman. Nous devons l'utiliser le plus possible. C'est tout à notre avantage, croyez-moi, mes frères. C'est effectivement curieux d'envoyer un combattant non irakien pour nous représenter. Mais, n'étant qu'un éclaireur, nous ne risquons rien. S'il réussit bien sa mission, ce dont je suis persuadé, il aura évité les écueils qui auraient pu se présenter dans ce type d'entrevue : les doutes quant à notre représentativité en Irak, la distance hésitante et compréhensible des dirigeants qu'il va rencontrer. Là, au contraire, il va susciter la curiosité. Ils vont se battre pour le rencontrer et le faire, indirectement, savoir à leurs peuples. Vous voyez donc tous que c'est une bonne solution, dans l'attente de rentrer dans le vif du sujet lorsque notre heure viendra.

— Bien, je considère que la discussion sur ce sujet est close, d'autant plus que c'est une décision que nous avions prise ensemble, et que Mohammed est en route vers la Syrie. Déjà, il se met hors de portée des terroristes d'Al-Qaïda, et c'est tant mieux. Maintenant, il nous faut réfléchir à nos prochaines missions. Je vous suggère de faire un état des lieux sur la situation dans chacune de vos régions, intervint le général en chef de la Résistance Quaisar Al-Hindi.

Ils commencèrent leur tour d'horizon afin de mettre au point les opérations d'attaques des troupes d'occupation et réduire l'influence des milices et autres escadrons de la mort qui pullulaient un peu partout. Il leur fallait préparer avec intelligence l'avenir. Ils avaient une mission première qui était de saper les forces ennemies.

Mais pour les plus ambitieux d'entre eux ou les plus lucides, il fallait que leur mouvement apparaisse comme une force incontournable pour gouverner le pays par la suite, même si un certain nombre d'entre eux n'avaient aucune ambition politique.

Ils avaient foi dans leur combat malgré cet environnement qui donnait l'impression de se déliter dans une guerre civile larvée.

# Chapitre 20

Mohammed et Shérazade arrivèrent en fin de journée dans un petit village frontalier qui était le lieu de rendez-vous avec un passeur.

Ils s'arrêtèrent sur la petite place centrale, déserte à cette heure. Ils se dirigèrent vers ce qui faisait office de restaurant et de lieu de rendez-vous des camionneurs qui traversaient la frontière après avoir chargé ou déchargé leurs cargaisons soit de ce côté-ci de la frontière ou du côté syrien. Les postes de douanes étaient à quelques kilomètres de là, mais les douaniers et la police tenaient leur QG dans ce restaurant.

Ils s'assirent à une table située au fond de la salle principale. Elle était sale, mais ils étaient heureux d'être arrivés, d'avoir la possibilité de se laver, de se reposer dans un vrai lit et dîner d'un vrai repas avant d'entamer leur dernière étape vers la Syrie. Il y avait là quelques hommes attablés à une petite table en formica qui parlaient doucement et regardaient la télévision qui était branchée et diffusait les informations du jour. Ils regardèrent ce jeune couple avec curiosité et sans animosité.

Qui étaient-ils, se demandaient Mohammed et Shérazade, des camionneurs syriens, jordaniens, d'où venaient-ils, où allaient-ils ?

Ils furent vite renseignés lorsque l'un d'entre eux se dirigea vers eux, leur souhaita la bienvenue et leur proposa de s'asseoir avec eux. Il était grand, portait une large moustache noire. Son visage était sympathique. Ils furent instantanément mis en confiance. Ils le convièrent à leur table en lui proposant de partager le repas qu'ils allaient commander, si cela était possible dans ce qui, semble-t-il, devait tenir lieu de restaurant, ce qu'il accepta de bonne grâce. Après les présentations d'usage, il leur donna, dans le corps d'une phrase, le mot de passe qui permettait de le reconnaître. Maintenant, ils avaient enfin établi le contact avec la filière qui leur permettrait de traverser la frontière et d'entamer, dès que possible, leur première visite « officielle » en Syrie.

L'homme s'appelait Mouammar. Il serait leur guide et leur protecteur dans cette région relativement hostile et désertique. Le danger venait plus de la géographie et du climat de la région que des contrôles exercés par les troupes régulières, les patrouilles américaines de reconnaissance aériennes et les douaniers. Une chose était sûre, un véhicule qui circulait de nuit dans cette région, côté irakien, était évidemment suspect et stoppé sur le champ s'il était repéré. Heureusement pour les passeurs, la configuration du terrain les aidait et ils en étaient devenus des spécialistes des déplacements de nuit, dont une grande partie se faisait par des véhicules motorisés et l'autre partie à pied.

Mouammar resta un long moment avec eux pour leur poser des questions sur la situation à Bagdad, connaître leur sentiment sur les évènements à venir et lui parler de ce fameux Mohammed dont il avait tellement entendu parler et qu'il aimerait tant rencontrer, comme nombre de ses amis de ce village.

Il semblait parfaitement à l'aise avec eux et en sécurité dans cet endroit où, pourtant, tout le monde devait se retrouver, de la police et l'armée jusqu'aux espions de toute sorte ou autres terroristes ou résistants. Ils lui posèrent la question à laquelle il répondit tranquillement.

— Ici, c'est simple, tout le monde se connaît. Tout étranger qui passe et s'arrête au village est examiné sur toutes les coutures. S'il est reconnu par l'un de nous ou recommandé par un membre de l'une de nos familles, il est accueilli comme un frère. Mais, dans le cas contraire, nous devons nous assurer qu'il est digne de confiance. Nous avons nos critères pour nous en assurer, et ne manquons pas de nous en servir, comme vous pouvez l'imaginer. Dans votre cas, ce n'était pas très difficile et vous étiez annoncés.

— Tu parles bien et tu es jeune. Étais-tu étudiant avant de te retrouver ici comme passeur et informateur de notre QG ? lui demanda Mohammed.

— Oui ! J'étais étudiant à Bagdad, en économie. J'ai décidé, dès la chute de Saddam, de revenir dans ma région de naissance pour aider les forces de la Résistance locale, par n'importe quel moyen. J'aurais tellement voulu faire comme ce fameux Mohammed, mais, peut-être n'en ai-je pas l'audace ou le courage. Il est un exemple pour nous tous, et nous voulons tous lui ressembler, et réaliser des exploits semblables aux siens. Nous sommes un certain nombre ici prêts à donner nos vies pour notre pays.

— Et vous, pourquoi allez-vous en Syrie ? Dans la période actuelle, cela est particulièrement dangereux. Les Syriens arrêtent les candidats au Djihad à la frontière. Ils ont arrêté, hier, deux jeunes Français et un Algérien qui tentaient de passer la frontière. Ils veulent montrer aux Américains et aux Occidentaux qu'ils ne sont pas complices des exactions que les terroristes perpétuent chez nous. Je pense que c'est bien, tant qu'ils s'en prennent aux apprentis terroristes. Avez-vous entendu parler de Mohammed ? Oui ! On dit qu'il doit rencontrer un certain nombre de dirigeants de pays arabes voisins, pour défendre le point de vue de la Résistance lorsque le jour de la reconstruction de notre pays aura sonné. Croyez-vous que cela est vrai ? Nous avons vu tout à l'heure à la télévision que le ministre des Affaires étrangères syrien était venu à Bagdad et que le président Talabani avait été invité en Iran. On parle d'un éventuel rapprochement de notre gouvernement avec la Syrie et l'Iran. Qu'en pensez-vous ? Vous qui venez de Bagdad.

— Il se passe tellement de choses en ce moment qu'il est difficile de se faire une opinion, répondit prudemment Mohammed. En ce qui concerne un rapprochement avec la Syrie et l'Iran, on peut penser que c'est une bonne chose si cela peut permettre de combattre plus efficacement le terrorisme, et accélérer le départ des Américains. Mais ne rêvons pas ! Les intérêts de chacun de nos pays sont souvent contradictoires. L'Iran a, certainement, la tentation de fédérer les chiites et d'affirmer sa puissance dans le monde musulman, et au proche et au Moyen-Orient. Quant à la Syrie, elle veut sortir de son isolement qui est en train de ruiner son économie. Comme tu le vois, la situation est complexe et mérite d'être éclaircie. Quant à Mohammed, c'est ce que j'ai entendu. C'est la rumeur qui court à Bagdad. Mais je n'en sais pas plus ! Nous, tu sais, nous sommes là pour aller voir des parents de ma femme, malades, qui sont installés à la frontière entre la Syrie et le Liban.

Ce qu'ils ne prenaient pas en compte était le fait qu'une crise majeure était en train de se jouer en ce moment entre l'Iran et les puissances occidentales alors même que la position des Américains faiblissait à vue d'œil depuis la victoire des démocrates aux dernières élections.

La commission qui avait été mise en place aux États-Unis sous la pression des démocrates, pour étudier les différentes solutions envisageables afin de sortir d'une situation dramatique dans laquelle se trouvait l'armée américaine, incapable d'établir et de rétablir l'ordre dans ce pays, préconisait un retrait rapide des troupes US, avec une date butoir en février 2008. Une des options était de cantonner la mission de l'armée à l'entraînement de l'armée régulière irakienne, et la chasse aux terroristes d'Al-Qaïda. Cela voulait dire que les forces de la Résistance n'étaient plus considérées comme un ennemi, mais comme une composante naturelle de la politique irakienne. En quelques mots, cela donnait encore plus de poids à la mission de Mohammed. Même si le Président Bush n'avait pas encore fait son choix sur les différentes options présentées par James Baker, il y avait, en sous-main, la reconnaissance officielle de la Résistance comme un des interlocuteurs plausibles lors des négociations sur le retrait des troupes américaines. L'Iran s'était proposé d'aider les États-Unis à quitter l'Irak sans préciser de quelle manière. Cela donnait un certain flou dans l'avenir de la politique américaine en Irak, et laissait la place à toutes les options possibles. Mohammed n'était plus un missi dominici non représentatif de l'avenir de l'Irak mais bien un ambassadeur d'une composante, qui serait bientôt reconnue par les puissances occupantes.

Mohammed ne le savait pas. Il serait mis au courant de la situation assez tôt pour en prendre toute la mesure de la nouvelle donne qui se préparait. Rien de cela n'avait échappé aux dirigeants de la Résistance. Ils se préparaient à sortir de l'ombre.

— Bien, maintenant, il faudrait songer à préparer notre passage de la frontière, s'aventura Mohammed, en scrutant son interlocuteur. Nous sommes pressés. Notre famille nous attend, et nous ne voulons pas arriver alors qu'il sera, peut-être, trop tard. Que devons-nous préparer, quelle nourriture devons-nous apporter, comment devons-nous nous habiller ? Il posait les questions, et Mouammar lui répondit qu'il n'y avait aucun problème. Tout serait prêt ce soir et il leur donnerait tous les conseils nécessaires pour qu'ils n'aient pas de difficultés sur leur chemin. Après le dîner, ils pourraient partir pour la Syrie. Les conditions climatiques étaient excellentes, ce qui permettrait, grâce à la pleine lune, de conduire la voiture sans utiliser les phares. Ils pourraient suivre les routes et chemins escarpés, sans problème. Il fit signe à l'un des hommes avec qui il discutait au moment où ils étaient entrés dans ce qui faisait office de restaurant, avant de les rejoindre. Il lui présenta Mohammed et Shérazade et lui demanda de préparer le véhicule pour le voyage. Il devait démonter les plaques d'immatriculation irakiennes et mettre, à leur place, des plaques syriennes, faire le plein d'essence, remplir un jerricane, le mettre dans le coffre, et leur donner le point de rencontre une fois la frontière passée. Tout cela semblait un jeu d'enfant. Ils n'avaient pas rencontré de difficultés majeures depuis leur départ, cette prochaine étape qui était délicate, voire très dangereuse, ne les dérangeait pas. Ils étaient comme sur un nuage. Rien ne pouvait leur arriver, ils en étaient sûrs. Ce n'était pas de l'inconscience. Ils étaient jeunes, amoureux et forcément intouchables.

— Reposez-vous un moment avant notre prochain départ, lui conseilla Mouammar. Il y a une pièce derrière la porte là-bas où le chien est allongé. Il y a un lit, pas très confortable, c'est là que les camionneurs se reposent avant de reprendre la route. Profitez-en pour faire un petit somme. Je viendrai vous réveiller dans 3 heures. Si vous voulez quelque chose, n'hésitez pas à le demander à Fatima qui est derrière le comptoir. Ils acquiescèrent et se dirigèrent vers la pièce. Les hommes quittèrent les lieux.

Tout était redevenu calme, Mohammed et Shérazade s'étaient endormis très vite. La fatigue du voyage les avait terrassés.

Trois heures après, Mouammar revint et frappa à leur porte. Mohammed se réveilla en sursaut et se pencha sur Shérazade pour la réveiller en douceur.

— C'est l'heure, il faut y aller, lui dit-il tendrement. Elle s'étira, prit Mohammed dans ses bras et l'embrassa tendrement. Ils restèrent quelques instants comme cela à ne rien dire, à profiter l'un de l'autre.

— Oh, pas maintenant, je suis trop fatiguée, lui répondit-elle, en bâillant.

— Si, si, et il ne faut pas tarder car après il sera trop tard, ils nous attendent et la route risque d'être longue et difficile. C'est notre dernière étape en Irak. Demain, nous serons en Syrie, n'est-ce pas incroyable ? Allez, habillons-nous et partons.

Ils s'habillèrent vite, prirent les quelques bagages qu'ils avaient avec eux et se dirigèrent vers la porte qui donnait sur la salle pour retrouver leurs compagnons de route et s'engouffrer dans leur destin de jeunes gens, à qui tout était permis dans la gloire et le bonheur de représenter dans les pays frères, ce pourquoi ils avaient combattu et donné leur vie, sans compter.

Les évènements s'accéléraient, mais sans eux. Ils ne savaient pas que Saddam Hussein venait d'être pendu, à l'aube d'une journée triste et brumeuse, et que son demi-frère, Barzan Al-Tikriti ainsi que l'ancien président du tribunal populaire, Awad Al-Bandar, allaient l'être bientôt. Ils ne savaient pas que cette exécution avait suscité une explosion de joie chez les chiites et les Kurdes, mais la réprobation des principaux pays occidentaux hormis les États-Unis et le Royaume-Uni. Tout cela et tout ce qui allait arriver dans les jours et semaines à venir ne donnaient que plus de poids à cette mission. Il fallait compter avec la Résistance et il allait le prouver.

Ils furent conduits vers un pick-up dont la cabine pouvait accueillir cinq personnes. Ils s'y installèrent et prirent la route dans un grand silence. Personne ne parlait. Chacun voulait croire que le voyage allait bien se passer. Shérazade s'était blottie contre Mohammed et s'était endormie. Après quelques kilomètres qui les éloignaient du village, la route commençait à se détériorer et le véhicule à danser dans des contorsions que le chauffeur essayait, tant bien que mal, d'éviter. Mais, en fait, il ne pouvait rien faire d'autre que d'aborder avec une extrême prudence les trop nombreux accidents de terrain qui rendaient cette route quasiment impraticable.

Ils roulaient doucement, et parfois au pas. Combien de temps allaient-ils mettre pour passer la frontière ? se disait-il avec angoisse. Que feraient-ils s'ils étaient repérés par l'armée irakienne ou les avions ou les drones américains ? Ils n'auraient certainement pas le temps de se mettre à l'abri. Mais, très vite dans cette situation délicate, ou ça passait ou ça cassait, Mohammed se calma. Il ne servait à rien de se poser toutes ces questions. Il devait s'en remettre à Allah qui les protégerait et les mènerait à bon port, il n'en doutait pas un seul instant. Le calme de Shérazade ne faisait qu'ajouter à sa certitude. Ils arriveraient sains et saufs à bon port, Allah le voulait !

Il était curieux d'aborder une nouvelle étape de son aventure, une étape importante qui devait faire appel à son intelligence plus qu'à son courage. Il était jeune et encore peu expérimenté. Pourquoi l'avaient-ils choisi lui ? Cette question revenait, sans cesse, dans sa tête. Oui, il était l'objet, quasiment, d'un culte dans le monde arabe. Il le savait maintenant, mais avait du mal à en apprécier le contour. Pour l'instant, c'était virtuel et bientôt ce serait réel. Comment allait-il réagir face à ces hommes qu'il allait rencontrer ? Saurait-il supporter la pression qui allait s'abattre sur lui ? Heureusement qu'il faisait ce périple, dans le plus grand secret. Allait-il toujours bénéficier de ce secret ? Les dirigeants qui allaient le recevoir ne feraient-ils pas tout pour se montrer avec lui auprès de leur peuple, pour profiter d'un peu de sa gloire ?

Il fallait qu'il reste humble et concentré sur sa mission, ne pas succomber à la facilité, ou pire, comme l'arrogance du héros face au commun des mortels. Pour cela, il avait besoin du soutien d'Allah. Il devrait prier, et encore prier, pour qu'il soit à ses côtés durant cette mission.

Ils devaient parcourir les cinquante kilomètres qui les séparaient de la frontière syrienne, phares éteints. Le chauffeur avait laissé sa fenêtre ouverte pour écouter les bruits éventuels d'avions ou de véhicules se déplaçant dans leur périmètre.

Au fur et à mesure qu'ils avançaient, les visages se détendaient, et ils se mirent à parler sans retenue, seul le chauffeur restait aux aguets, l'oreille attentive au moindre bruit suspect.

Tout à coup, le chauffeur arrêta le véhicule précipitamment et leur demanda de se taire. Il avait entendu le bruit d'un moteur au loin. Était-ce un avion ou un véhicule terrestre, il n'en était pas encore sûr. Il leur fallait rester sur place pour ne pas se faire repérer. Un silence pesant s'installa. Shérazade s'était réveillée lorsque le moteur s'était arrêté, et Mohammed lui fit signe avec l'index sur la bouche de ne pas parler. Ils restèrent cinq interminables minutes comme cela, n'osant plus bouger et scrutant le ciel ou une lumière au loin. Heureusement, le terrain accidenté pouvait les dissimuler d'éventuels véhicules de reconnaissance patrouillant dans le coin. Bientôt, un faisceau de lumière apparut à l'horizon. Qu'est-ce que cela pouvait bien être ? Un véhicule civil, un camion perdu, une estafette militaire, rien, pour l'instant ne pouvait les renseigner. Ils se regardaient, les visages tendus. Le silence était pesant. Le grondement du moteur se rapprochait dangereusement. Le faisceau lumineux balayait un espace de plus en plus large et de plus en plus proche. Il ne pouvait s'enfuir en toute sécurité car la route, à cet endroit, était complètement défoncée. La seule solution était la prière et la chance. Mohammed regardait à gauche et à droite pour évaluer leur chance de s'enfuir à pied. Shérazade serait-elle capable de courir avec lui suffisamment longtemps pour laisser leur poursuivant à bonne distance ? Ils pourraient se cacher et attendre la fin de l'alerte pour repartir vers la frontière.

Ils décidèrent de quitter le véhicule et de sortir quelques bagages pour être prêts à s'égailler dans la nature avant que le véhicule suspect ne soit à leur portée. Ils s'éloignèrent de plus de cent mètres d'où ils pouvaient observer leur véhicule, et suivre la direction du faisceau lumineux qui se rapprochait. Leur attention était à son paroxysme. Finalement, ils se sentaient plus en sécurité là où ils étaient. Déjà, ils préparaient leur retraite avec précision. L'un des hommes remit à Mohammed une boussole en lui précisant que le point de ralliement se situait au nord-ouest de leur position. Il fallait qu'ils retrouvent le premier village situé dans la région. Ce n'était pas trop difficile, car il n'y en avait pas d'autres à des kilomètres à la ronde.

Mohammed interrogea Shérazade du regard. Il voulait dire : te sens-tu capable de fuir et marcher pendant des heures, en te cachant le jour et progressant la nuit avec juste un peu de nourriture, celle que nous avons sur nous ? Elle répondit qu'elle ferait ce qu'il déciderait et qu'elle était prête à le tenter. Chacun savait ce qu'il avait à faire. Les hommes qui les guidaient connaissaient parfaitement la région et savaient se diriger, et retrouver le chemin de leur point de départ, sans problème. *Bien, maintenant, remettons-nous aux mains d'Allah*, se dit-il, confiant dans sa bonne étoile.

Désormais, le véhicule qui s'approchait devenait nettement visible. Il avançait lentement et transportait des hommes en armes. Ils en devinaient une dizaine. La partie était loin d'être gagnée.

Ils décidèrent de s'éloigner encore plus de leur véhicule avant qu'il ne soit trop tard et qu'ils ne puissent plus bouger sans se faire repérer. Ce camion avait dû entendre le bruit de leur moteur et recherchait un véhicule dans les environs. Ce genre de patrouilles n'était pas rare. Leur dangerosité dépendait de l'état de fatigue des soldats en exercice. Allaient-ils y passer toute la nuit pour retrouver ce véhicule ou abandonner leur recherche rapidement ?

Le camion s'arrêta et les hommes en descendirent pour uriner. Ils purent les voir de là où ils étaient tapis. Leur véhicule en contrebas ne pouvait être visible de la route, ou plutôt de la piste défoncée qui passait par là. Souvent, les camions délaissaient la piste pour rouler à côté, voire à des centaines de mètres, là où cela leur semblait moins dangereux.

Il y avait des traces de nombreuses pistes qui partaient un peu dans tous les sens. Ce serait peut-être leur espoir de salut.

Pourvu qu'ils se dirigent vers le sud ! Ils rompirent le silence et chuchotèrent quelques mots pour se rassurer. Les soldats remontèrent dans leur camion. Voilà, ils s'en vont dans la direction opposée, dit le chauffeur. Ne bougeons surtout pas et attendons une bonne heure avant de repartir, ajouta-t-il, prudemment. Ils soufflèrent. Allah les avait protégés. Qu'il en soit remercié ! Ils restèrent là, sans bouger, un long moment, attentifs au moindre bruit de moteur. Au signe du chauffeur, ils se levèrent et se dirigèrent vers leur véhicule, en courant. Ils riaient et sautaient de joie. Ils repartirent vers leur destination finale, toujours aussi lentement mais l'esprit plus tranquille.

L'alerte avait été chaude. Normalement, maintenant, ils étaient tranquilles jusqu'à la frontière.

Ils roulèrent encore quelques heures sans la moindre alerte. Un moment, le chauffeur leur dit qu'ils avaient passé la frontière syrienne et qu'ils n'étaient plus très loin du village où les attendait un homme de confiance, celui que la Résistance avait mis en faction jusqu'à ce qu'ils arrivent. En fait, cet homme les attendait dans une petite casemate située à deux kilomètres de l'entrée du village.

Lorsqu'ils arrivèrent près de l'homme, ils descendirent de voiture pour le saluer. C'est alors qu'ils entendirent un bruit inhabituel au-dessus de leurs têtes. Ils levèrent les yeux et virent un drone qui les surveillait. Il devait les suivre depuis quelque temps. Depuis combien de temps ? Avaient-ils été trahis par l'un des leurs ? Ils se regardèrent, inquiets, ne sachant trop quoi faire, et puis, tout à coup, une très forte explosion, suivie d'un profond silence…

Imprimé en Allemagne
Achevé d'imprimer en avril 2023
Dépôt légal : avril 2023

Pour

Le Lys Bleu Éditions
40, rue du Louvre
75001 Paris